HEYNE <

D1866904

DAS BUCH

Auf der Welt Verral schreibt man das Jahr 3139, als der größenwahnsinnige Kaiser Warsovran den gesamten Kontinent Torea mit Silbertod, der magischen Wunderwaffe eines Gottes aus einer anderen Welt, durch Feuerkreise zerstört. An Bord des Piratenschiffs Shadowmoon, das der Vernichtung in letzter Minute entkommt, findet sich neben Kapitän Feran eine recht illustre Gesellschaft ein – darunter Laron, der einzige Vampyr Verrals, die Ehrwürdige Terikel, eine intrigante Priesterin der Metrologen, sowie der dunkelhäutige Eunuch und einstige König Druskarl –, die trotz unterschiedlicher Interessen eines eint: Alle wollen sie Warsovran das Handwerk legen und Silbertod in ihren Besitz bringen.

Und sie müssen sich beeilen, denn Warsovrans Siegeszug führt ihn von einem Kontinent zum nächsten, nicht alle seine Gegner sind gegen die Verlockungen der Macht gefeit, und immer ist Magie im Spiel, die leicht außer Kontrolle gerät. So dauert es auch nicht lange, bis Kapitän Feran und seine Mannschaft die Segel setzen und hart am Wind in ein unglaubliches Abenteuer stürzen, in dem es nicht zuletzt eine Welt zu retten gilt …

»Die Fahrt der Shadowmoon« ist der atemberaubende erste Roman der großen Piraten-Fantasy *Die Mondwelten-Saga*.

DER AUTOR

Sean McMullen, geboren im australischen Viktoria, war lange Jahre Musiker und Sänger bevor er mit dem Schreiben fantastischer Geschichten begann. Heute zählt er zu den interessantesten und erfolgreichsten Fantasy- und Science-Fiction-Autoren Australiens. Sein Werk wurde mehrfach ausgezeichnet. Mit seiner Frau und seiner ebenfalss schreibenden Tochter lebt er in Australien.

Sean McMullen

Die Fahrt der Shadowmoon

Roman

Deutsche Erstausgabe

WILHELM HEYNE VERLAG
MÜNCHEN

Titel der amerikanischen Originalausgabe
VOYAGE OF THE SHADOWMOON (PART 1)
Deutsche Übersetzung von Christian Jentzsch

FSC
Mix
Produktgruppe aus vorbildlich bewirtschafteten Wäldern und anderen kontrollierten Herkünften
Zert.-Nr. SGS-COC-1940
www.fsc.org
© 1996 Forest Stewardship Council

Verlagsgruppe Random House
FSC-DEU-0100
Das FSC-zertifizierte Papier *München Super* für Taschenbücher aus dem Heyne Verlag liefert Mochenwangen Papier.

Deutsche Erstausgabe 07/2006
Redaktion: Uta Dahnke
Copyright © 2002 by Sean McMullen
Copyright © 2006 der deutschsprachigen Ausgabe by
Wilhelm Heyne Verlag, München,
in der Verlagsgruppe Random House GmbH
Printed in Germany 2006
Titelillustration: Arndt Drechsler
Umschlaggestaltung: Nele Schütz Design, München
Karte: Andreas Hancock
Satz: Greiner & Reichel, Köln
Druck und Bindung: GGP Media GmbH, Pößneck

ISBN-10: 3-453-52066-1
ISBN-13: 978-3-453-52066-0

http://www.heyne.de

Für Trish,
mein wandelndes Lexikon

Die Wel
Dacostia
Wildernischer Ozean
Charten-Yir
Okzidanischer Ozean
Portus
N
Acremanische Meilen
0 500 1000 1200
0 500 1000 1500 2000
Toreanische Meilen
60
40
20
0
20
40
60
80

von Verral
Lemtas
Nordinfiniter Ozean
Vindil
Sorric
Ebarossee
Mittelinfiniter Ozean
Racital
Zalmek
Bantak
Diomeda
Helion
Fontarian
Port Kosamic (Banzalo)
Darmaria
Tomel
Vidaria
Gironal
Dioran
Larmental
Bax
Torea
Saltberry
Lacer
Malderische Inseln
Namari
Glasbury
Palion
Carcalus
Plazidischer Ozean
Zantarias
Schreckens
Alberin
Alber
Vollean
Zurlan
Nord-Scalticar
Südinfiniter Ozean

PROLOG

Miral beherrschte den Himmel, als der Hochsee-Kauffahrer anlegte, eine immense grün gestreifte Scheibe im Zentrum dreier schillernder grüner Ringe. Das Schiff war kaum gegen den Steinpier gestoßen, als Matrosen und Offiziere sich auch schon hektisch mühten, das Fallreep über die Bordwand zu hieven und zu sichern. Eine dünne Gestalt mit einem wadenlangen Umhang und einem kleinen Rucksack auf einer Schulter hatte neben dem Hauptmast gewartet, und Erleichterung überkam die Besatzung wie eine kühle Brise an einem Sommerabend, als sie über die Reling kletterte und das Schiff verließ.

»Ich habe schon Stürme, Wracks, Schlachten, ein paar Seeungeheuer und sogar ein gemeinsames Abendessen mit meinen fünf Schwiegerelternpaaren überstanden, aber ich hatte noch *nie* so viel Angst wie auf dieser Fahrt«, gestand der Kapitän dem Steuermann, während sie beide auf dem Achterdeck standen und zuschauten.

»Also, was nun, Herr Kapitän?«, antwortete der Steuermann. Er band das Ruder fest.

»Lasst Fracht ausladen, die neue Fracht einladen und mit der Morgenflut auslaufen. Wir haben sieben Stunden. Wir können es schaffen.«

»Nach zwei Monaten auf See, Herr Kapitän? Die Männer werden an Land gehen und zechen und sich amüsieren wollen.«

»Wollt Ihr damit sagen, dass auch nur einer von ihnen im selben Hafen an Land sein will wie *das da*?«, schnauzte der Kapitän und zeigte auf die kleine, dunkle Gestalt, die sich auf dem Steinpier vom Schiff entfernte.

»Ah, ja, Herr Kapitän. Ich verstehe, was Ihr meint.«

»Er wirft keinen Schatten in Mirals Licht, aber er hat einen im Lampenlicht«, stellte der Kapitän plötzlich fest.

»Mir gibt mehr zu denken, dass acht unserer Passagiere auf der Fahrt verschwunden sind. Jetzt wollen die anderen umgehend zurück nach Acrema, ohne einen Fuß an Land zu setzen.«

»Tja, das erspart uns die Mühe, neue Passagiere zu suchen«, sagte der Kapitän, während er sich auf den Weg machte, das Ausladen der Fracht zu überwachen.

Der Nachthimmel war klar, und drei Mondwelten waren Miral sehr nah: der orange Dalsh, die blaue Belvia und der weiße Lupan. Die Farbe Verrals war schon seit Jahrtausenden Gegenstand eingehender Debatte, aber die Gelehrtenmeinung tendierte mehrheitlich zu Grün. Für die Bewohner Verrals war Miral Ursprung und Quell aller Magie, wie die Sonne Ursprung und Quell allen Lebens war. Sie wussten, dass Pflanzen ohne Sonnenlicht starben, also war die Sonne ganz offensichtlich der Born des Lebens. Experimente aber, um zu beweisen, dass Miral die Quelle des magischen Äthers war, ließen sich nur schwerlich durchführen. Eigentlich hatte lediglich ein Experiment jemals Resultate gezeitigt. Zauberer hatten festgestellt, dass der einzige Vampyr auf ganz Verral wie tot schlief, wenn Miral nicht am Himmel stand. Unglücklicherweise war dieser Vampyr geflohen, bevor weitere Experimente durchgeführt werden konnten, und Generationen von Zauberern hatten ihn jahrhundertelang gejagt, um diese Experimente eben doch anstellen zu können. Nicht gerade wenige andere hatten ihn ausschließlich mit dem Ziel gejagt, seinem Leben als Untotem ein Ende zu bereiten, aber sieben Jahrhunderte auf der Flucht hatten seine

Überlebensinstinkte ebenso geschärft wie seine Zähne. Und nun war er in Torea eingetroffen.

»Ein ganzer Kontinent voller Diebe, Schinder, Banditen, Schwindler, Sklavenjäger und Minnesänger, die lange, langweilige Epen vortragen und dabei den Ton nicht halten können«, flüsterte Laron bei sich, als er am Ende des Piers stehen blieb. »Und sie gehören mir! Alle mir!«

In einer Freiluft-Taverne hatte ein ältlicher Ätherformer zur Belustigung der Gäste eine kleine, spärlich bekleidete Tänzerin aus reinem Äther gestaltet. Nicht weit entfernt verbrannte der Hausdracel des Schankwirts Motten mit kleinen Feuerstößen und schnappte sie dann auf, bevor sie zu Boden fielen. Während Laron die Anwesenden betrachtete, schnippte ein Ätherschmied mit den Fingern über seiner Pfeife, die daraufhin anfing zu qualmen.

Hier gibt es reichlich Äther, dachte Laron. *Dieses Unternehmen wird eher ein Vergnügen als Arbeit.*

Der Äther war mit dem Leben verflochten – er war Magie, die aus dem Nichts herausgekitzelt werden konnte. Ätherschmiede waren die Arbeiter der magischen Künste: sie waren von Natur aus begabt im Umgang mit ätherischen Energien, aber es fehlte ihnen an der Feinbeherrschung. Ätherformer waren die magischen Uhrmacher, Juweliere und Chirurgen: sie waren die Künstler der Lebenskraftbeherrschung. Initiaten vereinten die Talente von Ätherformern und Ätherschmieden, und ab Stufe zehn aufwärts wurde ihnen allgemein voller Zauberer-Status zuerkannt. Man musste mit den richtigen Talenten geboren sein, um auch nur in Erwägung zu ziehen, Zauberer zu werden, und selbst dann bedurfte es langer Studienjahre, um die zehnte Stufe zu erreichen.

Während sich der letzte Monat des Jahres 3139 dem Ende näherte, ahnten die Bewohner Verrals nicht, dass das kommende Jahr ihre Welt drastischer verändern würde als jedes andere in ihrer Geschichte. Eine Hand voll wusste, dass große Gefahren und außerordentlich interessante Zeiten vor ihnen lagen, und einer aus dieser Hand voll war Laron. Gegenwärtig hatte er jedoch unmittelbarere Probleme. Er schlenderte zu der Freiluft-Taverne und stellte sich vor das Thekenbrett.

»Und womit kann ich Euch dienen?«, fragte der Schankwirt.

»Ich hätte gern einen wahrhaft abscheulichen und brutalen Schläger«, erwiderte der Vampyr mit einem irgendwie altertümlichen Akzent. Er war seit zweihundert Jahren nicht mehr in Torea gewesen.

»Davon gibt's in Fontarian reichlich«, lachte der Mann, »und umsonst noch dazu.«

»Wundervoll«, hauchte Laron mit aufrichtiger Freude und legte eine diomedanische Silbermünze auf das Brett. »Wenn Ihr so nett wärt, mir einen zu zeigen.«

»Äh, dürfte ich fragen, warum?«, fragte der Schankwirt beklommen, während er die Münze an sich nahm.

»Weil ich dem Pfad der Ritterlichkeit folge.«

»Ritterlichkeit?«, erwiderte der Schankwirt, der das Gefühl hatte, das Wort möglicherweise schon einmal irgendwo gehört zu haben, und nun dachte, er hätte bei dieser Gelegenheit aufmerksamer zuhören sollen.

»Es bedeutet, dass man auf all seinen Wegen Glückseligkeit verbreitet«, erläuterte Laron.

»Ihr meint, so wie ein reicher Trunkenbold mit einem Loch im Geldbeutel?«

»Ja, genau, eine wunderbare Analogie«, erwiderte Laron, indes er die Menge der Gäste betrachtete und sich die Hände rieb.

1

FAHRT NACH ZANTRIAS

Die Mauern von Larmentel hatten der angreifenden Armee von Kaiser Warsovran fünf Monate widerstanden. Steinerne Wasserspeier streckten den Belagerern jenseits der Mauern die Zunge heraus und zeigten ihnen das entblößte Hinterteil, während die Adeligen Wein aus glasierten Tonbechern tranken, deren Form dem abgetrennten Haupt des angreifenden Kaisers nachempfunden war. Ihre Zuversicht war gerechtfertigt. Larmentel war in den gesamten sechshundert Jahren seit seiner Gründung nicht ein einziges Mal erobert worden.

Die Stadt lag in der Mitte des Kontinents Torea. Sie war nicht nur wunderschön, sondern auch wehrhaft mit ihrer hohen krenelierten Außenmauer rings um die Zisternen, Gemüsegärten und Vorratsspeicher, die ihre Einwohner ernährten. Die Zitadellenmauer schützte die Innenstadt, wo sich Tempel, Paläste und herrschaftliche Wohnsitze aus weißen Steinblöcken terrassenförmig erhoben und einen Ausblick über die umliegende Ebene zu den fernen Bergen im Nordosten boten. Larmentel war reich und mächtig und in der Absicht errichtet worden, einen schönen Anblick zu bieten und stark zu sein. Die Vorratsspeicher waren ob des Wohlstands mächtige Kuppelbauten aus weißem Stein, die sich in der Stadtmitte ballten, als seien sie Paläste.

Einsel und Chiffre beobachteten im Dämmerlicht des Morgengrauens das Vorrücken der Belagerungsmaschinen. Die beiden standen gerade außerhalb der Reichweite einer guten Armbrust in fähigen Händen. Nachdem sie einen Haufen Männer bei Sturmangriffen und mehrere unklugerweise ungehobelte Diplomaten bei direkten Verhandlungen verloren hatten, hatte sich Warsovrans Kommandant auf den Einsatz von Maschinerie zur Einnahme der Mauern verlegt. Die drei Belagerungsmaschinen waren Türme aus Holzbalken, die an drei Seiten gepanzert waren und in einer schwenkbaren Brücke ausliefen, über die Warsovrans beste Sturmkletterer angreifen würden, um einen Brückenkopf auf den Mauern zu errichten. Die drei Türme rollten zusammen vorwärts und näherten sich der Mauer wie schwerfällige, mächtige Riesen.

»Wenn ich Maschinen wie diese sehe, zweifle ich manchmal an den geistigen Fähigkeiten unserer Führer«, räumte Einsel ein, der Kaiser Warsovrans Hofzauberer war.

»Wenn ich Maschinen wie diese sehe, zweifle ich *immer* an den geistigen Fähigkeiten unserer Führer«, erwiderte Chiffre.

Beide Männer trugen eine schlichte Rüstung, an der nur die bunten Federn hinten am Helm verrieten, dass sie zum Adel gehörten. Schließlich war es unvernünftig, auf dem Schlachtfeld Aufmerksamkeit auf sich zu lenken, wo Offiziere und Adelige die Hauptziele der Scharfschützen waren. Einsels Rüstung passte nicht richtig, weil er etwas kleiner und dünner war als die meisten Krieger. Eigentlich erinnerte er viele an ein Kind, das die Uniform seines Vaters angelegt hatte, aber das sprach niemand laut aus. Er war heute tatsächlich sogar zum ersten Mal auf einem Schlachtfeld, ein Zeichen dafür, wie verzweifelt die Lage mittlerweile war. Chiffre seinerseits war ebenso darum besorgt, bloß nicht erkannt zu werden, wie um seine Sicherheit. Unter dem Helm war sein Gesicht mit einem braunen Tuch verschleiert, so dass nur seine Augen sichtbar waren.

Die Türme waren fast nah genug, um ihre Brücken auf Larmentels Mauern herabfallen zu lassen, als das Ding auftauchte, ein zierlich aussehendes Gebilde aus Balken und Seilen, das an

Kopf und Hals eines riesigen Stelzvogels gemahnte. Es hievte einen gewaltigen Holzbalken mit stilisierten Adlerkrallen an einem Ende hoch und ließ ihn zwischen dem mittleren Belagerungsturm und der Mauer herab. Augenblicke später hielten zwei ähnliche Kräne die beiden anderen Türme auf dieselbe Art und Weise auf.

»Das Problem scheint darin zu liegen, dass das ehrenwerte Betätigungsfeld des angewandten Konstruktionswesens an Larmentels Universität erfunden wurde«, sagte Chiffre.

»Ah, die Universität von Larmentel, da habe ich meinen Abschluss in Ätherformung gemacht«, seufzte Einsel, dessen Gedanken von der Schlacht abgeschweift waren. »Ein wahrhaft bezaubernder Ort.«

In Larmentel stand eine der fünf Universitäten Toreas, doch bestand sie nicht aus schmuddeligen Sälen und übergroßen, verschachtelten Lehrgebäuden, sondern war ein Verbund aus schlanken, grazilen Türmen, die auf mehreren Ebenen durch Hängebrücken miteinander verbunden waren.

»Ich kann ihre Türme von hier aus sehen«, sagte Chiffre. »Wer hätte gedacht, dass sie tödlicher sind als alle Speere einer Armee?«

»Habt Ihr gewusst, dass durch ihre Türme symbolisch das Lernen über das tägliche Leben erhoben werden sollte?«, fragte Einsel. »Einige der besten Gelehrten in der Geschichte Toreas haben dort studiert. Die Universität liegt in der Zitadelle wie der Königspalast – das ist diese große Ansammlung von Kuppeln, Balkonen und hohen Bogengängen. Ein Teil des Palasts ist für Besucher aus Larmentel geöffnet, so dass jeder über die Balkone von königlicher Pracht wandern und sich für ein paar Augenblicke wie König oder Königin fühlen kann, während er über die Stadtmauern und die Ebene dahinter schaut.«

»Wunderschöne Türme, aber tödlich«, sagte Chiffre.

»Sehr wahr. Obwohl sich in ihnen keine Waffen verbergen und sie nicht einmal befestigt sind.«

»In der Tat. Die in ihnen ausgebildeten Konstrukteure sind besser als unsere.«

Wie zur Bestätigung seiner Worte tauchte ein riesiger Drachenkopf an einem langen grünen Hals auf, der an einem weiteren schlanken Kran baumelte. Aus dem Maul quoll Rauch, während er über die Mauer und am mittleren Belagerungsturm vorbeigeschwungen wurde. Der Kopf drehte sich, und ein Feuerstrahl strömte aus dem Drachenmaul in die offene und ungeschützte Rückseite des Turms. Die zweihundert Sturmkletterer und Bogenschützen darin brannten nach wenigen Sekunden in der Kaskade aus Lampenöl, Pech und Schwefel lichterloh. Der Turm selbst brannte und war unrettbar verloren, als der Drachenkopf sich zum nächsten Turm in Bewegung setzte. Die ihn lenkenden Konstrukteure hätten sich die Mühe sparen können, denn dessen Insassen hatten bereits die Waffen weggeworfen und liefen um ihr Leben.

Ein Feuerstrom verheerte den zweiten Turm, während jene, die den dritten Turm vorwärts geschoben hatten, sich nun mühten, ihn von der Mauer wegzuziehen. Doch man hatte bereits Enterhaken über die Mauer geworfen, so dass sich der Turm nicht mehr bewegen ließ.

Der Drachenkopf näherte sich nun langsam diesem letzten Turm, der mittlerweile vollkommen verlassen war. Augenblicke später stand er wie seine beiden Geschwister in hell lodernden Flammen.

»Nur diejenigen Sturmkletterer und Bogenschützen haben überlebt, welche noch während der Verbrennung des ersten Turms die Flucht ergriffen haben«, stellte Einsel fest.

»Feiglinge«, höhnte Chiffre. »Krieg ist etwas für Helden.«

»Krieg ist die Methode der Götter, Feiglinge hervorzubringen«, sagte Einsel.

»Inwiefern?«

»Feiglinge sterben in der Regel nicht so schnell, also überleben mehr und können sich fortpflanzen.«

»Aber sie kehren besiegt heim.«

»Die Feiglinge auf beiden Seiten kehren vor allem lebendig heim, und genau das hoffe ich auch zu tun. Dort pflanzen sie sich fort. Nur die siegreichen Helden können dasselbe tun.«

Während sie dastanden und die Flucht ihrer Truppen beobachteten, galoppierte ein Meldereiter heran und zügelte sein Pferd.

»Höchst gelehrter Rax Einsel, Kommandant Ralzak verlangt Eure Anwesenheit«, rief er. »Und, mein Herr, werdet Ihr vielleicht Chiffre genannt?«

»So heiße ich.«

»Kommandant Ralzak verlangt Eure Anwesenheit ebenfalls.«

Der junge Offizier ritt weiter, während Einsel und Chiffre zu ihren Pferden zurückkehrten.

»Ralzak muss sehr verzweifelt sein«, sagte Einsel. »Er verachtet seine Zauberer noch mehr als seine Konstrukteure.«

Agarif Ralzak war Warsovrans Oberbefehlshaber. Er hatte mitangesehen, wie seine Belagerungsmaschinen und Sturmkletterer von Larmentels schönen, aber soliden Außenmauern bislang bei jedem Angriff zurückgeschlagen worden waren, und diese Niederlagen waren ihn teuer zu stehen gekommen. Die Königreiche des Südwestens hatten abgewartet, ob Larmentel unter dem Ansturm der Angreifer fallen würde, doch nun verloren sie langsam ihre Furcht vor Warsovrans Truppen und sammelten sich. Ralzak saß auf dem dichten vidarianischen Teppich in seinem Zelt und las die Berichte seiner Diplomaten und Spione, während Silbertod neben der geöffneten Zeltklappe stand, mit dem Glanz von Quecksilber leuchtete und irgendwie durch leere, spiegelnde Augen sah. Die Mauern, Terrassen, Kuppeln, Türme und Zinnen Larmentels waren in der Ferne deutlich zu sehen und erstrahlten rot im Licht des Sonnenaufgangs.

Ralzaks Blick wanderte von der Stadt zu Silbertod. Silbertod hatte die Gestalt eines Mannes und trug Warsovrans Schuppenpanzer und Streitaxt über einer schwarzen Tunika. In den fünf Monaten, seit er Silbertods Gebieter geworden war und den Befehl über Warsovrans Truppen übernommen hatte, war Ralzak davor zurückgeschreckt, seinen sonderbaren neuen Krieger einzusetzen. Warsovran hatte drei Jahre lang fünfzigtausend Sklaven und zehntausend Bewaffnete dafür abgestellt, den unter einer Gesteinslawine im Meerwallgebirge verschütteten Silbertod auszugraben. Also hatte er, was immer er war, einen großen Wert und wahrscheinlich gewaltige Macht, aber Ralzak kämpfte ebenso ungern Seite an Seite mit dem Unbekannten wie dagegen.

Bei seiner Entdeckung hatte Silbertod das Aussehen einer seltsamen Metalltunika aus Kreisen, Haken und Spiegelfacetten gehabt, doch als Ralzak Warsovran geholfen hatte, sie anzulegen, war sie geschmolzen und zu einer Haut aus biegsamem Metall zerflossen, die den Kaiser vollkommen bedeckt hatte. Vom Kaiser war nur noch die Gestalt übrig geblieben. Eine hohle, hallende Stimme hatte verkündet, ihr Name laute Silbertod, und sie sei bereit zu tun, was Ralzak wolle.

Mit so einem magischen Krieger hatte Ralzak absolut nicht gerechnet. Er hatte in aller Eile bekannt machen lassen, Warsovran trage eine neue Art Rüstung, und alle bis auf Ralzak glaubten, Warsovran lebe noch und habe in seiner fantastischen Haut aus lebendem Metall das Kommando. Sein viel gerühmtes Urteilsvermögen und sein Scharfsinn waren jedoch verschwunden, und die von dem brillanten und charismatischen Kaiser geformten Bündnisse wurden rasch brüchig. Warsovran war jetzt nur noch eine Galionsfigur, und er gab keine Befehle mehr. In den vergangenen fünf Monaten hatte Ralzak herausgefunden, dass er selbst ebenfalls nicht Warsovrans Format hatte.

»Ich habe nie darum gebeten, oberster Herrscher zu werden«, vertraute Ralzak Silbertod an. »Ich bin nur ein Soldat. Ich kenne meinen Platz, und mein Platz ist nicht hier.«

»Einverstanden«, erwiderte Silbertod mit tonloser, metallischer Stimme.

Verspottet er mich?, fragte Ralzak sich hilflos. »Ein paar Nachbarn des Heimatlandes zu besiegen und unsere Grenzen vorteilhaft auszuweiten, das war meine Stärke. Aber einen Kontinent zu erobern? Ich weiß weder warum noch wie. Was würdest du tun?«

»Ich kann keinen Rat geben. Ich kann nur benutzt werden.«

Ralzak hatte diese Worte schon öfter gehört. Er dachte gründlich nach und betrachtete dabei Larmentel. Die Stadt war nicht gefallen, aber er brauchte weder ihre Einwohner noch ihren Reichtum. Und er wollte auch nicht den Luxus ihrer Herrenhäuser und Türme für sich in Anspruch nehmen. Auf seine Art war er ein einfacher Mann, dem das Leben im Feld bei seinen Truppen gefiel, und politisch unambitioniert.

»Kannst du meine Feinde vernichten?«, fragte Ralzak, während sein Blick wiederum auf Larmentel ruhte.

Seine Stimme war gedämpft, als murmele er lediglich ein paar Gedanken vor sich hin. Silbertod betrachtete ihn mit leerem, metallisch glänzendem Gesicht.

»Diese Tat liegt an der Grenze meiner Fähigkeiten«, erklärte Silbertod mit seiner tonlosen und doch unheilschwangeren Stimme.

»Also könntest du es tun«, erwiderte Ralzak.

»Ja.«

Ralzak erhob sich und schaute durch den Zelteingang auf die ummauerte Stadt in der Ferne. »Larmentel ist die stärkste Stadt in ganz Torea. Wenn es Larmentel nicht mehr gibt, werden meine anderen Feinde wie Spreu sein, die man zusammenkehrt und verbrennt. Wie schnell könntest du Larmentel kleinkriegen?«

»Innerhalb von Minuten.«

Ralzak drehte sich um und blinzelte, die Lippen leicht geöffnet. Silbertod blieb ungerührt. Der metallische Glanz, der den Kopf dessen umschloss, welcher früher einmal Ralzaks Gebieter gewesen war, hatte menschliche Umrisse, und Ralzak fragte sich, ob der Mann darunter noch mitbekam, was vorging.

»Wann kannst du also, äh, zuschlagen?«, fragte Ralzak ein wenig zaghaft, als die Stille sich dehnte.

»Sofort«, erwiderte Silbertod und machte einen Schritt zum Zelteingang.

»Nein, nein«, sagte Ralzak, indem er eilig abwinkte. »Ich will meine Truppen in Stellung bringen, damit sie jeden Vorteil ausnutzen können, den du ihnen verschaffst.«

»Das ist nicht nötig«, versicherte ihm Silbertod.

»Ich will trotzdem auf meine Art vorbereitet sein, bevor du zuschlägst«, beharrte Ralzak.

»Du gebietest über mich«, erwiderte Silbertod.

Ralzak dachte über das unglaubliche Angebot nach, während er in seinem Zelt auf und ab marschierte und Larmentel dabei jedes Mal, wenn er an dem Eingang vorbeikam, mit einem finsteren Blick bedachte. Was gab es zu verlieren? Silbertod hatte gesagt, die Eroberung der Stadt liege an der Grenze seiner Fähigkeiten, also würde er nach dem Einsatz erschöpft und harmlos sein, ob Larmentel nun gefallen war oder nicht. Schließlich winkte Ralzak Silbertod heran, und sie gingen gemeinsam nach draußen. Chiffre war dort, immer noch in seiner unauffälligen Kleidung und Rüstung und mit verschleiertem Gesicht. Einsel stand neben ihm und schaute ängstlich drein.

»Gelehrter Einsel, ich will Silbertod seiner ersten echten Prüfung unterziehen«, verkündete Ralzak. »Habt Ihr einen Rat?«

»O ja, geschätzte Lordschaft«, erwiderte Einsel mit einer Verbeugung und rieb sich dabei die Hände.

»Und der wäre?«

»Lasst es sein.«

»Diesen Rat gebt Ihr mir, seit Silbertod gefunden wurde. Könnt Ihr nicht einmal etwas Neues sagen?«

»Äh, schafft ihn in die Berge, lasst ihn auf den Grund einer sehr tiefen Felsspalte herab und begrabt ihn unter einer gewaltigen Gerölllawine.«

»Das hat der vorherige Gebieter Silbertods getan.«

»Sehr vernünftig von ihm«, sagte der kleine Zauberer, indem er sich noch einmal verbeugte, um zu betonen, dass seine Antwort kein Sarkasmus war – obwohl sie es doch war.

»Einsel, ich will Euch etwas anderes sagen hören als ›Lasst es sein‹!«, schnauzte der Kommandant.

»Nun, wie wäre es dann mit ›Benutzt ihn nicht, geschätzte Lordschaft‹?«

»Ich verliere langsam die Geduld! Welchen Verfahrensratschlag habt Ihr in Bezug auf Silbertod?«

»Haltet Euch möglichst von ihm fern«, sagte der Zauberer mit einem Achselzucken.

»Chiffre, habt *Ihr* irgendwelche Ratschläge?«, fragte Ralzak, indem er sich von dem nervösen, kläglichen kleinen Mann abwandte.

»Nein, geschätzte Lordschaft«, erwiderte der maskierte Mann mit geflissentlicher Ehrerbietung.

»Aber Ihr habt ihn für uns ausfindig gemacht.«

»Ich lerne ebenfalls. Aus Euren Fehlern.«

Ralzaks Miene verdüsterte sich. Chiffres Gesichtsausdruck war unter seinem Schleier nicht zu erkennen.

»Erfahrung ist eine teure Schule, und doch verlangen die Narren immer lauthals nach ihrem Besuch«, mahnte Einsel.

»Wollt Ihr mich verspotten?« Der Kommandant fuhr zu ihm herum.

»Nein, geschätzte Lordschaft, aber ich versuche Euch zu warnen«, erwiderte Einsel, wobei er dem Kommandanten diesmal direkt ins Gesicht schaute.

Ralzak blinzelte. Er erlebte zum ersten Mal in den fünfzehn Jahren, die er ihn kannte, dass Einsel jemandem ins Gesicht schaute. »Ich kann nicht begreifen, warum Ihr beide so ängstlich seid«, sagte er, indem er die Arme hinter dem Rücken verschränkte und sich abwandte, um wieder dazu überzugehen, Larmentel zu fixieren.

»Kommandant, wir verstehen kaum die grundlegendsten Eigenschaften dieses Dings«, warnte Einsel. »Aber sämtliche historischen Autoritäten stimmen darin überein, dass es ungeheuer mächtig ist.«

»Rax, wir verstehen nicht, warum Feuer Holz verbrennt, Stein aber nicht«, sagte Ralzak abschätzig, »und doch benutzen wir das Feuer zum Kochen, um uns bei Nacht den Weg zu erleuchten, uns zu wärmen und die Städte unserer Feinde niederzubrennen. Die Prüfung wird stattfinden. Habt Ihr einen Wunsch?«

»Ich würde mir außerordentlich wünschen, weit weg zu sein.«

»Ich meine, was magische Prüfungen anbelangt?«

»Es würde mir gefallen, weit weg hinter einem sehr großen Felsen zu sein, um dessen Fähigkeiten zu prüfen, mich zu schützen.«

Ralzaks Vorbereitungen dauerten zwei Stunden. Allen Männern, ob Dienst habend oder nicht, wurde befohlen, die Rüstung anzulegen und sich bereitzuhalten. Die Infanterie wurde an fünf strategischen Punkten postiert, um zu verhindern, dass jemand aus der Stadt floh, während die Eliteeinheiten der Ulanen so in Stellung gebracht wurden, dass sie schnell etwaige Breschen erreichen konnten, die der Feind schlagen mochte. Sturmkletterer mit Leitern und Wasserschilden standen der Stadt am nächsten. Die achte Stunde des Morgens war angebrochen, als Ralzak so weit war. In voller Schlachtrüstung und mit gezogener Streitaxt trat er Silbertod vor einer kleinen Gruppe ranghoher Offiziere und Adeliger gegenüber.

»Tu dein Möglichstes, vernichte meine Feinde«, befahl er und zeigte dabei mit seiner Streitaxt auf die unbesiegten Mauern Larmentels. »Heute werde ich in den Königspalast von Larmentel marschieren und seinem König als allgewaltiger Sieger vor die Füße spucken.«

Jene, die nah genug waren, um ihn zu verstehen, bejubelten mechanisch seine Worte. Silbertods Haut fing an zu schimmern und geriet dann in Bewegung, als krabbelten winzige silberne Ameisen über sie. Sein Kopf dehnte sich langsam aus und verwandelte sich in eine schimmernde silberne Kugel. Jene in der Nähe wichen zurück, und Ralzak sah, dass Silbertods Hände weiß geworden waren. Auch am Hals wurde weiße Haut entblößt. Warsovrans Kiefer wurde sichtbar, und mittlerweile hatte die Kugel die Größe eines kleinen Zelts angenommen. Kommandant Ralzak wich keinen Fingerbreit zurück und sah zu, wie Mund, Nase und Augen Warsovrans, des mächtigen Kaisers, entblößt wurden. Als Silbertod sich von seinem Wirt gelöst hatte, fiel Warsovran zu Boden und blieb reglos liegen.

Silbertod schwebte frei in der Luft, eine Kugel, die schimmerte und zitterte wie eine Seifenblase, und als sie die Größe eines

Hauses hatte, stieg sie höher und schwebte der belagerten Stadt entgegen. Ralzak meinte zu erkennen, dass sie durchsichtig wurde, und bald war sie so hoch und unstofflich, dass man sie überhaupt nicht mehr sehen konnte. Der Himmel war blau über Larmentel, und alles schien ruhig und heiter zu sein. Ralzak fragte sich, ob Silbertod ihm vielleicht einen demütigenden Streich spielte. Eine halbe Stunde verstrich, dann noch eine Viertelstunde. In der Masse der Armee der Belagerer begann das Murmeln und Murren.

»Ich kann's gar nicht erwarten, sie zu plündern«, sagte Colcos gedehnt, während er mit bereitgehaltenem Speer dastand und wehmütig auf die fernen Türme starrte.

»Larmentels Frauen werden in ganz Torea gerühmt«, fügte Manakar hinzu und leckte sich die Lippen.

»Sie sagen, in seinen Kellern gibt es genug Wein, um einen Hochsee-Kauffahrer zu fluten«, seufzte Lurquor.

»Ihre Fenster sind aus Glas«, sagte Colcos. »Habt ihr schon mal ein Glasfenster eingeschlagen?«

»Kann ich nicht von mir behaupten, nein«, räumte Manakar ein.

»Schönes Geräusch, so befriedigend.«

»Du hast doch auch noch nie eins eingeschlagen.«

»Habe ich wohl! Ich habe zwei Jahre als Sklave in einem Salzbergwerk gearbeitet, um den Gegenwert zu bezahlen.«

»Sie sagen, er könnte heute stattfinden«, warf Lurquor ein.

»Wer könnte heute stattfinden?«, fragte Colcos.

»Der Großangriff, der ganz große, mit dem wir die Stadt einnehmen.«

»Der war schon«, stellte Manakar fest. »Ihre gepanzerten Maschinen haben unsere Türme bis auf die Räder niedergebrannt.«

»Und die Räder auch«, sagte Colcos.

»Eine Stadt, die es sich leisten kann, siedenden Wein auf uns zu schütten, wenn wir die Sturmleitern erklimmen, muss weit davon entfernt sein, aufzugeben«, schloss Manakar mit einem Hohnlachen.

»Sie sagen, Warsovran und Ralzak haben eine neue Waffe«, protestierte Lurquor. »Das Ding, das aus dem Zelt des Kommandanten aufgestiegen und dann zur Stadt geschwebt ist.«

»›Sie‹, ›sie‹, ›sie‹ – wer sind ›*sie*‹?«, wollte Manakar wissen.

»Leute, die es wissen.«

»Na, wenn diese Waffe so klein ist, wird sie nicht viel ausrichten gegen …«, setzte Colcos an.

Mit der jähen, schockierenden Geschwindigkeit eines Blitzes brach ein riesiger kreisförmiger Spalt am Himmel über Larmentel auf, aus dem ein Vorhang aus strahlendem Glanz sickerte, der sich von einer Stelle über dem Palast aus ausbreitete. Plötzlich erlosch der Glanz. An seiner Stelle befand sich eine gelbrote, hoch aufragende Flammensäule, und ein Feuersturm fegte durch Dächer, Fenster und Torbögen. Ein glühend heißer Wind wirbelte schwere Ziegel und Steinplatten umher wie Blätter und verwandelte massive Holzbalken in Asche binnen der wenigen Augenblicke, die der ohrenbetäubende Donnerschlag benötigte, um Ralzaks Armee zu erreichen und jeden Krieger zu erschüttern wie durch einen Schlag mit einem Streitkolben. Die meisten Männer warfen sich reflexartig auf den Boden, andere blieben vor Angst wie versteinert stehen. Sturzwellen aus Flammen schwappten nach außen und fluteten die Straßen entlang und zu den Mauern der Zitadelle, wo sie brachen wie Wellen an einer Klippe, um dann hoch in den Himmel zu schießen. Zum Erstaunen der belagernden Armee schrumpfte der gewaltige Feuerkreis dann wieder in sich zusammen und konzentrierte sich über dem Zentrum von Larmentel. Übrig blieb nur Rauch, der über der Stadt in den Himmel wallte wie ein gewaltiger, bösartiger Baum. Die Hitze war so stark gewesen, dass sie die Gesichter der nächsten Belagerer zerstört hatte. Larmentels Herz war ausgebrannt. Der Feuerkreis hatte sich bis auf einen Durchmesser von einer Drittelmeile ausgeweitet und war dann wieder geschrumpft. Es war, als habe die Feuerflut an einer Feder gehangen, die bis an die Grenze ihrer Dehnfähigkeit gespannt worden und wieder zurückgeschnappt war.

Es dauerte viele Augenblicke, bis das Echo des Donners in

der Ebene verhallt war, dann herrschte für kurze Zeit völlige Stille.

»Scheiße«, sagte Colcos.

»Scheiß mich ein«, sagte Lurquor.

»Scheiß mich ein bis über die Ohren«, sagte Manakar.

Jemand in der Nähe gab ein ersticktes Quäken von sich, bei dem es sich um ein Luftholen handeln mochte, das von denjenigen ringsum aber als Jubelschrei aufgefasst wurde. Ihr Jubel breitete sich rasch in beiden Richtungen innerhalb der Armee aus, die Larmentel umzingelte, als den Soldaten aufging, dass sie dieses Ding aus Höllenfeuer nicht zu fürchten brauchten, weil es von ihrem Kommandanten an der Leine geführt wurde. Sie bejubelten ihre Unbesiegbarkeit unter der Führung von Ralzak und Warsovran, sie bejubelten den Fall von Larmentel, und sie bejubelten das Ende einer Belagerung, die keinen von ihnen mehr das Leben kosten würde.

»Brillant!«, rief Ralzak. »Die stärkste Festung in ganz Torea, ausgelöscht!«

Sofort wurden Reiter mit der Kapitulationsforderung ausgesandt, aber sämtliche Stadttore waren bereits geöffnet, und die überlebenden Verteidiger strömten aus der Stadt. Larmentel hatte einen Stich ins Herz bekommen, und seine Bewohner bluteten durch seine Mauern.

Plötzlich ging Ralzak auf, dass Warsovran neben ihm stand, bleich und dünn und doch irgendwie sehr gesund aussehend – sogar jugendlich. Ralzak fiel auf die Knie.

»Das habt Ihr gut gemacht«, sagte der Monarch heiser, der ein Dutzend Könige in die Knie gezwungen hatte.

»Kaiser Warsovran!«, rief Ralzak, der sich jetzt wieder erhob, um seinen unsicheren, schwankenden Führer zu stützen. »Sire! Ist alles in Ordnung? At'rik! Hierher, hole einen Medikus, sofort!«

»Keinen Medikus«, flüsterte Warsovran abwinkend. »Silbertod war Medikus genug. Er ist gut zu seinen Wirten, Ralzak.«

»Eure Majestät, wie kann ich mich je ausreichend dafür entschuldigen, Euch in den zurückliegenden Monaten herumkommandiert zu haben?«, stöhnte Ralzak, der aufrichtig zerknirscht war.

»Ihr habt dieses Ding herumkommandiert, nicht mich«, erwiderte Warsovran, während er einen Blick auf den wallenden Albtraum aus Rauch und Staub warf, der sich über Larmentel erhob. »Und es wurde kein Schaden angerichtet.«

»Ja, tatsächlich, mein Kaiser, und viele Eurer Männer sind durch Silbertods Magie gerettet worden. Ihr könnt jetzt im Triumph in Larmentel einziehen.«

»Nein, ich muss in meine Hauptstadt zurückkehren«, sagte Warsovran, während er bedeutete, man möge ihm ein Pferd bringen. »Ihr werdet hier bleiben.«

»Aber … Aber Larmentel ist gefallen. Sire, der Triumph …«

»Ist Eurer, Kommandant Ralzak. Bleibt hier und macht mit der Stadt, was Ihr wollt. Macht aus ihr ein Exempel für alle anderen, auf dass sie davon erfahren und sich fürchten. Schließlich seid Ihr Silbertods Gebieter.«

Ralzak sah sich nach einer Gestalt um, deren Gesicht mit einem braunen Tuch verschleiert war, aber Chiffre war nirgendwo zu sehen.

»Als Silbertod Euch zu seinem Wirt machte, hat Chiffre Euch angeschrien, ihm zu gehorchen«, vertraute Ralzak seinem Führer an.

»Hat er das? Und was habt Ihr getan?«

»Ich habe ihn wegen dieser Unverschämtheit aus dem Zelt werfen lassen.«

»Und Silbertod hat *Euch* als Gebieter akzeptiert? Sonderbar. Was habt Ihr getan und Chiffre nicht? Keine Zauber, Beschwörungen, Formeln, Gesänge … Sonderbar, äußerst sonderbar.«

Ungeachtet seiner vorgetäuschten Ratlosigkeit kannte Warsovran Silbertods Geheimnis ganz genau. Man trug Silbertod nicht, um dessen Gebieter zu werden – man gab ihm einen Wirt, *dann* gebot man über ihn. Ralzak hatte Warsovran geholfen, Silbertod anzulegen. *Die Person, welche ihn dem Wirt anlegt, wird zum Gebieter über die Waffe.* Warsovran sagte nichts. Es gab sehr viel, was Ralzak nicht zu wissen brauchte.

»Ist Chiffre in der Nähe?«, fragte Warsovran.

»Ja«, erwiderte Einsel. »Ich habe erst vor ein paar Minuten mit ihm gesprochen.«

»Lasst ihn töten, Ralzak. Er weiß genug, um gefährlich zu sein.«

»Betrachtet es als erledigt, Sire«, erklärte Ralzak.

Chiffre war tatsächlich ganz in der Nähe, aber die draußen herumlaufenden Menschen verbargen ihn. Als er sein Todesurteil hörte, entfernte er sich, drehte im Gehen seinen Umhang um, so dass militärisches Blau sichtbar wurde, und nahm Helm und Schleier ab. Er hatte sein Gesicht nicht verschleiert, um seine Identität zu verheimlichen, sondern um unerkannt fliehen zu können, wenn er seine Maskierung entfernte. Für den Preis zweier Leben brachte er sich in den Besitz eines neuen Federbuschs für seinen Helm und eines frischen Streitrosses. Eine Minute nachdem er sein Todesurteil vernommen hatte, war Chiffre nur noch einer von vielen Meldereitern. Viele derartige Offiziere ritten mit Botschaften und Befehlen umher, also fand es niemand merkwürdig, dass einer von ihnen nach Westen ritt. Zu diesem Zeitpunkt zeigte Warsovran auf eine Stelle über der Stadt.

»Silbertod ist immer noch dort oben«, sagte er zu Ralzak.

»Ich verstehe nicht, Sire.«

»Ich werde eine Reihe von Beschwörungen für Euch niederschreiben, die Ihr in den nächsten Monaten an gewissen Tagen kurz vor der achten Stunde des Morgens vornehmen müsst. Sie werden Silbertod in Gestalt immer stärkerer Feuerkreise heraufbeschwören. Ihr müsst ihn immer wieder beschwören, bis seine Energien erschöpft sind, dann wird er über der Stadt in seiner ursprünglichen Gestalt vom Himmel fallen. Wenn das geschieht, findet ihn und bringt ihn mir. Einsel, Ihr werdet jetzt mit mir reiten.«

»Eure Majestät, woher wisst Ihr das alles?«, fragte Ralzak.

»Ich habe Silbertod fünf Monate lang getragen, Kommandant, und in dieser Zeit habe ich einige seiner Gedanken mitbekommen.«

Die Tinte auf der Schriftrolle mit seinen Anweisungen war noch nicht trocken, als Warsovran mit Einsel in Begleitung einer starken Eskorte aus Angehörigen von Ralzaks Leibgarde aufbrach. Ralzak ritt an der Spitze einer Abteilung schwerer Reiterei im Triumphzug durch die Haupttore der Stadtmauer. Larmentel erinnerte ihn jetzt an eine starke Königin von erlesener Schönheit in den Klauen einer tödlichen, auszehrenden Krankheit. Abgesehen von der inneren Zitadelle war die Stadt unversehrt und floss über von Reichtum und potenziellen Sklaven, doch ihre Seele war verbrannt. Gut gekleidete Familien eilten mit allem, was sie tragen konnten, die geraden, sauberen Straßen entlang und über hübsche, von Efeu umgebene Plätze, allesamt Beute für die lange ohnmächtigen und wenig mitfühlenden Truppen Warsovrans. Hin und wieder ertönten durchdringende Schreie, und Schmerzgebrüll vermischte sich mit Jubel und herzhaftem Gelächter, während Feuer loderten, die nichts mit Silbertods verblüffender Entfesselung martialischer Magie zu tun hatten.

Näher an der Stadtmitte betrachtete Ralzak die Ruinen der Zitadellenmauern … die lange, gerade Allee wurde von brennenden Baumstümpfen gesäumt. Die gewaltigen eisenbeschlagenen Tore aus Eichenholz waren herausgesprengt und zu Asche verbrannt, und dahinter befanden sich glühende Ruinen. Die Stummel der Universitätstürme sahen wie abgebrannte Kerzen aus, während die Palastkuppeln an ein Nest voller großer zerschmetterter Eier erinnerten. Ralzak ritt so weit, wie er sein Pferd antreiben konnte, wobei ihm auffiel, dass die von Silbertods Feuer erfassten Gebäude nicht nur zerschmettert, sondern auch teilweise geschmolzen waren und Hitze ausstrahlten wie der Ofen eines Bäckers. Häuser in der Nähe waren durch die Hitzeabstrahlung in Brand gesetzt worden, und die Straße war mit den verkohlten Leichen derjenigen übersät, die dem Feuersturm zu nah gewesen waren.

Schließlich stieg Warsovrans Kommandant ab, wickelte sich seinen Umhang um den Kopf und schritt zu den Toren der Zitadelle, während ihn ein Gefolge aus Gardisten und Adjutanten anflehte zurückzukommen. Die heiße Luft ließ sich kaum atmen, war jedoch sonderbarerweise frei von Rauch und Dämpfen. Die Sohlen seiner Stiefel rauchten, als er über die heißen Steinplatten von Larmentels Innersten marschierte. Ralzak blieb kurz hinter dem Palasttor stehen, spie aus und kehrte um.

»Ich habe geschworen, ich würde als Sieger in den Königspalast spucken, und ich habe meinen Schwur gehalten!«, erklärte er den Offizieren, Gardisten und Adjutanten, die ihn umgaben, als er sich wieder in den Sattel schwang. Teile seiner Kleidung waren versengt, wo sie heißes Gestein gestreift hatten, und die Sohlen seiner Stiefel waren verkohlt und bröckelig, doch im Palast zu stehen und auf das königliche Allerheiligste zu spucken war die einzige Belohnung, die der strenge, nüchterne Kommandant gewollt hatte.

Nachdem er die Stadt verlassen hatte, verkündete Ralzak, er werde seine Augen drei Tage verschließen, und gab seinen Männern damit freie Hand, mit dem, was von Larmentel übrig geblieben war, nach Gutdünken zu verfahren.

Fast zwei Monate später wartete Roval Gravalios in der im Westen gelegenen Hafenstadt Gironal im Schatten einer Straße im Hafenviertel, den Dreispitz tief ins Gesicht gezogen und den schwarzen Spitzenkragen seines Umhangs hochgeschlagen. Es war kühl in der Hafengegend, aber da war noch etwas anderes in der Nähe, das ihn schaudern ließ. Mittlerweile war ihm das Gefühl nicht mehr fremd. Miral ging im Osten auf, und seine riesige, von den drei Ringen umgebene Scheibe hüllte die gesamte Straße in grünliches Licht und tintige Schatten.

Aus einem der winzigen Häuser der Reihe drangen Geschrei und Flüche. Roval lauschte angestrengt, um die Worte zu verstehen, während er wartete. Im Wesentlichen ging es um verstecktes Geld, Trinken, die Ernährung der Kinder und darum, dass jemand wieder in die Taverne wollte. Irgendwo in der Nähe läutete ein Ausrufer zwei Stunden vor Mitternacht und fügte hinzu, dass alles in Ordnung sei.

Der Streit ging in Geschrei und Schläge über, dann verstummten die Schreie. Schließlich kam ein stämmiger Hafenarbeiter, der ungefähr einen Kopf größer war als Roval, die Straße entlanggetorkelt und tippte sich ehrerbietig mit der Hand an den Rand seiner Mütze, da er den Schiffsoffizier passierte. Es roch nach Ale, als der Hafenarbeiter weiterging.

Plötzlich löste sich eine dunkle Gestalt von einem Balkon und fiel auf den massigen Mann. Der Angreifer hatte seinen Hinterhalt gut geplant, da die Stelle im Schatten lag und darüber hinaus durch eine Reihe abgestellter Kutschen vor Blicken geschützt war. Der Kampf war ein Gewirr aus Dunkelheit gegen Dunkelheit und wurde merkwürdig still ausgetragen. Als Roval hinzueilte, sah er den Hafenarbeiter auf den Pflastersteinen liegen und eine dunkle Gestalt, die sich über ihn gebeugt hatte. Schlieren ätherischer Energie glänzten und wanden sich in den Schatten, als dem massigen Mann Blut und Lebenskraft ausgesogen wurden. Er wehrte sich, grunzte, keuchte und lag dann still, aber immer noch tanzten Lichter und Funken über seinen Hals und das Gesicht des Angreifers, der ebenso gekleidet war wie Roval.

»Um der Barmherzigkeit willen, Laron, was ist, wenn jemand kommt?«, flehte Roval.

Die dunkle Gestalt ignorierte ihn. Nach einer Zeitspanne, die Roval wie eine Ewigkeit vorkam, richtete Laron sich auf, wischte sich sorgfältig die Lippen ab und tastete dann nach dem Geldbeutel seines Opfers.

»Verdammt, Laron, wenn Ihr nur ein paar Silberkronen wollt, hättet Ihr mich auch um einen Kredit bitten können!«, schnauzte Roval, während er sich neben ihn kniete. »Das war das Widerwärtigste, was ich gesehen habe, seit ich bei meinem Großvater hereinspaziert bin, als der gerade seine Hämorrhoiden mit Blutegeln behandelte.«

»Na, dann schaut doch beim nächsten Mal einfach nicht hin«, erwiderte Laron leise.

»Unser Schiff segelt innerhalb der nächsten Stunde und … Dieser Mann ist tot!«

»Ich habe sein ganzes Blut getrunken, das führt normalerweise dazu.«

»Aber, aber, aber …«

»Wir werden einige Zeit auf See sein. Wollt Ihr lieber, dass ich mich von der Mannschaft nähre?«

Laron erhob sich und trat aus dem Schatten. In Mirals Licht pflückte er sich ein paar Haarbüschel aus dem Gesicht, leckte die mit Harz getränkten Stoffstücke, auf denen sie saßen, von unten an und klebte sie wieder fest.

»Wie sieht mein Bart aus?«, fragte er, als er fertig war.

»Lächerlich. Also, können wir jetzt zum Schiff gehen?«

»Noch nicht«, sagte Laron, während er sich langsam entfernte.

»Was soll das heißen?«, wollte Roval wissen und eilte ihm nach. »Die Flut wartet weder auf die Lebenden noch auf die Toten.«

Laron blieb vor der Tür eines ordentlichen, aber schäbigen Häuschens stehen und klopfte energisch an. Nach kurzer Zeit öffnete eine Frau mit einem Körperbau, der sich nicht sehr von dem des soeben verschiedenen Hafenarbeiters unterschied, die Tür einen Spalt weit und lugte wachsam hinaus.

»Ich 'ab doch gesagt, ich 'ab kein Ge…«

Sie hielt inne, als sie die beiden Offiziere sah, dann öffnete sie die Tür, um sie einzulassen. Die Blutergüsse in ihrem Gesicht waren frisch und hässlich im Licht der Kerze, die sie hielt.

»Ma'yie Hulmork?«, fragte Laron.

»Ja, aber mein Mann ist nicht 'ier.«

Laron hielt den Geldbeutel des toten Mannes hoch. »Euer Mann hat gerade eine Attacke an beiden Herzen gehabt«, sagte er ernst.

»Was 'at er?«

»Er hat gar nicht mehr mitbekommen, womit er geschlagen war«, sagte Roval ein wenig zutreffender.

»Die Leute schlagen ihn andauernd. Dann kommt er nach 'ause und schlägt *mich*.«

»Wir möchten Euch unser Beileid zu seinem Tod aussprechen«, fügte Laron hinzu.

Als sie plötzlich begriff, schwankte die Witwe Hulmork und fiel in Ohnmacht. Laron fing sie auf und trug sie in einen Raum, in dem ein kleines Feuer in einem steinernen Kamin brannte. Fünf Kinder in geflickten Nachthemden stahlen sich in das Zimmer, während Laron Ma'yie eine Phiole unter die Nase hielt, aus der ein stechender Geruch strömte. Sie kam schlagartig zu sich und wiegte sich dann vor und zurück, wobei sie immer wieder den Namen ihres toten Ehegatten ächzte. Roval gab ihr sein Taschentuch.

»Euer Vater ist tot«, verkündete Laron den Kindern, als klar war, dass Toreas neueste Witwe einstweilen nichts Zusammenhängendes sagen würde.

»Ooh ... versprochen?«, antwortete ein Junge von etwa fünf Jahren. Ein Mädchen, nicht älter als vierzehn, lächelte einen Moment düster und schlug dann eine Hand vors Gesicht. »Kann ich sein Abendessen 'aben?«, fragte ein mageres, ungefähr elfjähriges Kind. Bei diesem Gedanken machten alle fünf Kinder kehrt und drängten zur Küchentür.

»Das ist für die Beerdigung Eures viel betrauerten Gatten«, sagte Laron, während er ein halbes Dutzend Silberkronen neben dem Geldbeutel auf den Tisch legte. Nach einem langen Seitenblick fügte Roval zwei weitere hinzu. »Und jetzt müssen wir wirklich gehen.«

»Ihr seid wahre Ehrenmänner«, schniefte die Witwe. »Ihr seid zu, *zu* freundlich.«

Sie nahmen ihren Dreispitz ab, verbeugten sich und überließen es dann dem Haushalt, mit seinem Verlust fertig zu werden.

»Was sollte das denn?«, wollte Roval wissen, während sie davoneilten.

»Hulmork hat seinen Lohn versoffen«, erklärte Laron. »Seine Frau hat mit Wäschewaschen die Miete bezahlt und das Essen auf den Tisch gebracht. Die Familie wird jetzt besser essen und in Frieden leben.«

»Offensichtlich, aber …«

»Ich versuche immer, ein wenig Glückseligkeit zu verbreiten, wenn ich mir eine Beute aussuche.«

»Ein ritterlicher Vampyr?«

»Ich bin ritterlich erzogen worden. In gewissem Sinn ist das alles, was mir noch geblieben ist.«

»Könnt Ihr Euch nicht von Hunden nähren oder vielleicht von Schafen?«

»Die Lebenskraft von Tieren kann mich nähren, aber der Geschmack ist übel. Stellt es Euch so vor, dass Ihr einen Krug Essig trinken müsst, wenn ein Kelch gekühlter Chardonnay Engelhaar 3138 daneben steht.«

Die Analogie brachte eine Saite in Roval zum Klingen, der fünftausend Meilen von der Heimat entfernt und vom hiesigen Wein wenig beeindruckt war.

»Ich dachte, Ihr könntet Nahrung und Getränke der Sterblichen nicht zu Euch nehmen.«

»Auf der Fahrt von Scalticar hierher war ein Weinliebhaber an Bord, der über nichts anderes reden konnte als Weine, Rebsorten und berühmte Jahrgänge«, erklärte Laron. »Ein äußerst unangenehmer Mensch, aber ich habe viel von ihm gelernt, bevor ich der Versuchung nachgab. Nachdem ich ihn leer getrunken und seine Leiche den Haien zum Fraß vorgeworfen hatte, war ich plötzlich sehr wacklig auf den Beinen, und am nächsten Tag hatte ich Kopfschmerzen. In seinem Blut und seiner Lebenskraft war etwas Komisches.«

»Könnt Ihr nicht einfach nur *etwas* Lebenskraft trinken?«, fragte Roval, der sich nicht gerade darauf freute, mit Laron auf demselben Schiff zu fahren. »Müsst Ihr Eure Opfer immer töten?«

»Wenn ich einmal zubeiße, habe ich mich nicht mehr unter Kontrolle. Es ist eine Art Raserei.«

Roval schauderte, da er sich an Larons Gesichtsausdruck erinnerte, als der Vampyr von Hulmorks Hals aufgeschaut hatte. *Auf keinen Fall beim Essen stören*, notierte er im Geiste.

»Nun denn, unser Gepäck ist auf die *Shadowmoon* gebracht

worden, auf der Ihr als Medikus und Navigator fungieren werdet«, sagte Roval, während sie an den Wellenbrechern entlangmarschierten.

»Auf die *Shadowmoon*?«, rief der Vampyr aus.

»Ist das ein Problem?«

»Die *Shadowmoon* ist ein rundlicher kleiner Schoner mit einer Besatzung von sechs Mann und dem Tempo einer unter Verstopfung leidenden Qualle.«

»Nichtsdestoweniger ist sie das modernste Schiff in toreanischen Gewässern und wahrscheinlich sogar der ganzen Welt.«

»Und eins der kleinsten. Was ist mit meinen Bedürfnissen? Ich brauche einen privaten, sicheren Ort zum Schlafen, wenn Miral unter dem Horizont steht.«

Er deutete auf die große von Ringen umgebene Planetenscheibe, die fahlgrün am Osthimmel stand.

»Unter dem Achterdeck ist eine zusätzliche Kabine eingerichtet worden, auch wenn sie nur wenig größer ist als ein Sarg«, erwiderte Roval.

»Wie angemessen. Steht zu vermuten, dass wir länger als eine Woche auf See sein werden? Danach lässt meine Selbstbeherrschung rapide nach.«

Der letzte Satz klang so in Rovals Ohren, als werde ein Dolch aus der Scheide gezogen. Roval schauderte.

»Nach allem, was ich gerade gesehen habe, auf keinen Fall! Ich werde dem Kapitän sagen, dass Ihr besondere Bedürfnisse habt. Wie zum Beispiel zu schlafen, wenn Miral untergegangen ist, und allwöchentlich für frische Nahrung an Land zu gehen.«

»Allwöchentlich«, seufzte Laron. »Ich werde ständig Hunger haben.«

Beim Gehen fiel Roval auf, dass Laron in Mirals Licht keinen Schatten warf, obwohl der Schatten des Vampyrs im Fackellicht nicht anders war als seiner. Die *Shadowmoon* war zum Auslaufen bereit, als sie ihren Ankerplatz erreichten. Der Schoner war kurz, breit und gedrungen und hatte zwei Lateinsegelmasten. Auf dem Hauptdeck war ein Ruderboot verkehrtherum festgeklemmt. Anstelle eines Steuerruders ragte eine drehbare Stange durch das Achterdeck ins Wasser.

»*Das* ist die modernste Waffe, die die kalten Wissenschaften gegen Silbertod ins Feld führen können?«, fragte Laron, als sie vor dem Fallreep stehen blieben.

»Ja.«

»Ihr seid verloren.«

»Warum seid Ihr dann hier?«

»Mir wurde gesagt, dass ich helfen soll.«

Auf dem Mitteldeck umarmte sich ein Paar in Mirals Licht, während die Besatzung die Segel und die langen Hilfsruder bereit machte.

»Das ist Schiffskapitän Feran«, erläuterte Roval. »Er hat ein Händchen für die Frauenzimmer.«

»Angesichts meiner Lebensumstände werde ich ihm keine Konkurrenz machen.«

»Wie meint Ihr das?«

»Ich neige dazu, jeden zu beißen, dem ich nah genug komme, um ihn zu küssen, und kaltblütig und tot zu sein ist gesellschaftlich betrachtet ein Nachteil. Außerdem habe ich den Körper eines pickligen, hühnerbrüstigen vierzehnjährigen Wichsers, und nach sieben Jahrhunderten habe ich ihn langsam, aber sicher gewaltig satt.«

Roval fiel die Verärgerung in Larons Tonfall auf. Mittlerweile begleitete Feran seine jüngste Geliebte über das Fallreep an Land. Laron und Roval nahmen den Hut ab und verneigten sich vor der jungen Frau, die kicherte, bevor sie Feran noch ein letztes Mal umarmte. Sie schauten ihr nach, wie sie an den Wellenbrechern entlangtrippelte.

»Ist die spezielle Fracht an Bord?«, fragte Roval.

»Ist heute Nachmittag in einem Sack gebracht worden«, erwiderte Feran. »Ist das unser neuer Offizier?«

»Schiffskapitän Feran Holzholm, darf ich Euch Laron Alisialar vorstellen, patentierter Hochsee-Navigator der Handelsmarine von Scalticar und geprüfter Medikus der Heiler-Akademie von Sargol.«

Feran betrachtete ihn von oben bis unten. »Beeindruckende Referenzen, aber noch ein wenig zu jung, um lange zur See gefahren zu sein«, folgerte er trotz Larons sorgfältig angeklebten Barts. »Und man hat mir gesagt, dass Ihr außerdem kränklich seid und besondere Bedürfnisse habt. Habt Ihr die Kraft, Euch tüchtig ins Zeug zu legen und ein nützliches Mitglied meiner Mannschaft zu sein?«

Die Besatzung der *Shadowmoon* hielt inne und sah und hörte zu. Laron zog seinen Handschuh aus und streckte die Hand aus. Feran ergriff sie und drückte fest zu. Sofort entlockte ihm die Eiseskälte von Larons Haut ein unfreiwilliges Keuchen. Laron erwiderte den Druck. Feran versuchte ihm seine Hand zu entziehen, schrie auf und sank auf die Knie. Larons Lippen zogen sich zurück, und dann quollen ihm fast die Augen aus dem Kopf, bis Roval ein Ruder nahm und damit auf Larons Handgelenk schlug. Beim dritten Schlag kam Feran frei.

»Laron hat die Kraft fünf extrem starker Männer und neigt dazu, sich ein wenig aufzuregen, wenn er zu einem derart primitiven Wettstreit herausgefordert wird«, erklärte Roval. »Ich gehe davon aus, dass ihr euch alle große Mühe geben werdet, ihm die üblichen rauen Einführungsrituale zu ersparen, sonst … nun, ich kann keine Verantwortung für die Konsequenzen übernehmen.«

Kein einziger Mann an Bord der *Shadowmoon* bedurfte weiterer Überzeugungsarbeit.

»Gibt … gibt es sonst noch etwas?«, fragte Feran.

»Bleibt niemals länger als eine Woche auf See, und stört Laron niemals, wirklich niemals, wenn er schläft«, sagte Roval.

Der Schoner kroch mit gesetzten Segeln an den schnittigen vertäuten Galeeren von Warsovrans Kriegsmarine vorbei und hielt sich dabei genau zwischen den Fackelbojen. Feran stand an der Steuerstange und ertrug den Spott untätiger Seeleute an Bord der Galeeren, während seine Mannschaft darauf wartete, die Segel auszurichten, sobald sie an den Wellenbrechern vorbei wären und günstige Winde erreicht hätten. Feran war klein, glatt rasiert, hatte braune lockige Haare und sah, obschon kräftig und muskulös, jünger aus, als er war. Einige der Beleidigungen zielten auf Schiffsjungen als Kapitäne ab. Die meisten waren schlimmer.

Erst als sie auf hoher See waren, kam ein Passagier von unten und ging zögerlich über das schwankende Deck zu Feran, Laron und Roval, die beisammen standen.

»Ihr seid einstweilen in Sicherheit«, sagte Feran zu seinem Schutzbefohlenen. »Das hier ist Roval vom Geheimkriegerdienst von Scalticar. Er ist hier, um Euch zu beschützen. Das hier ist Laron. Er betätigt sich auf der *Shadowmoon* als Medikus und Navigator.«

Larons Augen funkelten grün in Mirals Licht. Der Passagier wich zurück und trat hinter Feran.

»Er ist ebenfalls hier, um Euch vor Euren Feinden zu beschützen«, schloss Feran seine Ausführungen.

»Ich hätte nie gedacht, dass mir meine Feinde einmal Leid tun könnten«, sagte der einzige Passagier der *Shadowmoon*, während er den raubvogelartigen Jugendlichen mit Argwohn und Unbehagen betrachtete.

»Keine Sorge, er beißt nicht«, sagte Feran.

»Oder selten«, fügte Roval hinzu.

»Ein scalticarischer Name«, sagte der Mann zögerlich.

»Das hängt damit zusammen, dass ich Scalticarer bin«, erwiderte Laron grammatikalisch richtig, aber mit einem altertümlichen Akzent.

»Ein Teil seines Barts löst sich.«

»Er ist vertrauenswürdig«, sagte Feran mit einem Anflug von Endgültigkeit. »Unter welchem Namen wollt Ihr vor meiner Mannschaft auftreten?«

»Lenticar ist mein richtiger Name«, erwiderte er, während er mit wachsender Erleichterung die kleiner werdenden Hafenlichter betrachtete. »Ich hatte schon so viele falsche Namen, dass ich mich manchmal frage, wer ich wohl wirklich bin. Ja, lasst mich eine Zeit lang Lenticar sein.«

Lenticar war hager, sonnengebräunt und von Jahren harter Arbeit im Freien gebeugt. Er hatte den ängstlichen, verstohlenen Blick von jemandem, der zu lange brutalen Herren als Sklave gedient hatte, und er wrang die Hände und verbeugte sich unwillkürlich jedes Mal, wenn er etwas sagte.

»Wie lange brauchen wir bis Zantrias?«, fragte er, während er nach der Holzreling tastete, als das Schiff auf einer größeren Welle schaukelte.

»Fünfzig Tage sind eine vernünftige Schätzung«, sagte Laron, der jetzt mit den Fingerspitzen seinen Bart untersuchte.

Feran nickte zustimmend.

»Fünfzig Tage!«, rief Lenticar. »Ich könnte schneller dorthin schwimmen.«

»Dann schlage ich vor, dass Ihr über Bord springt«, sagte Laron. »Wir müssen Ladung an Bord nehmen und löschen, um unsere Tarnung als Küstenhändler aufrechtzuerhalten.«

Er entfernte einen Streifen Bart und leckte die Rückseite an. Lenticar sah zwei lange, glänzende Eckzähne. Der Offizier klebte sich das Stück Bart wieder an.

»Aber in fünfzig Tagen ist es vielleicht zu spät.«

»Mehr haben wir nicht anzubieten«, erwiderte Feran.

»Geht es um die Feuerkreis-Waffe, die Warsovran eingesetzt hat, um Larmentel in die Knie zu zwingen?«, fragte Laron.

»Das könnte sein.«

»Wusstet Ihr, dass er sie wieder benutzt hat?«

Lenticars Augen weiteten sich. »Nein. Welche Stadt wurde verbrannt?«

»Es war nur ein Test über den Ruinen Larmentels, und anscheinend gab es keine Opfer. Vielleicht sollte damit ein Fürst aus Zarlon beeindruckt werden, der in der Gegend war, aber das ist nur ein Gerücht. In einem kreisförmigen Gebiet mit einem Durchmesser von über einer halben Meile ist kein Stück Holz, Stoff, Fleisch oder Nahrung übrig geblieben.«

»Also war der Feuerkreis größer als beim ersten Mal?«

»O ja, Übung macht den Meister«, sagte Laron.

Während sie sich unterhielten, hatte Roval ein Knäuel ätherischer Energien in seine hohlen Hände geblasen und dann lenkende und gestaltende Worte hineingesprochen. Jetzt ging Laron zu einem Weidenkäfig und holte eine Seemöwe heraus. Roval überzog den Vogel mit den ätherischen Energien wie mit einem engen Netz, und das Tier hörte auf, sich zu sträuben. Laron setzte es auf den Arm des Krieger-Zauberers.

»Boten-Auton, hör gut zu«, sagte Roval. »›Fracht geladen, mit der Flut gesegelt. Eintreffen in fünfzig vom Fünfundzwanzigsten des Zweiten.‹ Wiederhole das vor der Ältesten des Metrologischen Ordens in Zantrias. Nun flieg.«

Die verzauberte Möwe flog sofort los, stieg in den dunkler werdenden Himmel und wandte sich dann unter der Herrschaft des Boten-Autonen ostwärts. Kurz darauf war sie den Blicken entschwunden.

Ein stetiger Wind füllte die Segel und trieb den Schoner durch die Wellen. Die *Shadowmoon* war zu klein für ein Kriegsschiff und hatte genügend Ähnlichkeit mit einem Fischerboot, um sich ungehindert zwischen den Häfen aller Bündnisse bewegen zu können. Da sehr viele Kriegsschiffe Warsovrans in den Gewässern rings um Torea unterwegs waren, hatte die *Shadowmoon* auch nur wenig von Freibeutern zu befürchten. In gewisser Hinsicht war es der Kaiser persönlich, der ihnen sicheres Geleit nach Zantrias gab.

In eben diesem Augenblick befand Warsovran sich im Hafen von Narmari auf der anderen Seite des Kontinents. Der Hafen war die Basis seiner Flotte, und dort gab es die größten Schiffswerften auf der ganzen Welt. Admiral Forteron war noch ein sehr junges Mitglied von Warsovrans Beraterstab, aber er war ein besonders tapferer und fähiger Anführer. Er stammte aus einer alten, aber ehrbaren Seefahrerfamilie. Tatsächlich hatten seine Vorfahren vor sechshundert Jahren den Hafen Fontarian gegründet. *Diese Qualitäten sind genau das, was im Moment vonnöten ist,* dachte Warsovran, während sie über einen Pier marschierten, an dem ein Geschwader Schlachtgaleeren festgemacht hatte. Hinter ihnen befanden sich die drei Zauberer und drei Marinesoldaten aus der Leibgarde des Kaisers.

»Ich habe den Werften neue Befehle gegeben«, sagte der Monarch. »Es dürfen keine neuen Schiffe auf Kiel gelegt werden, und alle Kräfte müssen auf die Fertigstellung der sich gegenwärtig im Bau befindlichen Schiffe konzentriert werden. Proviant für einen viermonatigen Feldzug muss zusammengestellt werden, und fünfzigtausend Elite-Marinesoldaten müssen ausgerüstet und einsatzbereit gemacht werden.«

Forteron enthielt sich jeglichen Kommentars. Warsovran war schließlich der Kaiser. Sie erreichten das Flaggschiff der darmarianischen Flotte, die *Donnerschlag*, und die Mannschaft an Deck nahm Haltung an, als sie an Bord kamen. Das Schiff war eine hochseetüchtige Schlachtgaleere und bot Platz für sechshundert Ruderer, Matrosen und Marinesoldaten. Warsovran machte einen Besichtigungsrundgang und erklomm dann den niedrigen Kommandoturm im Heck des großen Schiffs. Der Blick des Kaisers schweifte einen Moment über die im ruhigen Wasser der Bucht vertäuten oder vor Anker liegenden Schiffe, dann schaute er zum westlichen Horizont.

»Admiral, ich ordne eine Blockade für Helion an. Ihr werdet den Befehl über die Blockadeflotte übernehmen«, sagte er.

»Helion?«, rief Forteron völlig überrascht.

»Ja. Das Wetter ist mild zu dieser Jahreszeit. Das Segeln dürfte leicht sein.«

»Kaiser, habe ich Eure Erlaubnis, frei von der Leber weg zu sprechen?«

»Ich würde ehrliche Worte zu schätzen wissen, wie immer sie ausfallen«, erwiderte Warsovran. »Man bekommt nur wenig davon zu hören.«

»Bei allem Respekt, Kaiser, Helion ist keine Beute. Es ist nur eine Insel mit zwei Vulkanen, zwei Meilen lang und eine breit.«

»Sie steht unter der Herrschaft meiner Feinde.«

»Kaiser, der halbe Kontinent steht unter der Herrschaft Eurer Feinde.«

»Das mag sein, aber Helion liegt strategisch günstig zwischen Acrema, Lamaria und Torea. Wer Helion beherrscht, beherrscht auch den Handel im Plazidischen Ozean.«

Das stimmt mit Sicherheit, dachte Forteron. *Doch warum das plötzliche Interesse an der Herrschaft über den Ozean? Verliert er die Kontrolle über den toreanischen Kontinent?*

»Ihr befehlt, ich gehorche, Eure Majestät«, erwiderte Forteron. »Ich nehme ein Geschwader und sichere die Insel für Euch. Sollen die Gefangenen hergebracht oder als Sklaven in Lamaria verkauft werden?«

»Kein Geschwader. Meine gesamte Flotte.«

»Die gesamte Flotte?«, rief Forteron, bevor er sich bremsen konnte. »Kaiser Warsovran, die Flotte ist über die gesamte toreanische Küste verteilt. Es würde mehr als zwei Monate dauern, alle Schiffe zusammenzuziehen.«

»Ihr habt einen. Lasst die Meldesegler noch in dieser Stunde auslaufen.«

»Aber, aber ... *Helion*? Ihr könnt diesen Felsbrocken mit zwanzig Schiffen und tausend Marinesoldaten einnehmen.«

»Admiral, ich sagte, ich ordne eine *Blockade* an. Ihr dürft die Insel unter keinen Umständen angreifen. Allen Hochseehändlern wird die Durchfahrt verweigert. Schiffe, die versuchen, Helion zu verlassen, werden aufgebracht, aber kein einziger Matrose oder Marinesoldat darf einen Fuß auf die Insel setzen.«

»Kaiser, das verstehe ich nicht«, gab Forteron zu.

»Hervorragend, das bedeutet, dass meine Feinde es sehr wahrscheinlich auch nicht verstehen werden. Ich habe bereits Reiter und Boten-Autonen ausgesandt und einigen meiner Kriegsschiffe rings um Torea befohlen, sich hier einzufinden. Am fünfundzwanzigsten Tag des nächsten Monats, und keinen Tag später, läuft die Flotte aus, und zwar mit allen Marinesoldaten und Seemännern, mit allen Wasserfässern und Säcken voll Schiffszwieback und mit allen Waffen, die sich an Bord unterbringen lassen. Die Blockade wird sofort bei Ankunft der Flotte verhängt. Nach weiteren zwei Wochen erhaltet Ihr weitere Befehle.«

Warsovran marschierte auf dem Deck eine Weile schweigend auf und ab. Forteron hielt sich respektvoll neben ihm, aber mit seiner gerunzelten Stirn schaute er ziemlich sorgenvoll drein. *Nicht die Miene eines Mannes, dem gerade die Ehre erwiesen worden ist, seinen Kollegen vorgezogen zu werden*, dachte Warsovran mit einem Blick auf den Admiral.

»Ihr seht beunruhigt aus, Admiral Forteron«, stellte er fest.

»Ich stehe in den Reihen Eurer Admiralität nur an neunter Stelle, Eure Majestät. Diese Ernennung wird für böses Blut sorgen.«

»Überlasst das getrost mir. Schafft die Flotte nach Helion und haltet sie kampfbereit.«

Forteron ließ sich sowohl seine Befehle als auch seine Stellung sorgfältig durch den Kopf gehen. Warsovran hatte es gern, wenn seine Kommandanten so dachten und handelten wie er selbst, falls es einmal keine Möglichkeit zur Rücksprache gab.

»Gehe ich recht in der Annahme, dass Helion nicht das eigentliche Angriffsziel ist, Eure Majestät?«, fragte er.

»Wenn es so wäre, würde ich es Euch nicht sagen.«

Das verriet Forteron alles, was er wissen musste. Er verbeugte sich und machte sich daran, seine Befehle auszuführen.

Binnen einer Stunde liefen die ersten schnellen Meldeklipper und Eilgaleeren mit Warsovrans Befehlen aus dem Hafen aus. Die *Donnerschlag* wurde dafür vorbereitet, auf Strand gesetzt, kielgeholt und gereinigt sowie geteert zu werden, und Admiral Forteron befand sich inzwischen in seiner Villa am Rande des Hafens und studierte Karten des Plazidischen Ozeans. *Diomeda*, entschied er. Diomeda war ein großer Hafen an der acremanischen Küste, aber *warum* Diomeda? Es war immer noch die Hälfte der Küste Toreas zu erobern. Larmentel war gefallen, und Monarchen von überallher überschlugen sich förmlich, Verträge mit dem Imperium auszuhandeln. *Trotzdem, eine Beförderung ist eine Beförderung*, dachte Forteron, während er eine Schriftrolle mit alltäglichen diomedanischen Ausdrücken und Redewendungen entrollte. Morgen würde er den Sklavenmarkt besuchen, und das Mädchen, das er sich als Begleiterin für die Fahrt auswählte, würde rein zufällig Diomedanisch sprechen, die Handelssprache der acremanischen Ostküste.

Warsovran suchte erst seinen Palast auf, nachdem die Zusammenziehung seiner Flotte angeordnet und in die Wege geleitet worden war. Am Innentor wurde er von seinem Sohn Darric in Empfang genommen, der gerade vierzehn geworden war. Im Gegensatz zu einem gewissen siebenhundert Jahre alten Jungen an Bord eines Schoners auf der anderen Seite des Kontinents war der Prinz schon recht groß, ansehnlich und wohlproportioniert.

»Vater?«, rief Darric, der zwischen den Wachen stand, mit verwirrter Miene.

Der Hauptmann der Abordnung deutete mit einem Kopfnicken auf Darric und zuckte unmerklich die Achseln.

»Ja, ich bin es wirklich«, lachte Warsovran und breitete die Arme aus, um seinen Sohn an sich zu drücken.

»Aber, Vater, Ihr seid so, äh, *jung*.«

»Ha, das ist nur die Folge eines sauberen Lebenswandels, wenig Sonne und Käse aus Bohnengallert.«

»Und einiger ätherischer Zaubereien.«

»O ja, aber nur *natürlicher* ätherischer Zaubereien.«

Sie umarmten sich endlich.

»Es tut mir Leid, ich war auf der Jagd, als Ihr nach Narmari zurückgekehrt seid«, sagte der Prinz. »Mutter hat es mir nicht erzählt. Sie erzählt mir gar nichts.«

»Dann musst du langsam erwachsen werden«, erwiderte Warsovran, während er den Prinzen von oben bis unten betrachtete. »Nun, das ist ein Witz. Ich bin beinah ein Junge, und du bist beinah ein Mann.«

Darric lachte. Er wusste, wann es von ihm erwartet wurde.

»Wir haben Berichte von der Armee bekommen«, sagte er und starrte seinem Vater wieder ins Gesicht. »Angeblich wart Ihr verzaubert und konntet ein Dutzend Krieger mit bloßen Händen erschlagen.«

»Oh, das kann ich auch, ohne verzaubert zu sein«, lachte Warsovran, der mittlerweile bester Laune war.

»Es hieß, Ihr könntet den Blitz aus dem Himmel rufen.«

»Das kann jeder. Man braucht nur bei Gewitter einen Speer zu tragen.«

»Es hieß auch, Ihr hättet Larmentel zerstört.«

»Gehen wir ein Stück«, sagte Warsovran und zeigte auf den Korridor vor ihnen. Er legte seinem Sohn den Arm um die Schultern. »Ich habe einen Kunstgriff benutzt, Silbertod, eine Maschine von immenser Macht. Diese Maschine hat die Zitadelle von Larmentel zerstört. Seinem Wesen nach ist Silbertod nur schwer zu beherrschen, doch er hat getan, was nötig war. Das hat meiner Armee vielleicht hunderttausend Opfer erspart. Larmentel wäre nicht leicht gefallen.«

»In den Berichten heißt es, es wäre ein eindrucksvoller Anblick gewesen.«

»O ja. Eindrucksvoller als deine Mutter, wenn man ihr das Essen auf einem unsauberen Teller serviert.«

»Ich wünschte, ich hätte es sehen können.«

»So schnell, wie mir die Königreiche jetzt Gefolgschaft schwören, muss ich ihn vielleicht nie wieder im Zorn einsetzen.«

»Und doch habe ich gehört, dass Ihr ihn wieder benutzt habt.«

»O ja, aber nur als Test über Larmentels Ruinen. Wie ich schon sagte, der Umgang mit Silbertod muss verbessert werden, bevor er gegen eine andere Stadt eingesetzt werden kann. Er hätte ebenso leicht meine eigene Armee vernichten können, aber diesmal war das Glück auf meiner Seite. Nun denn, ich plane einen neuen Feldzug, und diesmal wirst du mich begleiten.«

»Ich?«, rief Darric. »Ich kann es nicht glauben.«

»Du zweifelst am Wort deines Kaisers?«, gluckste Warsovran. »Verhafte dich selbst wegen Hochverrats!«

Darric lachte, dann zog er seine Axt und ließ sie durch die

Luft zischen. Winzige Pfeifen in der verzierten Klinge erzeugten Akkorde aus Quinten und Quarten.

»All die Jahre habe ich um eine Gelegenheit zum Kampf gebettelt, aber Ihr habt mich hier gelassen, eingepfercht und vor allem behütet außer den Schoßhunden«, sagte Darric mit unverhohlenem Ärger.

»›All die Jahre‹ haben an deinem zehnten Geburtstag begonnen, und jetzt bist du gerade vierzehn geworden. Du kannst dich glücklich schätzen.«

»Also werde ich wirklich kämpfen?«

»Nein.«

»Aber ich habe zwei meiner Übungspartner getötet.«

»Beide haben gewusst, dass dein Tod nicht nur ihren eigenen zur Folge haben würde, sondern auch die Auslöschung ihrer Familie, entfernten Verwandten, Heimatstadt und Provinz sowie jedes Mannes in Torea mit demselben Haarschnitt. In einer Schlacht hat der Feind keine derartigen Hemmungen.«

Der Prinz schob seine Axt wieder zurück in den Gürtel und starrte kopfschüttelnd auf den Weg, dem sie folgten. »Warum schickt Ihr mich dann überhaupt irgendwohin?«

»Du wirst einen Feldzug anstelle einer Schlacht erleben«, sagte Warsovran, wobei er seinem Sohn auf den Rücken klopfte. »Du wirst auf einer meiner besten Galeeren fahren. Ich plane ein Experiment.«

»Eine neue Methode zu kämpfen?«

»Eine neue Methode, *nicht* zu kämpfen. Ich habe eine Theorie, dass die Zurschaustellung überwältigender Macht die Moral eines Feindes so vollkommen zerstören kann, dass er ohne kostspieligen Kampf kapituliert. Zu diesem Zweck sammle ich die größte Schlachtflotte in der Geschichte Toreas, siebenhundert Schiffe …«

Warsovran hielt inne, als plötzlich die Kaiserin vor ihm auftauchte. Sie hatte das Gehabe von jemandem, der in den Korridoren der Macht aufgewachsen war, und würde selbst dann keine Ehrerbietung an den Tag legen können, wenn ihr Leben davon abhinge. Immerhin stieß sie angesichts Warsovrans

Erscheinung einen Überraschungsruf aus. Er sah kaum fünf Jahre älter aus als sein eigener Sohn.

»Mylady«, sagte Warsovran und verbeugte sich vor seiner Gemahlin.

»Also *ist* es wahr«, sagte sie atemlos.

»Was Eure Spione über mich sagen? Sehr wahrscheinlich.«

Darric wusste, dass die Beziehung zwischen Warsovran und seiner Kaiserin bereits seit langer Zeit kaum als herzlich bezeichnet werden konnte. Außerdem bevorzugte Darric einfache Situationen, die durch die Wahl geeigneter Waffen und mit Hilfe eines Schiedsrichters bereinigt werden konnten. Diese Situation hingegen war kompliziert. Anstatt Zeuge eines typischerweise frostigen Wiedersehens zu werden, verbeugte er sich vor seinen beiden Eltern und machte dann Anstalten davonzueilen.

»Bleib!«, blaffte Warsovran und hielt ihn am Arm fest.

»Willkommen daheim, mein kühner und ergebener Gemahl«, sagte Kaiserin Darielle mit der Wärme eines Fisches in der Marktauslage.

»Die Rückkehr an Eure Seite ist immer meine größte Freude«, erwiderte Warsovran.

»Aber anscheinend nicht so groß, dass Ihr nicht einen halben Tag auf den Werften und in den Docks verbringen würdet, bevor Ihr Euch in den Palast bemüht.«

»Das war eine dringende Angelegenheit, bei der jede gesparte Minute bedeutsam ist.«

Darielle starrte ihm beinah wie hypnotisiert ins Gesicht. Er kam ihr unglaublich jung vor. Sie wollte seine Haut berühren, um sich zu vergewissern, dass sie echt war, aber sie hatten seit vierzehn Jahren keinen körperlichen Kontakt mehr, und Warsovran hatte seiner Leibgarde in Bezug auf seine Gemahlin äußerst spezifische Befehle erteilt.

»Wollt Ihr das Geheimnis Eurer Verjüngung mit Eurer ergebenen Familie teilen?«, fragte sie spitz.

»Sobald Ihr tot seid, gewiss.«

»Ah, also wird das Geheimnis bald verloren sein und unausgesprochen bleiben.«

Er verschränkte die Arme und betrachtete einen Moment die Bodenfliesen. Gefährliche Gedanken gingen ihm durch den Kopf. Darielle war Prinzessin gewesen und Warsovran nur ein kleiner Adeliger mit einer kleinen Erbschaft, aber großen Ambitionen. Er hatte das Blatt in einer bis dahin hoffnungslosen Schlacht gewendet, und zur Belohnung war ihm die Hand der einzigen Tochter des Königs gewährt worden. Die Prinzessin war jedoch eine fähige Zauberin und ebenso ambitioniert wie Warsovran. Sie war außerdem in eine Reihe von Anschlägen verwickelt gewesen, und kurz nach ihrer Hochzeit war der König unter verdächtigen Umständen gestorben. Darielle wurde Königin. Mittlerweile hatten sie und ihr Gemahl eine intensive Abneigung gegeneinander entwickelt, also hatte sie ihn in einen Feldzug gegen mehrere weit größere Königreiche geschickt. Sie hatte gehofft, dass er den Tod finden oder eine wichtige Schlacht verlieren und somit ein Kandidat für eine Hinrichtung werden würde. Stattdessen war er mit einer Reihe von Siegen heimgekehrt und hatte sich zum Kaiser über ein Gebiet ausgerufen, das um ein Vielfaches größer war als Darielles Königreich.

Darielle brauchte Warsovrans militärisches Genie, um für neue Eroberungen zu sorgen, und das Herz von Warsovrans Armee war der darmarianische Adel, der Darielle treu ergeben war. Als guter Stratege hatte Warsovran jedoch seine persönliche Herrschaft in den neuen Territorien und seinen Einfluss in der königlichen Flotte ausgebaut, so dass Darielle mittlerweile der unbedeutendere Partner war. Mehrere äußerst professionelle Anschläge waren im Laufe des vergangenen Jahres auf Warsovran verübt worden, und er hatte keinen Zweifel, wer der Auftraggeber war. Die gefährlichen Gedanken in seinem Kopf verbanden sich plötzlich zu einem ausgedehnten, fehlerlosen Plan, und er kämpfte den Drang zu lächeln nieder, der seine Gesichtsmuskeln zu zerreißen drohte.

»Meine treue und pflichtbewusste Kaiserin, ich argwöhne, dass Ihr Euch langweilt«, begann er.

»Ihr argwöhnt? Ihr *argwöhnt*? Argwöhnt Ihr auch, dass ein Loch in Eurem ...«

»Natürlich ist da keins. Kaiser tun solche Dinge nicht.«

»Nun gut. Kommt zur Sache.«

»Darric und ich werden zwei Monate lang mit der Flotte unterwegs sein. Ich denke, Ihr solltet meinen Platz einnehmen und über das gesamte Imperium herrschen.«

Zu Abwechslung war Darielle einmal sprachlos. Bei der einzigen anderen Gelegenheit, als ihr die Herrschaft über die Grenzen ihres eigenen Königreichs hinaus gewährt worden war, hatte es einen Bürgerkrieg gegeben.

»Mutter, das ist wunderbar!«, rief Darric.

»Wohin segelt Ihr?«, fragte sie, unfähig, sich eine Dankesäußerung abzuringen.

»Im Plazidischen Ozean gibt es mehrere kleine Inseln, wo meine – unsere – Feinde vidarianische Freibeuterflotten verstecken, die unsere Handelsschiffe aufbringen und unsere Ladungen stehlen. Sie kommen uns und unserem Handel teuer zu stehen, und ich habe die Absicht, sie mit einem einzigen gewaltigen Schlag auszulöschen.«

Darielle runzelte die Stirn. »Ich kann das nicht glauben! Nur das bevorstehende Jüngste Gericht könnte Euch zwingen, Euer kostbares Imperium in meine Hände zu legen.«

Warsovran legte eine Hand hinter sein Ohr und drehte langsam den Kopf. »Ich kann nicht hören, dass der Himmel einstürzt. Vielleicht ist das Jüngste Gericht nicht das, was darüber ausposaunt wird. Habt Ihr den mitbekommen? Das Jüngste Gericht – *ausposaunt*? Die Posaunen des Jüngsten Gerichts …? Ach, schon gut.«

Die Kaiserin stand mit eng verschränkten Armen da, die Lippen eine schmale Linie, während ihr Fuß auf den Boden klopfte.

»Ich kann nicht glauben, dass Ihr etwas anderes tun würdet, als mir den Weg frei zu machen, der vor einem großen Holzklotz und einem großen behaarten Mann mit einer schwarzen Kapuze und einer außerordentlich scharfen Axt endet.«

»Ich schwöre, ich würde Euch niemals von irgendeinem Mann den Kopf abschlagen lassen, Mylady.«

»Ach, dann bereitet Ihr jetzt also den Weg für die Verwendung weiblicher Scharfrichter?«

»Denkt, was Ihr wollt – das Angebot steht. Ohne Dinge zu delegieren, könnte ich das Imperium niemals lenken, oder? Ich bin gespannt, was Ihr in meiner Abwesenheit zu leisten imstande seid.«

In jener Nacht lag Kaiserin Darielle wach, da sie einfach nicht aufhören konnte, über das ihr Gewährte nachzudenken. Warsovran traute ihr nicht – aus gutem Grund –, und doch wollte er ihr die absolute Macht übertragen. Warsovran nahm außerdem ihren Sohn mit auf sein Schiff. Unter den Offizieren der königlichen Marine war ihr Einfluss am geringsten, und bei den Marinesoldaten verhielt es sich nicht viel besser. Nichts ergab einen Sinn, aber es war offensichtlich, dass, wenn er sie für einen kurzen Zeitraum zur Herrscherin machte, diese Stellung in genau diesem Zeitraum unwichtig sein würde.

Wirklich Sorgen bereitete der Kaiserin, was nicht besprochen worden war. Warsovran war vierzig, sah jetzt aber aus wie zwanzig. Darielle war fünfundvierzig und sah auch so aus – wie sehr gesunde und gepflegte fünfundvierzig, aber eben doch wie fünfundvierzig. In einigen Tagen, Wochen, Monaten oder Jahren würde er mächtig genug sein, um sie wegen einer Jüngeren und Liebenswürdigeren zu verlassen. Doch man *verließ* eine Kaiserin nicht einfach. Man verheiratete sich wieder, nachdem eine Kaiserin an irgendeiner seltsamen und unerklärlich rasch verlaufenden Krankheit gestorben war, die in der Regel zehn Minuten nach dem Essen zum Ausbruch kam.

Fontarian war der nördlichste Hafen in Torea und befand sich in der Mitte des Teils der Küste, der unter Warsovrans Herrschaft stand. Kapitän Mandalock beugte sich über die Bugreling der Trireme *Kygar* und lächelte zufrieden, während ein fünftes zerstörtes Schiff in Gelb auf den Bug gemalt wurde. Die hochseetüchtige Galeere war vielleicht nicht die größte in der erforschten Welt, aber mit zweihundert Ruderern, hundertfünfzig Marinesoldaten und dreißig Matrosen und Offizieren war sie nicht zu unterschätzen. Die Kapitäne feindlicher Hochsee-Handelsschiffe rechneten nicht damit, auf dem offenen Ozean Kriegsgaleeren zu begegnen, und dort war die *Kygar* unüberwindlich gewesen. Fünf Handelsschiffe waren gerammt und versenkt worden, elf verbrannt und fünfzehn gekapert.

Auf dem gesamten Pier tummelten sich Jongleure, Akrobaten und Ätherschmiede, allesamt von Kapitän Mandalock zur Unterhaltung seiner Männer bezahlt. Neben der *Kygar*, aber von allen unbeachtet, hatte ein kleiner, breiter Schoner festgemacht und nahm gerade eine Ladung Lampenöl an Bord. Roval und zwei Besatzungsmitglieder beobachteten vom Deck der *Shadowmoon* die Vorstellung und diskutierten dabei über Angelegenheiten, die zur sofortigen Versenkung der *Shadowmoon* geführt hätten, wäre Kapitän Mandalock in der Lage gewesen mitzuhören.

»Ich gehe in Narmari von Bord«, sagte Roval, während er für jeden an Bord gebrachten Krug einen Strich auf eine Schiefertafel malte.

»Und nehmt Laron mit?«, fragte Norrieav hoffnungsvoll.

»Ich fürchte, er bleibt.«

»Nicht halb so sehr wie der Rest von uns«, sagte Hazlok. »In jedem Hafen, wo wir angelegt haben, hat es einen schrecklichen Mord gegeben.«

»Aber keinen an Bord der *Shadowmoon*, das müsst Ihr zugeben.«

»Das ist nur eine Frage der Zeit.«

»Laron weiß sich zu benehmen. Er hat einen starken Sinn für Ritterlichkeit und greift nur schlechte oder flegelhafte Leute an. Ihr braucht nur dafür zu sorgen, dass sich die gesamte Mannschaft tugendhaft verhält, dann wird Laron nicht das geringste Interesse an Euch entwickeln.«

Fontarian war am Rande einer ausgedehnten Ebene errichtet worden, und es gab keine Hügel oder Berge, so weit das Auge reichte. Das höchste Bauwerk im Hafen war ein Vierhundert-Fuß-Leuchtturm, in dessen Spitze ein Feuer brannte. Er bestand aus Sandsteinblöcken und stand am Rande des Wassers. An der Spitze war ein Verladekran angebracht, um Brennstoff für das Feuer heraufziehen zu können. An der Basis dieses Leuchtturms heischte ein Ausrufer lautstark um Aufmerksamkeit.

»Tapfere und mannhafte Krieger der *Kygar*, ich bitte um Aufmerksamkeit für den Gewaltigen Bendith!«, brüllte der Mann, und es gab vereinzelten Applaus und Gejohle.

Der Gewaltige Bendith war sonnengebräunt und muskulös und bis zur Hüfte nackt. In seinem Gürtel steckte eine Axt, und auf den Rücken war eine Armbrust geschnallt.

»Heute ist ein schwarzer Tag für die schöne Prinzessin Fontarians, die von einem bösen Freibeuter entführt und in einen gewaltigen Turm eingesperrt wurde«, verkündete der Ausrufer.

Er zeigte auf eine junge Frau mit langen blonden Haaren, die aus einem Fenster dicht unterhalb der Leuchtturmspitze winkte, und dann auf sechs schwarz gekleidete Gestalten an der Basis, die ihre Äxte schwangen. Jene an Bord der *Kygar* und die Zuschauer am Kai zischten und buhten.

»Was, o was kann der Gewaltige Bendith tun?«, fragte der Ausrufer.

»Den Turm 'ochsteigen und es ihr besorgen!«, rief Hazlok vom Deck der *Shadowmoon*, und alle bis auf die Schauspieler lachten.

»Seht, wie der Gewaltige Bendith die Feste des Freibeuterkapitäns stürmt.«

Bei diesen Worten sprang der Gewaltige Bendith vor, und es entwickelte sich ein Kampf zwischen ihm und den Wachposten, der von reichlich Axtklirren und akrobatischen Kunststückchen begleitet wurde. Ein Wachposten nach dem anderen erlitt einen tödlichen Treffer, zog ein rotes Tuch aus der Tunika, um anzuzeigen, dass er nun verblutete, und brach auf den Holzbalken des Kais zusammen. Schließlich war nur noch der Anführer der Freibeuter übrig. Er wandte sich zur Flucht, während die Menge buhte und mit Obstschalen warf, dann blieb er vor der Tür in der Basis des Leuchtturms stehen.

»Ha-ha, Gewaltiger Bendith, du glaubst, du hast meine Pläne durchkreuzt, aber mein Turm hat vierzig Stockwerke, und in jedem einzelnen davon warten hundert tapfere Freibeuter darauf, dich aufzuhalten. Du wirst mir die schöne Prinzessin Fontarians niemals rauben.«

Er schlug die Tür zu, und eine Stimme von der *Kygar* rief: »In Madame Nymphanias Laden kommt man leichter rein!« Es gab mehr Gelächter, und die ferne Gestalt in der Spitze des Leuchtturms schrie theatralisch um Hilfe. Der Gewaltige Bendith schob seine Axt in den Gürtel, streifte die Armbrust ab, spannte die Bogensehne mit Hilfe einer Kurbel und legte einen mit Widerhaken versehenen Bolzen ein. Dann hauchte er unter dem Jubel der Menge ein Knäuel Ätherenergie in seine gewölbten Hände. Schließlich griff er mit der linken Hand in den Äther und zog eine Faser heraus, die er am Armbrustbolzen befestigte.

Die Menge wurde still, als sich der Gewaltige Bendith auf den Rücken legte, die Armbrust gegen die linke Schulter stemmte und mit der rechten Hand an den Abzug griff. Er zielte steil nach oben, wartete noch etwas um der theatralischen Wirkung willen und schoss dann. In diesem Augenblick wehte kein Wind, und die Schwerkraft bremste den Bolzen lediglich, anstatt ihn abzulenken. Er traf einen Balken des Verladekrans unweit des Fensters, wo das blonde Mädchen wartete, und spannte die Ätherfaser zwischen dem Balken und dem Gewaltigen Bendith. Das Publikum jubelte ausgiebig. Der Gewaltige Bendith reichte die Armbrust dem Ausrufer, belegte die Faser mit einem Zauber und wurde dann langsam nach oben gezogen.

»He, also das ist mal ein mächtiger Zauberer«, sagte Norrieav, indem er Roval anstieß und auf die aufsteigende Gestalt zeigte.

»*Das* ist ein Ätherschmied etwa der Stufe acht und hat nicht mehr Talent zum Zauberer als Ihr«, erwiderte Roval mit einem spöttischen Grinsen.

»Werter Herr, Ihr müsst zugeben, dass er Talent hat.«

»Werter Bootsmann, ein Kaiarbeiter mag weitaus stärker sein als ein Zimmermann, aber Kraft allein versetzt ihn noch lange nicht in die Lage, Schiffe zu bauen.«

»Seht doch, wie hoch er ist! Roval, Ihr *müsst* einfach beeindruckt sein.«

»Vor zwei Jahren war ich auf dem Warrydaler Pflugfest, wo die Bauern alljährlich einen Scheiß-Wettbewerb austragen. Sie essen tagelang wie die Schweine, ohne sich zu erleichtern, und versuchen dann den schwersten Haufen in ganz Warrydale zu legen. Der Beitrag des Siegers hat etwas über zehn Pfund gewogen, und ich *war* beeindruckt, wie ich auch jetzt beeindruckt bin. Aber ich habe nicht das Bedürfnis verspürt, in Warrydale teilzunehmen, und dieses Gefühl ist heute auch nicht anders.«

Mittlerweile hatte der Gewaltige Bendith das Fenster des Mädchens erreicht. Er streckte die Hand aus und nahm die des Mädchens in seine. Das Mädchen zog ihn zum Fenster.

»Ich wette, er verschwindet für fünf Minuten bei ihr, um es ihr zu besorgen!«, sagte Hazlok zu Laron.

»Könntet Ihr das denn?«, fragte Norrieav Roval.

»Wenn ich wirklich müsste«, erwiderte Roval.

Zum Unglück des Gewaltigen Bendiths war er ein extrem guter Schütze. Tatsächlich viel zu gut für sein eigenes Wohlergehen. Sein Bolzen hatte genau den Bereich getroffen, wo auch seine siebzehn vorherigen Bolzen im letzten Monat eingeschlagen waren. Die Stelle sah solide aus, bestand aber größtenteils nur noch aus Splittern. Der Bolzen löste sich in dem Augenblick, als er durch das Fenster klettern wollte.

Das Leben des Mädchens wurde durch die Tatsache gerettet, dass es verschwitzte Hände hatte. Der Gewaltige Bendith stürzte ab und schrie über die gesamten vierhundert Fuß, bis er aufs Pflaster schlug und den Ausrufer dabei ganz knapp verfehlte. Ein paar Augenblicke jubelten die Zuschauer wie toll, bis ihnen aufging, dass die zerschmetterte Schweinerei, die der Gewaltige Bendith nun war, unmöglich noch am Leben sein konnte.

»Natürlich gibt es gute Gründe, solche Dinge *nicht* zu versuchen, außer in extremen Notfällen«, fügte Roval in dem Augenblick absoluter Stille zwischen dem Ende des Jubels und dem Beginn des kollektiven Entsetzensgekeuchs hinzu.

Nun, da die Unterhaltung vorbei war, gingen die Zuschauer wieder ihren Geschäften nach, die zum größten Teil Faulenzen in der Sonne beinhalteten. Roval und Laron kletterten auf den Hauptmast der *Shadowmoon* und machten sich daran, die Brasse zum Fockmast stramm zu ziehen, die sich in der schweren See der vergangenen Woche stark gelockert hatte. An der Basis des Leuchtturms starrte die Frau, welche die gefangene Prinzessin gespielt hatte, mit auf die Wangen gepressten Händen auf die sterblichen Überreste des Gewaltigen Bendith.

»Ich wollte, ich wäre in Diensten einer Dame«, sagte Laron mit einem wehmütigen Blick zu ihr hinüber.

»Ist schon eine Weile her, seit ich einer zu Diensten …«, begann Roval.

»Nicht *so*, Ihr ungehobelter Flegel!«, schnauzte der Vampyr. »Ich meinte, *in* Diensten einer Dame zu stehen.«

»Ach so, wie in *dienen*. Aber Ihr wart in Diensten der Gelehrten Wensomer.«

»Die Gelehrte Wensomer? Die braucht die Dienste eines Kämpen ungefähr so dringend wie eine Schlachtgaleere voller Marinesoldaten. Sie ist eine äußerst vorzügliche und mächtige Zauberin und wäre längst Konsolidator des scalticarischen Hohen Zirkels, wenn sie nicht so viel Zeit in Konditoreien, Zuckerbäckereien und Gourmetweinhandlungen verbringen würde.«

»Tatsächlich habe ich gehört, dass sie nach Diomeda gezogen ist, weil sie die Kunst des Bauchtanzes erlernen will, um abzunehmen, also besteht vielleicht noch Hoffnung. Aber um wieder zu Euch zurückzukehren, Laron, denkt mehr an Eure eigenen Errungenschaften. Ihr gehört dem Elite-Geheimkriegerdienst an, ebenso wie ich. Ihr seid die erste tote Person, die man dort aufgenommen hat.«

»Ich bin immer die *einzige* tote Person, die etwas tut. Was für eine Art Existenz habe ich? Bei jeder Mahlzeit trinke ich viereinhalb Liter Blut und renne ständig davon.«

»Jeder, der viereinhalb Liter von irgendwas trinkt, muss ständig rennen.«

»Sehr witzig. Roval, ich will doch nur fest in Diensten einer Dame stehen und ihr liebender und ergebener Recke sein.«

Roval lachte freudlos, dann riss er mit aller Kraft an der Brasse. »Bindet das fest, ja? Nur ein Seemannsknoten, das war's. Laron, vor langer Zeit hätte *ich* beinah meine Verlobte geheiratet. Dann habe ich darüber nachgedacht, wie die Ehe wirklich sein würde. Mir ging auf, dass sie eine Stimme hatte, um Axtklingen zu zerschmettern, ein Temperament, um Wasser in Brand zu setzen, und dazu einen Bekanntenkreis voller Leute, die eine ganze Woche lang sehr lautstark über gar nichts reden konnten. Was glaubt Ihr, warum ich mich so bemüht habe, in den Geheimkriegerdienst einzutreten? Das war eine umwerfend gute Entschuldigung, um mein Verlöbnis zu lösen – ich kann mich nicht einmal erinnern, welchen Grund ich tatsächlich genannt habe. Eine Vision von irgendeinem Gott, an den ich ohnehin nicht glaube.«

»Wie hat sie es aufgenommen?«

»Nicht gut. Monate später brummte mir immer noch der Schädel von ihrer Tirade.«

»Das hört sich an, als hättet Ihr eine gute Entscheidung getroffen.«

»Meine erste Dienstreise hat mich Tausende von Meilen von ihr fortgeführt, und bei meiner Rückkehr war sie verheiratet mit jemandem, der … Nun, sagen wir einfach, Ihr hättet ihn nicht erwürgen können.«

»War sein Hals so dick?«

»Kein Hirn, das am Blutmangel hätte eingehen können. Laron, Laron, auch wenn nur selten eine Woche vergeht, in der ich nicht um mein Leben kämpfen oder mich in große Gefahr begeben muss, führe ich trotzdem ein weitaus friedlicheres Leben, als es mit ihr möglich gewesen wäre. Jetzt zieht an dieser Leine, dann übernehme ich den letzten Knoten.«

Laron zog die Brasse straffer, als dies jeder Sterbliche vermocht hätte, dann verknotete Roval sie mit der Mastspitze.

»Holt die Leinen ein«, rief Roval den Männern unten zu und achtete dann darauf, ob die Knoten Schlupf hatten, als sich die Taue der Takelage strafften.

»Ich will eine Dame, die sich auf mich verlässt, die mich bewundert«, sagte Laron, während er wehmütig die ferne Schauspielerin betrachtete, die jetzt einem Hafenpolizisten etwas erklärte und dabei ausgiebig mit den Händen herumwedelte. »Jemanden, den ich anbeten könnte, jemanden, den ich aus reinsten und galantesten Motiven lieben könnte.«

»Der tatsächliche Vollzug macht mehr Spaß – es sei denn natürlich, die betreffende Dame heißt Wensomer. Ich muss zugeben, dass ich schon die eine oder andere Liebelei hinter mir habe. Der Geheimkriegerdienst verbietet seinen Mitgliedern, den ersten Schritt zu tun, also muss die Dame immer auf mich zukommen, und die meisten Damen sind in diesen Dingen geradezu deprimierend schüchtern. Trotzdem, ab und zu flachgelegt zu werden ist besser als nichts.«

»Meine Motive sind über solche Dinge erhaben.«

»Eure Motive klingen ein wenig nach einem Langweiler. Warum sich einer wohlgestalteten Dame widmen, ohne die Aussicht zu haben, sich irgendwann mit ihr im Heu zu wälzen?«

»Welch krasse Auffassung. Ihr begreift nicht die Reinheit der Liebe.«

»Laron, Ihr seid seit siebenhundert Jahren vierzehn Jahre alt – und tot. Ihr habt keine Wahl in Frauendingen, also klammert Ihr Euch an tugendhafte Motive. Wärt Ihr lebendig, wärt Ihr ein schmutziger kleiner Junge mit nicht mehr ritterlicher Reinheit und Selbstdisziplin als …«

»Ihr irrt Euch!«, beharrte Laron. »Wäre ich lebendig, würde ich ganz genauso empfinden.«

»Wärt Ihr lebendig, würdet Ihr Euch alle Mühe geben, Euch für siebenhundert Jahre erzwungenen Zölibats schadlos zu halten, und alle Mädchen, Frauen und Schafe im Umkreis von hundert Meilen würden ihre Keuschheitsgürtel anlegen.«

»Diese Diskussion ist sinnlos«, sagte Laron. »Ich *weiß*, dass meine Motive die Stärke von Stahl und die Reinheit frisch gefallenen Schnees haben, aber nichts wird Euch davon überzeugen.«

»Das ist wahr«, sagte Roval, indem er die nun straffe Brasse voller Zufriedenheit tätschelte. »Klettern wir wieder herunter.«

»Trotzdem gelüstet es mich noch immer nach einer Dame, der ich dienen kann.«

»Laron, angesichts Eurer Essensvorlieben, von einigen ziemlich beunruhigenden Tischmanieren ganz zu schweigen, braucht Ihr Euch keine Hoffnung zu machen.«

»Ich weiß, ich weiß. Ich bin dazu verurteilt, allein und missverstanden zu sein, aber ich werde trotzdem versuchen, Gutes zu tun. Auch *das* ist der Pfad der Ritterlichkeit.«

Eine halbe Stunde später war der Leichnam des Gewaltigen Bendith auf einen Karren geladen und abtransportiert worden. Kapitän Mandalock saß mit Dovaris, dem Befehlshaber der Marinesoldaten, in der Kapitänskajüte der *Kygar*.

»Ich mag keine Unterhaltungsveranstaltungen, die schief gehen«, vertraute Mandalock ihm an, während er sich etwas zu trinken einschenkte.

»Ach, ich weiß nicht. Die Männer sagen, dass es die beste Vorstellung war, die Ihr ihnen je geboten habt.«

»Schaustellerunfälle sind kleine Hinweise der Götter auf das wirkliche Leben. Ich mag sie nicht.«

Der Offizier der Schiffswache klopfte an die Tür und meldete, eine Kurier-Eilgaleere unter der Flagge des Kaisers rudere soeben in den Hafen ein. Mandalock ging hinaus und sah, dass die kleine Galeere aller Waffen und Schilde beraubt war. Das Anlegen erfolgte mit höchster Priorität, und Mandalock wartete am Pier, während der Kapitän des Kurierschiffs dem Hafenmeister seine Ausweispapiere präsentierte.

»Ich bin Kapitän Esar und brauche umgehend frische Ruderer sowie Vorräte, um in einer Stunde wieder ablegen zu können.« Er wandte sich an Mandalock. »Ihr seid der Kapitän der *Kygar*?«

»Kapitän Mandalock, in Diensten des Kaisers«, erwiderte Mandalock zackig.

Esar rief seinen Sekretär, der mit einer Tasche voller Schriftrollen herbeieilte. Der Kapitän wählte eine aus, erbrach das Siegel und überflog das Geschriebene.

»Kapitän Mandalock, Ihr sollt alle fünfzehn hier in Fontarian stationierten Galeeren und Eilgaleeren zu einem Geschwader zusammenfassen, alle Hochsee-Kauffahrer im Hafen beschlagnahmen und alle verfügbaren Marinesoldaten auf den Kauffahrern versammeln. Dann werdet Ihr sie zum Hafen von Narmari eskortieren.«

»Herr Kapitän! Ich höre und gehorche.«

Bevor der erstaunte Hafenmeister protestieren konnte, wandte Esar sich an ihn.

»Hafenmeister, Ihr werdet eine Bürgerwehr zur Verteidigung Fontarians aufstellen und bei den Schiffsbauern sechs Eilgaleeren für den Patrouillendienst in den hiesigen Gewässern in Auftrag geben. Alle Ausgaben werden aus dem Säckel des Kaisers erstattet, und Ihr werdet hiermit in den Rang eines Militärgouverneurs erhoben.«

Die Unterhaltung wurde recht laut vor einer Menge aus Seeleuten, Kai- und Hafenarbeitern geführt. Es war kein Versuch der Geheimhaltung unternommen worden. Roval und Feran waren in Hörweite.

»Ich glaube, ich sollte mir eine Arbeit an Bord eines dieser Hochsee-Kauffahrer suchen«, sagte Roval.

»Um Euch ganz allgemein zu verbessern oder um von Laron wegzukommen?«

Die *Shadowmoon* hatte einen Vorteil, und das war ihre offenkundige Wertlosigkeit in jedem militärischen Sinn. Sie war zu klein, um mehr als drei oder vier Marinesoldaten aufnehmen zu können, und für jede etwaige Flotte zum Schutz des Hafens wertlos, also wurde sie ignoriert. Bei Sonnenuntergang war Mandalock stolzer Kommandant von dreißig Schiffen, die der toreanischen Küste nach Südwesten folgten, und hatte seine bösen Vorahnungen anlässlich des Todes des Gewaltigen Bendith vergessen. Von allen ignoriert, folgte ein winziger Schoner im Kielwasser der Flotte.

»Mit etwas Glück können wir ihnen den ganzen Weg bis nach Narmari folgen«, sagte Feran voller Zufriedenheit. »Kein Freibeuter wird sich auch nur in die Nähe solch einer Streitmacht wagen.«

»Aber danach begegnen wir vielleicht Geleitzügen, die in die andere Richtung unterwegs sind«, sagte Laron.

»Dann rücken wir näher an die Küste und weichen ihnen so aus. Ich frage mich, warum Warsovran das befohlen hat.«

»Zweifellos wird Roval das herausfinden. Er ist ein fähiger Spion von großem Einfallsreichtum.«

»Wo wir gerade von Spionen reden, lasst den Namen des Schiffs übermalen und ändern in, äh, *Pfeilschuss*.«

»*Pfeilschuss*?«, wiederholte Laron.

»Warsovran scheint Schiffe aus den entferntesten Gegenden zusammenzuziehen, und jemand aus Gironal könnte sich fragen, was ein kleines Handelsschiff wie die *Shadowmoon* so schnell um den halben Kontinent geführt hat.«

»*Pfeilschuss*?«

»Ja.«

»*Pfeil*? Wie dieses kleine spitze Ding, das sehr, sehr schnell fliegt?«

»Ja.«

»Macht Ihr Euch keine Sorgen, dass so ein Name auf einem Kahn wie der *Shadowmoon* verdächtig aussehen könnte?«

Feran starrte Laron einen Moment an, als versuche er zu entscheiden, ob er ein höhnisches Grinsen wert war.

»Die Leute finden nur selten verdächtig, was lächerlich ist«, sagte der Kapitän geduldig. »Ich will, dass die Leute lachen und keine Fragen stellen.«

Exakt hundertzwanzig Tage nachdem der erste Feuerkreis über Larmentel vom Himmel gefallen war, machte die *Shadowmoon* an einer der langen Steinmolen im Hafen von Zantrias fest. Sie hieß jetzt *Pfeilschuss,* und die Takelage war verändert worden, um ein neues Profil zu präsentieren.

In der Ferne war ein großer Tempel zu sehen, der auf einem grünen Hügel drei Meilen landeinwärts thronte. Feran führte seinen Passagier durch den Hafen in die Sicherheit des Tempelkomplexes, und im Säulengang des Hospizes wurden sie vom Kämmerer der Vorsteherin empfangen. Hier sagte man Feran, er habe seine Sache gut gemacht, werde nun aber nicht mehr gebraucht. Auf dem Rückweg durch den Garten der Kontemplation rief ihn jemand an. Eine Priesterin in blauen Roben mit blassem Gesicht und straff zusammengefassten schwarzen Haaren näherte sich ihm in Begleitung einer kleineren Schülerin in den grünen Gewändern einer Diakonissin, deren dunkelbraune, wellige Haare ungebändigt waren.

»Ehrwürdige Terikel, wie entzückend, Euch wiederzusehen«, sagte er. »Und Diakonissin Velander, ich sehe, dass Ihr immer noch Diakonissin seid.«

»Aber Ihr seid jetzt ein Schiffskapitän«, erwiderte Velander mit einem Blick auf die roten Schulterquasten seiner Seemannsuniformjacke und seinen Dreispitz. »Ich gratuliere.«

»Werdet Ihr lange im Hafen liegen?«, fragte Terikel.

»Die *Shadowmoon* heißt vorübergehend *Pfeilschuss,* und die *Pfeilschuss* soll kielgeholt und überholt werden. Außerdem gibt es noch andere Arbeit … vielleicht acht Tage.«

»Velander und ich brauchen mehr Übung in gesprochenem Diomedanisch.«

»Ah, also studiert Ihr immer noch diese exotische Sprache?«

»O ja. Steht Ihr zur Verfügung?«

»Für Terikel und Velander immer. Warum geht Ihr nicht jetzt gleich mit mir und versucht es?«

Einmal durch die Tore und an den Wachen vorbei, fragte Feran leise: »Habt Ihr noch mehr Neuigkeiten über Warsovrans Waffe?«

»Es hat zwei weitere Tests gegeben«, erwiderte Velander. »Einer davon hat vor einer Woche stattgefunden, und dabei ist ein Kreis mit einem Durchmesser von zweieindrittel Meilen gebrannt worden. Einige Adelige aus nah gelegenen Königreichen waren eingeladen, es sich anzusehen. Der andere, sechzehn Tage früher, war kleiner.«

»Das wären vier Tests. Was habt Ihr erfahren?«

»Der erste Feuerkreis hatte einen Durchmesser von einer Drittelmeile. Das habe ich von einem Sklaven erfahren, den wir in Zahlung genommen haben. Über den zweiten Test wissen wir fast nichts, nur Tavernengerede von Warsovrans Truppen. Vielleicht wusste er nicht genau, warum es beim ersten Mal funktioniert hat, und wollte im Falle eines Fehlschlags keine Zeugen.«

»Mir gibt das alles ziemlich zu denken. Der Kaiser versammelt eine Menge Schiffe in Narmari. Vielleicht ist er so zuversichtlich, dass seine Waffe jede Stadt im Landesinnern zerstören kann, dass er die Absicht hat, die gesamte Küste für sich zu beanspruchen.«

»Kann er das schaffen?«

»Er hat die größte Flotte in der toreanischen Geschichte, aber nicht einmal das sind genug Schiffe, um die vereinten Streitkräfte der Seemächte im Süden zu besiegen. Außerdem werden Freibeuter seinen ohne Begleitschutz segelnden Handelsschiffen zusetzen, solange die Kriegsschiffe fort sind. Diese Feuerkreise sind beeindruckend gegen Städte, aber nicht alle Feinde Warsovrans leben an Land.«

Auf dem ganzen Weg zum Hafen redeten sie über die nackten Zahlen der Feuerkreise, Zahlen, die sich auf eine Zerstörungskraft bezogen, welche die Schnelligkeit eines Blitzes mit der Kraft eines Vulkanausbruchs vereinte. Velander redete ernsthaft über die Feuerkreise und lächelte dabei beständig, aber im tiefsten Innern ihrer Herzen war sie aufgebracht. Feran war ein Eindringling, der von ihrer eigenen Mentorin in ihre streng eingeschlechtliche Gesellschaft eingeführt worden war. Beziehungen und Politik des Tempels wurden mit außerordentlicher Sorgfalt in der Waage gehalten, und in dieses Gleichgewicht war der Kapitän mit der Zartheit eines in einer Koppel voller Stuten frei herumlaufenden Hengstes eingebrochen. *Wer seid Ihr, und wa-*

rum schenkt meine Seelengefährtin Euch so viel Beachtung?, dachte sie auf dem Weg durch die ordentlichen, schmalen Straßen zum Hafen. Seine Stimme klang tief und rau in ihren Ohren. Sogar sein Geruch war scharf und Ekel erregend. Ihr blieb nur, bei Terikel zu bleiben und diesem Ansturm der Fremdartigkeit standzuhalten, aber innerlich war sie verärgert und aufgebracht.

»Was können machen, äh, zu kämpfen ... Feuerkreis?«, fragte Velander in gequältem, zögerlichem Diomedanisch, doch beinah aggressivem Tonfall.

»Einfach das, was wir tun«, erwiderte Feran leichthin. »Studieren, aufzeichnen und lernen. Ich denke, dass er über Wasser nicht besonders gut funktioniert.«

»Vielleicht unternimmt Warsovran eine gewaltige Anstrengung, um die Küstenreiche zu zerschmettern, und setzt die Feuerkreise dann gegen widerspenstige Städte im Landesinnern ein«, sagte Terikel.

»Es stimmt schon, die Feuerkreise sind unüberwindlich an Land«, sagte Feran. »Kein Mann kann sich gegen sie behaupten.«

»Aber Männer sind weich«, sagte Terikel. »Sie prahlen mit ihrer Tapferkeit und ihrer Kraft, um schwache Frauen wie uns zu beeindrucken, nicht wahr, Velander? Wir kennen ihre Schwächen.«

»O ja, sie sind uns nicht gewachsen«, erwiderte Velander in dem Versuch, nicht entsetzt zu klingen bei dem Gedanken, aus strategischen Erwägungen heraus Männer verführen zu müssen.

Die schmalen Straßen öffneten sich plötzlich zum Hafen mit seiner kühlen, aber milden Seeluft und einem Wald von Masten. Velander spürte, wie sie sich entspannte, als sie über den Pier schritten und sich der *Pfeilschuss* näherten. Die Tortur war fast vorbei.

»*Pfeilschuss*, da, sie ist!«, erklärte Velander triumphierend, indem sie auf den Namen zeigte.

»Ah, ja, und sie ist eine ganz besondere Konstruktion«, sagte

Feran und zwinkerte Terikel zu. »Die Masten können umgelegt werden, um unter niedrigen Brücken durchzufahren, wenn Flüsse befahren werden müssen.«

»Ganz wie, äh, altes Schiff, *Shadowmoon*.« Velander versuchte ihre Laune zu verbergen und einen Witz zu machen.

»Seid bitte leise, wenn es recht ist!«, zischte Feran mit aufrichtiger Beunruhigung.

Velander wollte bersten vor Stolz, den männlichen Eindringling aus der Fassung gebracht zu haben, aber mehr sagte sie nicht.

Die Ladung des kleinen Schoners wurde gelöscht, und die Flüche der Schauerleute hallten durch den Hafen. Terikel suchte nach etwas Schmeichelhaftem, das sich über die *Pfeilschuss* sagen ließ, und fand nichts, und dann schlug Velander vor, zum Tempel zurückzukehren.

»So rasch?«, sagte Feran, der enttäuscht klang.

»Velander muss sich auf ihre Ordination vorbereiten«, sagte Terikel.

»Ah, wie schön für Euch«, erwiderte Feran, der immer noch Diomedanisch sprach. »Wie viele Tage noch?«

»Acht, aber fünf mit, äh, auf Nachtwache sein«, radebrechte Velander, die sich hartnäckig weigerte, wieder zu ihrer Muttersprache zurückzukehren. »Muss fasten, trinken, äh, Wasser von Regen. Nur. Aushalten, ich muss … Prüfungen alleine.«

»Prüfungen?«, fragte Feran.

»Die Älteste stellt ihr Fragen«, kam Terikel Velander zu Hilfe.

»Ha, das ist sehr mutig von Euch«, lachte Feran. »Fünf Tage mit dieser alten Schachtel als einziger Gesellschaft.«

»Bin nicht allein, völlig«, fügte Velander jetzt hinzu.

»Es ist Brauch, dass die Seelengefährtin ganz in der Nähe fastet, um Trost zu spenden«, sagte Terikel.

»Ehrwürdige Terikel, fasten, in der Nähe, sie wird«, sagte Velander so langsam und deutlich, wie sie konnte.

»Ja, ich werde in der Kapelle der Vigilien sein, während Velander im Tempel fastet.«

»Und dann werdet Ihr eine Priesterin und habt zwölf Jahre

Zölibat vor Euch«, seufzte Feran. »Wer könnte so eine lange Wartezeit ertragen?«

»Ihr nicht, Kapitän?«, fragte Terikel.

»Ich nicht, keusche und geschätzte Damen.«

Zwei Besatzungsmitglieder hielten inne und schauten den beiden Frauen auf dem Rückweg den Pier entlang hinterher.

»Welche würdet Ihr vorziehen?«, fragte der Bootsmann.

Laron legte eine Hand auf seine Brust und streichelte sie mit der anderen.

»Ich?«, fragte Feran unschuldig.

»Ihr«, antworteten Norrieav und Laron im Chor.

»Velander ist nur ein ernstes Mädchen – aber Terikel! Ah, die ist wie eine Königin.«

»Sie sind beide … verlockend«, sagte Laron, der nun die Arme verschränkt und den Kopf geneigt hatte, während er den beiden wohlgeformten Gestalten hinterherschaute. Velander hatte etwas an sich, was ihn erregte, und er erwischte sich plötzlich dabei, wie er sich die Lippen leckte. Hastig biss er die Zähne zusammen.

»Aussichtslos. Ihr seid zu klein, bleich, hager und schmuddelig«, sagte der Deckoffizier, der Terikel und Velander ebenfalls betrachtete. »Außerdem, wascht Euch den Bart ab, und Ihr seht aus wie vierzehn.«

»Ich bin ein qualifizierter Navigator und Medikus!«, erwiderte Laron.

»Ja, und wahrscheinlich seid Ihr stärker als der Rest der Besatzung zusammengenommen, aber Ihr seht trotzdem wie ein Schiffsjunge aus.«

»Feran auch«, konterte Laron.

»Aber Feran hat Locken, blaue Augen und Masse. Das packt sie jedes Mal.«

»Na ja, nicht wirklich jedes Mal«, wandte Feran ein.

»Seid vorsichtig, Kapitän«, warnte Norrieav. »Es ist offensichtlich, dass die Kleine die Priesterin anhimmelt, während die Priesterin sie unter ihren Schutz genommen hat wie eine Katze ihre Jungen. Ich würde nicht gern zwischen sie geraten.«

»Ich schon«, gab Feran zu. »Ohne Kater gäbe es keine Kätzchen.«

Die beiden Frauen erreichten das Ende des Piers, gingen zwischen einigen Verkaufsständen und Verkäufern durch und verschwanden dann in einer Gasse.

»Ich habe herumgefragt, wie ich es immer tue«, sagte Laron, indes er sich abwandte und sich über den Bart strich, um sich zu vergewissern, dass noch alles da war. »Hinter Velander steckt viel mehr, als man meinen würde. Vor drei Jahren war sie in ganz großen Schwierigkeiten. Sie hatte mehrere Männer getötet, offenbar Agenten Warsovrans.«

»Mit siebzehn?«, rief Feran.

»So scheint es. Agenten Warsovrans haben sie auch zum Waisenkind gemacht. Terikels Schwester Elasse hat sie in die Tempelakademie geholt. Als Elasse auf einer Reise nach Acrema starb, machte Terikel Velander zu einer Art Pflegeschwester. Sie wurde ihre Mentorin und fand sogar Förderer für die Jahre ihres Studiums. Für Velander ist Terikel Freundin, Schwester, Heilige und Königin. Sie würde für Terikel sterben und wahrscheinlich auch für sie töten.«

»Töten?«, sagte Feran. »Wie in ›mich töten‹?«

»Euch im Allgemeinen im Gegensatz zu Euch im Besonderen«, erläuterte Laron.

Als die Ladung gelöscht war, ging Laron an Land und suchte ein Handelshaus, nicht weit vom Wasser entfernt, auf. Das Hinterzimmer hatte jedoch nichts von der Räumlichkeit eines Importeurs an sich. ›Kordobans Sackleinen und Seile‹ war nicht mehr als eine Fassade für Kordoban den Händler in Maschinen zweifelhafter Herkunft. Anders als Zauberer, welche die arkanen Künste um Macht oder Gelehrsamkeit willen studierten, hatte Kordoban sich darauf spezialisiert, sehr starke Äthermaschinen zu erwerben, um sie anderen verkaufen zu können. Gesellschaftlich missbilligt, war er nichtsdestoweniger sehr gefragt und ziemlich reich.

»Das ist ein Modell Eurer angestrebten Beute«, sagte Kordoban und hielt Laron eine kleine violette Kugel vor das Gesicht.

Er ließ sie in Larons Hände fallen. Laron betrachtete sie einen Moment, während er zur Kenntnis nahm, dass sie sehr leicht und wahrscheinlich hohl war.

»Ich brauche einen Vorschuss«, sagte Laron. »Es wird nicht so leicht sein, in das Allerheiligste der Ältesten des Metrologischen Ordens einzubrechen.«

»Kein Vorschuss, gezahlt wird nur für Resultate.«

Nicht daran gewöhnt, dass man ihm etwas abschlug, fauchte Laron und fletschte die Zähne. Kordoban zückte sofort zwei Silberdolche und hielt sie wie ein geübter Kämpfer vor sich. Larons Fauchen ging in ein Grollen über, und er wich zwei Schritte zurück.

»Ihr seid ein Narr, mir nicht dabei zu helfen, Euch zu helfen«, warnte Laron.

»Wenn ich jedem einen Vorschuss zahlen würde, der behauptet, ein Meisterdieb zu sein, wäre ich sehr schnell ein Meister des Bettelstabs. Nun denn, diese Attrappe einer Orakelkugel ist nichts wert. Für fünf Silberkronen pro Stück könnt Ihr Euch bei Lapidor so viele anfertigen lassen, wie Ihr wollt. Mit dem Inhalt und der inneren Struktur verhält es sich jedoch ganz anders.«

»Mein Preis beträgt dreihundert Goldzirkare«, sagte Laron bestimmt.

»Liefert und ich werde bezahlen.«

Eine Viertelstunde später stand Laron vor einem Marktstand. »Mir ist zu Ohren gekommen, Ihr könnt eine von diesen für fünf Silberkronen anfertigen, Lapidor«, sagte er, während er die Orakelkugelattrappe in die Höhe hielt.

»Das kann ich, mein Herr, und für weitere fünf Silberkronen kann ich auch für Diskretion sorgen.«

»Ich werde diese Option wahrnehmen.«

»Könnt Ihr warten?«

»Das kann ich gewiss.«

Am selben Tag traf das Konzil des Metrologischen Ordens mit dem Agenten zusammen, den Feran abgeliefert hatte. Mittlerweile trug der Mann die erdbraune Robe eines Laien-Gelehrten.

»Das ist Lenticar«, sagte die Priesterin, die Älteste des Konzils war. »Er geriet sehr früh im Laufe von Warsovrans Expansionskrieg in Gefangenschaft und hat drei Jahre lang in der Sklaverei gearbeitet. Lenticar, berichtet dem Konzil, was Ihr mir berichtet habt.«

Lenticar verbeugte sich vor der Ältesten und dann der Reihe nach vor jedem Mitglied des Konzils, wobei er beständig die Hände rang. Die sechs Priester der Bruderschaft und die sechs Priesterinnen der Schwesternschaft waren alle aufmerksam und hellwach, was Lenticar noch ängstlicher machte.

»Der, äh, Punkt ist, dass ich drei Jahre in einer Sklavenarmee verbracht und einen verschütteten Spalt im Meerwallgebirge freigelegt habe. Eines Tages, spät im letzten Jahr, gab es einen ziemlichen Tumult ganz unten bei den Ausgrabungen. Wir waren auf die Felsen des alten Flussbetts gestoßen. Das Gebiet wurde abgeriegelt, und die sechshundert Sklaven, die dort unten gearbeitet hatten, wurden hingerichtet. Ganz einfach so! Ohne Grund, ohne Gnade, einfach nur ... Doch einerlei. Die anderen fünfzigtausend von uns mussten abmarschieren, um in Vidaria eine Festung zu bauen. Ich konnte unterwegs fliehen, weil die Wachen mittlerweile viel weniger aufmerksam geworden waren. Ich ... kann nicht sagen, warum. Nicht genau, aber ... man hatte etwas gefunden. Ich wusste es einfach. Wir wussten es alle. Manchmal flüsterten wir es uns gegenseitig zu.«

»Habt Ihr gesehen, was man gefunden hatte?«, fragte eine Priesterin.

»Nein, aber ich habe Gerüchte gehört, dass sogar die Bewacher der Sklaven, die dem Fund am nächsten waren, hingerichtet worden sind. Wir hörten, wie das Wort ›Chiffre‹ bei den Wachen die Runde machte. Niemand wusste, was damit gemeint war.«

»Ehrwürdiger Lenticar, habt Ihr sonst noch etwas zu berichten?«, fragte die Älteste.

Lenticar wand sich unruhig. Es gab noch so viel zu berichten, aber hier und jetzt war nichts davon wichtig.

»Ich könnte von Leiden, Grausamkeit, Tod und selbstloser Güte im Angesicht von all diesen dreien erzählen, aber diese Dinge sind hier fehl am Platz. Ich habe alles berichtet, was ich in drei Jahren der Plackerei aufgeschnappt habe. Jetzt liegt es an Euch, höchst gelehrte und ehrwürdige Priesterschaft, daraus schlau zu werden.«

Die Älteste erhob sich wieder und deutete nicht auf die Tür, sondern auf einen Stuhl. Lenticar setzte sich.

»Ehrwürdiger Lenticar, Ihr habt ebenso viel Recht, alles zu wissen, wie der Rest von uns. Vielleicht könnt Ihr sogar mehr damit anfangen als wir, die wir nicht drei Jahre lang gegraben haben. Ehrwürdige Anwesende, wir haben erfahren, dass ein paar Tage nach der Entdeckung in der Felsspalte Warsovran mit Kommandant Ralzak und einem Mann namens Chiffre dort aufgetaucht ist. Chiffre ist gerüchteweise einer der drei ursprünglichen Diebe, die Silbertod aus seinem Schrein gestohlen haben. Etwas über einen Monat nach Beendigung der Ausgrabungen in der Felsspalte hat der Feuerkreis-Zauber Larmentel das Herz herausgebrannt. Jetzt erprobt Warsovran ihn an den Überresten der Stadt und lernt dabei, seine Kräfte schneller wieder aufzufrischen. Heute Morgen ist eine Nachricht per Auton-Vogel eingetroffen, ein fünfter Test habe in einem Gebiet mit einem Durchmesser von beinah fünf Meilen alles Leben ausgelöscht. Das ist mehr als genug, um eine ganze Armee zu vernichten, und vermutlich hinreichend, um diesen ganzen Kontinent zu erobern.«

Unter den Mitgliedern des Konzils erhob sich beunruhigtes Gemurmel.

»Warum lässt er den Feuerkreis dann immer und immer wieder über Larmentel entstehen?«, fragte der Prüfer.

»Larmentel ist nichts als eine leere Hülle und mittlerweile wertlos«, sagte die Älteste. »Er will die anderen Städte intakt, also will er seinen Feinden mit dieser obszönen Demonstration roher Gewalt über Larmentels Ruinen Angst einjagen. Ehrwürdige Schwestern und Brüder, Warsovran hat geschworen, unseren Orden auszulöschen, sowohl Priester als auch Priesterinnen. Ganz offensichtlich können wir dieses Feuerding nicht bekämpfen, also ist es nun an der Zeit, uns unsichtbar zu machen, wie wir es schon oft in früheren Zeiten der Tyrannei getan haben. Für einige von uns ist es an der Zeit, mit den Aufzeichnungen und Schätzen des Ordens zu fliehen.«

Laron schlenderte allein über den Schattenmarkt, betrachtete die angebotenen Waren, unternahm aber keinen Versuch, ernsthaft zu feilschen. Dies war der Markt, auf dem Güter zweifelhafter Herkunft von noch zweifelhafteren Händlern angeboten wurden. Aber Laron war nicht deswegen hier. Er blieb vor einem Stand stehen, dessen zerlumptes Banner verkündete: FARUGILS GIFTE. Die Worte waren mit einer Linie aus kleinen Totenschädeln unterstrichen, zum Nutzen derjenigen, welche des Lesens nicht mächtig waren.

»Drachentränen – habt Ihr die?«, fragte Laron leise.

»Die werden sehr selten verlangt«, erwiderte der Händler.

»Könntet Ihr sie für mich beschaffen?«

»Ich könnte Euch zeigen, wo Ihr sie bekommen könnt, aber der Preis ist hoch.«

»Wie hoch?«

»Fünfunddreißig Goldzirkare.«

»Fünfunddreißig! Dafür könnte ich Eure Seele kaufen.«

»Meine Seele steht nicht zum Verkauf.«

Nachdem ihr verschlüsselter Wortwechsel damit beendet war, zählte Laron das Geld ab und gab es dem Händler. Er bekam dafür eine Phiole aus rauchigem blauem Glas, die er kurz betrachtete. Darin schien sich so etwas wie eine kleine Schriftrolle zu befinden.

»Abschriften der metrologischen Wach-Autonen«, sagte der Händler.

»Die sind hoffentlich echt«, warnte Laron. »Ihr wisst, was mit jenen passiert, die mich betrügen.«

»Wenn Ihr eine Beschwerde habt, ich bin jede Nacht hier.«

Nach Beendigung der Transaktion verbeugten sie sich, und Laron schlenderte unauffällig weiter. Augenblicke später glitt er durch die Menschentrauben wie ein Aal durch hohes Gras, und als er schließlich bei den Docks ankam, rannte er. Nur ein winziges Stück von Mirals äußerstem Ring stand noch über dem westlichen Horizont, als er in seine Kabine auf der *Pfeilschuss* kroch und die Luke zuschlug.

In den nächsten beiden Tagen wurde die *Pfeilschuss* bei Flut auf eine Helling gezogen und von Arbeitern von Muscheln und Seegras gesäubert. Nach einem Anstrich mit heißem Teer wurde sie wieder zu Wasser gelassen und dann zum Pier gerudert. Velander saß nun auf einem Steinpoller und schaute auf das Deck der vertäuten *Pfeilschuss*, während sie langsam ihre dunkelbraunen Haare mit kleinen Schmuckkämmen aus dem Gesicht strich und mit den Kämmen feststeckte. Terikel war in der Nähe und feilschte an einem Stand am Pier um irgendetwas.

Feran und Laron tauchten aus der Deckluke auf. Beide waren bis zur Hüfte nackt, aber Larons Haut war so weiß wie frisches Pergament, und seine Brust war peinlich schmal. Außerdem trug er schwarze Glacéhandschuhe.

»Diakonissin, solltet Ihr nicht Nachtwache für Eure Ordination halten?«, fragte Feran auf Diomedanisch.

»Ab dem Mittag, ja«, erwiderte Velander, wobei sie ihre Worte langsam und sorgfältig wählte und aussprach.

Sie schritten über den Laufsteg und blieben nach Schweiß, Sackleinen, Teer und Harz stinkend neben ihr stehen.

»Hattet Ihr ein gutes Frühstück?«, fragte Laron, ebenfalls auf Diomedanisch. »Vor Euch liegen fünf Tage des Fastens.«

»Habe schon länger gehungert«, erwiderte sie geheimnisvoll.

»Auf Euren Reisen?«, fragte Feran.

»Äh, ja. Wie hört Diomedanisch an, sich? Könnte durchgehen für, äh, Muttersprechen?«

»Ihr hört Euch mehr wie eine ausländische Gelehrte an, aber redet nur weiter«, erwiderte Feran. »Warum fragt Ihr?«

»Neugierig, nur«, sagte sie, dann verengten sich ihre Augen. »Wisst Ihr von fünftem Feuerkreis?«

»Das ist nicht allgemein bekannt«, sagte Laron langsam und voller Unbehagen, während er Velanders Blick auswich.

»Also ist wahr! Ich höre, beinah fünf Meilen groß. Woher wisst Ihr?«

»Ich bin viel unter kleinen Leuten«, sagte Laron. »Die kleinen Leute haben ebenso ihre Mittel und Wege, Dinge herauszufinden, wie Adelige, Priesterinnen und Könige. Ihnen fallen wunderliche Dinge auf, Diakonissin Velander, wie die Tatsache, dass Ihr danach fragt, wie gut Ihr das Diomedanische beherrscht. Könnte es sein, dass Ihr bald nach Diomeda fahrt?«

»Behauptung, äh, entbehrt, äh, entbehrt Unterwäsche.«

»Ich glaube, Ihr meint Grundlage«, sagte der Vampyr, indem er vorübergehend zu Velanders Muttersprache wechselte. »Die diomedanischen Wörter für Unterkleidung – wie ›Korsett‹ – und ›Grundlage‹ – wie das, worauf etwas aufbaut – sind einander sehr ähnlich. Jetzt versucht es noch einmal auf Diomedanisch.«

»Behauptung entbehrt Grundlagen.«

»Das ist einstweilen gut genug. Ein paar Wochen in Diomeda werden es schon richten. Und wo wir gerade von Diomeda reden, heute Morgen ist mir aufgefallen, dass Kisten aus dem Tempel auf einen nach Diomeda segelnden Hochsee-Kauffahrer verladen wurden. Die *Searose*, das große Schiff da drüben mit den drei Masten.«

»Ich weiß nichts«, erwiderte Velander, die sich unbewusst wand.

»Ist es wegen der Feuerkreise?«, fragte Feran.

»Nein!«

»Einfach nein?«

»Die Ehrwürdige Terikel sagt, sprich Diomedanisch, also ich spreche Diomedanisch. Für sie. Ich lerne.«

»Aber warum sollte sie das sagen?«

»Sie sagt, ich, äh, studiere zu viel Mathematik«, improvisierte Velander. »Sagt, ich bin brauche Ausgleich durch exotisch Sprache. Als sie es sagt, keine Feuerkreise, noch nicht.«

Feran ließ sich ihre Logik durch den Kopf gehen. »Na, das hat mich bei jedem Anlegen hier in den Genuss Eurer charmanten Gestalt und Gesellschaft gebracht, warum sollte ich mich also beklagen?«

Nichts konnte Velander so rasch aus der Fassung bringen wie die Meinung eines Mannes zu ihrer Figur. Ohne auch nur den Versuch eines subtilen Wortgeplänkels zu unternehmen, wechselte sie augenblicklich das Thema – mit einem Blick in Terikels Richtung, um festzustellen, was sie so lange aufhielt.

»Ich kann mir machen keinen, äh, Reim auf, äh, auf Antriebsenergien … für Feuerkreis«, brachte sie unter beträchtlichen Mühen heraus.

»Ich stehe ebenfalls vor einem Rätsel«, sagte Feran. »Magischer Äther, sollte man meinen.«

»Magisches Wirken ist zu eingeschränkt, was schiere Kraft anbelangt«, warf Laron ein, »während Höllenodemöl aus einem Schlauch gepumpt werden muss und auch nicht heiß genug brennt, um Stein zu schmelzen. Ein machtvolles und exaktes Zusammenspiel ätherischer und irdischer Energien ist erforderlich.«

»Was wisst Ihr über Magie?«, murmelte Feran, überrascht und ein wenig verärgert, dass dieser seltsame Navigator auch etwas über die kalten Wissenschaften wusste.

»Ich lese viel«, erwiderte Laron.

Sie wurden von Druskarl, einem hochrangigen Eunuchen der Tempelwache, unterbrochen. Er kam von dort den Pier entlang, wo der Hochsee-Kauffahrer beladen wurde. Wie der Deckoffizier der *Pfeilschuss* war er ein schwarzhäutiger Acremaner und trug die Tunika eines Pilgers anstelle seiner üblichen Rüstung. Seine schwarzen, zu Zöpfen geflochtenen Haare waren von einer Sonnenkapuze bedeckt.

»Diakonissin, Eure Nachtwache fängt an heute«, sagte Druskarl in scharfem, stark akzentbehaftetem Darmarianisch.

»Ich bin in Begleitung der Ehrwürdigen Terikel«, erwiderte Velander, ebenfalls auf Darmarianisch und in einer ziemlich guten Parodie von Druskarls hartem, kategorischem Tonfall. Sie zeigte auf Terikel, die einen Pilgerrucksack in die Höhe hielt und mit dem Verkäufer feilschte.

»Diakonissin! Ordinationswache fängt an Mittag«, beharrte Druskarl.

»Niemand weiß das besser als ich, Druskarl«, erwiderte sie mit Bestimmtheit.

Mittlerweile hatte Laron bemerkt, dass Velander unter Druck stand. Beinah ohne es selbst zu bemerken, kam er ihr zu Hilfe. »Wie ich sehe, verschifft der Tempel mit Euch als Begleitschutz Bücher nach Acrema«, sagte er beiläufig zu Druskarl.

»Keine Bücher«, murmelte der.

»Ich habe den Geruch alter Bücher wahrgenommen, als Eure Kisten an uns vorbei zur *Searose* getragen wurden.«

»Was wisst Ihr von Büchern?«

»Ich bin kein Fremder in Bibliotheken.«

Velander nickte beifällig. Feran lächelte, und Druskarls Miene verfinsterte sich.

»Druskarl, kein Fremder auf Schiffen, sieht, dass Masten von *Pfeilschuss* unten in Gelenk auslaufen«, konterte er. »Können umgelegt werden.«

»Wir müssen unter Brücken durchfahren, wenn wir auf Flüssen handeln«, sagte Feran.

»*Pfeilschuss* liegt hoch im Wasser.«

»Die *Pfeilschuss* ist praktisch leer, und unsere Bilgen sind ausgeschöpft und geschrubbt«, erläuterte Feran mit einem Unterton von Herablassung. In einer Unterhaltung mit Druskarl war das ein Fehler. »Setzen sich also die Metrologen nach Acrema ab, bevor Warsovran seinen Feuerkreis auf Zantrias richtet?«

»Was sind das für komische Lukendeckel? Sind unter Wasser, wenn Schiff voll beladen«, konterte Druskal.

»Die sind zum Durchschauen«, antwortete Laron glatt.

Druskarl runzelte die Stirn, da er ihm weder glaubte noch die Pointe sah. »Unter der Wasserlinie?«

»Ja, in einer Stunde wird Ladung an Bord sein, und dann werden sie auf jeden Fall unter der Wasserlinie sein«, sagte Feran.

»Druskarl sagt, Masten von *Pfeilschuss* lassen sich leicht umlegen. *Pfeilschuss* lässt sich auch leicht versenken. Bei Verfolgung *Pfeilschuss* tut im flachen Wasser so, als würde sinken. Wenn Ebbe kommt, Luken von Mannschaft geschlossen, Mannschaft schöpft Wasser aus, dann Schiff wieder schwimmen.«

»Aber wir sind keine Fische«, sagte Feran. »Wir würden ertrinken.«

»Ruderboot verkehrtherum auf Deck festgemacht.«

»Weil es sich sonst mit Regenwasser füllen würde.«

»Ruderboot enthält Luft zum Atmen, wenn *Pfeilschuss* sinkt.«

Ferans Augen verengten sich. »Manche Leute haben einen so scharfen Verstand, dass sie sich damit wertvolle Körperteile abschneiden könnten«, sagte er verdrossen zu dem hochgewachsenen, kräftig gebauten Eunuchen.

»Sind wie Leute mit zu scharfer Nase, ja?«, fragte Druskarl.

»Gut pariert«, sagte Laron, der mit verschränkten Armen abwartend dastand.

»Meine Herren, wir müssen uns jetzt von Euch verabschieden«, rief Terikel, die mit dem Pilgerrucksack zu ihnen kam. »Velander muss sich auf ihre Ordination vorbereiten.«

Terikel schüttelte allen drei Männern der Reihe nach die Hand, aber nur Feran spürte, dass ihm dabei ein Stück Papier in die Hand gedrückt wurde.

»Der Eunuch kennt unser Geheimnis«, sagte Feran leise zu Laron, als sie wieder allein waren. »Das modernste Schiff auf den Gewässern der Welt, und er weiß, was es wirklich ist.«

»Aber er hat uns *gesagt*, dass er es weiß«, erwiderte Laron, der diesbezüglich sehr gelassen wirkte. »Wäre er ein Feind, hätte er nichts gesagt. Außerdem kennt er die anderen Geheimnisse der *Shadowmoon* nicht.«

»*Pfeilschuss*! Wer ist er?«

»Vielleicht unser nächster Kontaktmann. Das könnte seine Art gewesen sein, sich bei uns vorzustellen.«

Laron schaute nach Westen, wo die Scheibe Mirals mit ihren Ringen dicht über dem Horizont fahl durch den blauen Dunst schien.

»Miral geht unter. Ich muss in meine Kabine.«

»Vielleicht, um zu schlafen und zu träumen?«, fragte Feran.

»Ich träume nie, Kapitän. Und ich schlafe auch nicht.«

Laron ging über den Laufsteg, betrat das Mitteldeck der *Pfeilschuss*, öffnete die Luke seines winzigen Verschlags und kroch hinein. Als er die Klappe hinter sich geschlossen hatte, kam Hazlok zu Feran.

»Ich fühle mich viel wohler, wenn er schläft«, verkündete er.

»Offenbar schläft er gar nicht, Maat.«

»Was macht er dann?«

»Man hat mir versichert, dass es sicherer für uns ist, wenn wir das nicht wissen.«

Hazlok verschränkte die Arme und schüttelte den Kopf. »Ich bin nur froh, dass er auf unserer Seite ist.«

Die Kapitänskabine der *Pfeilschuss* hatte ungefähr die Größe eines auf die Seite gelegten Aborts, und Koje, Schreibtisch, Kartenschrank und Waffengestell waren so konstruiert, dass sie an die Wand geklappt werden konnten. Feran saß auf seiner wasserdichten Seekiste und untersuchte das Stück Papier, das Terikel ihm gegeben hatte. Es handelte sich um eine Schriftrolle aus Seidenpapier, wie sie bei primitiven Briefauton-Vögeln von der Art verwendet wurden, die nicht sprechen konnten. Es gab eine Einleitung, die nicht leicht zu verstehen war, aber schließlich wurde klar, dass die Schreiber der Nachricht zwei Priester der Metrologischen Bruderschaft waren. Sie hatten sich als Bauern verkleidet und Warsovrans siegreicher Armee geholfen, alles aus den Ruinen Larmentels zu bergen, was noch einen gewissen Wert hatte. Sie hatten auch den Einsatz von Warsovrans Waffe miterlebt. Die Schriftrolle enthielt außerdem Beschreibungen der ersten vier Tests aus zweiter Hand und ziemlich genaue Zahlen, was das Ausmaß der Zerstörung betraf. Jeder Test hatte zur achten Stunde des Morgens stattgefunden, und jedes Mal war von dem unvorstellbar heißen Feuer ein perfekter Kreis gebrannt worden. Viele Steine waren teilweise geschmolzen oder zerbröckelt, und das Feuer war bis in die tiefsten Keller und Tunnel vorgedrungen. Kein noch so winziges Stückchen Holz, Nahrung oder auch verkohlter Knochen hatte überlebt, aber sie erwähnten auch, dass die Fische in einem tiefen Zierteich zwar gekocht gewesen seien, das Feuer aber ansonsten unversehrt überstanden hätten und nicht verbrannt seien.

»Wir haben den Eindruck, dass Warsovrans Kommandant Ralzak eine Waffe von einer derartigen Potenz hat, dass ihm keine Stadt oder Armee standhalten könnte«, folgerte der Bericht in seiner winzigen Handschrift.

> Völlig ausgelöscht zu werden im Zuge einer hoffnungslosen Angelegenheit ist weitaus weniger sinnvoll als eine Kapitulation in dem Wissen, dass Warsovrans Zeit vorübergehen wird. Unser Orden kann seine Arbeit im Geheimen fortsetzen, bis wieder bessere Zeiten anbrechen, und–

Der Abschnitt endete mit einem kurzen Federstrich, als habe etwas am Arm des Schreibers geruckt, dann setzte die winzige Schrift wieder neu an.

> Wir haben soeben eine fünfte Feuerwand über der Stadt gesehen, die bis zu den Außenmauern der Stadt gedrungen ist. Sie ist zur achten Stunde in Gestalt eines Torus etwa eine halbe Meile über dem Zentrum Larmentels aus dem Himmel herabgestoßen, hat mit ihrem Feuer alles vor sich versengt und ist dann wieder in den Himmel zurückgeflutet, um sich in sich selbst zurückzuziehen. Der Kreis hat einen Radius vom Zentrum bis zur Außenmauer abgedeckt, und zwar in der Zeit, die man braucht, um tief Luft zu holen, und dabei ein Geräusch wie ein beständiges Donnergrollen verursacht. Der Grad der Zerstörung am Boden war derselbe wie zuvor. Macht aus diesem grässlichen Albtraum, was Ihr wollt. Wir werden einen Auton-Vogel mit dieser Botschaft abschicken und weitere Nachrichten senden, wie es uns möglich ist.
>
> Ehrwürdiger Deremi und Ehrwürdiger Trolandic

Feran studierte die Zahlen und Daten der ersten fünf Detonationen von Warsovrans Waffe in den letzten hundertzwanzig Tagen. Er war fasziniert von der Tatsache, dass die Fische im Teich nicht verbrannt waren. In eleganterer Handschrift angehängt waren der Name einer Hafentaverne, »Sturmhafen«, und das Wort »Abenddämmerung«.

Er schaute durch das Flechtwerk des Kabinenfensters auf den Hafen. Falls die Feuerkreiswaffe über Zantrias zum Einsatz kam, konnte die *Pfeilschuss* samt Besatzung versenkt werden, und mit der Luft im Ruderboot konnten sie sechs Stunden unter Wasser bleiben. Der einzige Nachteil war, dass es mehrere Minuten dauerte, den Schoner zu versenken, wohingegen die Waffe den Hafen in wenigen Sekunden schleifen konnte.

»Andererseits ...«, sagte Feran laut und ging nach draußen auf Deck.

»Norrieav, morgen früh will ich mit der, äh, *Pfeilschuss* ein Übungstauchen veranstalten«, erklärte er dem Bootsmann.

»Hier, Herr Kapitän? Im Hafen?«

»Nur die Vorbereitung, nicht das eigentliche Tauchen. Bei Tagesanbruch sollen die Männer alle Waren sichern und versiegeln, die verderben könnten. Zur, sagen wir, siebten Stunde will ich mit umgelegten Masten über tiefem Wasser stehen.«

»Gut hundert Schritt seewärts vom Pier ist eine tiefe Stelle. Die großen Schiffe nutzen sie als Wendebecken.«

»Das reicht völlig. Dort werden wir uns bereithalten, bis ich die Rückkehr zum Pier befehle. Niemand wird unser Geheimnis erfahren, wenn wir die Unterwasser-Tauchluken nicht öffnen, und das werden wir natürlich nicht tun.«

»Sehr gut, Herr Kapitän. Der schlechteste Zeitpunkt für eine Übung ist ein echter Notfall.«

»Sehr wahr, Norrieav, sehr wahr.«

2

FAHRT NACH HELION

Gegen Mittag jenes Tages wurde Velander in den Tempel gerufen, wo sie fünf Tage des Fastens beginnen und dann die Nachtwache überstehen sollte, um Priesterin zu werden. Was vor ihr lag, würde zwar ganz sicher anstrengend sein, aber sie tröstete sich damit, dass wenigstens keine Männer daran beteiligt waren – speziell keine Seemänner und noch spezieller kein Feran.

»Die *Pfeilschuss* wird längst nicht mehr da sein, wenn Ihr ordiniert seid«, sagte Terikel, während sie Velander die Haare bürstete und zu Zöpfen flocht.

»Gut«, sagte Velander, die bereits die Erwähnung des Schoners aufregte.

»Ich begreife nicht, warum Ihr Feran gegenüber so feindselig seid.«

»Er ist ein Mann«, erwiderte Velander kategorisch. »Jedes Leiden, jede Qual, jeder Verlust in meinem Leben ist durch Männer verursacht worden.«

»Nicht alle Männer verüben solche Taten.«

»Aber solche Taten werden immer und ausschließlich von Männern verübt!«, erwiderte Velander verärgert darüber, dass Terikel auch nur die geringste Sympathie für Ferans Geschlecht aufbrachte.

Schließlich war sie ihre Seelengefährtin. Velander hatte versucht, Terikel eine Schwester zu sein, nachdem Elasse auf See verschollen war. Nun stand ihr eine Prüfung bevor, und sie brauchte Terikels uneingeschränkte Unterstützung.

Kurz vor Mittag kehrte Laron in eine der Tavernen unweit des Tempelgeländes ein. Dies war der zuträglichere Teil von Zantrias, der etwas erhöht auf dem zentralen Hügel gelegen war und einen guten Ausblick und kühlende Brisen zu bieten hatte. Der Vampyr gab vor, aus einem Zinnbecher zu trinken, aber er tat nicht mehr, als sich die Lippen anzufeuchten. Schließlich betrat einer der Tempelwächter die Taverne und ging zu seinem Tisch.

»Darf ich mich setzen?«, fragte der Wächter.

»Nein«, erwiderte Laron, wobei er aufsah und nur eine Andeutung seiner langen Eckzähne aufblitzen ließ.

Der Mann wich einen Schritt zurück, dann schien er sich zusammenzureißen. »Äh, dann also im Namen Druskarls, darf ich mich setzen?«

»Garric, nicht wahr?«

»Ja.«

»Dann setzt Euch.«

Der Wächter zog sich einen Hocker heran und bestellte Bier. Als sie wieder allein waren, klimperte Laron mit einem Geldbeutel, der in seinen Gewändern verborgen war.

»Fünfzig Zirkare«, sagte Garric.

»Vierzig«, sagte Laron bestimmt. »Druskarl hat Euch bereits zehn gegeben.«

»Fünfzig oder gar nichts.«

»Dann gar nichts.«

»Ich könnte Euch denunzieren«, warnte der Wächter zuversichtlich.

»Versucht es«, erwiderte Laron glatt.

»Ihr seid nur ein Junge.«

»Ich bin ein Junge, vor dem sich viele bedeutende Leute verneigen. Ich bin außerdem ein Junge auf der Suche nach einem etwas weniger gierigen Helfer.« Laron erhob sich. »Jetzt müsst Ihr mich entschuldigen …«

»Wartet«, sagte der Wächter, der ebenfalls aufstand. »Hört zu, ich muss nach Acrema, wenn Warsovran diese Stadt erobert.«

»Ich weiß. Ihr missbraucht nicht zum ersten Mal eine Vertrauensstellung. Deshalb wurdet Ihr empfohlen, und deshalb sind wir an Euch herangetreten.«

»Vierzig Zirkare decken kaum die Kosten für die Fahrt nach Acrema.«

»Wo Ihr Arbeit in einer Söldnerarmee bekommen und mit zehn Goldzirkaren im Beutel ein neues Leben anfangen könnt. Die *White Wave* segelt heute Abend kurz nach dem Ende Eurer Schicht. Der Kapitän erwartet Euch, und Ihr könnt lange auf See sein, wenn das Geschrei wegen meines Besuchs beginnt.«

Garric ließ den Kopf hängen und fuhr sich mit der Hand durchs Gesicht. »Also gut, vierzig Zirkare.«

Nach fünf Tagen bei Wasser und ohne Essen war Velander ein wenig wacklig auf den Beinen und schwach, hatte aber ein seltsames Gefühl der Willensstärke und Selbstbeherrschung. Gegen Mittag wurde sie vom Prüfer ins Allerheiligste des Tempels geführt, wo sie zwei Stunden gemeinsam meditierten. Dann trat das Konzil zusammen und unterzog sie einem intensiven, aggressiven Beschuss mit Fragen über Wissenstheorie, Beweisführung und persönliche Loyalität. Sie ging auf dem Zahnfleisch, brach aber nicht zusammen. Schließlich wurde sie wieder zur Meditation allein gelassen, während das Konzil über ihre Kandidatur diskutierte.

Velander konnte die Glocke am Ende des steinernen Wellenbrechers im fernen Hafen hören, als sie zum Wechsel der Gezeiten läutete. Dem folgten die verschlüsselten Signale für Schiffsbewegungen. *Steady Prosper*, *White Wave* und *Bright Leaper* waren eingelaufen, aber kein Schiff lief aus. Die *Pfeil-*

schuss würde am folgenden Nachmittag auslaufen. Also war Feran immer noch da. Nach dem emotionalen Gewaltakt, dem die Älteste sie unterzogen hatte, wollte ihr sogar die Aussicht auf die Gesellschaft des Kapitäns der *Pfeilschuss* nicht mehr ganz so schlimm erscheinen. Vielleicht konnten Terikel und sie zum Hafen gehen und ihn nach einer letzten Diomedanischstunde als Priesterin und Priesterin verabschieden. Aber sie fühlte sich sehr schwach, und drei Meilen waren ein sehr, sehr langer Weg zu Fuß. Andererseits kam Terikel gut mit dem jungen Kapitän zurecht, und Terikel war ihre Seelengefährtin. Widerstrebend beschloss Velander, um Terikels willen den Marsch zum Hafen auf sich zu nehmen.

Spät am Nachmittag wurde Velander auf den Tempelvorplatz geführt, wo in einer offenen Feuerstelle aus schwarzem Stein in Gestalt einer großen Klauenhand Reisig gestapelt war. Alle Priesterinnen und Schülerinnen im Komplex hatten sich auf der Steintreppe versammelt, um den Beginn von Velanders letzter Prüfung mitzuerleben. Alle bis auf Terikel natürlich, die sich in der kleinen Kapelle der Vigilien etwas hügelabwärts befand. Als die Sonne den Horizont berührte, erklangen Fanfaren auf den Stufen der Tempeltreppe. Velander entzündete eine Fackel an der ewigen Flamme des Tempels und hielt sie in das Reisig. Die Fackel symbolisierte das Licht des Wissens, das zum Schutz vor dem Ansturm der Dunkelheit ein Feuer entzündete. Dass Reisig als Brennstoff benutzt wurde, war eine Mahnung, dass das Wissen sorgfältig gehegt werden musste, weil es sonst rasch ausbrennen würde. Wenn sie die Nacht über wach blieb und das Feuer bis zum Morgengrauen in Gang hielt, würde sie automatisch die »Ehrwürdige Velander« werden, sobald die Sonne vollständig aufgegangen war. Die Zuschauer strömten die Stufen hinunter und ließen sie mit ihrer Aufgabe allein.

Als der Nachmittag in den Abend überging, trug Garric Laron als Besucher am Tempeltor ein und führte ihn dann zur Kapelle im Garten der Kontemplation.

»Vorsicht, in der Kapelle ist eine Priesterin«, zischte der Gardist. »Sie hält die Wache der Seelengefährtin.«

Terikel, dachte Laron, ohne ihr Gesicht sehen zu müssen. Sie blieben hinten in der Kapelle, und der geneigte Kopf der Gestalt vorn drehte sich nicht um.

»Ihr wisst, was Ihr jetzt zu tun habt?«, flüsterte Laron.

»Ich trage Euch aus und erkläre das Gelände dann für die abendliche Schließung für besucherfrei.«

»Gut. Und danach?«

»Gehe ich kurz vor Mitternacht zur *White Wave*.«

»Man erwartet Euch dort, und man erwartet außerdem vierzig Zirkare. Jetzt lebt wohl und erwähnt diese Begebenheit nie wieder.«

»Hört zu, wegen der Ältesten … Ich … ich meine, Ihr werdet die alte Schachtel doch nicht umbringen, oder?«

»Ich folge dem Pfad der Ritterlichkeit«, verkündete Laron.

»Äh, was bedeutet das?«, fragte der Tempelwächter, während er sich nervös im Nacken kratzte.

»Es bedeutet, dass niemandem auch nur ein Haar gekrümmt wird, wenn alles gut läuft. Und nun geht.«

Als Laron allein war, vergewisserte er sich, dass Terikel ihm immer noch den Rücken zudrehte, und erklomm dann die steinerne Wand der Kapelle. Augenblicke später befand er sich zwischen den Dachbalken. In der Ferne hallte ein Gong. Laron durchtrennte die Halterungen der Holzjalousien, die das Eindringen von Tauben verhinderten, und zwängte sich dann durch den Belüftungsschlitz und in die bleierne Regenrinne dahinter. Bei Tageslicht wäre er vom Boden aus zu sehen gewesen, aber nun lagen auf seinem Weg die tiefen Schatten des Abends. Er erklomm noch eine steile Mauer, da seine Finger Halt fanden, wo Sterbliche abgerutscht wären.

Das Fenster zu den Gemächern der Ältesten war durch einen Wach-Autonen geschützt, aber es handelte sich um einen primitiven Zauber, der darauf ausgerichtet war, jeden lebendigen Eindringling aufzuhalten. Da er nicht lebendig war, hatte Laron keine Mühe, daran vorbeizuschlüpfen. Zum Glück gehörte die

Älteste zu den ordentlichen und gut organisierten Leuten. Bücher standen ordentlich auf Regalen, Schriftrollen lagen in einem sorgfältig beschrifteten Gitterwerk aus Fächern, und hinter einem solide gebauten Tisch stand ein hochlehniger Stuhl in der Art eines Throns. Der Tisch war mit funkelnder Äthermaschinerie übersät: Pyramiden aus Glas, eine Schiefertafel mit Wellenmuster aus irgendeinem uralten Meer, mindestens ein Dutzend Kugeln aus Edelsteinen, Kristall und Glas, plumpe Klumpen Himmelsstein, dünne Folien aus Blattgold, silberne Aufhängungen und Mechanismen und Becher aus schwarzem Glas und Kristall.

Was auf dem Tisch lag, hätte ihn für mehrere Leben reich gemacht, aber schwach leuchtende Alarmfasern und Bestands-Autonen waren zwischen ihnen gespannt. Auf einer Seite des Tisches befand sich eine schwere silberne Glocke, die durch einen separaten Autonen mit einer silbernen Platte verbunden war. Laron legte eine Hand auf den Tisch. Sofort umschwärmten die Autonen dort seine Haut, kamen aber rasch zu dem Schluss, dass er tot war. Er unternahm keinen Versuch, irgendetwas an sich zu nehmen. Verwirrt verblieben die Autonen als Netz um seine Hand. Jetzt sprach er die Worte des Freigabezaubers, und der Wach-Auton auf der silbernen Platte wechselte von einem finsteren Rot zu einem friedfertigen Grün. Mit der freien Hand hob Laron die Abdeckung an.

Unter der Abdeckung steckte ein Komplex aus Mechanismen und Autonen, und obenauf thronte eine Orakelkugel aus violettem Kristall mit einem merkwürdigen metallischen Glanz. Sie hatte etwa den doppelten Durchmesser eines Fingernagels und ruhte auf einer Federwaage und innerhalb einer Greifklammer. Beide Mechanismen waren mit leuchtenden Wach-Autonen verbunden. Davor hatte ihn sein Informant nicht gewarnt.

Laron nahm eine identische Kugel aus seiner Tunika und hauchte eine leuchtende Faser aus nichts auf den Mechanismus. Die Wach-Autonen flackerten bei dieser Bedrohung auf und fingen an zu pulsieren. Hier war die Lebenskraft von etwas Totem, ein Widerspruch in sich. Die Autonen berieten miteinander, verifizierten den Widerspruch und beschlossen dann, sich neu zu wirken. In jenem Herzschlagsintervall, als die Autonen abschalteten, um dies zu tun, tauschte Laron gewandt seine eigene Orakelkugel gegen diejenige der Vorsteherin aus. Sein Zauber erlosch, als die Autonen wieder aktiv wurden, und Laron stand absolut still, während sie die Federwaage und die Greifklammer überprüften. Nichts war verkehrt, soweit sie es sagen konnten. Laron steckte die Kugel ein, schloss die silberne Abdeckung wieder und aktivierte ihren Verschluss-Autonen. Jetzt hob er langsam die andere Hand vom Tisch. Die Autonen dort lösten sich, wobei sie beständig prüften, ob etwas bewegt oder entfernt worden war. Sobald seine Hand frei war, hielten sie Rücksprache mit dem Autonen, der für die silberne Abdeckung verantwortlich war. Dieser meldete einen befugten Zugriff. Die Bestands-Autonen des Tisches waren anderer Ansicht. Kein lebendes Wesen hatte den Tisch oder sonst etwas berührt, seit die Älteste den Raum verlassen hatte. Der Wach-Auton der Abdeckung blieb dabei, dass es einen befugten Zugriff gegeben habe. Die Bestands-Autonen beratschlagten und kamen zu dem Schluss, dass der Wach-Auton keine Ahnung von guter Bestandsaufnahmepraxis hatte, und ließen ihre Einträge unverändert.

Erleichtert, aber dennoch wachsam, nahm Laron die Orakelkugel aus seiner Tunika und untersuchte sie kurz. Natürlich konnte jeder Juwelier das Äußere nachahmen, aber es gab Tests, mit denen sich bloße Kopien von jenen unterscheiden ließen, die verzaubert waren mit … was es auch sein mochte. Auf dem Schreibtisch der Ältesten fiel ihm ein kleiner, sich verjüngender Becher aus schwarzem Glas auf. *Zweifellos Glas aus dem Himmel*, dachte er bei sich. Ganz in der Nähe würde ein Auge sein, ein Auge aus Grünstein. Er sah sich in dem Raum um und bemerkte einen Schmuckwasserspeier, der einen Deckenbalken stützte. Ein einziges grünes Zyklopenauge starrte blicklos auf ihn herab.

Das Grünsteinauge wurde von keinem Autonen bewacht und löste sich mühelos aus seiner Halterung aus Federn und Harz.

Es hatte etwa die Größe eines Pfirsichs. Wieder legte Laron die Hand auf den Tisch, und wieder umschwärmten sie die Autonen, um sie zu untersuchen. Sehr vorsichtig legte er die violette Kugel auf den konkaven Boden des Bechers aus schwarzem Glas, dann hauchte er feine Fasern aus Lebenskraft von jemandem hinein, den er in der Nacht zuvor ausgesaugt hatte. Er verschloss den Becher mit dem großen Grünsteinauge.

Ein verschwommenes Gesicht tauchte auf dem Grünstein auf, das Gesicht einer Frau mit großen, dunklen Augen, das von ergrauenden Haaren eingerahmt war.

»Du kannst mich anrufen, so oft du willst, Älteste«, erklärte es. »Der Austausch muss beiderseitig sein, sonst verrate ich dir keine Geheimnisse mehr.«

Die Stimme war leise, aber deutlich, und die Sprache klang vage vertraut. *Lateinisch*, ging ihm plötzlich auf. Erinnerungen an eine Welt mit einem einzigen Mond gingen ihm durch den Kopf.

»Elementargeist, kannst du mich hören?«, fragte Laron auf Lateinisch, einer Sprache, die er seit sieben Jahrhunderten nicht mehr benutzt hatte.

»Dich hören? Ja«, antwortete die Stimme. »Ich würde sagen, dein Lateinisch hat sich stark verbessert … nein, du bist neu.«

»Wo hast *du* Lateinisch gelernt?«

»In der Schule.«

Wer dumme Fragen stellt …, dachte Laron.

»Kannst du noch etwas anderes sprechen?«

»Nur ein wenig Diomedanisch. Irgendeine Hexe, die Älteste genannt wird, hat es mir beigebracht.«

Das machte Sinn. In Zantrias sprachen nur wenige Diomedanisch, die Handelssprache der acremanischen Ostküste. Also konnte nur die Älteste mit dem gefangenen Elementargeist kommunizieren. *Lernt Terikel deswegen Diomedanisch?*, fragte er sich.

»Elementargeist, wie lautet dein Name?«

»Ich nenne mich Penny. Wer bist du?«

»Laron«, erwiderte er und fügte dann den Namen hinzu, den

er seit Jahrhunderten nicht mehr benutzt hatte. »Laron de Belvaire. Ich war einmal wie du, in einer Orakelkugel. Wie bist du dort eingesperrt worden?«

»Eingesperrt worden? Ich bin n... Äh, ich weiß es nicht! Kannst du mir helfen?«

»Vielleicht. Ich hoffe es.«

Laron stellte fest, dass er seltsam gerührt war. Er war schon früher Elementargeistern begegnet, aber sie waren ganz anders gewesen. Die Existenz innerhalb der Kugel war nicht angenehm. Ihm kam ein Gedanke. »Wie viele Monde hat deine Welt?«

»Monde? Es gibt nur einen.«

»Wer ist König von Frankreich?«

»Es gibt keinen König von Frankreich! Du weißt doch, 1789 und so.«

Laron blinzelte. »Es gibt keinen König? Bist du sicher?«

»Frankreich ist eine Republik.«

Republik. Bei dem alten, uralten Wort rührte sich etwas in Larons toter Brust. Frankreich war jetzt eine Republik. Das kam ihm unmöglich vor, aber ... aber es waren sechs oder sieben Jahrhunderte vergangen. Alles Mögliche konnte passiert sein. Wie auch immer, dieser *Elementargeist* – nein, diese *Frau* stammte von seiner Welt. Vor langer, langer Zeit hatte ihn sein Gebieter gelehrt, sich hilflosen Frauen in Gefahr gegenüber ehrenhaft und ritterlich zu verhalten, auch wenn er dabei sein Leben aufs Spiel setzte. Nun, jetzt hatte er kein Leben mehr, das er aufs Spiel setzen konnte, aber es gab eine Frau, der geholfen werden musste, also würde er sich bei Mirals Ringen ehrenhaft und ritterlich verhalten! Eine wahrhaft hilflose Frau, zweifellos von guter Abstammung und hoher Bildung, weil sie Lateinisch konnte. Irgendein Gott musste ihm wohlgesonnen sein.

»Dein Bild, es löst sich auf und flackert ...«, sagte Laron.

Sie war verschwunden, aber das spielte keine Rolle. Laron nahm die Grünsteinkugel weg und ließ die Überreste seiner Lebenskraft wieder in seine Finger zurückfließen. Er verstaute die Orakelkugel in einem Beutel, den er um den Hals trug, und bereitete sich darauf vor, seine andere Hand von den Autonen des Tisches zu lösen – da fiel ihm auf, dass sie erloschen waren. Verschwunden. Etwas hatte sie vollständig aufgezehrt, obwohl sie sehr stark und tödlich gewesen waren. Verwirrt und auf der Hut setzte er den Grünstein wieder in die Augenhöhle des Wasserspeiers ein.

Laron machte sich nicht die Mühe, sich zu vergewissern, dass der Raum so war, wie er ihn vorgefunden hatte. Wäre dies nicht der Fall, hätten die Autonen längst Alarm geben müssen, und es hätte von feurigen Fasern gewimmelt, die alles Fleisch durchschneiden konnten, ob lebendig oder tot, andererseits … sie schienen *alle* aufgezehrt zu sein. Die Sonne stand noch unterm Horizont, als er sich durch das Fenster und an der Stelle vorbeizwängte, wo sich der letzte Wach-Auton hätte befinden müssen. Die Älteste würde bei ihrer Rückkehr einen ziemlichen Schock erleben.

Larons Klient beäugte die violette Orakelkugel in seiner Hand mit Befriedigung, doch seine Stimme verriet Argwohn.

»Sie sieht echt aus«, räumte Kordoban ein, »aber das galt auch für die Sphäre, die ich Euch gegeben habe.«

»Es könnte dieselbe sein«, pflichtete Laron ihm bei.

»Ich habe Möglichkeiten, Fälschungen zu entlarven.«

»Dann macht Gebrauch davon. Ich habe nichts zu verbergen.«

»War die Kugel offen zu sehen?«

»Nein. Es gab drei silberne, durch Wach-Autonen geschützte Glocken. Da ich tot bin, konnte ich an ihnen vorbei und habe natürlich die Kugel unter der Abdeckung mit dem stärksten Autonen an mich genommen.«

»Das habt Ihr getan?«, fragte er eindringlich. »Habt Ihr auch die anderen überprüft?«

»Nein. Die mit dem stärksten Autonen …«

»Zum Henker, das könnte eine Ablenkung gewesen sein!«, rief Kordoban. »Warum habt Ihr nicht alle drei überprüft?«

»Das konnte ich nicht vorhersehen, und die Kugel ruhte auf gewichtsempfindlichen Gabeln, die mit den Autonen gekoppelt waren. Ihr habt mir nur *eine* Attrappe gegeben, wisst Ihr noch?«

Kordoban redete mit einem Autonen, der nur einen Steinblock in der Wand zu bewachen schien. Ein Steinpropfen löste sich aus der Wand und blieb mitten in der Luft schweben. Kordoban holte eine gefütterte Eisenschatulle aus dem Geheimfach, in der sich eine kleinere Version des Bechers aus schwarzem Glas befand, den die Älteste benutzte. Seine Grünsteinkugel war ebenfalls kleiner und wies außerdem mehrere Fehler und Risse auf.

»Ich überprüfe diese Orakelkugel. Wartet.«

Es dauerte nur wenige Augenblicke, bis Kordoban von seiner ätherischen Maschine aufschaute.

»Eine Attrappe«, seufzte er und warf Laron die Kugel zu. »Die alte Schachtel ist ein Fuchs. Seid Ihr sicher, dass Ihr nichts durcheinander gebracht habt?«

»Ja.«

»Dann müsst Ihr noch einmal zurück. Ich lasse noch zwei Attrappen fertigen, und beim nächsten Mal bringt Ihr mir alle drei Sphären der Ältesten.«

»Der Tempelwächter ...«

»... wird im Hafen aufgehalten und den Auftrag bekommen zurückzukehren, als sei nichts geschehen. Man wird ihm wieder vierzig Zirkare anbieten, um Euch noch einmal einzulassen. Ihr werdet natürlich erst bezahlt, wenn Ihr die richtige Orakelkugel liefert.«

»Darin liegt keine Gerechtigkeit. Ich habe mich in große Gefahr begeben.«

»Und mir nichts mitgebracht.«

Laron machte eine finstere Miene und schüttelte den Kopf. »Miral geht bald unter. Ich muss zurück auf die *Pfeilschuss*.«

»Was auch immer. Kommt morgen zurück, dann gebe ich Euch noch zwei Kugeln.«

»Warum ist die Orakelkugel so wichtig?«, fragte Laron, während er die Attrappe in die Luft warf und wieder auffing.

»Sie ist eine sehr, sehr alte Zauberei, das Werk einer Rasse, die älter ist als die Schöpfungsgeschichten unserer Welt und über Kräfte gebietet, von denen wir nicht einmal träumen können. Mehr braucht Ihr nicht zu wissen.«

Wach zu bleiben schien so eine simple Sache zu sein, bis man es nach fünf praktisch schlaflosen Nächten und noch dazu ohne Essen versuchte. Der Reisigvorrat war so bemessen, dass er einem vor dem Morgengrauen ausging, wenn man zu viel auf einmal auflegte. Man musste tatsächlich wach bleiben, durfte nicht ... *einschlafen!* Velander ertappte sich dabei, wie ihr der Kopf auf die Brust fiel. Das Feuer brannte noch: sie war nur ganz kurz eingenickt. Sie warf ein Bündel in die Flammen und lehnte sich zurück. Rauch und Erschöpfung machten sie immer schläfriger.

Sie brauchte nur jemanden zum Reden, aber Terikel hielt ihre eigene Nachtwache und hatte in den letzten fünf Tagen nicht mehr geschlafen und gegessen als Velander. Terikel litt ebenfalls, und die Tortur ihrer Seelengefährtin durfte nicht umsonst sein. Velander suchte in ihrem Verstand nach einem Problem und dachte an Warsovrans Feuerkreise.

Die Tests hatten in einem Abstand von vierundsechzig Tagen begonnen, und dieser Abstand hatte sich jeweils zum darauffolgenden erst auf zweiunddreißig Tage, dann auf sechzehn und schließlich auf acht Tage halbiert. Am zweiten Morgen ihrer Fastenzeit musste der sechste Test stattgefunden haben, dann einer am vierten Morgen und wieder einer am fünften. Konvergenz. Laron hatte von Konvergenz gesprochen, und Laron wusste immer mehr, als er äußerte, wie ihr aufgefallen war. Außerdem zwang Laron die Leute gern, Dinge selbst herauszufinden. Irgendwo im Tempelkomplex läutete eine Glocke die achte Stunde des Abends. Ein weiterer Test würde in diesem Augenblick stattfinden, dann einer um zwei Uhr morgens des nächsten Tages, um fünf Uhr morgens, um sechs Uhr dreißig, sieben Uhr fünfzehn, sieben Uhr zweiundvierzig ... und bald danach würden die Tests etwa um die neunte Minute nach acht Uhr morgens konvergieren. Larmentel-Zeit. Das war es! Morgen früh um neun nach acht würde Warsovran in der Lage sein, den Feuerkreis *nach Belieben* zu benutzen ... oder vielleicht würden sich die Intervalle nach der Konvergenz auch wieder ausdehnen. Vielleicht musste er seine Eroberungen sehr rasch vollenden, weil sonst wieder ein Abstand von vierundsechzig Tagen zwischen den Einsätzen liegen würde.

Sie dachte an die vor ihr liegenden Jahre. Um in den Metrologischen Orden aufgenommen zu werden, musste man sechs Jahre studieren und dann schwören, auf die Ordination sechs Jahre der Reise, sechs Jahre der Forschung und sechs Jahre des Lehrens folgen zu lassen. Der Orden verlangte kein totales Zölibat, aber die Heirat war erst gestattet, wenn die Jahre als Lehrende begannen. Sie legte noch ein Reisigbündel ins Feuer und marschierte dann langsam vor dem Feuer auf und ab, um sich wach zu halten. Immerhin hatte Terikel diese Prüfung schon einmal durchgemacht, und nun fastete sie wieder für Velander. *Enttäusche Terikel nicht*, sagte sich Velander, während sie sich zwang, einen Fuß vor den anderen zu setzen.

Velander hatte noch zwei Reisigbündel übrig, als eine strahlende Perle aus Licht am östlichen Horizont aufging. Ihr Feuer loderte immer noch hell, da die Sonne heraufstieg, und endlich verkündeten auch die Tempelglocken die gute Nachricht. Priesterinnen und Schülerinnen strömten aus der Dunkelheit und Velander bekam warme Brühe, ein Bad, neue blaue Gewänder und eine längere Audienz bei der Ältesten. Während der Feierlichkeiten und Zeremonien dachte Velander an Terikel, die dasselbe durchgemacht hatte und doch nichts dadurch gewann als die Befriedigung, ihre Seelengefährtin unterstützt zu haben. Velander bekam einen Segeltuchrucksack mit symbolischem Inhalt geschenkt: Trockenobst, Wasser, eine Schreibgarnitur, Münzen und Bücher. Die Älteste unterzeichnete ihre Ordinationsurkunde, löschte die Tinte und trug eine Schicht Bienenwachs auf, um sie wasserfest zu machen.

»Doppelt so viele Fächer wie üblich in der Hälfte der Zeit«, sagte die ehrwürdige Priesterin beifällig. »Aber welches ist Euer Lieblingsfach?«

»Mathematik«, erwiderte Velander verträumt. »Oh, und Sprachen! Ganz eindeutig Sprachen.«

Sie wurde in ihr Zimmer geführt, wo die Näherin wartete, um ihre Gewänder zu ändern. Nachdem sie einige persönliche Dinge im Rucksack verstaut hatte, darunter ein paar Haarnadeln aus Bernsteinholz und ein Messingzylinder mit dem eingravierten Zeichen des Medikus, stand sie still für das Abstecken. Die Schläfrigkeit überspülte sie wie Wellen eine Sandbank, und sie begann eine Unterhaltung, um wach zu bleiben.

»Was ist in den letzten fünf Tagen passiert?«, fragte Velander.

»Im Tempel, im Hafen oder in der Welt?«, fragte die Näherin.

»Fangt mit der Welt an und arbeitet Euch zurück.«

»Der König von Zarlon hat Warsovran ersucht, einen Botschafter zu senden. Warsovrans Feuerkreis-Ding hat ihn ebenso verängstigt wie unseren Monarchen. *Ich* glaube ja, dass alles nur ein Trick ist. Ist Euch aufgefallen, dass es immer am selben Ort losgeht? Ich glaube, es sind nur Sklaven, die Höllenodemöl verteilen. Der Eunuchenwächter Druskarl ist am Abend des ersten Tages Eurer Vigilien abgesegelt, und was glaubt Ihr, wer am Pier gestanden und gewunken und geweint hat? Du meine Güte, was war die Ehrwürdige …«

»Ist Warsovrans Waffe wieder getestet worden?«, unterbrach Velander und schüttelte den Kopf, um etwas wacher zu werden.

»Noch zweimal, habe ich gehört.«

»Noch zweimal? In fünf Tagen?«, fragte Velander zögerlich und erfreut darüber, dass ihre Konvergenztheorie – oder vielleicht war es auch Larons – zu stimmen schien.

»Ich bin ganz sicher. Ich habe meine Quellen.«

»Sind sie zuverlässig?«

»Oh … ja und nein. Wenn eine Viertelstunde nach der Ankunft eines Auton-Vogels eine Konzilsversammlung einberufen wird, weiß ich, dass wieder ein Feuerkreis gebrannt hat. Pah, wie dieser Warsovran das Höllenodemöl vergeudet! Was will er eigentlich beweisen? Er ist wie ein kleiner Junge, der mit dem Feuer spielt, und eines Tages wird das Feuer außer Kontrolle geraten.«

In Velanders Verstand purzelten plötzlich Zahlen durcheinander und bildeten dann ordentliche Reihen. Die Worte der Ältesten gingen ihr durch den Kopf, gefolgt von denen der Näherin ... *doppelt so viele Fächer in der Hälfte der Zeit ... eines Tages wird das Feuer außer Kontrolle geraten.*

Velander kannte nur die Durchmesser von vier Feuerkreisen und selbst die nur ungefähr, aber eine Tendenz war da. Eine Drittelmeile, kein Wert, etwas über eine Meile, zweieindrittel Meilen, vierzweidrittel Meilen ... Und was war mit den jüngsten Tests? Sechs würde einen Durchmesser von knapp zehn Meilen gehabt haben und sieben über achtzehn Meilen.

In Velander tat sich plötzlich ein tiefer, kalter Abgrund auf. *Der doppelte Durchmesser in der Hälfte der Zeit!* Der Feuerkreis verdoppelte seinen Durchmesser bei jeder Detonation, aber nach nur der Hälfte der zuvor verstrichenen Zeit. Er wurde nicht getestet, er war außer Kontrolle! Velander hörte das Geplapper der Näherin nicht mehr, während sie hektisch nachrechnete. Detonation acht: knapp unter achtunddreißig Meilen nach einem Tag. Detonation neun: fünfundsiebzig Meilen nach einem halben Tag. Die zehnte hatte um zwei Uhr morgens stattgefunden und einen Durchmesser von hundertfünfzig Meilen gehabt, gefolgt von einer um fünf Uhr früh mit erschreckenden dreihundert Meilen von Rand zu Rand. Es war jetzt kurz vor sechs Uhr morgens, also musste vor ungefähr einer halben Stunde ein Feuerkreis mit einem Durchmesser von sechshundert Meilen alles Leben ausgelöscht haben, denn Larmentel war Zantrias in Sternenzeit eine Stunde voraus. Der nächste Feuerkreis würde in vielleicht zwanzig Minuten knappe zehn Meilen vor Zantrias enden, und danach ...

Velander riss sich von der Näherin los, schrie dabei nur das eine Wort »Flieht!« und lief aus ihrem Zimmer. Sie rannte durch den Steinkorridor dahinter, nach fünf Tagen des Fastens schwankend und stolpernd. Bis zum Hafen waren es drei Meilen, aber zuerst musste Terikel gewarnt werden. Velander lief über den Platz des Tempelkomplexes, wo ihr Feuer mittlerweile erloschen war, und zu den Zellen des Schlaftrakts. Terikels Zelle war leer, das Bett gemacht. *Das Refektorium!* Velander lief die Steintreppe hinunter und über einen Hof, wo Steindrachen Wasser in einen Lampenfischteich atmeten, dann platzte sie ins Refektorium. Die erste Schicht Priesterinnen und Novizinnen frühstückte schweigend, während eine Novizin hinter einem Pult stand und laut aus einem alten Text vorlas.

»Terikel!«, rief Velander. Stille und starrende Blicke antworteten ihr. »Flieht zum Hafen, das Feuer kommt!«, fügte Velander als Erklärung hinzu, dann fuhr sie herum und rannte nach draußen.

Es gab noch eine letzte Möglichkeit: dass Terikel in der Kapelle der Vigilien eingeschlafen war, nachdem die Tempelglocken geläutet und Velanders Ordination verkündet hatten. Die Kapelle war nicht weit vom Haupttor zum Tempelkomplex entfernt, gleich hinter dem Garten der Kontemplation. Velander rief unterwegs Terikels Namen und störte dadurch alle diejenigen in ihrer Andacht, welche zum Zwecke der Meditation dort waren, dann stolperte sie die Treppe zur Kapelle empor. Der glühende Stummel einer Rolle Räucherwerk war mit Velanders Namen gekennzeichnet, aber die Bänke dahinter waren leer. Velander lief an den Reihen vorbei, falls ihre Seelengefährtin auf dem Boden schlief. Draußen läutete die Diebesglocke, und Leute riefen ihren Namen.

Bald würde man sie fangen, und sie würden glauben, dass sie einen Anfall hatte. Erklärungen würden Zeit in Anspruch nehmen, vielleicht Stunden, aber es blieben nur noch Minuten. Bis zum Hafen waren es drei Meilen. Druskarl hatte gesagt, die *Pfeilschuss* könne versenkt werden, und das Ruderboot enthalte Luft zum Atmen. Es würde lange genug dauern, Feran von der Gefahr zu überzeugen, von der Ältesten ganz zu schweigen. Velander nahm den Stummel Räucherwerk und drückte die brennende Spitze auf ihrem linken Unterarm aus.

»Mit Hilfe dieses Mals werde ich Euer Andenken ewig bei mir tragen«, schluchzte Velander. »Vergebt mir, Euch im Stich gelassen zu haben, Seelengefährtin, aber ich habe mein Bestes versucht.«

Die Tore des Tempelkomplexes waren noch nicht verschlossen, als Velander sich ihnen näherte, aber die beiden Wachposten waren auf der Hut und hielten ihre Lanzen bereit. Velander blieb stehen, hauchte ein Knäuel Lebenskraft in ihre gewölbten Hände und warf es dann. Ein Wachposten fiel zu Boden, als sich bernsteinfarben leuchtende Fesseln um seine Knöchel wickelten, aber der andere versuchte die Tore zu schließen. Bereits von diesem ersten Zauber geschwächt, hauchte Velander mehr ätherische Lebenskraft in die Hände und warf sie so, dass der zweite Posten an die schweren Eichenbretter des einen Torflügels gebunden wurde. Zwei Zauber zu wirken kostete Velander eine Menge Energie und raubte ihr eine Menge Kraft. Sie stolperte durch das Tor und konnte sich kaum noch auf den Beinen halten. Die sie verfolgenden Priesterinnen würden sie in wenigen Augenblicken einholen, es sei denn … Der Zauber, der den ersten Wachposten fesselte, löste sich plötzlich, strömte zu Velander zurück und löste sich rasch auf ihrer Haut auf. Nachdem auch die Energie des zweiten Zaubers wieder zu ihr zurückgekehrt war, konnte sie wieder in einen unsteten Laufschritt verfallen.

Der Metrologische Orden trug leichte Sandalen und eine weite Hose unter einer kurzen Robe, Kleidung, in der man sehr gut laufen konnte. Velander wich einem Holzkarren aus, der Brennstoff für den Ofen eines Bäckers geladen hatte, und lief dann über den Marktplatz, wo Standbesitzer mit Kunden feilschten. *So viel Leben, aber in einer Stunde werden sie alle tot sein*, dachte sie. Der Himmel war klar, und es war windstill, ein perfekter, makelloser Morgen. Kinder spielten Käsekästchen auf den Pflastersteinen, und die beiden Konstabler der Stadt machten einen lockeren Rundgang, wobei sie ihren Speer lässig auf der Schulter trugen. *Sollte warnen, muss warnen,* sagte sich Velander, aber jede Verzögerung war gefährlich. Sie konnte sich ein Kind schnappen und versuchen, es zu retten, aber die Konstabler würden sie rasch einholen, und Erklärungen würden Stunden dauern. Velander bekam schmerzhafte Seitenstiche, und ihre Lunge brannte, aber sie rannte dennoch weiter. Sie überquerte den Platz. Noch zwei Meilen, vielleicht weniger.

Sie lief langsamer weiter, aber immer noch an der Grenze ihrer körperlichen Fähigkeiten. *Bergab* war sicher, *bergab* war Richtung Meer. Sie schaute auf, als sie das Revier der Konstabler am Hafen erreichte, dann stolperte sie über einen Bordstein und fiel der Länge nach hin. Sie raffte sich wieder auf und lief weiter. Jetzt war es noch eine Meile. Messer schienen sich bei jedem Schritt in ihr blutendes linkes Knie zu bohren. Die Waren der Stände, welche die Straße säumten, wurden seemännischer: Netze, Schwimmgürtel, Tauwerk, Segel, Teer, Schiffszwieback. Plötzlich endeten die Gebäude, und Velander sah nur noch klaren Himmel und Masten. Der Hafen! Ihre Beine ließen sie im Stich, sie fiel, kroch ein paar Schritte, erhob sich dann wieder. Sie stolperte noch ein wenig weiter, fiel wieder, kroch dann weiter zum Pier.

»Ehrwürdige Schwester, ist alles in Ordnung?«, fragte ein Hafenarbeiter beunruhigt.

»Lasst mich in Ruhe, Pilgerfahrt«, keuchte sie.

Mit einer immer größer werdenden Menge hinter sich zwang Velander ihre schmerzenden Beine, sie wieder zu tragen, und stolperte über die Steinplatten des Piers. Fünf Schiffe weiter, wenn sie noch nicht abgelegt hatten. Fünf Schiffe bis zur – *Pfeilschuss*! Sie fiel buchstäblich den Landungssteg herunter, sank auf das Deck und verlangte keuchend nach Feran.

Larons blasses Gesicht füllte den blauen Himmel, in den die auf Deck liegende Velander starrte. Von seinem Kinn hing ein Stück Bart herunter. Er fühlte ihren Puls und legte ihr eine Hand auf die Stirn. Seine Finger waren merkwürdig kühl.

»Erschöpft«, schloss er. »Bootsmann, bringt Wasser.«

»Kapitän«, japste Velander im Flüsterton.

»Er ist beschäftigt …«, begann Laron.

»Muss Kapitän sprechen. Feuerkreise. Halbe Zeit, doppelter Durchmesser.«

»Feuerkreise? Ich … Erklärt das bitte etwas näher.«

»Dehnen sich aus, dehnen sich aus … Konvergenz … Progression.«

Bei den letzten beiden Worten weiteten sich Larons Augen voller Bestürzung. »Ablegen! Sofort!«, zischte er dem Deckoffizier zu. »Und zwar schnell.«

»Aber der Kapitän hat gesagt, wir sollen auf seinen Befehl warten, bevor wir für unsere Übung ablegen, und es ist viel früher, als er gesagt hat.«

»Legt trotzdem ab. Und beeilt Euch!«

»Aber, Laron, Herr Navigator, wir sollten den Kapitän fragen – aber erst, äh, wenn er seine Beratungen mit seiner Klientin beendet hat …«, sagte der Bootsmann.

»Zum Henker mit dem Kapitän!«, fauchte Laron, indem er ihn von den Füßen riss und dann in Richtung des vorderen Haltetaus warf. »Ich weiß um die Klientin des Kapitäns. Legt ab, und zwar *sofort!* Die anderen an die Ruder – Beeilung. Hazlok, Ihr nicht! Übernehmt die Ruderstange und steuert das tiefe Wendebecken an.«

Sie waren bereits unterwegs, als Feran an Deck kam. Sein Oberkörper war nackt und er trug nur eine Segeltuchhose.

»Warum sind wir schon unterwegs …«, begann er und sah dann die junge Frau an Deck. »Velander?«

»Öffnet die Luken«, keuchte sie laut. »Sinkt.«

»Psst!«, zischte er eindringlich, sank auf die Knie und beugte sich über sie. »Es sind Menschen auf dem Pier.«

»Bald … alle tot. Feuerkreis kommt.«

»Velander, Warsovrans Waffe ist in Larmentel. Das Fasten hat Euch …«

»Außer Kontrolle. Reicht hierher, nur noch Minuten. Doppelter Durchmesser, halbe Zeit.«

Feran schaute auf die Menge am Pier, schaute auf das umgedrehte Ruderboot, das mit Bolzen auf seinem Gestell festgemacht war, und wandte sich dann an Laron. »Und?«, fragte er. »Was meint sie?«

»Doppelter Durchmesser, halbe Zeit. Ich habe ein paar ungefähre Berechnungen im Kopf angestellt, und die passen besser zu dem, was wir über die Feuerkreise wissen, als meine Theorie der konvergenten Regression. Ihre Expansionsparameter werden Progression genannt, und die scheint auf eine Kovergenz hinzuführen.«

»Und was bedeutet das alles?«, wollte Feran wissen. »Werden wir getötet?«

»Ja«, erwiderte Laron mit der Ruhe eines bereits Gestorbenen.

Die Fahrt von Gironal hatte sie gelehrt, Larons Urteil zu vertrauen, vor allem wenn Mathematik im Spiel war.

»Wie lange noch?«, fragte Feran.

»Bei einer konvergenten Progression verdoppelt sich der Durchmesser des Feuerkreises, während die Zeitintervalle gegen null gehen. Parallel dazu dehnen sich die Kreise ins Unendliche aus. Unter Berücksichtigung der Tatsache, dass die Entfernung zwischen Larmentel und hier weitaus geringer ist als unendlich …«

»*Wie lange noch?*«, wollte Feran wissen, wobei die Adern an seinen Schläfen unter seinen Locken hervortraten.

»Nicht mehr lange. Velander sagt, dass es nur noch Minuten sind. Ich müsste die Zahlen eingehender überprüfen, aber ihre Schätzung sieht deprimierend akkurat aus.«

»Verdammt«, sagte Feran leise und ließ die geballte Faust auf die Innenseite seiner anderen Hand klatschen. Er ging zum Schiffszimmermann, der an einem Ruder saß und sich in die Riemen legte.

»Ich rudere für Euch, D'Atro. Geht nach unten und öffnet die Sinkluken, wenn ich den Befehl dazu gebe.«

Der Mann glotzte ihn an, dann zeigte er auf die Menge am Pier. »Aber, Herr Kapitän, wir sind in Sichtweite von mindestens fünfhundert Personen. Die würden dann unser Geheimnis kennen.«

»Das spielt bald keine Rolle mehr«, erwiderte Feran.

»Aber der Kapitän seid Ihr. Dieser Laron wird langsam zu …«

»Tut, was ich Euch sage!«, schrie Feran plötzlich mit funkelnden Augen. »Wenn Laron sagt: ›Springt!‹, dann springt! Wenn Laron sagt: ›Verreckt!‹, dann verreckt! Und jetzt …«

Direkt im Norden strömte Licht, so grell wie das Antlitz der Sonne, aus einem Riss im Himmel, der vom Horizont bis drei Herzschläge vor die Hafenstadt reichte. Über den Schwarzsteinbergen erlosch das blendende Licht und wich einem Wall aus Feuer und Rauch, der hoch über Zantrias aufragte. Es war, als habe der Wachhund eines Gottes einen Sprung in Richtung Hafen gemacht und das Ende seiner Kette erreicht. Flammen und Rauch wallten hoch in die Luft, und ein Hitzeschwall wie aus einem offenen Backofen versengte die Gesichter aller Zuschauer. Ohrenbetäubend lauter Donner grollte über den Hafen hinweg und ließ jeden bis auf die Knochen erbeben.

»Ach, Scheiße!«, sagte der Schiffszimmermann.

Leute fingen an zu schreien, noch während der Donner verhallte, und viele am Kai sprangen ins Wasser. Andere eilten zu den Schiffen, die noch am Pier festgemacht waren, und es kam zu Kämpfen mit den Besatzungen, die in ihrem verzweifelten Bemühen zu fliehen ablegen wollten. Feran starrte auf das Chaos, das Velander ihnen erspart hatte, und eilte dann dorthin, wo Laron ihr gerade aufhalf.

»Navigator, wie lange haben wir noch?«, rief er.

»Ehrwürdige Velander?«, fragte Laron.

»Weniger als eine halbe Stunde, mehr als zwanzig Minuten«, erwiderte Velander, die nach Norden starrte, wo der Himmel jetzt eine Wand aus bräunlich weißem wallendem Rauch war. »Ihr *müsst* die *Pfeilschuss* versenken. Sofort!«

»Gleich, wenn wir im tieferen Wasser sind.«

Die Masten der *Pfeilschuss* waren klappbar, und sämtliche Taue, welche die beiden Masten senkrecht hielten, waren an einer einzigen Haltestange im Heck befestigt. Als die Stange gelöst wurde, klappten beide Masten zusammen herunter. Trotzdem dauerte es mehrere kostbare Minuten, die Masten und die Takelage zu sichern. Mehreren Schiffen und Booten war es in der Zwischenzeit gelungen abzulegen, und eine Schlachtgaleere hatte sogar tatsächlich den Hafen verlassen und war unterwegs aufs offene Meer. Als die Sicherungskeile der Luken herausgeschlagen wurde, sank die *Pfeilschuss*. Feran befahl seine Mannschaft unter das Ruderboot, doch Velander blieb an der Steuerbordreling, wo sie komplizierte Gesten mit den Händen beschrieb und Worte der Gestaltung murmelte.

»Kommt hierher, beeilt Euch!«, rief Feran.

»Noch einen Moment«, rief sie zurück, ohne sich umzudrehen. »Ich wirke ein Okular.«

»Wir *haben* keinen Moment mehr!«, rief Laron. »Kommt her oder sterbt!«

Auf dem Deck stand bereits knöcheltief Wasser, als Velander ihre Zauberei abbrach, zum Ruderboot watete, und sich mit den Besatzungsmitgliedern darunter stellte. Die *Pfeilschuss* gab ein lautes Gurgeln von sich und sank dann ohne Schieflage. Augenblicke später schlug sie sanft im Sand des Hafenbetts auf Grund.

»Wie lange, bis …«, begann Hazlok.

Das Wasser rings um sie erstrahlte in einem weißlich grünen Licht, das immer heller wurde, bis sie die Augen schließen mussten, dann hallte ein tiefer, bebender Donnerschlag durch das Wasser und ihre Leiber. Ein furchtbares Zischen war zu vernehmen, dazu ein Rauschen, als hole die Welt vor Schmerzen seufzend tief Luft durch die Zähne. Jemand in Velanders Nähe fing an zu beten. Andere fielen ein, nicht alle in derselben Sprache. So plötzlich, wie es aufgeleuchtet war, erlosch das Licht wieder. Das Rauschen ging in dem leiser werdenden Zischen unter, und das Wasser rings um sie wurde merkwürdig warm.

»Das war gar nicht so schlimm«, ertönte die Stimme des Bootsmannes.

»Jau«, pflichtete ihm der Schiffszimmermann bei. »Alle möglichen Leute könnten überlebt haben, indem sie einfach vom Pier gesprungen und untergetaucht sind.«

»Redet keinen Unsinn«, keuchte Feran. »Wir sind hier mindestens fünfzehn Fuß tief und spüren dennoch die Hitze. Die Luft über uns wird noch Stunden so heiß sein, als käme sie geradewegs aus der Esse einer Schmiede. Wie sollen sie atmen?«

»Aber ich war schon in einer Schmiede, da ist es nicht so heiß, dass man sterben würde«, erwiderte der Schiffszimmermann.

»Er meint, in der *Esse*, nicht im Arbeitsraum«, sagte Laron. »Ihr würdet über die Lunge verbrennen, wenn Ihr die Luft oben atmen müsstet.«

Feran befreite ein Ruder aus der Halterung und stieß es mit einiger Mühe senkrecht nach oben. Als er es wieder nach unten zog, war das Holz am Ende verkohlt und zerfiel in seinen Händen. Schließlich musste Velander der Tortur Tribut zollen, die ihr Körper hatte erdulden müssen, und verlor das Bewusstsein.

Hunderte von Meilen weiter auf dem Meer stand Warsovran mit seinen Offizieren und Einsel auf dem Achterdeck eines Hochsee-Kauffahrers nach Art einer Karavelle und wurde von der Mannschaft bedrängt, die sich in einem Zustand blinden Entsetzens befand, nachdem sie gesehen hatte, wie sich im Osten eine gigantische Mauer aus Feuer, Wasser und Dampf aufgetürmt hatte und dann verschwunden war. Ein anderes Schiff schwamm ein paar hundert Schritte entfernt, und sein Kapitän hisste bereits die Alarmflaggen.

»Ihr könnt uns nicht zwingen, dahin zu segeln!«, rief der Bootsmann, indem er auf die brodelnde Masse aus Nebel und Wellen zeigte, die jetzt keine Meile entfernt im Osten lag. »Was ist, wenn das Ding zurückkommt?«

»Dann sind wir sowieso tot«, sagte Warsovran mit klarer, scharfer Stimme, die von Autorität und Bestimmtheit erfüllt war. »Der nächste Feuerkreis ist immer doppelt so groß.« Er senkte seine Streitaxt und ließ die Schneide auf dem Deck ruhen. »Was Ihr gerade gesehen habt, ist die Waffe eines Gottes, die von einem Dummkopf entfesselt wurde. Jetzt ist sie verbraucht, vom Meer gelöscht, und ich *muss* nach Larmentel und sie zurückholen.«

»Ich will nicht respektlos sein, Kaiser Warsovran«, sagte ein Marineoffiziersanwärter, »aber wenn Ihr glaubt, wir würden uns in die Nähe von dem wagen, was *das* verursacht hat, könnt Ihr gleich ins Wasser springen und schwimmen.«

»Der Junge hat Recht«, stimmte der Bootsmann zu. »Wir sind sechshundert Meilen weit auf See, und trotzdem war es mehr als Furcht erregend. Wie wird Torea aussehen, nachdem das darüber hinweggefegt ist? Und welches Land wollt Ihr als nächstes verbrennen?«

»Ich bin ein Herrscher, ich habe kein Interesse an Vernichtung. Bis mein idiotischer Kommandant Ralzak diese infernalische Waffe der Götter entfesselt hat, habe ich die Königreiche Toreas zu einem einzigen Imperium geeint und ihnen Ordnung und Disziplin gebracht.« Er zeigte mit dem Finger nach Osten. »*Das* war ein Unfall. Jetzt liegt die Waffe verbraucht mitten in Larmentel, und jeder Aasgeier kann hingehen und sie sich holen. Wollt ihr, dass sie dem nächsten Schwachkopf in die Hände fällt oder dass sie in den Besitz des einzigen Mannes auf der ganzen Welt übergeht, der sie beherrschen kann? Ihr *müsst* mir helfen! Ich brauche diese Feuerkreiswaffe nicht zu benutzen, und ich will dafür sorgen, dass sie nie wieder benutzt wird.«

Sie fingen an, sich über seine Worte zu streiten, die in der Tat vernünftig klangen – vorausgesetzt, man konnte ihm trauen. Warsovran war ein Meister darin, Menschenmengen zu beeinflussen, vor allem wenn sein Leben auf dem Spiel stand. Er hatte ihnen ein schwieriges Dilemma präsentiert und sie damit schwankend gemacht, und nun war es an der Zeit, ihnen eine unwiderstehliche Belohnung anzubieten.

»Ihr braucht mich nur in die Hafenstadt Terrescol zu bringen, wo ich die Pferde und die Vorräte nehme, die wir an Bord haben, und nach Larmentel reite. Während ich weg bin und die Waffe suche, könnt Ihr Euch damit amüsieren, in den Ruinen von Terrescols Tempeln, Palästen und Anwesen nach geschmolzenem Gold zu graben.«

Diesmal erhob sich ein aufgeregtes Gemurmel unter den Besatzungsmitgliedern, und sehr viele Finger zeigten inmitten lebhaften Gestikulierens nach Osten.

»Holz verbrennt, Stoff verbrennt, Papier verbrennt und sogar Leute kann man in Asche verwandeln, aber Gold schmilzt nur«, fuhr Warsovran fort. »Wenn ihr als Erste dort ankommt, könnt ihr durchaus eine halbe Tonne Gold ausgraben, bevor ich aus Larmentel zurückkehre. Wir können nach Acrema segeln, eine ganze Flotte von Schiffen kaufen, dann zurückkehren und noch mehr Gold in all den anderen Hafenstädten ausgraben. Stellt euch vor: eine Tonne Gold für jeden Mann auf diesem Schiff.«

Als er innehielt, um Luft zu holen, antwortete ihm die Besatzung mit einem dreifachen Hipp-hipp-hurra und beeilte sich, die Anker zu lichten und die Segel zu setzen. Warsovran blieb auf dem Achterdeck, schaute auf die Sonne und schätzte voller Angst ab, wann das Feuer wohl wiederkommen und über sie hinwegfegen würde, wenn er sich irrte.

»Wie sind unsere Aussichten?«, fragte er Einsel, der immer noch dorthin starrte, wo die Mauer aus Feuer und Dampf gestanden hatte.

»Chiffre hat zu mir gesagt, dass ein Feuerkreis gelöscht wird, wenn entweder sein gesamter Rand oder mehr als die Hälfte seiner Fläche über dem Wasser liegt«, sagte Einsel mit der Resignation von jemandem, der sich so vollkommen mit dem Tod abgefunden hatte, dass er nicht begreifen konnte, warum er noch einen Puls hatte.

»Den besten Karten nach, die uns zur Verfügung stehen, müsste dieser Feuerkreis dann der letzte gewesen sein.«

»Das Anfertigen von Landkarten ist keineswegs eine exakte Wissenschaft, Majestät«, sagte Einsel trübsinnig.

»Das soll nicht Eure Sorge sein«, sagte Warsovran, während er ein Bündel versiegelter Papiere aus seiner Jacke holte. »Fahrt mit einem Ruderboot zur *Snowgull* und befehlt dem Kapitän, nach Helion zu segeln. Dort werdet Ihr das hier dem Admiral geben.«

Einsel nahm das Päckchen sehr behutsam entgegen, als müsse solch eine willkommene Entwicklung einen gefährlichen oder unangenehmen Haken haben. »Also reise ich nicht mit Euch zurück nach Torea?«, fragte er hoffnungsvoll.

»Einsel, was diese spezielle Reise anbelangt, traue ich nur *mir selbst*. In der Zwischenzeit können wir uns mit den positiven Ergebnissen der Feuerkreise trösten.«

»Ihr meint, *das* hatte auch etwas *Gutes* an sich?«

»O ja. Meine extrem nachtragende Kaiserin ist jetzt Asche im Wind, mein Sohn ist bei der Flotte in Sicherheit, und ich bin wieder zwanzig. Das halte ich alles für extrem gut.«

Als Velander wieder zu sich kam, hielt Laron ihren Kopf über Wasser. Alle unter dem Boot schwiegen, da sie sich die Luftblase im Holz teilten. Sie warteten in beinah völliger Dunkelheit. Das Wasser blieb warm, aber als ein zweites Ruder ins Freie gehalten wurde, kam es unbeschädigt zurück. Als Nächstes schwamm ein Seemann unter dem Boot hervor und hielt seine Hand über die Oberfläche. Er kam zurück und meldete, es sei so gewesen, als tauche er die Finger in kochendes Wasser.

Die Luft unter dem Boot wurde zunehmend feucht und schlechter. Noch eine Stunde verstrich. Sie verhielten sich sehr still und beteten nicht einmal mehr. Die Ebbe setzte ein, und als sie deutlicher Wellen schwappen hörten, schwamm ein anderes Besatzungsmitglied an die Oberfläche. Er kehrte zurück und sagte, die Luft sei noch heiß, aber atembar.

»Laron, wollen wir es versuchen?«, fragte Feran.

»Das wäre vernünftig.«

Feran gab den Befehl zum Auftauchen. Seemänner schwammen hinaus, um die vier schweren Ankersteine zu lösen, und der Schoner stieg langsam durch das warme Wasser nach oben. Ein brausender, heißer Wind wühlte das Meer auf, als Velander unter dem Ruderboot hervorkam. Nach Stunden der Dunkelheit im dämmrigen Tageslicht blinzelnd, watete sie durch knietiefes Wasser zur Reling, wo Feran, Laron und der Bootsmann standen. Hinter ihnen baute ein Matrose ein Pumpe auf, während andere tauchten, um die Sinkluken wieder zu verkeilen. Teile des Hafens glommen durch einen Schleier aus Dampf und Rauch wie die Glut eines Lagerfeuers.

»Ist die ganze Welt so?«, fragte der Bootsmann.

»Hoffentlich nicht«, erwiderte Feran.

»Über Wasser könnte sich der Feuerkreis abkühlen und verteilen«, sagte Laron, der praktisch ständig seinen durchnässten Bart andrückte, damit er nicht abfiel.

»Aber woher wisst Ihr das?«, fragte der Bootsmann.

»Ich weiß es nicht.«

Velander wandte sich an Feran, um eine Frage zu stellen, sah dann jedoch, dass eine andere Frau hinter ihm aufgetaucht war. Sie war in eine Decke gewickelt, und ihre Haare waren tropfnass und zerzaust. Gelockte schwarze Haare. Eine Hafendirne, nahm Velander an, dann reckte sie so abrupt den Hals, um genauer hinzuschauen, dass ihre Nackenwirbel knackten. Ihr Irrtum war ganz natürlich. Sie hatte Terikel noch nie ohne ihre blaue Priesterinnenrobe gesehen.

»Götter der Mondwelten, seht nur, wie sich dort drüben die Takelage verheddert hat!«, rief Laron und eilte davon, eine Hand gegen seinen Bart gepresst.

Der Bootsmann schaute von Feran zu den beiden Priesterinnen und beeilte sich dann, dem Navigator zu folgen. Einen Moment später zog Feran schüchtern den Kopf ein und watete rasch davon, um beim Aufrichten der Masten zu helfen. Sein Rücken war eine Landschaft aus Kratzern, während sein Hals drei dunkelrote Bissmale aufwies.

»Vielen Dank, dass Ihr das Räucherwerk habt brennen lassen, um Seelengefährtinnen-Nachtwache für mich zu halten«, sagte Velander eisig, indem sie ihre eigenen Haare zurückstrich und nach ihren Bernsteinholz-Kämmen tastete.

»Denkt Euch nichts dabei«, murmelte Terikel, die trotz der Hitze in ihrer Decke zitterte.

Terikel verließ das Geländer und ging zur Achterdeckluke. Ein Blick nach unten verriet ihr, dass die Pumpe noch zu wenig Wasser entfernt hatte, um sie eintreten und ihre Kleidung holen zu lassen.

»Ich wäre beinah *gestorben*, weil ich mich auf die Suche nach Euch gemacht habe!«, platzte es aus Velander heraus. Sie hatte die Fäuste erhoben, und ihre Augen sprühten. »Ihr habt mich verraten!«

»Ich habe es versäumt, *Velanders* Terikel zu sein«, sagte ihre Mentorin, während sie sich von der Luke abwandte, »aber das ist nicht das Ende der Welt, oder?« Sie zeigte mit dem Finger auf die Küste. »*Das* ist das Ende der Welt!«

Velander wusste den Vergleich nicht zu würdigen. »So ironisch es auch erscheinen mag, Ihr seid jetzt die Älteste der Metrologischen Schwesternschaft«, stellte die frisch ordinierte Priesterin fest, während sie damit anfing, Wasser aus ihren blauen Gewändern zu wringen. »Wollt Ihr eine Erklärung abgeben?«

»Die Zölibatsregel ist hiermit aufgehoben«, erwiderte Terikel grämlich.

Feran und Laron fuhren mit dem Beiboot bis zum Steinpier, während die *Pfeilschuss* leer gepumpt wurde. Aus der Nähe war der Anblick nicht besser.

»Es überrascht mich, dass fünfzehn Fuß Meerwasser gereicht haben, um uns zu retten«, sagte Feran. »Sogar die Steine und der Sand sind geschmolzen.«

»Geht nicht zu nah heran, die Hitze würde Euch immer noch rösten.«

»Seid Ihr sicher, dass Ihr gefahrlos an Land gehen könnt?«

»Gefahrlos, nein, aber ich *kann* an Land gehen.«

Er zog ein Paar grobe Holzschuhe an, unter die er eiserne Keile genagelt hatte. Er nahm einen eisernen Enterhaken, stieg aus dem Beiboot und watete ans Ufer. Selbst für jemanden mit Larons Kräften war die Hitze beängstigend. Seine Kleidung rauchte, wann immer sie mit etwas in Berührung kam, und die eisenbeschlagenen Holzschuhe an seinen Füßen verkohlten rasch. Kordobans Haus war in keinem besseren Zustand als die anderen, aber ein massiver Steinblock war inmitten der Ruinen noch größtenteils intakt. Der Wach-Auton war natürlich gestört und hatte sich aufgelöst. Laron hieb mit dem Enterhaken auf den Rand des Steinblocks. Die Oberfläche aus glasiertem Sandstein zerbrach, und der Stein darunter bröckelte. Nach zwei weiteren Hieben hob Laron die eiserne Schatulle mit dem Enterhaken heraus. Sie war heiß, aber das dicke Gestein hatte sie vor dem Schlimmsten bewahrt. Die Spitze des Enterhakens brach das Schloss auf, und auf dem verkohlten, rauchenden Futter lagen der Becher aus schwarzem Glas und die Grünsteinkugel. Mit einem ledernen Arbeitshandschuh nahm er die beiden Gegenstände heraus und verstaute sie in den Falten seiner Jacke.

Auf dem Rückweg zum Beiboot sammelte Laron noch einige Brocken aus geschmolzenem und wieder fest gewordenem Gold und Silber und einen Klumpen zu Glas geschmolzenen Sand auf. Gold und Silber stammten aus Geldbeuteln von Leuten, die gestorben und auf der Stelle zu Asche verbrannt waren. Ein Fetzen seines Barts fiel auf die Steine und fing an zu rauchen, bevor er ihn aufheben konnte. Als er wieder am Beiboot ankam, waren seine Holzschuhe fast völlig verkohlt.

»Das konnte niemand überleben«, berichtete er, während er sich Wasser auf die Füße spritzte und Feran zu paddeln anfing.

»Also gibt es nichts zu essen?«

»Ich habe nachgesehen, es hat nichts Essbares überlebt«, sagte Laron, dessen Vorstellung von Essen sich sehr von Ferans unterschied.

»Wir können Fische fangen und Regenwasser trinken«, sagte Feran. »Die *Pfeilschuss* ist unbeschädigt, also können wir mit etwas Glück Acrema erreichen. Könnt Ihr uns dorthin führen?«

»Ja, aber jetzt muss ich zuerst in meine Kabine zurückkehren.«

»Ihr wollt in Zeiten wie diesen *schlafen?*«, rief Feran aus.

»Ich *will* nicht in meine Kabine gehen, Kapitän, ich *muss*. Ich habe eine Krankheit, eine magische Krankheit. Wenn Miral nicht am Himmel steht, muss ich mich einsperren.«

Wieder zurück an Bord der *Pfeilschuss*, wurde viel darüber spekuliert, ob die Feuerkreise die ganze Welt oder nur den im Süden gelegenen Kontinent Torea verwüstet hatten. Mit Hilfe der jahreszeitlichen Passatwinde und günstiger Strömungen konnten sie zwar die fünftausend Meilen bis zum Kontinent Acrema überwinden, aber hatte es überhaupt einen Sinn, die Reise zu unternehmen? Feran beschloss, es zu versuchen, und am frühen Nachmittag setzten sie die Segel. Gegen die Winde ankämpfend, die das aufgeheizte Land vom Meer anzog, entfernte sich die *Pfeilschuss* langsam von der Küste und war am Abend in nordwestlicher Richtung unterwegs.

Zur dritten Stunde nach Mitternacht stand Velander im Heck, wo der Bootsmann, Norrieav, mittlerweile die Ruderstange übernommen hatte. Laron kam aus seiner winzigen Kabine, streckte sich und schloss dann die Luke. Er sah sich im Licht Mirals um, der im Dunst über Torea aufging. Er nickte Velander und Norrieav zu und nahm dann anhand der wenigen sichtbaren Sterne einige Peilungen mit seinem Sextanten vor. Als er wieder aufs Achterdeck kam, befahl er Norrieav eine Richtungsänderung um fünfzehn Grad. Er blieb ein paar Augenblicke neben Velander stehen und beobachtete dabei Mirals grüne Scheibe, die über dem östlichen Horizont hing.

»Ich würde Euch gern dafür danken, dass Ihr uns gerettet habt«, sagte Laron plötzlich zu ihr auf Diomedanisch.

»Habe mich, äh, selbst gerettet«, erwiderte sie kalt in derselben Sprache.

Er zeigte auf das Deck, unter dem sich Ferans Kabine befand. »Hört her, wenn es um die Auswahl von Geliebten geht, gibt es keine allgemein verbindlichen Regeln«, sagte er auf Darmarianisch.

»Ist mir aufgefallen«, erwiderte Velander, die sich stur ans Diomedanische hielt.

»Nehmt es der Ehrwürdigen Terikel nicht übel, dass sie den

jungen Kapitän liebt«, sagte Norrieav. »Sie hat mit mir geredet. Sie … sie will immer noch Eure Seelengefährtin sein.«

»Habe neue Seelengefährtin.«

Norrieav kratzte sich unter den dichten Locken, und Laron wandte sich ab, um noch einmal zu peilen. Velander schaute zu den Sternen empor, die sie auf ihrem fünftausend Meilen langen Griff nach dem Strohhalm führen würden. Die Mathematik der Progression hatte sie kaum einen halben Tag früher gerettet, und jetzt brachte sie die Mathematik der Navigation in Sicherheit. Die Königin der Wissenschaften war immer treu und ließ ihre Anhänger niemals im Stich. Zitternd, schwach, müde, aber beherrscht stellte Velander sich einen kalten, aber tröstenden Arm um ihre Schultern vor.

Ist das Ende der Welt gekommen?, fragte Velander ihre neue Seelengefährtin. *War der vierzehnte Feuerkreis der letzte?*, stellten die Zahlen ihr die Gegenfrage. Sie stellte ein paar Berechnungen im Kopf an. Achtzehn Feuerkreise wären nötig gewesen, um die ganze Welt in Feuer zu hüllen, wenn man die gegenwärtigen Schätzungen hinsichtlich der Größe der Welt zugrunde legte.

»Nach dem ersten Feuerkreis war ich, äh, ohnmächtig«, sagte Velander zum Bootsmann. »Wie viele Feuerkreise danach noch gewesen?«

Der Bootsmann lachte kurz und verbittert. »Es hat nur den einen gegeben, der über uns hinweggerast ist, aber der hat gereicht, um die ganze Welt zu braten.«

Velander gestattete sich ein Grinsen, als sie ein Kitzel der Erleichterung überkam. Nur Torea, das Große Südland, war zerstört worden. Sie dankte ihrer neuen Seelengefährtin, der Seelengefährtin, die sie wachgehalten hatte, damit sie das Feuer nicht ausgehen ließ, und die sie vor der bevorstehenden Katastrophe gewarnt und zur Flucht veranlasst hatte.

»Ich kenne das Schicksal der Welt«, sagte sie leise. »Folgt mir durch die Untiefen vernünftiger Schlussfolgerungen und Ihr könnt es ebenfalls erfahren.«

Der Bootsmann schüttelte den Kopf und fragte sich, ob sie

wirklich bei geistiger Gesundheit war. Laron stand schweigend da und runzelte die Stirn in Mirals Licht. Velander konnte Terikel unter sich hören, die vor Entsetzen über das Ende der Welt schluchzte. Sie beschloss, ihre jüngste Entdeckung erst in fünf Tagen und einer Nacht zu verkünden als Vergeltung für die Vigilien, die ihre Mentorin und Seelengefährtin nicht gehalten hatte. Wiederum stellte sie sich einen kalten, festen Arm um ihre Schultern vor. Liebende, Könige, Kapitäne, Priesterinnen und sogar Zauberer knieten vor dem Thron der Mathematik, der Königin der Wissenschaften, nieder, und doch war sie einzig und allein für Velander eine Seelengefährtin.

»Ich bin Euren Schlussfolgerungen gefolgt, Ehrwürdige Schwester«, sagte Laron plötzlich und brach damit in ihre Träumereien ein.

»Äh ... Ja?«

»Vier weitere Feuerkreise hätten gereicht, die ganze Welt zu bedecken, wenn Hirodoratians Methode korrekt ist, den Durchmesser mit Hilfe des Sonnenhöchststandes zu ermitteln.«

»Mit Hirodoratian ich, äh, stimme überein.«

»Ausgezeichnet. Nun, wir haben nur einen Feuerkreis erlebt. Das Meerwasser muss seinen Regenerationszyklus unterbrochen haben, also ist der Feuerkreis bei einem Durchmesser von nur zweitausendvierhundert Meilen gelöscht worden. Die anderen Kontinente sind verschont geblieben!«

Velander sah ihn mit zusammengepressten Lippen an, und die Augen quollen ihr vor Wut beinah aus dem Kopf. Dann überlegte sie. Dieser Junge war ebenfalls vor dem Schrein der Mathematik niedergekniet und hatte dieselbe – nachprüfbare – Antwort bekommen. Ihre Miene wurde weicher.

»Sehr gut«, erklärte sie mit einem Achselzucken und wandte sich dann ab.

Sie sah nicht, wie Laron sehnsüchtig auf ihren Nacken starrte und sich die Lippen leckte. Dann zügelte er sich rasch und presste die Lippen zusammen, während seine zitternden Hände sich fest um den Sextanten schlossen. Als Velander sich wieder zu ihm umdrehte, nahm er bereits eine neue Peilung vor.

»Wenn Ihr Hirodoratians Werke kennte, solltet Ihr wissen, wie man Sextanten benutzt«, sagte Laron, ohne den Blick von einem von Nebel verschleierten Stern zu lösen.

»Habe einen benutzt. Im Tempel.«

»Für die Navigation braucht man nur Mathematik, Astronomie und ruhige Hände. Ich muss ruhen, wenn Miral nicht am Himmel steht, also wird es Nächte geben, in denen ich keine Peilungen vornehmen kann. Ich bin sehr zuversichtlich, dass Ihr Hochseenavigation schneller lernen könnt als jeder andere auf diesem Schiff.«

»Mannschaft teilt vielleicht nicht Eure Zuversicht«, erwiderte sie im Tonfall von jemandem, der es gewöhnt war, mit Herablassung behandelt zu werden.

»Ihr habt sie schon einmal gerettet. Ich glaube, Ihr habt ihr Vertrauen.«

Allein in seiner Kabine, holte Laron die violette Kugel heraus und baute dann den Äthermechanismus aus schwarzem Becher und Grünsteinkugel auf. Er hauchte eine sehr dünne Faser Lebenskraft hinein. Ein Gesicht erschien auf dem Grünstein.

»Sei gegrüßt?«, sagte eine leise, schwache Stimme.

»Penny?«, fragte Laron.

»Wer bist du?«, fragte die Stimme. »Du bist nicht die Älteste.«

Irgendetwas stimmte nicht, das war Laron sofort klar. Dieses Gesicht war rundlich und hatte kurze braune Haare. Das Bild war klar umrissen, doch mangelte es ihm an Einzelheiten. Es war fast wie die Tintenskizze eines Gesichts. Dies war nicht die Frau, die er beim letzten Mal gesehen hatte. Dies war fast wie ein Kind.

»Nein, ich bin nicht die Älteste«, sagte Laron. »Wer bist du?«

»Auton-9.«

»Auton-9? Also bist du kein … ich meine, bist du ein Auton?«, fragte Laron perplex.

»Auton, ja.«

»Aber du klingst fast wie ein Mensch. Niemand hat je einen derart komplexen und hochentwickelten Autonen konstruiert.«

»Auton, Konstrukt, bin ich. Die Metrologen haben mich gemacht. Am zweiten Konzentrikar 3139.«

Laron war mehr verblüfft als enttäuscht. Dies war nicht, wer oder auch was er aus dem Arbeitszimmer der Ältesten des Metrologischen Ordens gerettet hatte. Dies war ein Auton. Ein äußerst komplexer und hoch entwickelter Auton, tatsächlich der am höchsten entwickelte, den er je gesehen hatte, aber dennoch ein Auton.

»Hast du jemals jemanden namens Penny gesehen?«, fragte er.

»Penny, ja. Sie war sehr stark und hatte kluge Gedanken.«

»Das könnte sie sein.«

»Die Älteste hat mir befohlen, Lateinisch von ihr zu lernen. Ein wenig habe ich auch gelernt.«

»Warum spricht sie nicht mehr mit mir?«

»Das große Feuer ist sehr nah gekommen. Penny hatte das Portal offen. Wesen kamen herein, um dem großen Feuer zu entkommen. Raubwesen. Sie haben Stücke aus ihr herausgerissen. Sie ist geflohen. Sie haben sie durch das andere Portal zu ihrer eigenen Welt verfolgt. Ich habe mich versteckt.«

Also funktioniert der Feuerkreis auch in den Ätherdimensionen, ging Laron auf. Penny hatte das Portal offen gehalten – aber von ihrer Welt aus. Seiner Welt. Der Erde. Sie war keine Gefangene gewesen, sie hatte aus einer anderen Welt hereingeschaut. Genauer gesagt, hatte sie hereingeschaut, als mehrere Raubelementargeister vorbeigekommen waren und nach einer Zuflucht vor den Feuerkreisen gesucht hatten. Sie mussten kurzen Prozess mit ihr gemacht haben und dann durch das Portal zur Erde vorgestoßen sein. *Tja, sie dürften etwas Leben in die Bude bringen*, dachte er mit einiger Resignation.

In der Zwischenzeit hatte er es mit einem Autonen in der Orakelkugel zu tun. Ihr Name war zu eigenartig. Er brandmarkte sie als Autonen und würde ungewollte Aufmerksamkeit auf sie lenken, falls er sie je befreien würde. Doch jeder neue Name musste mit ihrem alten Namen verwoben sein, sonst würde er nicht haften bleiben. Manche Sklaven wurden mit einer Kombination aus einer Nummer und dem Namen ihres Herrn benannt, und wenn sie befreit wurden, behielten sie die Nummer als Namen. Laron hielt dieses Verfahren unter den gegeben Umständen für angemessen.

»Hör zu, du bist Nona. Ich nenne dich Nona.«

»Nona? Nur Nona?«

»Ja, Namen sind stark. Leute und Dinge können vermittels ihrer Namen aufgespürt und beherrscht werden, aber jetzt, wo dein Namensgeber tot ist, kannst du neu benannt werden. Ich bin ein Dieb – das heißt, ein Dieb, der geschickt wurde, dich zu retten.«

»Mich zu retten? Wirklich?«

»Ja. Nona ist dein Weltname. Verstanden?«

»Ja.«

»Wiederhole deinen Weltnamen.«

»Mein Weltname, er lautet Nona.«

»Nona, hast du einen wahren Namen?«

»Ja.«

»Wer kennt ihn?«

»Die Älteste.«

»Die Älteste ist tot. Verrate ihn niemandem. Verstanden?«

»Ja.«

»Jetzt versuch das zu verstehen: Wir müssen das Meer überqueren.«

»Was ist das Meer?«

»Schon gut, vertrau mir einfach. Es könnte eine Weile dauern, bis ich dich aus diesem gläsernen Gefängnis befreien kann. Ich werde dich nach Diomeda oder vielleicht nach Scalticar bringen. Dort gibt es Leute, die dir helfen können. Ich … Nona, dein Bild löst sich auf.«

»Die Energie, um das Portal offen zu halten, ist fast verbraucht.«

Draußen an Deck bemerkte die Mannschaft eine große, leuchtende, unstofflich aussehende Qualle, die in ihrem Kielwasser trieb. Das Wesen schien tot zu sein, und ein Schwarm kleinerer Fische wühlte bereits das Wasser auf, da sie über den Kadaver herfielen.

»Ein Ätherfisch«, sagte Feran und kratzte sich den Kopf. »Er scheint tot zu sein.«

»Ich habe gehört, dass sie sich langsam vermehren, aber praktisch nicht umzubringen sind«, erwiderte Norrieav.

»Ja, sie nehmen die ätherische Energie in ihrer Umgebung auf und nutzen sie dann zu ihrer Verteidigung. Aber irgendwas scheint diesen hier vollkommen leer gesogen zu haben.«

Als sich das Meer im Morgengrauen aufhellte, stellte Ferans Mannschaft den Antrag, das Schiff wieder in *Shadowmoon* umzutaufen.

»Nach der Namensänderung ist das Pech über uns hereingebrochen«, erläuterte Hazlok. »Feuerkreise und so.«

Feran starrte den Mann ungläubig an und zeigte in Richtung Kielwasser des Schoners. »Wollt Ihr damit sagen, dass der gesamte Kontinent verwüstet worden ist, weil wir dieses bessere Bierfass mit Segeln umgetauft haben?«, rief er.

»Äh, nun ja … Nichts dergleichen ist passiert, als das Schiff noch *Shadowmoon* hieß.«

Feran schüttelte den Kopf und ließ den Arm sinken. »Warum nicht?«, sagte er. »Die Leute, deren Aufmerksamkeit wir entgehen wollten, gibt es nicht mehr.«

Der Schiffszimmermann machte sich sofort an die Arbeit. Die wieder umgetaufte *Shadowmoon* war nicht mit Proviant für eine Fahrt von mehreren Wochen bestückt, aber zunächst war dies kein Problem. Überall trieben tote Fische zwischen den verkohlten Überresten von Schiffen, die von den Flammen des letzten Feuerkreises überrascht worden waren. Eine bräunliche, undurchsichtige Dunstglocke lag über dem Himmel, während die Sonnenuntergänge so farbintensiv waren wie eine Orchidee aus glühenden Kohlen.

Jeder Einzelne der sieben Besatzungsmitglieder und zwei

Passagiere an Bord des kleinen Schiffs gingen mit der Zerstörung des Kontinents auf ihre ganz eigene Art um. Der Bootsmann stammte aus Acrema und hatte keinen Angehörigen durch die Katastrophe verloren. Velander hatte ohnehin keine lebenden Angehörigen mehr. Terikel stand plötzlich ohne Orden, Rang, Familie und Freunde da und schien mit jedem verstreichenden Tag tiefer in einen Abgrund der Einsamkeit zu gleiten. Ihre einzigen Erholungspausen waren Anfälle von Seekrankheit, die sie von allem anderen ablenkten. Feran trauerte um eine Vielzahl von Frauen, schaffte es aber, sich dadurch zu trösten, dass er mit Terikel schlief. Hazlok schien den Tod seiner Freunde in Dutzenden toreanischer Häfen dadurch zu verwinden, dass er jedem von ihnen erzählte, der gerade in der Nähe war, als könne er etwas von ihnen am Leben erhalten, wenn er sich an sie erinnerte. Der Schiffszimmermann schnitzte erlesene Holzbüsten von seiner toten Frau und seinen gleichfalls toten Kindern und war im Allgemeinen Hazloks einziger Zuhörer. Er benutzte Treibholz, das von verbrannten Schiffen übrig geblieben war, Holz, das den Feuerkreisen entkommen war, um Bilder von Opfern hineinzukratzen. Die beiden anderen Matrosen, Heinder und Martak, spielten beständig Karten, wenn sie keinen Dienst hatten und nicht aßen oder schliefen. Als Einsatz verwendeten sie Holzspäne, die der Schiffszimmermann produzierte.

Laron war der Gelassenste von allen an Bord, doch selbst er starrte in die Richtung des verbrannten Kontinents, wenn er keinen Dienst hatte. Zunächst ging er seiner Arbeit mit unaufdringlicher Tüchtigkeit nach, aber nach einer Woche wurde er zunehmend rastlos. Wie immer, wenn Miral unterging, verschwand er in seiner Kabine, wo er so ruhig war wie ein Toter.

»Ich glaube, er hatte ein Liebchen in Torea«, spekulierte Hazlok, der aus der Takelage, an der er mit dem Schiffszimmermann arbeitete, nachdenklich nach unten starrte.

»Kann mir nicht vorstellen, wer das gewesen sein könnte – ich habe ihn noch nie mit einem Frauenzimmer gesehen.«

»Warum klebt er sich den Bart an? Damit kann er keinen zum Narren halten.«

»Ist schon ein komischer Vogel. So ein toller Gelehrter und Offizier, aber er sieht wie vierzehn aus.«

»Ich frage mich, ob er noch Jungfrau ist …«

Eines Morgens saß Laron an seinem üblichen Platz auf dem umgedrehten Ruderboot, als Terikel durch die Luke der Kapitänskajüte kam. Sie blinzelte in die Sonne, atmete ein paarmal tief ein und ging dann zur Reling, wo sie sich vielleicht eine Minute übergab. Schließlich ging sie über das sanft schaukelnde Deck, kletterte auf das Ruderboot und setzte sich neben Laron.

»Ein Glück, dass wir so wenig zu essen haben«, sagte sie. »Ich kann nichts mehr hochwürgen.«

»Jeder Nachteil hat auch einen Vorteil«, erwiderte er, indem er die Arme fester um die Knie zog.

»Mir ist danach, mich ins Meer zu stürzen«, sagte Terikel.

»Tod ist keine Lösung«, antwortete Laron, »aber dafür ist er von Dauer.«

»Woher wisst Ihr das? Wart Ihr schon mal tot?«

»Ja.«

Terikel fasste die Antwort als Witz auf ihre Kosten auf. Sie holte tief Luft. »Wir sind ganz allein auf dem Plazidischen Ozean. Hinter uns liegt unsere zerstörte Heimat und vor uns Acrema mit seinen Sklavenmärkten. Meine Verwandten und Freunde sind Staub auf dem Antlitz der Sonne. Ich teile das Bett mit einem jungen Mann mit dem Geschlechtstrieb eines Rammlers, der ein Jahr allein im Stall gelebt hat und dabei mit Austern und Petersilie zwangsernährt wurde. Jedes Mal, wenn ich aus seiner Kabine flüchte, werde ich von einem höhnischen Grinsen auf zwei Beinen beobachtet, das zufällig auch noch ein Drittel meiner Metrologischen Schwesternschaft ist. Auf dem Boot gibt es genügend Vorräte für ein leichtes Frühstück für zwei, Helion ist immer noch acht Wochen entfernt – falls es noch existiert –, und meine zweite Garnitur Kleidung besteht aus Segeltuch.«

»Trotzdem, Ihr müsst lachen«, erwiderte Laron.

Terikel holte wiederum tief Luft. »Der Tod ist ein Ausweg. Die Toten sind glücklicher als wir.«

»Da bin ich mir nicht so sicher.«

»Feran will die ganze Nacht nichts anderes als herumhuren. Ich frage mich, ob er jemals schläft! Navigator, ich habe meine Familie, meinen Orden, meine Freunde, mein *alles* in Torea verloren. Ich will trauern, ich will in Ruhe gelassen werden. Feran sagt nur, dass es sein Schiff ist und das Herumschäkern seine Art zu vergessen, was in Torea passiert ist.«

Laron wandte den Kopf, um sie anzusehen, und ließ dabei einen Teil seines Barts auf seinen Knien und sein Kinn kahl. »Wollt Ihr meine Kabine ...«

»Navigator!«

»... wenn ich sie nicht benutze?«

Terikel schluckte und lachte dann aus Verlegenheit. »Ah, ich verstehe. Ich ... ja. Vielen Dank. Das ist sehr galant. Ich bin gerührt.«

Laron bemerkte das Haarbüschel auf seinen Knien, leckte Harz und Stoffunterlage an und heftete es sich wieder ans Kinn. Terikel reckte sich, um Laron auf die Wange zu küssen, doch er schaukelte nach hinten und dann mit Schwung vorwärts, um sich zu erheben.

»Ich wechsle mal ein Wort mit Feran«, sagte er im Gehen.

Ein paar Minuten später lag Terikel in Larons Kabine, die ungefähr so groß war wie zwei aufeinander gestapelte Särge. Der Navigator kniete auf Deck.

»Wenn Miral zu sehen ist, gehört diese Kabine Euch«, erklärte er. »Andernfalls brauche ich sie.«

»Ihr ... Ihr habt es wirklich ernst gemeint. Ich bin Euch so dankbar. Äh, Laron, wenn doch nur ...«

»Ihr gewöhnt Euch besser daran zu schlafen, wenn ich wach bin«, warf er ein und schloss die Luke dann.

Er starrte auf ihr Holz und leckte sich die Lippen – da fiel ihm auf, dass Velander ihn beobachtete. Sein Mund stand kurz offen, und er schloss ihn hastig. Sie kam zu ihm und zeigte nach vorn.

»Können wir uns unterhalten?«, fragte sie auf Darmarianisch. »Unter vier Augen?«

Das ließ sich auf der *Shadowmoon* nur schwerlich einrichten, aber das winzige Vordeck war so weit von den anderen entfernt wie eben möglich. Sie blieben dort stehen und hielten sich an den Haltetauen fest.

»Es hat ganze fünf Minuten gedauert, bis Feran mir vorgeschlagen hat, Terikels Platz in seiner Koje zu übernehmen«, berichtete Velander.

»Ich verstehe. Wart Ihr empfänglich für seine, äh ...«

»Nein, das war ich *nicht*!«, schnauzte sie. »Warum habt Ihr Terikel Eure Kabine gegeben?«

»Sie hat mir Leid getan. Missfällt es Euch?«

Mit dieser Antwort hatte Velander nicht gerechnet. Sie überlegte sich ihre eigene Antwort sehr genau.

»Mir missfällt, was Terikel mir angetan hat, nicht was Ihr für sie tut.«

»Ich bin erleichtert. Ich hatte mich schon gefragt, ob Ihr es verstehen würdet.«

»Ich gehe sehr logisch an die Dinge heran. Ihr seid ebenfalls eine sehr logische Person.«

»Vielen Dank.«

Velander leckte sich salzige Gischt von den Lippen und starrte auf den Ozean, als schaue sie in die Zukunft. »Ich habe Pläne mit Terikel«, verkündete sie.

»Was werdet Ihr tun?«

»Logik auf sie anwenden.«

»Das klingt sehr anständig von Euch.«

»Anständig, ja. Angenehm, nein. Soll ich auch auf Euch Logik anwenden?«

Laron sah sie schief an und prüfte den Sitz seines Bartes. Er hatte in Velander schon immer eine gefährliche, räuberische Person gesehen, die sich allergrößte Mühe gab, liebenswürdig zu sein. Es war offensichtlich, dass sie sich jetzt keine Mühe gab.

»Tut Euch keinen Zwang an«, entschied er, wenngleich wider besseres Wissen.

»In der Zeit, als die *Shadowmoon* in Zantrias vor Anker lag, ist die Anzahl der Morde auf das Dreifache des Normalen angestiegen.«

»Das ist eine äußerst esoterische Tatsache.«

»Das hat mir Hazlok erzählt. Er hat ein morbides Interesse an Morden. Er hat mir außerdem erzählt, dass es in jedem Hafen zwischen Gironal und Zantrias, den die *Shadowmoon* angelaufen hat, einen Mord gab. Alle Opfer hatten Halswunden. Einige waren brutal zerfleischt, andere hatten nur zwei Löcher über der Hauptschlagader. Eine der toreanischen Schulen des Kampfsports betrachtet diesen Bereich als Tötungspunkt, und mehrere Theoretiker der Medizin und Zauberei haben geschrieben, dass sich die Lebenskraft, die wir für das Wirken von Zaubern benutzen, im Halsbereich konzentriert.«

»Sehr wissenschaftlich von ihnen.«

»Ihr verbergt sie gut, aber ich habe beobachtet, dass Ihr zwei lange, spitze Eckzähne habt.«

»Das liegt in der Familie.«

»Ich habe Euch noch nie essen oder trinken sehen.«

»Schiffsnahrung – die ertrage ich nicht«, lachte Laron. Ihm war nicht wohl angesichts der Richtung, die das Gespräch nahm, er wollte aber unbedingt erfahren, was Velander wirklich über ihn wusste. »Was möchtet Ihr wissen, Ehrwürdige Velander?«

»Ihr seid sehr lange ohne Nahrung ausgekommen.«

»Für uns Seeleute ist Nahrung wie Sex.«

»Inwiefern?«

»Man muss oft lange Zeit ohne auskommen.«

»Aber *Ihr* esst überhaupt nicht.«

»Da bleibt umso mehr für Euch.«

»Wisst Ihr, was ich glaube?«

»Ich habe eine ungefähre Ahnung.«

»Tag für Tag laufen acht Leute namens ›Mahlzeit‹ über die Decks der *Shadowmoon* und sind in Eurer Reichweite.«

»Und? Jeder an Bord könnte aus jedem eine Mahlzeit machen.«

»Aber jeder andere an Bord kann auch andere Nahrung zu sich nehmen. Ihr könnt das nicht. Droht uns Gefahr?«

Larons Gedanken überschlugen sich. »Von mir? Nein. Von Euch, Ehrwürdige Velander? Nun, ich bin froh, dass ich ziemlich mager bin.«

»Ich würde eher mit Terikel anfangen. Um zu Euch zurückzukehren, Laron, mir ist aufgefallen, dass Ihr, bevor uns der Knoblauch ausgegangen ist, jene gemieden habt, die ihn gegessen hatten.«

»Tut das nicht jeder?«

»Der Rucksack, den ich bei meiner Ordination bekommen habe, enthielt zufällig einen Zopf mit mehreren Knollen. Seid so gut und merkt Euch, dass ich die jetzt als Kette um den Hals trage.«

Während Laron auf das Meer starrte, strich seine Zunge beständig über die Spitzen seiner Eckzähne. Der Hunger trieb ihn an den Rand seiner Beherrschung. Selbst ein Vogel hätte gereicht, seinen Hunger zu stillen, der an den Überresten seiner Menschlichkeit nagte, aber sie waren mitten auf dem Ozean, und dies war nicht die Jahreszeit, in der die Zugvögel nach Torea flogen.

»Navigator, wisst Ihr, wer ich wirklich bin?«, fragte Velander eines Nachmittags, wiederum auf Darmarianisch.

»Ihr habt eine ungewöhnliche Vergangenheit und seid weit gereist«, erwiderte Laron. »Außerdem wart Ihr in mehrere kleine Kriege verwickelt.«

»Ich bin die Tochter von Graf Salvaras, der vor zehn Jahren den ersten Angriff gegen Warsovran angeführt hat.«

»Ah, ja. Das war die Schlacht, die Warsovran veranlasst hat, den Rest von Torea anzugreifen.«

Velander fuhr auf. Sie war es gewöhnt, dass die Leute dem Andenken ihres Vaters mit etwas mehr Respekt begegneten. »Ich sehe es eher so, dass mein Vater ein schlafendes Volk aufgeweckt hat, das in großer Gefahr schwebte.«

»Und Warsovran einen Vorwand zum Angriff gegeben hat.«

»Tatsächlich? Wo wart Ihr denn vor zehn Jahren?«

»Ich habe Leute gebissen, die mich gegen sich aufgebracht haben, und ansonsten wie vierzehn ausgesehen.« Vorübergehend herrschte Schweigen. Velanders Taktik bestand darin, Leute niederzumachen, die auf ihre Rechtschaffenheit pochten, aber Laron pochte auf etwas, das vollkommen außerhalb ihrer Erfahrung lag. »Wo wart Ihr?«, fragte er.

»Ich war Botin in meines Vaters Armee. Weil ich zehn Jahre alt und weiblich war, hat sich niemand mit mir abgegeben. Ich habe ausgesehen wie ein Junge und gehandelt wie ein Junge. Ich habe Nachrichten befördert und als Waisenkind von Bauern, Adeligen, Handwerkern und Kaufleuten verkleidet spioniert. Schon mit zehn Jahren konnte ich ein Pferd reiten und einigermaßen mit einem Dolch umgehen. Ich habe mehrmals getötet.«

»Ich hoffe, es waren furchtbare Leute.«

»Ich ... Was?« Velander hatte langsam den Verdacht, dass er sich über sie lustig machte, konnte aber keine konkrete Beleidigung erkennen.

»Schon gut, fahrt fort«, sagte Laron.

»Ich will damit nur sagen, Navigator, dass ich kein dummes Mädchen von niederer Geburt bin, das den größten Teil seines Lebens damit verbracht hat, Bücher zu lesen. Mein Vater ist in der Schlacht gestorben, und dann haben Warsovrans Truppen unsere Provinz überrannt. Als sie unser Gut erreichten, war ich auf sie vorbereitet. Ich hatte mich als Stallbursche verkleidet und floh in die Dunkelheit. Die Leute in den Terrorkommandos sind Schwachköpfe. Sie kommen in der Nacht und glauben, da seien die Leute am verwundbarsten. Die Nacht ist die Freundin aller Opfer. Sie ist ihr Umhang, ihr Dolch und ihr Gift.«

Laron verschränkte die Hände unter dem Kinn. »Ja, Ihr habt eine rasche Auffassungsgabe, das ist mir schon in Zantrias aufgefallen.«

Velander legte ohnehin bereits jedes Wort von Laron auf die Goldwaage und entschied plötzlich, dass er nun zu weit gegangen war.

»Ihr wagt zu behaupten, ich ließe meine Freunde und Verwandten im Angesicht der Gefahr im Stich?«, fauchte sie.

Plötzlich waren sie im Brennpunkt der Aufmerksamkeit jedes anderen Augenpaars auf der *Shadowmoon*. Es war ein sehr kleines Schiff, und man musste die Stimme nicht sehr heben, um Aufmerksamkeit zu erregen.

»Das tue ich nicht«, sagte Laron zögerlich, »aber mir ist ziemlich klar, dass Ihr in Bezug auf dieses Thema sehr empfindlich seid.«

»Ich zeige Euch, wie ich im Angesicht der Gefahr reagiere!«, rief Velander, zog ihren Dolch und stach nach Larons Gesicht.

Velander hatte lediglich die Absicht gehabt, Laron eine hässliche Narbe zu verpassen, um ihm eine Lektion zu erteilen. Alle anderen sahen nur ein verschwommenes Gewirr von Armen, als Laron ihren Arm abblockte, ihr Handgelenk packte, ihr den Arm auf den Rücken drehte und ihr dann die Hand verbog, bis ihr die Schmerzen keine Wahl ließen, als das Messer loszulassen. Laron stieß sie weg und rammte das Messer dann bis zum Heft in die hölzerne Reling.

»Lasst Euch nicht einfallen, mich noch einmal anzugreifen, Ehrwürdige Velander«, sagte Laron, obwohl er dabei auch einen Blick auf den Rest der Besatzung warf. »Dieses kleine Zwischenspiel hat meine ohnehin sehr begrenzte Geduld arg strapaziert. Ach, und setzt nicht zu viel Vertrauen in Eueren Knoblauch. Ich finde ihn unangenehm, so wie Ihr einen frischen, dampfenden Hundehaufen unangenehm fändet, aber glaubt nicht, dass er mich aufhalten würde.«

Laron ging zur Spitze des Vordecks und kehrte Velander den Rücken zu. Sie versuchte das Messer aus der Reling zu ziehen, doch ohne Erfolg. Feran versuchte es als Nächster, dann alle anderen Besatzungsmitglieder. Schließlich kam der Schiffszimmermann mit einem Brecheisen und grub das Messer nach langem und mühsamem Kampf aus.

»Da, seht Ihr die Wellen?«, rief Laron und zeigte nach vorn und ein wenig nach backbord.

Die Gruppe, die sich um das freigelegte Messer und die

beschädigte Reling versammelt hatte, schaute in seine Richtung.

»Das ist hier der Ozean«, sagte Feran. »Der ist voller Wellen.«

»Kapitän, ich bitte respektvoll um eine Kursänderung zehn Grad nach backbord«, rief Laron zurück. »Ein Arcereon – seht Ihr den langen Hals?«

Feran kam zu Laron nach vorn. In der Ferne schwamm etwas mit einem langen Schlangenhals und einem dreieckigen Kopf.

»Ich habe noch nie eines gesehen, das sich so verhalten hat«, sagte Feran. »Sie bleiben nur selten so lange an der Oberfläche.«

»Ich glaube, das hier ist vom letzten Feuerkreis verbrannt worden. Es könnte auf einen Schlag unser Proviantproblem lösen.«

»*Wir* sollen *das* angreifen?«

»Ja.«

»Aber es ist doppelt so groß wie die *Shadowmoon*, und wir haben nicht einmal die richtigen Harpunen an Bord.«

»Wir haben Hai-Harpunen und Armbrüste. Das Vieh ist verwundet. Da draußen schwimmen mehrere Tonnen Frischfleisch herum. Was sagt Ihr?«

»Ich sage nein! Es ist riesig!«

»Es sind sieben Wochen bis nach Helion.«

»Und sieben Minuten, bis wir getötet werden, vielleicht weniger.«

»Ich habe einen kühnen und gewagten Plan.«

»Und der wäre?«

»Ich habe besondere Kräfte.«

Laron führte das nicht weiter aus, und Feran fragte sich, ob sein Magen wohl verkraften konnte, was der Vampyr als »kühn und gewagt« betrachtete. Er dachte kurz nach und wandte sich dann zum Achterdeck um.

»Bootsmann, zehn Grad nach backbord.«

Das Arcereon war wie eine Schildkröte geformt, aber so groß wie ein mittelgroßer Wal. Es hatte keinen Panzer und maß mit seinem langen Schlangenhals und Schwanz fünfzig Fuß. Als die *Shadowmoon* sich ihm näherte, schenkte es ihr keine Beachtung und fuhr fort, den Kopf hoch in die Luft zu recken und ihn dann auf die Wasseroberfläche zu schmettern. Der Schiffszimmermann hatte fünf Speere mit Seilen und Widerhaken fertig gemacht, aber Größe und Kraft des Wesens wurden umso beeindruckender, je geringer der Abstand wurde.

»Das ist vielleicht doch keine so gute Idee«, warnte Feran, als er mit seiner Harpune in der Hand dastand.

»Sieben Wochen bis Helion, Herr Kapitän«, erinnerte Laron ihn noch einmal.

Feran warf, aber die Harpune erreichte den Leib des Arcereons gar nicht erst. Velander und Terikel holten die Leine der Harpune ein. Der Bootsmann versuchte es als Nächster, ohne ein besseres Resultat zu erzielen.

»Ich wage es nicht, näher heranzugehen, Navigator«, sagte Feran, während er angestrengt auf die zappelnde Kreatur starrte. »Einige dieser Wesen können verzaubertes Feuer speien …«

»Brennendes Öl aus einer Drüse am Kopf«, sagte Laron und fügte dann »wahrscheinlich« hinzu.

»Was auch immer! Es ist klebrig und brennt. Deshalb werden sie Meerdrachen genannt.«

Ihm war entgangen, dass Laron die dritte Harpune genommen hatte. Laron warf sie, und da er ein Vampyr war, hatte er sehr viel mehr Kraft als Feran. Die Spitze bohrte sich tief in den Halsansatz des Arcereons, das ein Brüllen vor Überraschung und Schmerzen ausstieß. Laron nahm die nächste Harpune.

»Aufhören! Macht es nicht auf uns aufmerksam!«, rief Feran.

»Dafür ist es zu spät, Kapitän.«

Die zweite Harpune traf das Wesen tiefer am Hals.

»Es hält auf uns zu!«, rief der Bootsmann.

Alles rannte zum Ruderboot und zu den Luken, da das Arcereon auf sie zuschwamm. Laron sprang über die entgegengesetzte Reling, während ein rauchender Flammenstrahl über die leeren Decks fegte. Die *Shadowmoon* erbebte, als riesige Flossen gegen Rumpf und Takelage prallten und der Holm des Hauptmasts auf das Ruderboot fiel. Velander und Terikel schrien gemeinsam – ihre erste einvernehmliche Handlung, seit sie die *Shadowmoon* bestiegen hatten.

Arcereonen benutzten ihr brennendes Öl normalerweise, um große fliegende Reptilien und Vögel vom Himmel zu holen, und zogen normalerweise eine schnelle Flucht einer Verteidigung gegen Angriffe vor. Dieses befand sich jedoch in einem Zustand solch blinder Raserei, dass es keinen Sinn mehr für derartige Unterscheidungen hatte. Es kletterte förmlich am Schoner empor, spie Feuer und schlug mit seinen krallenbewehrten Flossen wild um sich. Nach einigen Augenblicken registrierte es jedoch einen neuen Schmerz. Die *Shadowmoon* brannte. Die Waffe des Arcereons war zwar Feuer, aber seine Haut geriet tatsächlich nie in Kontakt mit seinen eigenen Flammen und war nicht feuerfester als die Feuerschlucker, die man auf jedem Markt in jeder Stadt auf jedem Kontinent fand.

Das Arcereon versuchte hektisch sich wieder zurück ins Wasser gleiten zu lassen, hatte sich aber in der Takelage und in den Harpunentauen verheddert. Die *Shadowmoon* kenterte, was die Flammen löschte, doch als sie sich wieder aufrichtete, ging das Arcereon erneut auf sie los. Als es sich diesmal am Schoner hochreckte, saß Laron auf seinem Rücken und hielt sich an einer der Harpunen fest, während er mit einer Axt auf den Nacken des Reptils einschlug. Beim dritten Schlag wurde das Rückenmark durchtrennt, und das Arcereon wurde schlaff. Zwei weitere Schläge legten eine Arterie frei. Laron schloss die Augen, wappnete sich, biss zu und trank.

Als sich die ersten Besatzungsmitglieder wieder an Deck wagten, um festzustellen, warum die *Shadowmoon* immer noch größtenteils intakt war und sie noch lebten, durchtrennte Laron gerade mit seiner Axt den Hals ihres Angreifers. Er war blutüberströmt, und sie hatten keine Möglichkeit zu erkennen, wie viel davon sein eigenes sein mochte.

»Befreit den Kadaver aus der Takelage«, befahl er, und niemand verspürte eine Neigung zum Ungehorsam.

Obwohl beide Masten zerschmettert, die Segel und ein Großteil der Takelage verbrannt und ein Loch in den Boden des Ruderboots geschlagen worden waren und jeder Schnitte, Schrammen und Verbrennungen davongetragen hatte, war die Lage für die Leute auf der *Shadowmoon* nun sehr viel besser als zuvor. Sie würden mehrere Tonnen Fleisch aus dem toten Arcereon herausschneiden können, das am Ende zweier an der Reling festgebundener Harpunentaue neben dem Schoner im Wasser trieb.

»Mein kühner und gewagter Plan war erfolgreich, Herr Kapitän«, sagte Laron mit einer Geste seiner Axt in Richtung des Kadavers.

»Wie war Euer Plan?«, fragte Feran.

»Ah. Ihr wart ja unter dem Ruderboot. Ihr habt es nicht gesehen.«

»Was gesehen?«

»Äh, meinen Plan … Herr Kapitän.«

Mit geweiteten Augen und sprachlos zeigte Feran zuerst auf den durchtrennten Hals des Arcereons, dann auf den treibenden Kadaver und dann auf die Axt. »Navigator Laron, Ihr habt das Arcereon zum Angriff provoziert.«

»Ja.«

»Es hat sich in der Takelage verheddert.«

»Ja.«

»Es hat das Boot mit Flammen besprüht.«

»Ja.«

»Es daraufhin zum Kentern gebracht.«

»Ja.«

»Und durch einen Zufall, so rein wie treibender Schnee, seid Ihr in dem ganzen Durcheinander in die Nähe seines Halses gelangt.«

»Ja.«

Feran reckte die Hände in den Himmel, bevor er sie in seine nassen Haare krallte. »Ihr verrückter Bastard hattet überhaupt keinen verfluchten Plan, oder?«, schrie er am Rande dessen, was seine Lunge und Stimmbänder zu leisten in der Lage waren.

»Äh, nein … Herr Kapitän.«

»Wenn Ihr das nächste Mal einen kühnen und gewagten Plan

habt, werde ich das spitze Ende der Harpune nehmen und es Euch in den …«

Das Wasser neben der *Shadowmoon* explodierte in die Höhe, als zwei riesige Kiefer aus den Tiefen des Ozeans geschossen kamen und sich um den kopflosen Leib des Acereons schlossen. Sie bekamen einen flüchtigen Eindruck von einer Flosse so groß wie der Schoner, dann tauchte der riesige Kopf mit dem toten Reptil wieder ab. Die Backbordreling riss mit den Harpunentauen ab, und der gezackte Rücken des Ozeanriesen schien kein Ende nehmen zu wollen, als das gigantische Tier tauchte. Ein langer dicker Schwanz winkte einen Moment hoch in der Luft, dann war die *Shadowmoon* wieder allein auf der Oberfläche des Plazidischen Ozeans.

»Guten Appetit«, sagte Laron leise zu den Wasserverwirbelungen im Kielwasser des riesigen Raubfisches.

Kopf und Hals des Arcereons waren zwanzig Fuß lang und erwiesen sich als fleischhaltig genug für mehrere Wochen uneingeschränkten Essens. Takelage und Deck waren ein Trümmerfeld. Beide Masten waren unten, und die verbliebene Reling war zerschmettert. Ein Großteil des Tauwerks war stark versengt und musste herausgeschnitten werden, aber unter Deck waren zumindest Reservesegel verstaut.

Feran befahl, sämtliches unbrauchbare Holz zu sammeln und das Fleisch des Arcereons zu braten oder zu räuchern, dann reparierten sie den Hauptmast so weit, dass er zumindest wieder ein kleines Segel führen konnte. Kurz drauf waren sie wieder unterwegs, und Essen stand ganz hoch auf der Liste ihrer Prioritäten. Der Schiffszimmermann und Velander schnitten das Fleisch aus dem Hals, und der Koch mühte sich, ein Feuer anzuzünden.

»Was wir nicht braten oder räuchern können, lässt sich in Streifen schneiden und in der Sonne trocknen«, sagte der Bootsmann, als er und Feran den Kopf auf dem Deck festbanden.

»Jedenfalls wird nichts über Bord geworfen«, murmelte Feran. »Nicht das Geringste! Das Ding war so groß wie ein Hochseesegler und hatte eindeutig eine Vorliebe für Arcereon.«

Laron lag in der Sonne und ruhte sich aus. Dabei tastete er immer wieder nach seinem Bart, der von seinem Gesicht abgewaschen und fortgespült worden war. Terikel kniete sich neben ihn.

»Feran kann sagen, was er will, das war unglaublich tapfer von Euch«, sagte sie lächelnd und verschränkte die Hände.

»Es hat die *Shadowmoon* ziemlich ramponiert.«

»Wir können die *Shadowmoon* nicht essen, und jetzt haben wir Fleischvorräte, die bis Helion reichen.« Sie legte ihm eine Hand auf den Nacken. »Navigator, Ihr seid kalt wie der Tod!«, rief sie.

Sie legte die Arme um ihn, und er spürte die berauschende Weichheit ihrer Brüste an seiner mageren Brust. Laron wand sich und schob sie dann weg.

»Ruhe, brauche Ruhe«, murmelte er. »Ich bin in meiner Kabine.«

Er richtete sich auf die Knie auf und kroch in aller Eile zur Luke.

»Aber wollt Ihr denn nicht Euren Anteil am Fleisch?«, fragte sie.

Unterdessen hatte Laron sich in seine Kabine zurückgezogen. Als er durch die Luke zu Terikel schaute, konnte er den verwirrten, verletzten Ausdruck auf ihrem Gesicht erkennen. Velander stand nicht weit weg und grinste.

»Die Miral-Krankheit, Ehrwürdige Terikel«, sagte er, wobei er eine Hand kreisförmig schwenkte. »Am besten ist, ich komme mit niemandem in Berührung. Aber ich weiß Eure Besorgnis zu schätzen.« Er schloss die Luke.

»Und *er* ist Euer *Medikus*?«, sagte Terikel zu Feran.

Als Laron mit dem Moschusduft Terikels in seinen Laken in der Koje lag, rang er ein Gefühl nieder, das bei einem lebenden Menschen Übelkeit gewesen wäre. Die Übersättigung mit dem rohen, sauren Äther des Arcereons war fast zu viel für ihn.

Er atmete ungestüm aus. Mit Blut und Äther des Arcereons

überladen, versengte sein Atem die Planken über ihm. Welche anderen Probleme auch vor ihm liegen mochten, Nahrung würde die nächsten drei bis vier Wochen ganz unten auf seiner Liste stehen. Danach konnte er vielleicht noch weitere vierzehn Tage fasten und danach … Wenn sie dann noch nicht in Helion waren, hing es davon ab, wem es an Bord des kleinen Schiffs gelungen war, ihn am meisten zu verärgern.

Nach einer Woche laufender Reparaturen hatten sie beide Masten wieder mehr oder weniger senkrecht stehen und konnten volle Segel setzen. Das Fleisch des Arcereons hielt lange vor, obwohl die meisten Besatzungsmitglieder den tranigen Geschmack schnell leid waren. Für Terikel war es keine reine Freude, weil sie jetzt feste Nahrung erbrechen konnte, wenn sie seekrank war, was die meiste Zeit der Fall war. Feran ließ nicht zu, dass andere Reste und Abfälle über Bord geworfen wurden, bis er sah, dass ein großer Hai im Kielwasser der *Shadowmoon* folgte.

Laron saß auf dem Vordeck und zeichnete auf der Rückseite einer Seekarte, als Terikel sich ihm wieder näherte. Es war eine Kohlezeichnung eines in der Mitte gespaltenen Arcereonkopfes.

»Eine sehr gute Arbeit«, sagte Terikel, als sie sich neben ihn setzte.

»Äh, vielen Dank. Arcereonen sind schwer zu jagen, und ihre Kadaver werden nur selten an Land gespült. Gelehrte in Scalticar fragen sich schon lange, wie genau sie ihr Feuer produzieren. Seht her. Dieses Exemplar hatte einen Ölbeutel hier hinter dem Kopf und eine Ölblase hier mit Muskeln ringsherum. Es hat Öl durch diese kleine Öffnung hier im Gaumen geblasen und es dann mit einem weiß glühenden Zauber zwischen den Zähnen entzündet.«

»Ein Tier, das Feuerzauber wirken kann? Die meisten großen Religionen würden das als Ketzerei betrachten.«

»Ketzerei oder nicht, es scheint wahr zu sein. Die elf Feuer speienden Tiere, die wir kennen, sind alle ziemlich intelligent.

Manche können sogar menschliche Worte nachahmen. Sechs sind Lederflügler, vier sind Schlangen, und das elfte ist das hier. Ich bin der Erste, der ein Arcereon seziert und beschreibt. Ich könnte einen Platz in den Geschichtsbüchern bekommen.«

»Ich glaube, Ihr habt bereits einen Platz in den Geschichtsbüchern«, sagte Terikel.

»Wie das?«

»Als einziges Exemplar Eurer Gattung.«

Laron schaute von der Skizze auf, und seine Augen verengten sich. »Velander hat mit Euch geredet.«

»O ja. Es hat sie ziemlich amüsiert, dass ich versucht habe, jemanden zu umarmen, den sie als kaltes, totes, raubgieriges Wesen beschrieben hat.«

»Aber ich *bin* kalt, tot und ein raubgieriges Wesen.«

»Das mag sein, aber in Eurem Herzen ist mehr Wärme als in Velanders. Wenn ich Euch jemals zu Hilfe kommen kann, Laron, braucht Ihr nur zu rufen.«

»Meinen Dank. Und wenn Miral je untergegangen sein sollte und Ihr einen Mann braucht, dem Ihr vertrauen könnt, darf ich Euch meinen Kriegerfreund, den Gelehrten Roval Gravalios empfehlen?«

»Ich nehme an, er ist furchtbar ehrenwert«, erwiderte Terikel, die skeptisch klang.

»Er ist tatsächlich ehrenwert, ohne langweilig zu sein.«

»Das klingt wie ein Oxymoron.«

»Äh … Ich glaube nicht, dass er eines ist. Aber er ist lebendig.«

»Ehrenwert, warmblütig *und* eine unterhaltsame Gesellschaft? Nein, unmöglich – zu schön, um wahr zu sein.«

»Ihr habt Recht, wahrscheinlich ist er gestorben wie alle anderen, als …«

Laron brach ab, wusste aber, dass es schon zu spät war. Terikel drückte seine Schulter.

»Schon gut, kleiner Bruder«, seufzte sie. »Und vielen Dank, dass Ihr mich aufgeheitert habt.«

Sieben Wochen nach dem Kampf mit dem Arcereon tauchten die beiden zerklüfteten Gipfel der Insel Helion am Horizont auf. Die Mannschaft ließ schwachen, aber von Herzen kommenden Jubel hören, als die unversehrten Pinien auf den Hängen in Larons Fernrohr zu sehen waren. Das zwei Meilen große Landfleckchen war nur eine Segelwoche von der Küste Acremas entfernt. Die Insel war ein Außenposten des seefahrenden Vidarianischen Königreichs, das erst vor einem Jahr von Warsovran erobert worden war. Also war es keine Überraschung, dass sie dem ehemaligen Kaiser von Torea äußerst feindlich gesonnen und zu einer Zufluchtsstätte für die Reste der vidarianischen Kriegs- und Handelsflotte geworden war.

»Ich kann noch mehr Bäume tiefer auf den Hängen sehen«, rief Laron von der Spitze des Hauptmasts. »Außerdem sehe ich … Das ist seltsam.«

»Diese drei Wörter kann ich überhaupt nicht leiden, wenn ich sie hintereinander höre«, murmelte Bootsmann Norrieav Feran zu.

»Schiffe! Hunderte von Schiffen!«, rief Laron.

Alle beeilten sich, selbst einen Blick in die Richtung zu werfen. Sogar Terikel, die seekrank über dem Schutzgeländer im Heck hing, schaute auf.

»Warsovrans Flotte!«, rief Feran. »Er muss über die Feuerkreise Bescheid gewusst haben. Er hat alles, was schwimmen kann, hierher in Sicherheit geschickt.«

Die gesamte Gesellschaft versammelte sich auf dem Mitteldeck, um zu beratschlagen. Sie hatten genug Regenwasser für eine Woche aufgefangen, aber ihr Fleisch war so gut wie verbraucht. Die Küste von Acrema war sehr viel weiter entfernt, und die *Shadowmoon* musste seit dem Angriff des Arcereons mehrmals am Tag ausgeschöpft werden.

»Ich sage, wir ergeben uns, Herr Kapitän«, sagte Norrieav. »Die Alternative ist ohnehin der Tod.«

»Warum sollten wir uns ergeben?«, fragte Feran. »Niemand weiß, dass die *Shadowmoon* ein vidarianisches Spionageschiff ist.«

»Und ein scalticarisches Spionageschiff«, fügte Hazlok hinzu.

»Und ein Metrologisches Spionageschiff«, fügte Velander hinzu.

»Und ein sargolanisches Spionageschiff«, fügte Laron hinzu.

»Es gibt zwei Metrologische Priesterinnen an Bord«, stellte Terikel fest, als sie sich zu ihnen gesellte. »Warsovran hegt nicht gerade freundschaftliche Gefühle für die Metrologen.«

»Wenn wir Euch und Velander in Hose und Jacke aus Segeltuch stecken, woher sollte es dann jemand wissen?«, schlug der Bootsmann vor.

»Aber was haben wir hier an Bord unseres Schiffes gemacht, mitten auf dem Meer und außer Reichweite der Feuerkreise?«, fragte Terikel.

»Wir würden sagen, dass Ihr Huren seid, die sich die Überfahrt verdienen ...«

»An Bord dieses Schiffes gibt es nur eine Hure!«, warf Velander ein.

»Der Vorschlag ist trotz allem vernünftig!«, rief Laron, der die Hände erhob, um für Ordnung zu sorgen. »Terikel, Velander, Ihr zieht Euch am besten gleich um.«

»Ich bin eine Priesterin, das ist entwürdigend«, protestierte Velander.

»Dann könnt Ihr nach Acrema schwimmen. Entscheidet Euch rasch. *Wir* segeln nach Helion.«

»Warum verkleidet Ihr Euch nicht einfach als Matrosen?«, schlug Laron vor. »Wenn Ihr Euch mit ein wenig ranzigem Acereon-Öl einreibt, wird Euch niemand nah genug kommen, um zu erkennen, dass Ihr Brüste unter Euren Segeltuchjacken habt.«

Auf dem Flaggschiff von Warsovrans Flotte, der *Donnerschlag*, gab es nichts, was für die Autoritätspersonen an Bord weniger interessant war als ein kleiner ramponierter Schoner, der von Osten angesegelt kam. Soeben war ein Kauffahrer mit einer Depesche vom Kaiser gekommen. Seine Matrosen und Offiziere hatten außerdem von einer riesigen Wand aus Feuer und

Dampf berichtet, die bis zum Himmel gereicht und sich von Horizont zu Horizont erstreckt hatte. Sie hatte sich hoch aufgetürmt und war dann zu einem wallenden Chaos aus Nebel und Wind eingestürzt. Warsovran sei nicht weit entfernt auf einem Handelsschiff gewesen und umgekehrt, um das Phänomen zu untersuchen.

In der kleinen, aber luxuriösen Kapitänskajüte der *Donnerschlag* war der Flottenrat versammelt, um zu hören, welche Neuigkeiten und Befehle überbracht worden waren.

»Wir haben die Befehle des Kaisers hier in dieser versiegelten Schriftrolle«, sagte Admiral Forteron.

Sein Rat aus Admirälen und Adeligen sah nervös und verwirrt zu, wie er das Siegel erbrach. Forteron befand sich in einer heiklen Position. Er war zwar selbst ein Herzog, aber keineswegs der Ranghöchste aller Anwesenden. Mache waren darüber ziemlich verärgert. Er las und hob dabei abwechselnd die Augenbrauen, runzelte die Stirn und schaute überrascht drein. Schließlich sah er seine Zuhörerschaft an.

»Die Invasion Helions findet nicht statt«, verkündete er. »Wir sollen die Blockade sofort aufheben und direkt zur Küste Acremas segeln. Dort sollen wir Diomeda angreifen, erobern und halten.«

Diese Neuigkeit war Anlass für einige Bestürzung. Diomeda war eine große Hafenstadt. Diomeda war außerdem ausreichend groß, alt und zentral gelegen, dass die Handelssprache Diomedanisch sich auf sämtliche Anrainer des Plazidischen Ozeans ausgebreitet hatte.

»Ich lasse die offizielle Depesche gleich herumgehen«, schloss Forteron, »aber da ist noch mehr. Was ich Euch jetzt sagen werde, ist nur für Eure Ohren bestimmt. In seinem Schreiben äußert der Kaiser Befürchtungen, dass sich in Torea eine schreckliche Katastrophe ereignet haben könnte. Sollte dies tatsächlich der Fall sein, könnte Diomeda unsere neue Heimat und Hauptstadt werden.«

»Was?«, lachte Herzog Parthol. »Es kann doch nicht der ganze Kontinent verschwunden sein.«

»Ich hoffe, Ihr habt Recht. Nichtsdestoweniger sagt Euren Männern, dass Diomeda nicht geplündert und verwüstet und seine Bewohner nicht belästigt werden dürfen – außer dadurch, dass wir die Stadt einnehmen und sichern. Vor allem muss der Handel mit den anderen Königreichen Acremas weitergehen.«

Während die anderen die Depesche selbst lasen, ging Forteron an Deck und gab Befehl, die Blockade aufzuheben. Alle Schiffe sollten den Anker lichten, einen Verband bilden und nach Westen segeln. Signalflaggen wurden geschwenkt, und Signaltrompeter posaunten über das Wasser. Die Eilgaleere, die zur *Shadowmoon* unterwegs gewesen war, wendete in aller Eile und kehrte zur Flotte zurück.

Er wusste es, dachte Forteron mit einigem Unbehagen. Was in Torea auch passiert war, Warsovran hatte gewusst, dass es so kommen würde. So viel von seiner Militärmacht, wie sich aufs Wasser hatte bringen lassen, war nach Helion und in Sicherheit geschickt worden, während alles andere – auch die Kaiserin – seinem Schicksal überlassen worden war. Konnte man Warsovran vertrauen? In gewisser Weise war sein Vorgehen durchaus logisch. Seine Feinde waren vernichtet worden, ohne eine Warnung oder eine Gelegenheit zur Flucht zu erhalten.

Doch das galt auch für alle anderen mit Ausnahme der Crème seiner Kämpfer und der Schiffe, die nun ihre einzige Zuflucht waren.

Es gab nur wenige Dinge, die Warsovran wirklich liebte – Forteron wusste, dass das kein Geheimnis war: Macht, seinen Sohn, seine Armeen und seine Flotte. Die drei Letzteren hatte er sich bewahrt. Doch wenn Torea tatsächlich zerstört worden war, dann war der Kaiser von einem der mächtigsten Monarchen in der bekannten Welt zu einem Flüchtling geworden. Einem sehr gefährlichen Flüchtling mit der größten Kriegsflotte, welche die Welt je gesehen hatte, das stimmte wohl, aber nichtsdestoweniger zu einem Flüchtling. Nein, Warsovran hätte sein Reich nicht selbst zerstört. Irgendein Zauberer oder Konstrukteur aus Larmentel musste während der Belagerung der Stadt sehr verzweifelt gewesen sein und selbst das Höllenfeuer heraufbeschworen haben. *Natürlich!* Sie waren durch ihre eigene Waffe vernichtet worden, aber dann hatte Warsovran die Tat für sich in Anspruch genommen. Jeder vernünftige Taktiker hätte dasselbe getan.

Herzog Parthol, der außerdem noch Befehlshaber der Marinesoldaten war, trat aus einer Luke, schaute sich um und ging dann zu Forteron. »Die Männer werden sehr bestürzt sein«, sagte Parthol zweifelnd. »Wir werden auf der anderen Seite der Welt kämpfen, ohne Aussicht auf Unterstützung. Und wofür?«

»Torea ist definitiv gestorben«, erwiderte Forteron.

»Was?«

»Gestorben. Zerstört. Ausgelöscht.«

»Aber wie könnt Ihr da so sicher sein? In der Depesche steht nur, dass der Kaiser umkehrt, um den Dingen auf den Grund zu gehen.«

»Ich habe nichts zu wissen, aber ich habe Mittel und Wege, Dinge herauszufinden. Der Kaiser wollte die entscheidende Schlacht hier draußen austragen, weit weg von Torea. Die Dummköpfe in den Königreichen des Südens müssen die Kontrolle über irgendeine Waffe verloren haben, bevor sie sie zum Einsatz bringen konnten.«

»Unsere Familien, Frauen, Geliebten, Freunde, Besitztümer ...«

»Alle zerstört. Nur die Hoffnung bleibt, und das ist die Hoffnung auf ein neues Leben in Acrema. Mit jedem verstreichenden Tag schrumpfen unsere Vorräte und haben unsere Schiffe eine Überholung nötiger. Unsere Männer auch, wenn man es genau nimmt. Wir müssen mit größtmöglicher Eile nach Diomeda segeln und uns ein Fleckchen Erde erobern, wo wir wieder zu Kräften kommen können.«

»Aber was ist mit dem Kaiser? Er könnte uns doch gewiss führen.«

»In diesem Fall ist Schnelligkeit wichtiger als der Anführer.«

Damit marschierte Herzog Parthol über das Deck und gab Befehl, sein Boot längsseits zu bringen. Forteron gestattete sich ein dünnes Grinsen. Warsovran *hatte* es gewusst. Jetzt war er sich dessen noch sicherer. Eine Flotte voll gestopft mit Soldaten war weitaus effektiver als eine Flotte voll gestopft mit Soldaten sowie deren Frauen und Kindern. Admiral Forteron war unverheiratet und ein Einzelkind, und seine Eltern waren tot. Die Flotte war seine Heimat und seine Familie. Praktisch alle anderen würden weitaus weniger verständnisvoll sein, wenn sie glaubten, der Kaiser habe ihre Lieben geopfert, um die Kampfkraft der Flotte zu optimieren. Er schaute nach Westen und dorthin, wohin die Flotte nun schwerfällig beidrehte. Wenn Warsovran schließlich in Diomeda ankam, würden sie ein langes, diskretes Gespräch führen müssen.

An Bord der Galeere *Kygar* war der Sohn des Kaisers über die von den Signalflaggen übermittelten Befehle unterrichtet worden. Die Flotte brach nach Diomeda auf und würde Diomeda angreifen. Alle Marinesoldaten sollten Übungen veranstalten und sich auf eine Schlacht in ungefähr zehn Tagen einstellen, je nach Windstärke. Belagerungsmaschinen sollten eingestellt und getestet werden, Ätherschmiede sollten ihre Zauber üben, und jeden Tag würde der Flottenrat tagen, um die Taktik auszuarbeiten. Der Junge hatte allem zugehört, was gesagt worden war, dann dem Kapitän gedankt und sich in seine Kabine zurückgezogen.

»Irgendwas stimmt nicht mit dem Jungen«, sagte Mandalock zu seinem Ersten Offizier, während sie zusahen, wie der Mast der Galeere aufgerichtet wurde.

»Ich bin ganz Eurer Meinung. Er ist viel ruhiger, als ich ihn in Erinnerung habe. Es könnte die Seekrankheit sein, aber der Kaiser hat immer gesagt, er wäre ein guter Seemann.«

»Tja, Ihr wisst ja, wie Herrscher sich mit ihren Kindern anstellen. Ihnen zu widersprechen ist auch keine gute Idee.«

»Meint Ihr nicht, er könnte Liebeskummer haben wegen der Hure, die er mitgebracht hat?«

»Sie sieht doppelt so alt aus wie er.«

»Vielleicht ist es gerade die Erfahrung.«

Unten in der Hauptkabine erzählte Prinz Darrics Doppelgänger das Gehörte der Kaiserin.

»In Torea ist etwas Merkwürdiges vorgefallen, und wir haben die Blockade Helions abgebrochen. Unsere Befehle lauten, Diomeda an der Küste Acremas anzugreifen und einzunehmen.«

»Diomeda? Die große, blühende Stadt, deren Königspalast noch niemals eingenommen wurde?«

»Genau die.«

»Kein Wunder, dass er die gesamte Flotte versammelt hat. Aber warum greift er einen anderen Kontinent an, wenn die Hälfte von Torea noch nicht erobert ist?«

»Das hat man mir nicht gesagt, Kaiserin.«

»›Mutter‹! Immer ›Mutter‹! Vergiss deine Rolle nicht und wen du darstellst. Geh wieder an Deck. Sag wenig, aber achte auf alles, was irgendjemand in Hörweite sagt.«

Die Kaiserin schaute aus dem Kabinenfenster und sah, dass die *Kygar* in Position ging, um die Hochseehandelsschiffe zu flankieren. Langsam durchschaute sie die Lügen und Täuschungsmanöver, hinter denen sich Warsovrans wahre Pläne verbargen. Sie würde sich die Macht zurückholen, die sie nach seiner Ausdehnung des Imperiums an ihn verloren hatte, und wenn er in Diomeda eintraf, würde sie längst Herrscherin über Diomeda sein.

Als die *Shadowmoon* sich der riesigen Flotte näherte, trugen Terikel und Velander Kleidung aus Segeltuch, standen zwischen den Matrosen und hatten sich die Haare zusammengebunden und mit Arcereon-Öl geglättet. Je näher sie kamen, desto mehr Aktivität war zu erkennen. Auf jedem Schiff wurden Signalflaggen geschwenkt oder gehisst, der Klang von Signaltrompeten war zu hören, und die Besatzungen entrollten die Segel und bemannten die Ruder. Als sie die Hafeneinfahrt erreicht hatten, war Warsovrans Flotte in Bewegung und segelte nach Westen.

Die *Shadowmoon* lief nach der Begegnung mit einem Lotsen

in den Hafen ein und legte bald darauf zwischen den Galeeren und bewaffneten Handelsschiffen der exilierten vidarianischen Marine an. Helion war beinah eine Doppelinsel: zwei Vulkankegel, die durch eine schmale Landenge aus Sand und Gestein miteinander verbunden waren. Der Hafen befand sich an dieser Stelle, und Port Wayside schmiegte sich an die Seite des größeren Vulkans. Der kleinere Vulkan war zu einem flacheren Hügel erodiert, und dort befanden sich die meisten Bauernhöfe der Insel.

»Hier müssen neunzig Schiffe liegen«, sagte Feran auf dem Weg zum Kai, »und mindestens siebzig davon sind vidarianische Handels- und Kriegsschiffe.«

»Helion ist ein vidarianischer Außenposten«, stellte Laron fest.

»Das ist wahr, aber die Flotte, deren Abfahrt wir gesehen haben, kann nur Warsovrans gewesen sein«, sagte der Bootsmann. »An Schiffen ist sie der helioneser Flotte zehn zu eins überlegen, und wahrscheinlich waren mehr Marinesoldaten an Bord, als Helion Einwohner hat. Die Insel hätte in einer halben Stunde erobert werden können, aber die Flaggen an den Masten und Kaitürmen sind vidarianisch, und der Lotse sagte, sie hätten die Blockade überstanden.«

Sie machten an einem Kai aus Basaltstein fest und wurden vom Gouverneur Banzalo empfangen. Es habe eine Blockade gegeben, erklärte er. Siebenhundert Schlachtgaleeren und Hochsee-Kauffahrer hätten die Insel fünf Tage lang abgeriegelt, dann sei ein einzelnes Handelsschiff im Osten aufgetaucht. Es habe Warsovrans Wappen auf dem Hauptsegel geführt und direkt auf das Flaggschiff der riesigen Flotte zugehalten. Kaum habe es selbiges erreicht, als auch schon Signalflaggen gehisst worden seien und Fanfaren Botschaften in komplizierten Codes verkündet hätten.

»Wie Ihr selbst gesehen habt, haben die Schiffe daraufhin sofort Segel gesetzt und einen Verband gebildet«, schloss er seine Ausführungen.

»Ich glaube, das können wir erklären«, sagte Feran.

In der Zwischenzeit hatten Terikel und Velander wieder ihre blauen Gewänder angelegt. Sie bekamen rasch die Erlaubnis, an Land zu gehen, und der Verwalter des Gouverneurs zeigte ihnen den Metrologischen Schrein, der sich auf dem südlichen Teil der Insel befand. Die Metrologen bewirtschafteten die Weinberge und waren Helions größter Landbesitzer.

»Aber vielleicht möchtet Ihr Euch ein wenig frisch machen, bevor Ihr zum Schrein geht«, schlug der Verwalter den Damen vor. »Gouverneur Banzalo ist erpicht darauf, seine Gastfreundschaft auf Euch auszudehnen, und sein Anwesen ist nicht weit entfernt.«

Terikel nahm die Einladung an, die ihr Gelegenheit gab, ein wenig Würde zurückzugewinnen, bevor sie mit dem Rest der überlebenden Metrologen zusammentraf.

»Die Mission hier wird von der Aspirantin Serionese geleitet«, erläuterte Terikel auf dem Weg zu Banzalos Anwesen. »Sie hat mir acht Jahre als Priesterin voraus, aber der Titel ›Ehrwürdige‹ ist ihr vorübergehend aberkannt worden.«

»Dann muss sie etwas sehr Schlimmes getan haben«, erwiderte Velander.

»Eigentlich nicht. Zu meiner Zeit als Novizin war sie im Tempel von Zantrias, neigte aber dazu, Leuten in den Rücken zu fallen, um Macht und Einfluss zu gewinnen. Eines Tages ist sie der falschen Person in den Rücken gefallen, also ist ihr vorübergehend der Titel aberkannt worden und sie wurde hierher geschickt, um den Dirnen von Port Wayside zu helfen und um Matrosen und Kaufleute aus Acrema zum metrologischen Pfad des Wissens und der Liebe zu bekehren.«

»Ohne Titel kann sie nicht als Priesterin handeln«, sagte Velander. »Wir brauchen aber drei Priesterinnen, um Diakonissinnen als Priesterinnen zu ordinieren.«

»Die Älteste kann ihr den Titel wieder zuerkennen, und ich bin die Älteste. Das wird meine erste Amtshandlung sein, wenn ich sie treffe.«

Wie zu erwarten, waren die von der *Shadowmoon* überbrachten Neuigkeiten eine Sensation, und die kleine Insel reagierte darauf mit einem allgemeinen Ausbruch von Trauer. Abgesehen von einigen acremanischen Matrosen und Kaufleuten war niemandem auf der Insel der Verlust von Verwandten, Freunden und Bekannten erspart geblieben, als Torea ausgelöscht worden war. Messen, die in den elf Schreinen und Kapellen der Insel als Dankesfeiern für die Erlösung von Warsovrans Flotte begonnen hatten, wurden rasch die ersten Gedenkmessen für den verbrannten Kontinent. Banzalo war jedoch eigenartigerweise unberührt davon. Feran und Laron wurden zu einer ausgedehnteren Besprechung in sein Anwesen eingeladen, und nur zwei Stunden nach dem Anlegen tranken sie bereits den Wein der Insel auf einem steinernen Balkon unter dem blauen, aber seltsam düsteren Himmel. Laron war sichtlich unruhig, und seine Hände zitterten so sehr, dass der Wein in seinem Becher beständig hin und her schwappte.

»Laron, Ihr wart also das erste lebendige Wesen, das einen Fuß auf den Kontinent gesetzt hat?«, sagte Banzalo.

»Sozusagen, Herr Gouverneur«, erwiderte der Vampyr und tat so, als nippe er an seinem Wein.

»Und wie war es dort? Was hat überlebt?«

Laron zückte einen verunstalteten Klumpen Silber und gab ihn dem Gouverneur.

»Das ist alles, was von einem Händler auf dem Steinpier in Zantrias übrig geblieben ist«, erklärte er. »Natürlich abgesehen von seiner Gürtelschnalle aus Kupfer, die ich nicht an mich genommen habe.«

»Faszinierend. Die Leute sind zu Asche verbrannt, aber ihr Vermögen ist erhalten geblieben.«

»Ich bitte um Vergebung, Gouverneur, aber ihr Vermögen ist eine ziemlich hässliche Schweinerei«, sagte Feran.

»Aber ihr Vermögen ist immer noch Silber – und Gold. In ganz Torea muss überall Gold und Silber verstreut liegen, das nur darauf wartet, aufgehoben zu werden.« Der Gouverneur wandte sich an Terikel. »Ihr seid jetzt die Älteste des Metrologischen

Ordens«, sagte er und erkannte damit ihren Rang an. »Tatsächlich seid Ihr und Eure beiden Priesterinnen die einzigen ordnierten Metrologen auf der ganzen Welt.«

»Das stimmt«, pflichtete Terikel ihm bei und stellte ihren Becher ab. »Unser Bruderorden hat nur zwei Diakone in seiner Mission in Diomeda.«

»Also könnte man Euren Bruderorden als tot betrachten?«

»Zum gegenwärtigen Zeitpunkt ja. Aber drei ordinierte Priesterinnen können einen Diakon ordinieren. Es ist noch nie gemacht worden, aber ich habe die Absicht, diese Praxis einzuführen und einen einzigen Metrologischen Orden unter einer einzigen Ältesten zu schaffen.«

»Also ist Toreas mächtigster und geachtetster Gelehrtenorden jetzt auf Helion beheimatet.«

»Ja, und ich werde dafür sorgen, dass die Diakonissinnen auf der Insel so schnell wie möglich ordiniert werden können. Der Schrein hat bereits eine ewige Flamme, die zeigt, dass das Licht des Wissens niemals erlöschen und die Wärme der Liebe niemals erkalten kann, aber wir müssen den Schrein in einen Tempel umwandeln.«

»In einen Tempel, ja, in der Tat«, stimmte Banzalo zu und rieb sich das Kinn. »Wie lange würde es mit dem Steinmetz der Insel, drei Zimmerleuten und einem Dutzend Arbeitern dauern, aus Eurer Kapelle einen Tempel zu machen?«

»Nur so lange, wie es dauert, einen Vigilienherd in der Gestalt einer Klauenhand zu meißeln, einige Trennmauern einzusetzen und einen steinernen Boden zu legen mit der in Oromakisch eingemeißelten Inschrift ›MASS – SORGFALT – LEHRE – LIEBE‹. Eine Woche, nicht länger.«

»Ausgezeichnet. Ich werde es veranlassen.« Banzalo wandte sich wieder an Feran. »Ihr sagtet, ein paar Fuß Wasser hätten gereicht, Euch gegen den Feuerkreis abzuschirmen?«

»Für uns auf der *Shadowmoon,* ja«, erwiderte Feran.

»Das bedeutet, dass der Schlick in den Flussmündungen ebenfalls überlebt hat. Reicher, fruchtbarer Schlick. Wir können ihn heraufholen und als Nährboden für Feldfrüchte benutzen. Schalentiere, Hummer, Krebse – was im Meer lebt, kann immer noch gefangen werden, aber Warsovran und seine Armeen sind jetzt nur noch Staub im Antlitz der Sonne.«

»Zusammen mit allen anderen Toreanern, Herr Gouverneur«, fügte Laron hinzu, dessen Hände immer noch zitterten und der jetzt zusätzlich ein nervöses Zucken im linken Augenwinkel hatte.

»Ja, schon, aber wir müssen nach vorn schauen. *Alle* Toreaner sind tot, sagt Ihr?«

»Ja, Gouverneur«, sagte Feran. »Mit Ausnahme von uns hier auf Helion, einer Hand voll von Kaufleuten und Abenteurern in fremden Häfen und jenen in Warsovrans Flotte.«

»Dann bin ich der höchste überlebende vidarianische Adelige von unserem verbrannten und ausgiebig betrauerten Kontinent.«

Eine längere Pause trat ein, in der Banzalos Gäste sich mit den Bahnen anfreundeten, in denen er dachte.

Spät am Nachmittag tauchte die *Searose* im Osten auf. Zwar war der Hochsee-Kauffahrer schneller als die *Shadowmoon* und hatte Torea vor ihr verlassen, aber der Kapitän hatte wenden lassen, nachdem er den Rand des letzten Feuerkreises in der Ferne gesehen hatte. Sie hatte die Küste erreicht und Boote ans Ufer geschickt. Alle an Bord bestätigten, was Feran brichtet hatte. Terikel befahl Druskarl, sofort die kostbaren Archive auszuladen, die zwecks sicherer Aufbewahrung für Diomeda bestimmt gewesen waren.

Kaum hatte der Gouverneur sie entlassen, als Laron nach Port Wayside ging, welches die Hauptstadt der drei Ortschaften, fünf Bauernhöfe und des einen Weinbergs war. Von all jenen an Bord der *Shadowmoon* hatte nur er noch nicht gegessen. Die Anwesenheit so vieler potenzieller Mahlzeiten, die ihren Geschäften nachgingen, hatte ihn eindeutig nervös gemacht. Als die Sonne den Horizont berührte, ging er in eine Hafentaverne, bestellte ein Ale und setzte sich hin, um die anderen Gäste zu beobachten. Nach kurzer Zeit kam einer dieser Gäste mit einem Krug in der Hand an seinen Tisch.

»Bereits bei der Begutachtung möglicher Mahlzeiten?«, fragte er leise, nachdem er dem Vampyr gegenüber Platz genommen hatte.

»Roval – also seid Ihr entkommen«, erwiderte Laron, wobei er nicht mehr bewegte als seine Augen und Lippen.

»Mehr schlecht als recht. Ich war an Bord eines von Warsovrans Schiffen und ging meinem üblichen Gewerbe nach.«

»Der Spionage.«

»Korrekt. Die Kapitäne beschlossen, etwas Initiative an den Tag zu legen, und schickten drei Kundschafter als Scalticarier verkleidet an Land. Weil ich Scalticarisch wie ein Eingeborener spreche, wurde ich ausgesucht.«

»Könnte das irgendwas damit zu tun haben, dass Ihr in Scalticar geboren seid?«

»Gut möglich. Ich habe mich also als scalticarischer Kaufmann ausgegeben, der medizinische Essenzen verkauft, die ich mir aus den Schiffsbeständen geborgt habe. Ich habe in zwei Tagen siebenundzwanzig Silberkronen verdient.«

»Und die anderen?«

»Wurden erwischt, praktisch gleich als sie in die erste Taverne einkehrten und versuchten, zwei Bier zu bestellen. Einer ist an seinen Wunden gestorben: er hat ziemliche Gegenwehr geleistet. Der andere wurde gefasst und sollte gefoltert und verhört werden, aber es gelang ihm, eine Hand freizubekommen und seine Fingernägel abzulecken. Deren Überzug hat ihn binnen sechs Herzschlägen getötet.«

»Ich gehe davon aus, dass *Ihr* Eure Hände gewaschen habt?«

»O ja.«

Roval trank einen Schluck Inselwein, während Laron lediglich mit verschränkten Armen vor seinem unberührten Ale saß.

»Außerdem ist es gefährlich aus Acrema zu stammen«, sagte Roval. »Gerade jetzt. Auf Helion.«

»Warum?«

»Silbertod stammt aus einem acremanischen Schrein.«

»Wurde ursprünglich aber von darmarianischen Söldnern aus Torea gestohlen. Außerdem war es Warsovran, der ihn benutzt hat, um die Feuer der Hölle zu entfesseln.«

»Die Helioneser sind im Moment nicht sonderlich zugänglich für Vernunft, Logik, Geschichte, Tatsachen und jede andere Form klaren Denkens. Seit Eurer Ankunft sind neun Acremaner ermordet worden. Sogar der große Metrologe, Druskarl, hat Zuflucht in ihrem Schrein gesucht.«

»Wer ist dieser Druskarl eigentlich?«, fragte Laron mit einem Blick durch das Fenster auf den Schrein auf dem Vulkanhügel, der in der untergehenden Sonne rötlich schimmerte. »Mir fallen Dinge auf, und in Zantrias ist mir aufgefallen, dass sehr wichtige Leute ihn ehrerbietig wie einen König behandelt haben.«

Roval trank einen Schluck Wein. »Früher *war* er einmal ein König, und seine Armeen hätten es sogar mit denen Warsovrans aufnehmen können. Bei irgendeinem Scharmützel ist er für kurze Zeit seinen Feinden in die Hände gefallen. Zu seinem Unglück waren diese wenigen Stunden ausreichend für einige, äh, kreative Veränderungen an seinen Genitalien. Er beschloss, zu Gunsten seines Sohnes abzudanken. Jetzt streift er durch die Welt und versucht seine Eier wiederherzustellen.«

»Ein verständliches, aber vergebliches Unterfangen.«

»Silbertod könnte es.«

»Silbertod? Silbertod hat soeben einen ganzen Kontinent in Schlacke verwandelt, und er will ihn benutzen, um sich zwei neue Hoden zu bestellen?«

»Einigen sehr alten Chroniken zufolge, die ich gelesen habe, braucht Silbertod einen Wirt, um aktiv zu werden, und dieser Wirt muss einen vollständigen, gesunden Körper haben. Wenn Silbertod einen Wirtskörper bekommt, der nicht gesund und vollständig ist, unternimmt er Reparaturen. Er kann Jahrzehnte jünger machen, jede Krankheit kurieren, die grässlichsten Wunden heilen, kürzlich Verstorbene wieder zum Leben erwecken und natürlich auch neue Hoden wachsen lassen.«

»Während er gleichzeitig eine Folge von Feuerkreisen zur Detonation bringt.«

»Nun ja, dieses letzte Mal war der Preis ein wenig extrem. Trotzdem ist Warsovran zwei Jahrzehnte jünger aus Silbertods Diensten entlassen worden.«

»Woher wisst Ihr das?«

»Druskarl hat es mir erzählt. Könige wissen solche Dinge.«

Laron starrte einen Seemann an, der ganz besonders betrunken war und soeben über den Tisch gekotzt hatte, an dem er mit drei Einheimischen Karten spielte.

»Das hat er absichtlich gemacht, er hätte mit Sicherheit verloren«, sagte Laron. »Ich konnte von hier aus seine Karten sehen.«

»Also ist sein Name ›Abendessen‹?«

»Seemannsmahl, zweiter Klasse, wenn es Euch nichts ausmacht. Ich sehe es als meinen Beitrag zum Allgemeinwohl an.«

»Wo wir gerade vom Allgemeinwohl reden, was ist mit Silbertod?«

»Er ist weg, und das ist auch gut so.«

»Seid Ihr sicher?«

»Wie könnte er das Feuer überlebt haben, das einen ganzen Kontinent verbrannt hat?«

»Habt Ihr Euch vergewissert?«

»Vergewissert? Meine Holzschuhe waren schon nach ein paar hundert Schritten auf der Oberfläche Toreas verkohlt. Larmentel war über tausend Meilen weiter entfernt. Ich mag unsterblich sein, Roval, aber ich bin nicht unverwundbar, und ich *kann* zerstört werden. Verbrennt mich zu Asche oder lasst mich genügend Monate hungern, dann verliere ich die Herrschaft über diesen Leib und verblasse zu nichts.«

»Trotzdem, wir müssen Silbertod jetzt entweder bergen und zerstören oder seine Zerstörung nachweisen. Wenn wir es nicht tun, wird unsere ganze Welt bald den Weg gehen, den Torea beschritten hat.«

3

FAHRT NACH TOREA

Vom Anwesen des Gouverneurs gingen Terikel und Velander zur kleinen metrologischen Mission. Die sechs Diakonissinnen und die eine Priesterin erwarteten sie bereits und boten ein in aller Eile zubereitetes, aber dennoch beeindruckendes Abendessen auf. Nach dem Mahl führte die ortsansässige Priesterin Serionese die beiden ranghöheren Flüchtlinge in ihr kleines Arbeitszimmer. Sie nahmen auf Stühlen aus Seegras und Weiden Platz und erzählten die Geschichte von Toreas Tod noch einmal.

»Eure Geschichte ist entsetzlich, aber Ihr habt trotz allem überlebt«, sagte Serionese, während sie frisch gepressten Traubensaft einschenkte. »Seid Ihr sicher, dass sonst keine Priesterinnen mehr am Leben sind?«

»Sehr«, erwiderte Terikel, nachdem sie ihren Becher geleert hatte. »Ihr wart das einzige Mitglied der Schwesternschaft außerhalb der Reichweite der Feuerkreise. In Diomeda könnten noch zwei Diakone der Bruderschaft überlebt haben.«

»Natürlich werde ich den Orden, wie er hier existiert, sofort Eurer direkten Kontrolle unterstellen, Ehrwürdige Älteste Terikel«, versicherte Serionese ihrem Gast.

»Das wird nicht nötig sein«, erwiderte Terikel. »Ihr könnt den Schrein weiterführen.«

»Das ist sehr großzügig von Euch, Ehrwürdige Älteste, aber was bleibt dann für Euch zu tun?«

»Ich muss den Orden neu aufbauen. Der Schrein muss zu einem Tempel ausgebaut werden, damit wir Zeremonien durchführen und Priesterinnen ordinieren können. Ich habe den Gouverneur dazu gebracht, uns Arbeiter, Steine und Bauholz zur Verfügung zu stellen. Wenn unsere Zahl zunimmt, werde ich eine Lehrakademie auf Helion einrichten.«

»Aber, Ehrwürdige Älteste, dies ist nur eine Missionsstation. Wir arbeiten unter den Dirnen und den Armen und predigen Seeleuten aus fernen Ländern.«

»Was wir hier auf Helion haben, ist alles, was von der Metrologischen Schwesternschaft auf der ganzen Welt übrig geblieben ist. Helion *ist* jetzt Torea. Die vier Prinzipien unseres Ordens sind Lehre, Forschung, Liebe und Barmherzigkeit. Wir haben jetzt ein Monopol auf die Wissenschaften Toreas, also werden wir gefragt sein. Außerdem ist noch ein weiterer wichtiger Faktor zu berücksichtigen. Gouverneur Banzalo hat die Absicht, Torea für sich zu beanspruchen und zu kolonisieren.«

»Zu kolonisieren? Aber … Aber Helion hat nur siebzehntausend Einwohner, und zwölftausend davon sind Flüchtlinge. Viele leben auf Schiffen im Hafen.«

»Banzalo ist jetzt unser Herrscher, und so lautet sein Wunsch. Er schaut mit Wohlwollen auf uns, Ehrwürdige Serionese.«

Serioneses geballte Hand fuhr an ihren Mund. »›Ehrwürdige‹ ist nicht mein Titel, werte Älteste. Die ehemalige Älteste hielt es in ihrer Weisheit für angebracht, mich zur ›Anwärterin‹ zu degradieren. Es ging dabei um …«

Terikel gebot mit einer Geste Ruhe, lehnte sich zurück und schloss die Augen.

»Bringt mir etwas zu schreiben, dann stelle ich umgehend Euren alten Titel wieder her.«

»Aber mein Fall steht erst in zwei Jahren wieder zur Verhandlung an, Ehrwürdige Älteste.«

»Ich bin die Älteste und kann eine Verhandlung gewähren, wann immer ich will. Ich kenne Euren Fall, Aspirantin Serionese. Die Politik dahinter ist ebenso tot wie die Leute, die sie betrieben haben.«

Terikel schrieb eine Proklamation, die Serionese wieder in den Rang einer »Ehrwürdigen« erhob, eine weitere, die Velander und Serionese zu ihrem Konzil ernannte, und eine dritte, in der sie den Schrein nun zum Hauptquartier des Ordens erklärte. Die sechs Diakonissinnen wurden ins Allerheiligste gerufen, wo ihnen nahe gelegt wurde, sich auf eine kurzfristige Ordinationsprüfung vorzubereiten. Der Bronzegong des Schreins wurde siebenundzwanzigmal geschlagen, um zu verkünden, dass die Älteste anwesend war, und an Fortuna gerichtete Choräle wurden gesungen zum Dank dafür, dass die Schwesternschaft bei der Zerstörung Toreas verschont worden war.

»Ich erkläre nun die erste Sitzung des Konzils auf Helion für eröffnet«, verkündete Terikel, als die Choräle beendet waren. »Die Sitzungen sind normalerweise nur für Mitglieder, aber wir müssen die vor uns liegende Arbeit verteilen, über Eingaben entscheiden und mir etwaige lokale Angelegenheiten zur Kenntnis bringen. Gibt es neue oder unerledigte Eingaben?«

Velander erhob sich augenblicklich und zog eine Schriftrolle aus ihrem Ärmel. »Ich mache die Eingabe, dass es gute Gründe gibt, die Älteste unseres Ordens ihres Amtes zu entheben«, sagte sie in kaltem, angespanntem Tonfall.

Die acht anderen Frauen und Mädchen saßen einen Moment wie vom Donner gerührt da. Terikel sagte nichts, wurde aber so weiß wie der Gips an den Wänden.

»Eine Amtsenthebung?«, fragte Serionese nach, die kaum ihren Ohren traute.

»Auf der Fahrt hielt ich es für meine Pflicht, die Umstände unserer Flucht vor Warsovrans Höllenfeuer aufzuzeichnen. Dies ist ein Teil des Berichts von Laron Alisialar, Navigator und Medikus auf der *Shadowmoon*:

›In der vergangenen Nacht war unser Kapitän in der Stunde vor Mitternacht mit einer stark vermummten Frau an Bord gekommen. Er teilte mir mit, er habe eine Freundin mit an Bord gebracht, sie würden zusammen schlafen, und er dürfe nicht gestört werden. Irgendwann nach Sonnenaufgang kam der Kapitän an Deck und sagte, seine Freundin und er hätten verschlafen, und sie könne das Schiff nicht mehr verlassen, weil schon Tag sei. Ich wurde angewiesen, mich nach einer Verkleidung für Kapitän Ferans Gast umzusehen, so dass sie gehen könne, ohne ihre Identität preiszugeben. Minuten später taumelte die Ehrwürdige Velander an Bord, vollkommen erschöpft, und mahnte uns, sofort abzulegen und das Boot zu versenken, wenn wir dem Feuer entrinnen wollten, das sehr bald kommen werde.‹«

Velander schaute mit der Spur eines dünnen Grinsens auf den Lippen auf.

»Ich werde jetzt ein wenig überspringen, aber natürlich steht Euch frei, von dieser Schrift zu lesen, was Euch beliebt, Ehrwürdige Schwestern.

›Nachdem die *Shadowmoon* wieder aufgetaucht war, stellten wir fest, dass der Hafen von Zantrias ausgelöscht worden war. Die Luft war so wie aus der Esse einer Schmiede, und jede Spur von Leben war verbrannt. Ich half dabei, den Schoner zum Segeln klarzumachen, und da bemerkte ich, dass Kapitän Ferans Freundin der vergangenen Nacht die Ehrwürdige Terikel war. Sie war noch immer nur zum Teil bekleidet …‹«

»Das reicht!«, blaffte Terikel. »Ihr habt Euer Anliegen vorgetragen.«

»Ich erkläre das Verfahren zur Amtsenthebung der Ehrwürdigen Terikel vor diesem Konzil des Metrologischen Ordens für eröffnet«, erwiderte Velander. »Der Grund dafür ist, dass sie in eklatantem Widerspruch zum von ihr geleisteten Eid den Beischlaf vollzogen hat.«

»Ich habe die Regel, die den Beischlaf verbietet, für aufgehoben erklärt!«, erwiderte Terikel. »Ihr selbst wart Zeugin.«

»Und ich bestätige, dass Ihr dies getan habt, Ehrwürdige Älteste«, sagte Velander glatt und mit einem dünnen Lächeln. »Aber ich kann auch bestätigen, dass Eure Erklärung erst abgegeben wurde, *nachdem* der Feuerkreis die vorherige Älteste getötet hatte. Als Kapitän Feran mit Euch ins Bett ging, habt Ihr eine ordnungsgemäß bestehende Regel des Ordens verletzt.

Jetzt ist es an mir, Euch und der Ehrwürdigen Serionese, darüber abzustimmen, ob Ihr für das Amt der Ältesten geeignet seid.«

Eine Viertelminute später war Terikel als Älteste abgesetzt und durch Serionese ersetzt worden. Beides konnte mit einer Zweidrittelmehrheit aller Konzilsmitglieder durchgesetzt werden, und Velander und Serionese bildeten genau diese Mehrheit.

Die Sonne war bereits untergegangen, als Serionese Terikel und Velander für die erste ihrer Dienstpflichten in ihr Arbeitszimmer rief. Sie hatte sich die Zeit genommen, das Mobiliar neu anzuordnen, so dass der Steinwürfel, der ihre Wertsachen enthielt, ihren Stuhl vom Rest des Raumes trennte. Den Stuhl hatte sie mit einem Purpurvorhang drapiert. Die Diakonissinnen hatten die hölzernen Besucherstühle entfernt und sie durch Weidenhocker ersetzt, damit Besuchern sofort klar war, wer das Sagen hatte. Die Regale hinter ihr enthielten mehr als drei Viertel der Bücher und Schriftrollen, die es auf der ganzen Insel gab, und trugen zusätzlich zu ihrer Autorität bei. Auf dem Steinwürfel standen vier Becher und ein Krug mit Traubensaft.

Eine Diakonissin kündete Velander an. Serionese befahl ihrer Stellvertreterin, einen der Weidenhocker rechts neben ihren Stuhl zu stellen, und ließ dann Terikel rufen. Terikel trat ein, sah sich um, blieb dann vor dem Steinwürfel stehen und verschränkte die Arme.

»Ehrwürdige Schwester, dies ist eine disziplinarische Anhörung«, warnte Serionese. »Euer unverschämtes Betragen …«

»Ehrwürdige Älteste, wenn Ihr den Wach-Autonen von Eurem Tresorfach nehmt und mir Euer gesamtes Geld gebt, werde ich die Ordinationsurkunden Eurer Diakonissinnen unterzeichnen. Andernfalls stirbt dieser Orden, wenn die Letzte von uns stirbt, und Ihr werdet *niemals* über mehr Priesterinnen verfügen als über die Ehrwürdige Velander.«

»Ihr droht …«

»Das tue ich gewiss. Ich habe außerdem den Verdacht, dass der Gouverneur seine Schirmherrschaft auf die Bluthoriker übertragen wird, weil deren hiesiger Patriarch die Befugnis hat, Priester zu ordinieren. Fünf Priester können einen neuen Patriarchen wählen und, nun ja, sie scheinen eine Zukunft zu haben – und das ist mehr, als ich von den Metrologen behaupten kann, wenn sich Eure Einstellung nicht ändert.«

Serionese hatte viel mehr Übung darin, nachteilige Entscheidungen akzeptieren zu müssen, als selbst solche auszusprechen. Mittlerweile war sie kalkweiß wie von der Sonne ausgebleichte Knochen, aber ihr Verstand folgte in Windeseile allen Pfaden der Logik und der Bestimmungen, die Terikel bereits während ihrer durchaus häufigen Mußestunden erforscht hatte.

»Ehrwürdige Velander, stellt sechs Ordinationsurkunden aus und unterzeichnet alle«, zischte Serionese, während sie innerlich die Zähne zusammenbiss. »Leere Blätter liegen im untersten Regal links von mir.«

Dann stand sie auf und trat vor das Tresorfach. Sie nahm das Service herunter und legte die Hand mit gespreizten Fingern auf die Oberfläche. Rote Funken und Ranken brodelten ringsherum hoch, dann gab es einen dumpfen Schlag. Der massive Steindeckel öffnete sich an einer Ecke, und zwei Goldpokale, eine Zeremonienlampe und ein Kattunbeutel kamen zum Vorschein. Serionese hauchte sich Kraftranken in die Hand und griff dann in den Würfel. Die Feuerranken des Wach-Autonen loderten um ihre Haut, erkannten sie jedoch. Sie holte den Beutel heraus.

»In diesem Beutel sind einundfünfzig Goldzirkare«, zwang sich Serionese zu sagen.

»Ich werde Euch eine Quittung schreiben.«

»Ich lasse Euch ausschließen, bevor die Tinte trocken ist!«

»Nein, das könnt Ihr gar nicht. Der Ausschluss einer Priesterin ist eine ernste Angelegenheit. Er bedarf einer Mehrheit der Konziliums –«

»Ich gebiete über solch eine Mehrheit!«

»– mitglieder, die dem Orden mindestens fünfzehn Jahre angehören. Ihr könnt eine Älteste absetzen oder eine Priesterin zur ›Anwärterin‹ degradieren, aber Ihr könnt ohne eine Mehrheit langjähriger Ordensmitglieder keine Priesterin ausschließen und nicht einmal die für den Ausschluss relevanten Regeln ändern. Seltsamerweise kann die Älteste ganz allein über die Regeln bezüglich sexuellen Fehlverhaltens bestimmen, also steht es Euch frei, meine letzte Entscheidung in dieser Frage nach Belieben zu verändern.«

In der Abgeschiedenheit seines kleinen Zimmers in seinem Gasthof hauchte Laron seine soeben erneuerten ätherischen Energien in den Becher aus schwarzem Glas und legte den Grünstein darauf. Fast unmittelbar tauchte das kleine Gesicht wieder in den trüben grünen Tiefen der Kugel auf und sah ihn an.

»Laron, du rufst mich wieder«, sagte das Auton-Mädchen.

»Und wir haben Helion erreicht! Ich habe reichlich zu essen und war sogar schon auf dem Markt. Du wirst niemals erraten, was ich dort entdeckt habe.«

»Ich kann nicht raten, das stimmt.«

»Es ist etwas für dich.«

»Für mich? Ich bin dir sehr verbunden.«

Den Worten fehlte jegliche Intonation, aber wer wusste schon, was für Gefühle ein Auton haben mochte?, überlegte Laron. Er öffnete die Fensterläden und trug die Äthermaschine ans Fenster.

»Was siehst du?«, fragte er.

»Nur dich. Verschwommen, in größerem Abstand.«

»Wie ist es jetzt?«

Er hielt ein kurzes Rohr an die Grünsteinkugel, und das gefangene Wesen stieß einen kleinen Seufzer aus.

»Ah! Ja! Ein Bild. Du zeigst mir … ein Bild.«

Laron ließ sich seine Enttäuschung nicht anmerken. Sie kannte nur wenig jenseits ihrer Orakelkugel.

»Auf dem Markt habe ich die Glasbestandteile für diverse Fernrohre und andere Vorrichtungen entdeckt«, erklärte Laron.

»Ich musste ungefähr eine Stunde mit ihrer Anordnung experimentieren, bis ich damit die Verzerrung der Kugel ausgleichen konnte. Das ist kein Bild, sondern die wirkliche Welt.«

»Ah! Wunderbar, bezaubernd«, erwiderte das Auton-Mädchen tonlos.

»Ich kann dich noch nicht aus dieser Orakelkugel holen, aber wenigstens kann ich deiner Seele ein Fenster zum Hinausschauen öffnen. Bald wirst du frei sein, das verspreche ich.«

»Was bedeutet ›frei‹?«

Laron richtete den Apparat mit den Linsen auf sich selbst, dann setzte er sich auf das Bett und nahm den Dreispitz ab. Langsam löste er sein Stirnband, dann klopfte er gegen etwas Unsichtbares rechts von seiner Stirn. Ein silbriger Reif mit Speichen materialisierte, die in seinen Haaren verschwanden. In der Mitte des Reifs, von drei Krallen gehalten, befand sich eine kleine violette Kugel mit einem eigenartigen metallischen Glanz.

Laron hob die Hand und zeigte auf seine eigene Orakelkugel.

»Liebe Nona, frei ist, was ich bin, obwohl ich immer noch hier drinnen bin«, sagte er ernst.

Am nächsten Morgen saß die Ehrwürdige Älteste Serionese im Arbeitszimmer und dachte über ihre Lage nach. Der Verkauf ihrer gesamten Weinvorräte hatte fünf Goldzirkare in die Schatzkammer gespült, und die Handwerker des Gouverneurs bauten den Schrein bereits zu einem Tempel aus. Abgesehen von der persönlichen Demütigung hatte Terikels Abgang keinen übermäßigen Schaden angerichtet. Wie Banzalo witterte auch Serionese im Zuge der Zerstörung Toreas persönliche Chancen.

»Ein kleines Nest, aber es gehört mir«, sinnierte Serionese, während sie ihr Regal mit Büchern und Schriftrollen betrachtete und dann durch das Fenster schaute.

Sie blickte auf die Weinstöcke, die den Berghang bedeckten und weiter unten Schafen auf den Feldern wichen, sowie eine gewundene Straße dazwischen, die nach Port Wayside führte. Der Weinberg gehörte dem Metrologischen Orden, der damit einen wichtigen Bestandteil von Helions Wirtschaft bildete. Serionese beugte sich vor – ein Mann kam mit forschen Schritten den steilen Hang herauf. Sie nahm das Fernrohr des Schreins und richtete es auf den Besucher. Er war wie ein Kaufmann aus Acrema gekleidet, hatte aber keinen Musterkoffer bei sich. Das konnte bedeuten, dass er sehr arm war, doch seine Kleidung schien aus teurem Stoff und gut geschnitten zu sein. Dann war er also ein reicher Kaufmann, der über einen Musterkoffer erhaben war. Serionese nahm eiligst noch ein paar letzte Veränderungen in ihrem Arbeitszimmer vor, wählte ein dickes Buch über das Schmieden ätherischer Energien mit Worten aus und setzte sich auf eine Bank neben dem Fenster. Schließlich brachte ihr eine Diakonissin die Nachricht, Kaufmann Roval sei eingetroffen und wünsche eine Audienz.

Der Mann, der eintrat, war über dreißig und hatte extrem kurze Haare, aber als er seinen Wanderumhang ablegte, konnte man eher die Statur eines Kriegers als die weichen Rundungen eines erfolgreichen Kaufmanns erkennen. Die beiden Ringe an seinen Fingern bestanden aus schlichtem Silber, das mit Gravuren verziert war.

»Fasst Euch bitte kurz, ich bin sehr beschäftigt«, sagte Serionese in makellosem Diomedanisch.

Der Mann blinzelte und lächelte breit. »Seid gegrüßt, junge Ehrwürdige Älteste Serionese, und ich gratuliere Euch zu Eurem Diomedanisch. Ich bin in der Tat beeindruckt.«

Roval hatte von der Diakonissin, die ihn eingelassen hatte, von dem Wechsel in der Führungsspitze erfahren und seine Strategie mit erstaunlicher Geschwindigkeit überdacht.

»Ihr seid kein Kaufmann«, stellte Serionese fest.

Roval blinzelte wiederum. Serioneses Bemerkung war als Kompliment gedacht gewesen, und sie war im Begriff zu ergänzen, er sehe aus wie ein Krieger von edler Abstammung.

»Jetzt bin ich wahrhaftig beeindruckt von Euren Informationsquellen, Ehrwürdige Vorsteherin. Im Namen des Hohen Zirkels der Scalticarischen Initiaten grüße ich Euch noch einmal.«

Serionese senkte den Blick, um ihre Überraschung zu verbergen, und deutete auf das andere Ende der Bank. Der Hohe Zirkel war in Bezug auf die Bildung seiner Mitglieder nur mit dem Metrologischen Orden zu vergleichen, aber er war weitaus geheimnistuerischer in seinen Lehren und Aktivitäten.

»Ich fürchte, Eure Brüder und Schwestern sind uns Metrologen jetzt zahlenmäßig überlegen«, stellte Serionese wehmütig fest, während Roval Platz nahm. »Ich habe über einen gewissen Grad zukünftiger Zusammenarbeit mit Eurem Orden nachgedacht, aber gegenwärtig habe ich wichtigere Dinge im Kopf.«

»Wie ich sehe, studiert Ihr ätherische Energien«, sagte er und deutete mit einer verschnörkelten Geste auf das Buch in ihrem Schoß.

»Diese Energien haben Torea zerstört. Tatsächlich hat meine Stellvertreterin Velander vorausgesehen, was geschehen würde – weshalb sie hier und noch am Leben ist. Mein Interesse gilt nun der Frage, was man gegen sie tun kann.«

Roval beugte sich vor und verschränkte die Hände. »Habt Ihr von Silbertod gehört?«, fragte er.

»Jeder hat davon gehört«, erwiderte sie reserviert. »Wenn Toreas Untergang überhaupt zu etwas Gutem geführt hat, dann zu Silbertods Zerstörung.«

»Silbertod wurde nicht zerstört. Der Hohe Zirkel glaubt, dass er in den Ruinen von Larmentel liegt.« Plötzlich sehr lebhaft, beugte Roval sich noch weiter vor. »Wir *müssen* ein Schiff nach Torea zurücksenden, Silbertod finden und ihn für immer von unserer Welt entfernen.«

»Dann tut es.«

»Ich kann kein Schiff bezahlen.«

»Ah.«

»Ihr habt Geld, Ehrwürdige Älteste, und steht in der Gunst des Gouverneurs.«

»Warum wendet Ihr Euch nicht selbst an den Gouverneur?«

»Ich kann mich nicht direkt an ihn wenden.«

»Warum nicht?«

»Wenn ich ganz offen sprechen darf, der Gouverneur ist ein

ehrgeiziger Herrscher – und ein ehrgeiziger Herrscher hat Torea mit Silbertod zerstört. Acremanische und scalticarische Zauberer haben Silbertod jahrhundertelang bewacht. Sie haben bewiesen, dass man ihnen vertrauen kann.«

»Ich verstehe«, sagte Serionese wachsam. »Was benötigt Ihr?«

»Ein vollständig bemanntes und ausgerüstetes hochseetüchtiges Handelsschiff, dessen Kapitän unter meiner Verantwortung steht. Wir würden zu den Ruinen Gironals segeln, und von dort könnten wir mit einem Beiboot flussaufwärts bis ein paar Meilen vor Larmentel rudern. Die Besatzung könnte in der Zwischenzeit in den Ruinen nach Gold und Silber graben, also würde das Unternehmen auch einen Gewinn für Euch abwerfen.«

»Ich … habe gewisse Reserven, die ich erübrigen könnte. Also gut, aber nur unter der Voraussetzung, dass drei von meinen Leuten die Fahrt ebenfalls mitmachen.«

Roval dachte rasch nach. Seine Lage war prekär und schnelle Reaktionen wichtig.

»Ich bin einverstanden. Wir müssen einander vertrauen, also …«

»Bitte, ich bin noch nicht fertig. Ich habe gewisse Bedingungen und Vorbehalte.«

»Bedingungen und Vorbehalte?«, wiederholte Roval mit bösen Vorahnungen.

»Ich mag hier nur über zwei Priesterinnen und einen einzigen Schrein herrschen, aber ich habe immer noch die Autorität einer Ältesten des Metrologischen Ordens. Wenn ich Euch Gold gebe, will ich dafür gewisse Dinge als Gegenleistung.«

»Wie zum Beispiel?«

»Wie zum Beispiel einen Sitz im Hohen Zirkel, die Erlaubnis, Missionare auf Euren Kontinent zu entsenden, sowie eine Priesterin und zwei Leibwächter, um die Bergung Silbertods zu überwachen.«

Roval dachte erneut nach, den finsteren Blick auf den kleinen Teppich auf dem Boden gerichtet.

»Ich kann Euren beiden ersten Forderungen nicht nachgeben, ohne mit dem Hohen Zirkel Rücksprache gehalten zu haben, und die Zeit läuft uns davon. Irgendjemand könnte inzwischen zufällig Silbertod finden und den Vernichtungsprozess wieder in Gang setzen.«

»Dann werdet Ihr eben einen Weg finden müssen, den Hohen Zirkel schneller um eine Entscheidung zu bitten. Ich wünsche Euch einen schönen Nachmittag, Nicht-nur-Kaufmann Roval.«

Roval stand ihr mit in die Hüften gestemmten Händen gegenüber, presste die Lippen aufeinander und starrte sie mit großen Augen an. Serionese hatte einen Schuss ins Blaue abgefeuert und wider Erwarten einen Nerv getroffen. Triumph blitzte in den Augen der Ältesten auf, als sich Roval mit schnellen Schritten den Berghang hinunter entfernte. Plötzlich hatte sie etwas aufzuweisen, plötzlich war sie nicht mehr dazu verdammt, das Leben damit zu verbringen, den Orden mit ein paar Dutzend Priesterinnen auf diesem Fleckchen Land inmitten des Plazidischen Ozeans wieder aufzubauen. Was immer er auch im Schilde führte, es konnte von beachtlichem Wert für sie sein.

Sie stellte das Buch über das Ätherschmieden wieder zurück ins Regal, hielt dann inne, streckte sich und wählte ein Buch über Scalticarische Grammatik und Vokabeln. Erfreut stellte sie fest, dass in diesem weit entfernt liegenden Land mit einem Wirrwarr regionaler Sprechweisen und Dialekte eine gemeinsame Sprache gelehrt wurde. Sie schlenderte zum Fenster und schaute Roval hinterher, der nur noch als Punkt in der Landschaft auszumachen war und sich immer weiter entfernte.

»*Dulf weildera*, Roval«, schickte sie ihm wie zum Abschied hinterher, dann rief sie nach einer Diakonissin. »Überbringt Gouverneur Banzalo eine Nachricht von mir.«

Laron hörte den Pöbel Helions und sah dessen Beute bereits, bevor die Meute in Sicht kam. Ein stämmiger dunkelhäutiger Acremaner kam um die Ecke gerannt, stolperte über einen Haufen Holz von zerbrochenen Fässern und lief dann weiter.

Laron drückte sich eng an eine Mauer, als der keuchende, nach Schweiß und Angst riechende Acremaner vorbeirannte und sich gerade noch rechtzeitig hinter einen Müllhaufen duckte, bevor der Erste der Meute um die Ecke kam.

»Da ist er!«

»Ekelhafter acremanischer Bastard!«

»Fangt ihn!«

»Sie haben Torea zerstört!«

In diesem Augenblick merkte Laron, dass sie *ihn* entdeckt hatten und anschrien. Acremanische Hautfarbe variierte von Rabenschwarz bis Goldbraun, während Larons Haut kreideweiß war – abgesehen von den Pickeln im Gesicht. Dieser wesentliche Unterschied schien dem Pöbel jedoch nicht aufzufallen. Laron war mit der Meute allein in der engen Gasse.

»Ich bin aus Scalticar«, sagte Laron mit kalter, niveauvoller Stimme.

Er nahm schnell den Hut ab, um zu zeigen, dass seine Haut blass und sein Haar nicht dicht gelockt war, gleichzeitig zog er die Axt aus dem Gürtel. Der Pöbel suchte lediglich nach einem Opfer, daher war seine Herkunft nur von geringer Bedeutung.

»Er hat sein Gesicht mit Kreide bemalt – fangt ihn!«, grölte jemand, und die Meute rückte näher.

Laron hackte und schlug um sich, benutzte die Axt dabei aber eher, um die Meute zu erschrecken, denn zum Töten. Die meisten von ihnen waren zwar Schlägereien gewöhnt, aber keiner war ein geübter und erfahrener Kämpfer. Als sich schließlich der Kreis von blutbespritzten, zaudernden Männern und Frauen von Laron zurückgezogen hatte, lagen drei von ihnen zu seinen Füßen. Zwei bewegten sich nicht mehr.

»Verdammter Acremaner, du hast Torea vernichtet!«, brüllte ein Steinmetz mit gebrochener Nase.

»Schaut mich an!«, rief Laron zurück. »Ich bin nicht nur Scalticarer, ich bin auch Offizier!«

Sofort schlug ihre Agression in Angst um, und die Gruppe zerstreute sich. Offiziere aller seetüchtigen Schiffe galten als niederer Adel, und der Angriff auf einen Adeligen – egal welcher

Nationalität – wurde mit dem Tode bestraft. Der Angriff auf einen Adeligen mit Titel hatte den Tod durch Folter zur Folge. Wäre der wirkliche Acremaner still hinter den Lumpen und dem verrottenden Gemüse geblieben, hätte er der Meute wohl entkommen können, doch er wählte ausgerechnet diesen Moment, um einen Fluchtversuch zu starten.

»Seht mal da – der Acremaner!«, schrie jemand gellend.

Der Flüchtige schaffte weitere zehn Schritte, bevor er eingeholt war. Die Meute rückte näher, alle waren scharf darauf, dabei zu sein, wenn er zur Strecke gebracht wurde. Obwohl der Acremaner jetzt in die Enge getrieben und ohne jegliche Hoffnung war, wehrte er sich gegen die Hiebe, die auf ihn einprasselten. Er stürzte vorwärts, packte den vordersten Mann und stieß mit dem Kopf heftig gegen dessen Stirn, riss ihm den Stock aus den Händen und schlug damit einem anderen mitten ins Gesicht. Jemand sprang auf seinen Rücken und stach auf ihn ein; erst als der Acremaner ihn an den Haaren packte und wegzerrte, ließ er wieder los.

In der Zwischenzeit schleppte Laron den bewusstlosen Mann, der ihn einige Augenblicke zuvor angegriffen hatte, hinter eine Handkarre. Als der Vampyr wieder auftauchte, entfernte sich die johlende Meute gerade mit dem blutüberströmten Kopf des Acremaners, den sie aufgespießt auf einer Pike hochhielten, durch die schmale Gasse.

Laron untersuchte die beiden anderen Männer, die er niedergestreckt hatte, doch keiner der beiden hatte noch einen Puls. Und der geköpfte Acremaner war sogar noch offensichtlicher tot.

»So eine Vergeudung, so eine unverantwortliche Vergeudung«, sagte Laron und schüttelte traurig den Kopf.

Die neue Älteste entschied, dass die Kisten voller Bücher, Register und Aufzeichnungen, die Druskarl von Torea hergebracht hatte, ausgeladen und zu einer der Höhlen geschafft werden sollten, die zur Lagerung von Wein benutzt wurden. Velander verglich die bereits ausgeladenen Kisten gerade mit einer Liste, als Druskarl mit einer weiteren Kiste auf der Ladungsbrücke des Hochsee-Kauffahrers auftauchte.

»Schwer zu glauben«, sagte der acremanische Eunuch.

»Aber Torea ist wirklich in Rauch und Asche aufgegangen«, antwortete Velander geistesabwesend.

»Nein, Eure Verurteilung Terikels.«

Sofort versteifte sich Velander auf ihre Position. »Sie wurde wegen Amtsvergehens regelgerecht sowie rechtsgültig angeklagt und mit einer Mehrheit von zwei zu einer Stimme verurteilt. Es war ein klarer Fall, die Entscheidung war in wenigen Minuten gefallen. Die letzte Älteste, die angeklagt war, wurde erst nach fünf Jahren und vielen Anhörungen abgesetzt.«

»Trotzdem schwer zu glauben«, beharrte Druskarl, »ich habe mit Laron gesprochen – er hat mir alles erzählt.«

»Was denkt Ihr über ihr Benehmen?«, fragte Velander.

»Sie hatte Pech. Sie wurde erwischt.«

Velander lachte freudlos. »Und das ist alles?«

»Ja.«

»Aber sie hat mich betrogen!«

»Ihr hattet auch Pech.«

Velander lief mit verschränkten Armen rastlos hin und her. »Ihr seid ein Eunuch. Wie wollt Ihr schon Gefühle verstehen?«, erklärte sie plötzlich. *Gefühle*, dachte sie, als die Worte über ihre Lippen kamen, und sofort bereute sie das Gesagte.

Druskarl räuperte sich. »Vor nicht allzu langer Zeit – um genau zu sein vor fünf Jahren – gab es einen König, der die Nordküste Acremas beherrschte. Der König war weise und gerecht, sehr stark und erstaunlich attraktiv. Die Königin hatte dennoch eine Vorliebe für den Hauptmann der königlichen Garde. Zwei Jahre lang trafen sich die beiden heimlich in den königlichen Schlafgemächern. Irgendwann waren sie wohl einmal zu sorglos mit der Verhütung umgegangen, denn sie wurde schwanger. Wie es das Schicksal wollte, wusste der König, dass nicht er der Vater sein konnte.«

»Also ließ er die beiden töten«, vermutete Velander sofort.

»O nein. Der König war ja weise und gerecht. Die Königin bat ihn mit einer wortgewandten und leidenschaftlichen Verteidigungsrede um Gnade. ›Wäre ich nicht schwanger geworden, hättet Ihr dann überhaupt davon erfahren?‹, brachte sie vor. ›Und wenn Ihr davon gewusst hättet, hättet Ihr Euch überhaupt darum gekümmert?‹ Der König pflichtete ihr bei und verzieh ihr.«

»Das glaube ich nicht!«, rief Velander. »Niemand toleriert einen Konkurrenten in dieser Angelegenheit.«

»Das stimmt wohl. In derselben Nacht ließ er den Hauptmann in die geheimen königlichen Gemächer führen. Dort wurde er gezwungen, ein Rücktrittsgesuch zu unterschreiben, um eine lange Pilgerreise antreten zu können. Dann tötete der König den Hauptmann, gab dessen Rücktritt bekannt und ernannte einen neuen Hauptmann. In der darauf folgenden Nacht zog er dem Leichnam königliche Gewänder und eine goldene Gemächtkapsel an, dann warf er ihn in einen Gartenteich voll kleiner Fische mit scharfen Zähnen. Nachdem die Fische nur noch einen unkenntlichen Rest der Leiche übrig gelassen hatten, verließ der König den Palast in Gewändern aus Sackleinen und ging auf Wallfahrt. Der junge Prinz sollte an seinem fünfzehnten Geburtstag zum König gekrönt werden.«

Velander klopfte mit einem Fuß auf den Boden und hatte den Kopf schief gelegt. »Jetzt erzählt mir nicht, dass Ihr der König seid.«

»Und doch ist es die Wahrheit.«

»Und unbeweisbar. Die Welt ist voll von Bettlern, die vorgeben, Könige und Prinzen zu sein, und gewöhnlich erpicht darauf sind, einen königlichen Erben mit jedem Mädchen zu zeugen, das dumm genug ist, ihnen zu glauben. Und überhaupt – warum ist der Hauptmann nicht einfach diskret getötet worden?«

»Der König musste die Königin zum Schweigen bringen und alle Beweise dafür vernichten, dass das Kind nicht von ihm war. Damit konnte er einen blutigen Krieg um die Nachfolge unter den Kindern seiner Brüder vermeiden.«

»Eure Worte ergeben für mich immer noch keinen Sinn.«

»Als die königlichen Bestatter die goldene Gemächtkapsel vom Leichnam entfernt hatten, bemerkten sie, dass der königliche Penis und die Hoden unversehrt geblieben waren. Dies war zweifellos eine Überraschung für die Königin, aber wenn sie aus Protest verkündet hätte, der König sei ein Eunuch gewesen, hätte festgestanden, dass es nicht sein Leichnam sein konnte. In diesem Fall wäre die Legitimität ihres Sohnes in Zweifel gezogen worden. Sie hatte Verstand genug, sich still zu verhalten. Ihr Sohn starb im Alter von zwei Jahren an einem Fieber, daher herrscht sie bis heute als Regentin und holt wahrscheinlich die am besten ausgestatteten Palastwachen in ihr Bett.«

Inzwischen war Velander blass geworden und hatte sich auf einer Kiste niedergelassen. »Wann?«, fragte sie schließlich, dann fügte sie hinzu: »Und wie?«

»Vor acht Jahren. Ich führte meine Armeen an vorderster Front an und wurde bei einem Scharmützel gefangen genommen. Die feindlichen Kämpfer ergötzten sich daran, ein paar kreative Arten der Verstümmelung an mir auszuprobieren, unter anderem eben auch eine Kastration. Am nächsten Tag vernichteten meine eigenen Leute sie bis auf den letzten Mann und befreiten mich. Ich behandelte meine Wunden selbst, und so erfuhr nur die Königin jemals die Wahrheit.«

Druskarl stand auf und setzte sich wieder in Richtung Schiff in Bewegung. Velander ging ihm nach.

»Mit Euren Worten deutet Ihr an, ich hätte niemals von Terikel und Feran erfahren, wenn es keine Feuerkreise gegeben hätte.«

»Richtig.«

»Aber ich würde mit einer Lüge leben!«

»Mit wie vielen anderen Lügen lebt Ihr?«

»Woher soll ich das wissen!«, rief sie ärgerlich. »Serionese mag rachsüchtig und langweilig sein, aber sie hat keine Regeln gebrochen. Ich *verehre* Mathematik, Logik und Regeln.«

In diesem Moment saß Terikel nicht weit entfernt auf einem Poller im Hafen. Sie betrachtete den kleinen Schoner, auf dem sie neun Wochen lang unangefochten als Metrologische Älteste anerkannt gewesen war. Es lag zwar immer noch in ihrer Macht, ein Veto gegen die Berufung der zukünftigen Priesterinnen einzulegen, ein solch boshaftes Verhalten hätte sie jedoch auf eine Stufe mit Serionese und Velander gestellt, und allein diese Vorstellung widerte sie an.

»Ich werde nach Torea zurückkehren«, erklärte eine unangenehm hohe Stimme neben ihr.

Sie drehte sich zu Laron um. Er war mit Spritzern von geronnenem Blut bedeckt und hatte Prellungen im Gesicht.

»Was ist Euch widerfahren?«, rief sie.

»Ich brauche Eure Hilfe«, sagte er und ging ohne Beantwortung ihrer Frage weiter.

Terikel breitete ihre Arme aus. »*Meine* Hilfe? Ich bin kein Medikus. Wer hat Euch angegriffen?«

»Welchen Einfluss habt Ihr noch bei den Metrologen?«, fragte er, ohne auf ihre zweite Frage einzugehen.

Das Wort »Metrologen« brachte Terikel sichtlich auf. »Was habt Ihr mit denen zu tun?«

»Heute Morgen wurde einer meiner Kollegen festgenommen und eingesperrt. Kurz danach gab der Gouverneur den Befehl, bis auf weiteres allen Schiffen die Abfahrt zu untersagen. Ich habe Grund zu der Annahme, dass mein Kollege von der Ehrwürdigen Serionese betrogen wurde.«

»Betrug ist eine neue Mode bei den Metrologen.«

»Tratsch anscheinend auch. Letzte Nacht habt Ihr über vier Dutzend Goldzirkare dafür berechnet, die Schriftrollen für die Ordination der Diakonissinnen zu unterschreiben.«

»Stimmt. Wollt Ihr ein Darlehen?«

»Ja, genau. Ich will die *Shadowmoon* reparieren und mit ihr nach Torea zurückkehren. Zimmerleute und Schiffsbauer arbeiten nicht ohne Entgelt, Händler sind auch nicht für ihre Wohltätigkeit bekannt, und sogar die Mannschaft der *Shadowmoon* würde eine Entlohnung begrüßen.«

»Warum Torea? Wir sind gerade durch zehn Stufen der Hölle gegangen, um Torea zu *entfliehen.*«

»In Torea liegt überall geschmolzenes Gold und Silber herum. Wir können es dort also zwischen den Ruinen aufsammeln und Euch die Investition mehr als hundertfach zurückzahlen. Dann würden wir nach Diomeda segeln, dort könnten wir gewiss sehr gut leben.«

Terikel musste nicht lange über den Vorschlag nachdenken. Mit einundfünfzig Zirkaren konnte sie sich die Überfahrt nach Diomeda leisten und hätte dann noch genug Geld, um ein kleines Handelsgeschäft zu eröffnen. *Fünftausend* Zirkare konnten ihr eine ganz andere Lebensführung ermöglichen.

»Ach, darum dürfen keine Schiffe den Hafen verlassen«, stellte sie fest. »Banzalo will das geschmolzene Vermögen von Torea für sich allein.«

»Ja.«

»Was sollte mich daran hindern, Euch an Banzalo zu verraten, so wie es die Älteste mit Eurem Kollegen gemacht hat?«

Terikel hatte Laron noch nie lächeln sehen. Nun zog er langsam die Mundwinkel nach oben – und entblößte dabei seine beiden Reißzähne, die dreimal länger als normale obere Eckzähne waren und sehr spitz zuliefen.

Terikel schrie leise auf und rutschte seitwärts von dem Poller, so dass dieser jetzt zwischen ihr und Laron stand. Mit offensichtlicher Anstrengung presste er seine Lippen wieder zusammen. Er konnte nicht sofort sprechen und schien um seine Selbstbeherrschung zu ringen.

»Bitte, kommt nicht näher«, sagte Terikel mit zittriger Stimme und legte eine Hand an den Hals.

»Ich habe heute Morgen bereits Nahrung zu mir genommen, habt keine Angst.«

»Was seid Ihr?«

»Verratet mich und ich werde Euch auf meine Art zum Frühstück, Mittagessen oder Abendessen verspeisen, je nachdem, wann ich Euch erwische. Andererseits kann ich ein sehr starker Verbündeter sein … Nun?«

»Ich komme mit Euch, ich komme mit Euch.«

Unter Aufbringung all ihres Mutes umrundete Terikel den Poller. Laron zerrte ein Stück aus seinem neuen Bart und leckte über die Unterseite. Auf seiner Haut konnte man den zarten Flaum eines nachwachsenden Bartes und einige Aknenarben sehen. Er drückte das Haarbüschel wieder zurück an seinen Platz.

»Wie alt seid Ihr wirklich?«, fragte sie.

»Sehr, *sehr* alt.«

»Ihr altert nicht mehr?«

»Das ist schwierig, wenn man längst tot ist.«

»Also ... Ihr habt Euch – sagen wir in den letzten zehn Jahren – nicht verändert.«

»Schon länger nicht. Ich danke Euch, dass Ihr Euch bereit erklärt habt, mir zu helfen, aber Miral ist fast untergegangen, und ich muss mich bald ausruhen.«

»Dann kommt auf dem Weg mit mir in die Herberge – ich habe ein paar Goldzirkare für Euch.«

»Das werde ich tun, und sobald ich Euer Gold habe, werde ich Euch möglicherweise erzählen, was wir außerdem in Torea zu finden hoffen.«

In dieser Nacht gab es eine heftige Explosion und einen Blitzschlag in der Nähe des Schreins. Später verkündete Serionese, der Blitz habe zwei Diakonissinnen getroffen und getötet, die auf dem offenen Platz meditiert hätten. Sie konnte allerdings nicht erklären, wie der Blitz in einem wolkenlosen Himmel entstanden war.

Serionese und Banzalo waren beide der Meinung, die Einwohner Helions müssten die Herrscher und Respektspersonen aktiv und bei der Arbeit erleben, damit diese sich ihrer Gefolgschaft weiterhin sicher sein könnten. Daher hielten sie die Ordinationszeremonie als Einführung der neuen Priesterinnen schon allein als öffentliches Spektakel für wichtig. Jeder abkömmliche Handwerker der Insel wurde aufgefordert, bei dem Ausbau des Schreins zu einem Tempel zu helfen. Eine hölzerne Zwischenwand wurde eingezogen, um ein inneres Allerheiligstes zu schaffen. Draußen auf dem Vorplatz, der einen Ausblick auf das Meer eröffnete, erklangen die Hammer- und Meißelschläge der Männer, die den offenen Herd aus schwarzem Stein in Gestalt einer großen Klauenhand errichteten. Hier würde in ein paar Tagen jede der Diakonissinnen nacheinander die Nachtwache halten. Selbst jetzt kamen immer wieder neue Inselbewohner, um wertvolles Treibholz und Reisigbündel als Brennmaterial zu stiften.

»Die Regeln müssen den besonderen Umständen angepasst werden«, erklärte Serionese Velander, als sie die Arbeiten an der steinernen Feuerstelle überprüften. »Die Diakonissinnen werden ihre Nachtwachen jeweils im Abstand eines Tages antreten, so dass der Herd vier aufeinander folgende Nächte brennen wird.«

Im Westen versank die Sonne in grellem Rot im Staubnebel des verbrannten Kontinents. Die Überlebenden dachten bei diesem Anblick eher an Blut als an die Schönheit der Natur. Jeder Sonnenaufgang und -untergang erinnerte Velander an das ungeheure Ding, das ihren Kontinent ausgelöscht und diese Farben an den Himmel gezaubert hatte. Aber das Leben musste weitergehen, und andere Dinge erforderten ihre Aufmerksamkeit.

»Was machen wir mit den Archivkisten?«, fragte Velander.

»Ihr Inhalt muss von großer Wichtigkeit sein. Ich habe vorher noch nie von solch mächtigen Wach-Autonen gehört, die nur zur Bewachung von Archivalien und Büchern abgestellt wurden. Vielleicht kann alles nur von einer Priesterin entschlüsselt werden?«

»Das ist möglich.«

»Großartig. Ihr solltet die nächste Kiste untersuchen.«

Zwölf Tage nachdem sie Helion verlassen hatte, tauchte Warsovrans Flotte in der Morgendämmerung vor Diomeda auf und lief in den Wüstenhafen ein. Die Toreaner waren die besten Schiffsbauer und Konstrukteure der Welt, und ihre Seeleute und Marinesoldaten hatten über viele Jahre Kriegserfahrung – besonders bei Invasionen – gesammelt.

Die Eilgaleeren wurden vorangeschickt. Innerhalb von zwei Stunden hatten sie festgemacht, entladen und die meisten der Verteidigungsschiffe in Brand gesetzt. Bereits am Nachmittag gab es kein einziges Schiff mit diomedanischer Standarte mehr, das nicht gesunken, verbrannt oder erobert worden war. Zehntausende von Warsovrans Marinesoldaten waren an Land gegangen und griffen Wachmannschaften und Bürgerwehr der Stadt an. Am Abend hatten die Angreifer die Stadt erobert. Die hochgradig disziplinierten Marinesoldaten unternahmen jedoch nichts weiter, als eine strikte Ausgangssperre zu verhängen.

Die Morgensonne strahlte über einem Hafen, der zwar von einer gewaltigen Kriegsflotte beherrscht wurde, den aber Hochsee- und Küstenhändler unbehelligt ansteuern und wieder verlassen konnten. Die Diomedaner stellten fest, dass praktisch nichts geraubt oder zerstört worden war und eine Vielzahl der gut bewaffneten, aber zuvorkommenden toreanischen Marinesoldaten den Frieden besser erhalten hatten, als es den früheren Behörden der Stadt gelungen war. Die Märkte öffneten und füllten sich, Arbeiter wurden für die Bergungskähne angeheuert, um die Wracks aus dem Hafen zu ziehen.

Die Einzigen, die überhaupt merkliche Veränderungen wahrnahmen, hielten sich in dem unbezwingbaren Inselpalast ›Morgenlicht‹ auf, dem ehemaligen Regierungssitz des Königs von Diomeda. Er war von Eilgaleeren umzingelt, die genau außer Reichweite der Katapulte auf seinen hohen Mauern vor Anker gegangen waren. In ferner Vergangenheit hatte sich irgendein König überlegt, dass der Aufenthalt an diesem Ort Sicherheit garantieren würde, selbst wenn seine Städte bis auf die Grundmauern abbrannten und seine Untertanen bis auf den letzten

Mann, die letzte Frau und das letzte Kind niedergemetzelt wurden. Jetzt war die Stadt tatsächlich durch die größte Flotte gefallen, welche die Welt jemals gesehen hatte, aber die einzigen Feuer der Stadt waren die in den Öfen der Bäcker, den Schmiedeherden und den Brennöfen der Töpfereien.

Warsovrans junger Admiral verkündete einige neue Gesetze, verringerte die meisten Abgaben und Steuern und erklärte Warsovran zum Kaiser von Diomeda. Schnell war ein reicher Händler entdeckt, dem Landesverrat vorgeworfen wurde. Er wurde aus seiner Villa geschleppt und von toreanischen Soldaten hingerichtet. Seine Frauen und Kinder wurden direkt zum Sklavenmarkt abgeführt. Admiral Forteron zog in das Herrenhaus und erklärte es zum neuen Palast. Die anderen Händler der Stadt überschlugen sich darin, diesen mit allem Notwendigen zu versorgen, einzurichten und zu schmücken.

Es war klar, dass keine Invasion so glatt verlaufen konnte, und so flogen Stunden nach dem Fall Diomedas die ersten Boten-Autonen zu den Freunden und Verbündeten des belagerten Königs in die Nachbarstaaten. Diplomaten pendelten auf Schiffen, Pferden und Kamelen zwischen den Städten hin und her, und weitere Boten-Autonen wurden mit Berichten losgeschickt. Nach und nach würde der Wunsch nach einer Armee wachsen, um die Eindringlinge aus Diomeda zu vertreiben. Die Stadt war schließlich noch nicht wirklich gefallen, solange König Rakera sicher in seiner Zitadelle im Hafen saß. In der Zwischenzeit machten sich die Invasoren daran, Baracken aus Zeltstoff und dem von der versenkten Verteidigungsflotte geborgenen Holz zu errichten und die Außenmauern der Stadt zu verstärken. Außerdem überlegten sie, was sie mit der Person anfangen sollten, die den Sieg für sich beanspruchte.

Galeerenkapitän Mandalock war zwar älter als Admiral Forteron, doch er bewunderte den jungen Herzog mit seinem strategischen Genie sehr. Die feindlichen Kriegsschiffe hatten bei der Eroberung von Diomedas Hafen nur Verluste im Verhältnis von fünfzehn zu eins hinnehmen müssen, und die Einnahme der Stadt hatte das Leben von weniger als dreihundert Marinesoldaten gekostet. Sie waren in einer ausgezeichneten Position, um nicht nur zu verteidigen, was sie erobert hatten, sondern ihre Macht noch weiter auszudehnen. Doch zunächst musste man sich um die Frau kümmern, die für sich in Anspruch nahm, die Kaiserin zu sein.

Sie hatten die ganze Länge des Decks der *Kygar* schweigend abgeschritten. Nun standen sie neben dem Bugkatapult und schauten zurück zu den Heckaufbauten, wo eine Frau mittleren Alters und ein unglücklich aussehender Jugendlicher über das Wasser auf Diomedas Türme, Wohnhäuser und Kuppeln starrten.

»Was denkt Ihr – könnte sie es wirklich sein?«, fragte Mandalock.

»Ich habe die Kaiserin zweimal getroffen«, sagte Forteron, ohne näher auf die Frage einzugehen.

»Sofort nach dem Kampf kam sie an Deck und verlangte eine Unterredung. Sie gab mir die kaiserliche Flagge und ordnete an, dass sie statt meiner eigenen Farben und Wappen gehisst werden solle. Dann beanspruchte sie den Sieg in ihrem Namen – oder zumindest im Namen der Kaiserin. Da immer noch Pfeile herumflogen, befahl ich zwei Soldaten, sie in ihre Kabine zurückzubringen und dort einzuschließen. Sie schrie, trat um sich und drohte damit, uns alle bei lebendigem Leib in Olivenöl zu sieden, dann warf sie ein Stück Gusseisen auf einen der beiden Soldaten und setzte seine Kleidung in Brand. Wir benötigten die Hilfe von allen drei Ätherschmieden des Schiffs, um sie so weit zu bändigen, dass man sie binden und knebeln konnte. Einige Stunden später haben wir sie wieder befreit, aber obwohl sie sich seither anständig benimmt, erzählt sie uns beständig ganz genau, was geschieht, sobald man sie als die wahre Kaiserin anerkannt hat. Ich bin sehr beunruhigt.«

»Das ist nur zu berechtigt. Es wird entscheidende Folgen für uns haben, wenn sie die Wahrheit sagt.«

»O ja, Adlige wie ich werden ein Anrecht darauf haben, in

Höllenodemöl verbrannt zu werden, damit uns die gesellschaftliche Schande von Olivenöl …«

»Ja, ja, niemand wird das falsche Öl benutzen, Kapitän. Ihr werdet möglicherweise gar nicht bei lebendigem Leib sieden müssen. Ihr habt doch nur Eure Pflicht getan.«

»Nun ja, aber die Entscheidung über sie kann nicht von jemandem meines Standes getroffen werden. Daher habe ich Euch hergebeten.«

Forteron starrte weiterhin auf das Paar, das an der Heckreling stand. Seine Befähigung zu unorthodoxem Denken hatte ihm schon oft gute Dienste geleistet. Jetzt setzte er sie mit der Sorgfalt und Bedachtsamkeit eines mit einer Armbrust zielenden Scharfschützen ein.

»Wann habt Ihr den Kronprinzen das erste Mal getroffen?«, fragte Forteron.

»Als er an Bord kam.«

»Nein, ich meine vor dieser Reise.«

»Noch nie. Ich war wirklich stolz, als die *Kygar* auserwählt wurde, den Prinzen aufzunehmen.«

»Und Ihr habt die Kaiserin auch noch nie zuvor gesehen?«

»Nur auf Münzen.«

Forteron setzte die verschiedenen Mosaiksteine zusammen. Er war der Kaiserin zweimal begegnet, und bei einer der beiden Gelegenheiten hatte sie eine heftige Auseinandersetzung mit ihrem Sohn gehabt. Kronprinz Darric war nicht eben für seine Unterwürfigkeit bekannt. Tatsächlich wurde ihm nachgesagt, den Ehrgeiz und Tatendrang beider Elternteile zu besitzen. Forteron hielt daher die Passagiere der *Kygar* eher für die Kaiserin und einen Doppelgänger des Kronprinzen. Sollte dies der Fall sein, würde der echte Kronprinz in Torea geblieben sein. Wenn er sich bei der Zerstörung des Kontinents in Torea aufgehalten hatte, war er nun tot.

»Sorgt dafür, dass sie stets unter Bewachung stehen«, wies Forteron Mandalock an. »Ab sofort bin ich für sie verantwortlich.«

Auf die ersten Tage der Erkenntnis und des Schocks über den Untergang Toreas folgte auf Helion eine Periode hektischer Neuorganisation und Planung und des Taktierens um die Macht. Der Wohnsitz Banzalos in Port Wayside wurde zum königlichen Palast erklärt, und aus der Festung aus schwarzem Stein wurde die Zitadelle, doch die Ambitionen des Gouverneurs gingen weit darüber hinaus, nur über ein Fleckchen Land inmitten des Ozeans zu herrschen. Für ihn war die Katastrophe, die sein Heimatland zerstört hatte, lediglich ein göttlicher Akt der Reinigung, durch den sowohl Warsovrans Invasoren als auch diejenigen seiner Landsleute beseitigt worden waren, denen es an Tapferkeit und Entschlossenheit zum Kampf mangelte. Die einzig wahren und würdigen Vidarianer waren diejenigen, welche geflohen waren, um den Kampf aus dem Exil fortzusetzen. Die Rückkehr war ihre Belohnung – doch sie war auch ihre Pflicht.

Baeberan Banzalo sendete fünf Hochsee-Kauffahrer aus, um die toreanische Küste nach Landstrichen zur Besiedlung abzusuchen. Sein Plan war klar und einfach: Vidaria war durch das Feuer der Götter von Warsovran befreit worden, und nun sollten die überlebenden Toreaner zurückkehren und ihr Land wieder in Besitz nehmen. Nicht einmal die vollständige Vernichtung jeglichen Lebens an der Oberfläche Toreas konnte dem Kontinent für längere Zeit den Tod bringen.

»*Ihr* habt das angeordnet?«, sagte Feran, während er gemeinsam mit Laron beobachtete, wie die *Shadowmoon* inmitten einer Menge von Zimmerleuten und Schiffsbauern an den Strand gezogen wurde.

»Ja.«

»Woher habt Ihr das Geld dafür?«

»Ich kann gut mit Frauen umgehen.«

Von allen Antworten, die Laron hätte geben können, war dies die am wenigsten überzeugende.

»Die *Shadowmoon* ist ein sehr kleines Schiff, und Torea liegt weit hinter dem Horizont.«

»Wir sind auch von Torea hierher gekommen, außerdem werden wir dieses Mal eine ausreichende Menge an Proviant laden.«

»O ja, das gibt der Sache ein *ganz anderes* Gesicht. Haben wir eine spezielle Aufgabe, oder stochern wir nur in den geschmolzenen Steinen und im Sand der Ruinen herum und sagen: ›Das war aber ein heißer Sommer!‹«

Laron blickte sich um und rückte dann näher an Feran heran. »Wir wollen Silbertod finden.«

»Silbertod? Silbertod wurde zerstört, zusammen mit allem anderen in Torea. Darin sind sich alle einig. Regent Banzalo hat verkündet, dass er zerstört wurde wie ein Pfeil aus Feuer, von der gleichen Macht verzehrt, die ihn auch erschaffen hatte.«

»Lügen, Vermutungen und Wunschdenken. Silbertod ist kein Pfeil aus Feuer – und wenn die Waffe, die Torea zerstört hat, immer noch da ist, kann sie von jedem mitgenommen werden, der sich die Mühe macht, sie aufzuheben.«

»Was ist mit Proviant?«

»Ich habe uns Proviant gesichert«, antwortete Laron, warf einen Goldzirkar in die Luft und fing ihn wieder auf.

»Und Papiere?«

»Wir haben Papiere, um nach Diomeda zu segeln, sobald das Schifffahrts-Embargo aufgehoben wurde. Das wird bald der Fall sein, so wurde es mir jedenfalls gesagt.«

»Also soll Banzalo nicht wissen, dass Euer Ziel Torea ist?«

»Banzalo strebt nach Macht. Mit Silbertod in den Händen könnte er die Welt um Lösegeld erpressen. Wir werden den Dioran flussaufwärts segeln und dann landeinwärts nach Larmentel marschieren.«

»Aber eines von Banzalos Schiffen ist bereits ausgesendet worden, den Hafen von Gironal zu bewachen. Dort mündet der Dioran ins Meer.«

»Das Schiff hat nur die Aufgabe, die Flussmündung und das geschmolzene Gold in Gironal zu bewachen. Die *Shadowmoon* kann an einem einzelnen Hochsee-Kauffahrer vorbeischlüpfen, erinnert Ihr Euch? Wir haben sehr gute Aussichten, Silbertod zu entdecken, wenn wir den Hafen in ein paar Tagen verlassen können. Alten Schriften zufolge müsste er sich wieder im Zustand der Untätigkeit befinden und vom Himmel gefallen sein, nachdem der letzte und größte Feuerkreis gelöscht war.«

»*Wenn* – und ich sage *wenn* – die Waffe vom Himmel gefallen ist, sobald der letzte Feuerkreis sich verzehrt hatte, wäre sie in einen See aus geschmolzenem Glas und Gestein gefallen und bis auf den Boden gesunken. Dann läge sie jetzt versiegelt unter einer hundert Fuß dicken Schicht aus *erstarrtem* Glas und Gestein. Wer würde sich mit dem Versuch abmühen, sie daraus zu bergen?«

»Warsovran hat drei Jahre lang mit sechzigtausend Männern nach Silbertod gesucht. Außerdem könnte er auch so langsam herabgesunken sein, dass er erst gelandet ist, nachdem der See bereits erstarrt war.«

»Aber jetzt wissen wir, dass Silbertod nur dazu benutzt werden kann, Kontinente zu zerstören. Wer würde es wagen, diese Waffe noch einmal einzusetzen?«

»Es gibt vier Kontinente voller Leben auf der Landkarte der bekannten Welt. Was sollte den Finder davon abhalten, sie auf irgendeinem steinigen Inselchen in der Nähe der Küste von Lemtas oder Acrema vorzuführen? Das Meer würde sie nach dem ersten Feuerkreis auslöschen, aber es wäre dennoch eine beeindruckende Demonstration. Wenn Ihr über ein acremanisches Königreich herrschen und diese Art von entfesselter Macht sehen würdet, wärt Ihr dann nicht bereit, Euch schnellstens zu ergeben?«

Laron kritzelte einige Minuten lang eifrig auf eine Schiefertafel, bevor er seine Einschätzung laut verkündete. »Wenn die Insel nur ein paar Hundert Schritt im Durchmesser und weit genug von der Küste weg wäre … vielleicht könnte sich das Feuer nicht ausbreiten und erneuern. Meine Studien der Zahlen und Karten weisen darauf hin, dass das Feuer aufhört, neue Kreise zu erzeugen, sobald es über einem Bereich brennt, in dem der gesamte Kreisrand über Wasser liegt. Ja, die Waffe könnte wahrscheinlich gefahrlos vorgeführt werden, obwohl das Feuer von der Küste aus gut sichtbar wäre.«

»Trotzdem habe ich nicht die geringste Ahnung, wo wir die Pferde für die Reise über Land finden und wie wir in einem See aus erstarrtem Glas graben sollen.«

»Wir brauchen keine Pferde«, sagte Laron, während er eine Landkarte von Torea ausrollte. »Larmentel liegt am Rande der Westlichen Prärie. Der Bax, ein befahrbarer Nebenfluss des Dioran, fließt fünfzehn Meilen südlich daran vorbei. Die *Shadowmoon* könnte mindestens die Hälfte der Entfernung mit Steuerriemen und den üblicherweise vorherrschenden Winden zurücklegen, dann könnten wir das Beiboot benutzen, sobald die Strömung im Oberlauf stärker wird.«

»Im Beiboot finden nur ein Dutzend Männer Platz, bei größerem Gewicht schwappt schon Wasser hinein. Wir brauchen aber Hunderte, um nach Silbertod zu graben.«

»Ich habe niemals gesagt, dass wir danach graben werden. Er könnte an der Oberfläche liegen. Wenn nicht, brauchen wir nur einen Zauberer, der feststellen kann, dass er dort eingeschlossen liegt. Das habe ich natürlich bereits arrangiert.«

»Und wenn das so ist?«

»Dann wird Silbertods Bergung zum Problem anderer.«

Feran hob die Arme zum düsteren Himmel und ließ sie dann wieder sinken.

»Na gut. Aber ich verstehe immer noch nicht, was jemand dort finden wollen kann. Ihr wart der Erste, der auf Torea landete, nachdem die Feuerkreise den Kontinent verwüstet hatten. Die Steinpoller waren so heiß, dass das Haltetau des Beiboots gebrannt hat und ich an Bord bleiben und rudern musste, damit es nicht abgetrieben wurde. Ich habe bei jedem Eurer Schritte Rauch von Euren Holzpantinen aufsteigen sehen. Torea ist in den Schmelztiegel der Hölle getaucht worden.«

»Das kann ja möglich sein, aber mich lässt eher das schaudern, was wir *nicht* finden könnten.«

Feran ging zur *Shadowmoon*, um die Arbeiten am Schiff zu beaufsichtigen. Laron beobachtete das Treiben eine Zeit lang und ging dann in Richtung Hafen. Terikel traf ihn auf dem Marktplatz, als er gerade Proviant einkaufte.

»Haben die Reparaturarbeiten begonnen?«, fragte Terikel.

»Ja.«

»Und Feran ist erfreut darüber?«

»Nein.«

»Na ja, es hätte mich auch überrascht. Seid Ihr sicher, dass Ihr die Reise überleben werdet? Ihr könnt nur auf die Besatzung der *Shadowmoon* als Nahrung zurückgreifen.«

»Ich kann von Vögeln und Fischen leben.«

»Aber Ihr habt erwähnt, dass Menschen besser schmecken.«

»Im Gegensatz zu Feran kann ich mich beherrschen.«

Die Kisten mit den Archivalien waren in einer Höhle in der Nähe des Schreins verstaut worden. Öllampen beleuchteten den Innenbereich, der nur mit einer Bank und einem Tisch möbliert war. Druskarl hatte sich als Helfer gemeldet, weil ihm die verängstigte Velander Leid tat, und sogar Laron hatte angeboten, die Kisten auf Gefahrenherde zu untersuchen.

Laron nahm selbst eine Kiste auf und trug sie unter den erstaunten Blicken der Priesterinnen und Diakonissinnen aus der Höhle. Um die anderen Kisten vor Schäden zu schützen und auch um eine eventuelle Kettenreaktion von Explosionen zu vermeiden, wollte er die Kiste auf einem offenen Platz untersuchen. Er begann mit der Durchführung seiner Tests. Mit Sicherheit waren die Wach-Autonen vergleichbar mit den dicken Eisenstäben in den Fenstern eines Kerkers. Primitiv, aber sehr, sehr stark. Nach einer Stunde verloren sogar die letzten Zuschauer aus der Ferne das Interesse an seinen Aktivitäten und wandten sich wieder ihren eigenen Aufgaben zu.

Laron schaute in den nächtlichen Himmel, in dem die Sterne wie verschwommene Lichtkugeln wirkten und Miral wie ein Fleck aus grünem Nebel. *Herrlich*, dachte er. *Würde Nona das mögen?* Er griff in sein Gepäck und zog eine Reihe von Röhren, Linsen, Kugeln, Kristallen und anderen ätherischen Werkzeugen und Hilfsmitteln heraus. Fast ehrfürchtig nahm er eine Orakelkugel auf, legte sie auf den Becher und stellte diesen auf die

Kiste. Er sprach eine Beschwörungsformel und platzierte die Kugel aus Grünstein auf den Rand des Bechers.

Diesmal war Nona sofort da.

Laron war verblüfft. Manchmal funktionierte die Beschwörung, aber eben nur manchmal. Der Auton schaute aus seinem Gefängnis in den Nachthimmel, während Laron das Rohr mit den Linsen für ihn zurechtrückte. Miral stand fast im Zenith, und zwei andere Mondwelten leuchteten intensiv nahe dem Horizont. Nur die hellsten Sterne wurden nicht von Mirals Licht überstrahlt. Nona konnte Diomedanisch inzwischen schon viel besser verstehen. Laron hatte sogar damit begonnen, sie in Scalticarisch zu unterrichten.

»Die blaue Mondwelt ist Belvia und die orangefarbene Dalsh«, erklärte er ihr, während er die Linsen bewegte. »Lupan ist noch nicht zu sehen, aber der ist weiß.«

»Wie heißt diese Welt hier?«

»Verral ist der gebräuchlichste Name. Das ist Diomedanisch für ›Boden der Heimat‹.«

»Seltsam, aber wunderbar«, sagte Nona. »Wie sehen die Sterne aus, wenn Miral untergegangen ist?«

»Ich war noch nie bei Bewusstsein, wenn Miral nicht am Himmel steht.«

»Ach ja, richtig.«

Da habe ich sie eindeutig in Verlegenheit gebracht, dachte Laron.

»Wenn du wiederhergestellt bist, wirst du wie jeder andere auch auf dieser Welt unter einem Himmel ohne Miral herumlaufen können. Das wird sehr bald sein, vermute ich.«

»Wie meinst du das?«

»Ich versuche, eine andere Einfassung für deine Orakelkugel ausfindig zu machen.«

»Wenn du eine gefunden hast, was dann?«

»Ich werde deine Orakelkugel einfügen. Wenn eine junge Frau unter dem Einfluss eines Schlaftrunks die Einfassung trüge, wärst du in der Lage, herumzulaufen, zu reden, zu sehen und zu fühlen, als wäre ihrer dein eigener Körper.«

»Bis sie aufwacht?«

»Ja.«

»Kommt der Besitzer *deines* Körpers zurück, wenn du schläfst?«

»Nein. Als ich hierher berufen wurde, war ich in einer Falle gefangen wie du. Meine Häscher befragten mich zum Stand der Wissenschaft auf meiner Welt und insbesondere, ob wir etwas über die Einpassung von Orakelkugeln in Reifen aus Silber wüssten. Sofort hatte ich eine Idee. Auf der Erde war ich einer der lebenden Toten, also warum nicht auch hier? Ich erzählte dem Priester, der mich befragte, er solle meine Orakelkugel mit einem Ring umgeben und diesen mit einem Leichnam verbinden, der noch nicht lange tot sei. Wie ich gehofft hatte, brachte ich dem Leichnam die Lebenskraft zurück und außerdem enorme Kraft. Ich sprang vom Tisch, biss in den Nacken des Priesters und trank sein Blut. Seinen Aufzeichnungen entnahm ich, dass in sehr seltenen Fällen Orakelkugeln mit Personen verbunden worden waren, die ihre Seele verloren hatten, ohne zu sterben, und diese mit jeder Seele wiederbelebt werden könnten, die in einer Orakelkugel gefangen würde.«

»Wie können Menschen ihre Seele verlieren, ohne zu sterben?«

»Das erkläre ich dir, wenn du mehr Worte gelernt hast.«

»Laron! Dein Bild! Es schwankt und flackert … ich …«

Die Verbindung zu Nona brach ab. Laron packte alles zurück in seine Bündel und trug die Kiste wieder in die Höhle. Er entschuldigte sich bei der Ehrwürdigen, dass er nichts für sie habe ausrichten können, dann kehrte er nach Port Wayside zurück. Er hatte nicht einmal bemerkt, dass der Wach-Auton, der die Kiste absicherte, so erschöpft gewesen war, dass er nur noch leise in sich zusammenfallen konnte.

Druskarl und Velander öffneten die zweite Kiste, aber zu ihrer Überraschung konnten sie keinen Wach-Autonen finden. Auf der anderen Seite enthielt sie nichts weiter als eine vollständige und definitive Zusammenstellung von Registern, offiziellen Historien und anderen nützlichen, aber uninteressanten Nachschlagewerken.

Velander beobachtete Druskarl, als er ein Brett von der dritten Kiste entfernte. Sie bemerkte plötzlich eine ganz schwache Spur eines orangen Funkelns, das für einen kurzen Moment am Stemmeisen aufleuchtete.

»Legt das Stemmeisen weg und geht zurück«, sagte Velander, nachdem die Nägel quietschend aus dem Holz gezogen waren.

»Aber Ehrwürdige Schwester ...«

»Legt es ab! Weg von der Kiste.«

Druskarl befolgte die Anweisungen. Velander kniete sich vor die Kiste. Da jetzt ein Brett entfernt worden war, konnte man die Bücher und die gebundenen Aufzeichnungen in ihr erkennen. Ein muffiger Geruch lag in der Luft, und Staubpartikel tanzten im Licht der Lampen. Der Glanz von etwas Silbrigem zog Druskarls Blicke auf sich.

Velander nahm das lose Brett hoch und stieß es durch die Lücke. Sofort konnten sie es Knistern und Knacken hören, ein flackerndes oranges Band legte sich um das Brett und zog sich dann zusammen. Das Holz wurde zusammengepresst, zersplitterte und wurde schließlich mit einem scharfen *Schnitt* durchtrennt. Eine orange Kugel schwebte für einen Moment durch die Luft und verschwand dann wieder in der Kiste. Kleine Rauchwölkchen stiegen hoch und lösten sich langsam auf.

»Ein Wach-Auton«, flüsterte sie.

»Das hätte meine Hand sein können!«, rief Druskarl, der – offensichtlich erschüttert – die Hand vor das Gesicht hielt und sie hin und her drehte, als wolle er sich davon überzeugen, dass sie immer noch funktionstüchtig war.

Langsam streckte Velander eine Hand durch die Öffnung.

Terikel war unterwegs zum Hafen und dem Gasthof »Zum Mittelweg«. Miral stand noch nicht am Horizont, so dass sie sich in den Schankraum setzte, um zu warten. Das war eigentlich kein

Platz für achtbare Frauen, doch sie war eine Priesterin und ihr Orden bekannt für seine Arbeit mit den Huren aus dem Hafenbereich. Zwei von ihnen gehörten zu den Diakonissinnen, die bald zur Priesterin geweiht würden. Die meisten Gäste des Gasthofs waren acremanische Seeleute oder Händler. Druskarl stand mitten unter ihnen und zeigte den acremanischen und scalticarischen Trinkern für ein paar Kupferstücke pro Blick ein gläsernes Essigfläschchen, in dem sie seine Hoden vermuteten.

Nach einiger Zeit bemerkte er sie und kam zu ihr. Er erklärte ihr, Velander habe sich schwer verbrannt und zwei Fingernägel an den Wach-Autonen verloren.

»Geschieht dem kleinen Satan Recht«, antwortete Terikel. »Aber sie hatte immer noch mehr Glück als diese beiden Diakonissinnen.«

»Serionese ist fest entschlossen, in den Besitz des gesamten Inhalts der Kisten zu gelangen.«

»Nun, sie kann es sich leisten, noch weitere drei Personen aus ihrem Gefolge zu verlieren, bevor sie mich wieder um Hilfe bitten muss. Die Frau ist eine Närrin. Es war richtig, sie hierher ins Exil zu schicken.«

Gerade da kam Laron die Treppe herunter, den neuen Bart sorgfältig im Gesicht festgeklebt. Als er sich zu ihnen setzte, schob Druskarl seinen Hocker nach hinten und stand auf.

»Nein, bleibt«, sagte Laron. »Ich habe gehört, Ihr sucht nach einer Möglichkeit, Helion verlassen zu können.«

»Ja.«

»Wohin wollt Ihr?«

»Irgendwohin. Die Einheimischen sind wenig freundlich zu den Acremanern, wenn sie auch inzwischen keine mehr umbringen.«

»Es ist noch Platz auf der *Shadowmoon*, aber ich kann Euch nichts bezahlen.«

»Ich werde für meine Koje arbeiten.«

»Wirklich? Damit habt Ihr einen Platz auf unserem Schiff. Wir sind unterwegs nach Diomeda.«

Druskarl setzte sich wieder, und dieses Mal lächelte er.

»Druskarl erzählte mir gerade, dass die Archivkisten und ihre Wach-Autonen Schwierigkeiten bereiten«, sagte Terikel. »Der aktuelle Spielstand lautet: zwei Tote und eine Verletzte für die Kisten.«

»Wozu das alles?«, fragte Laron. »Serionese weiß nicht einmal, was in den Kisten ist.«

»Eine war unbewacht, sie enthielt nur Archivalien«, sagte Druskarl. »Wir haben dann eine andere aufgebrochen. Sie war von einem Autonen bewacht, enthielt aber praktisch dasselbe, soweit ich erkennen konnte.«

»Keinen Schatz?«

»Nur eine silberne Tiara oder einen Reif.«

Laron blinzelte und schluckte dann. »Beschreibt ihn.«

»Oh, nur ein silberner Reif mit sieben dünnen Halterungen, um ihn sicher am Kopf befestigen zu können. Er ist schön gefertigt und besitzt eine Inschrift, aber der Edelstein in der Mitte fehlt. Drei Klammern sollten als Befestigung dienen, doch sie waren alle zurückgebogen.«

Laron kratzte sich am Kopf. »Ich verstehe. Ja, Druskarl, die Ehrwürdige Schwester und ich haben viel zu besprechen. Seid so gut und packt, dann meldet Euch morgen Früh auf der *Shadowmoon*.«

Nachdem Druskarl gegangen war, ließ Larons Beherrschung nach.

»Ich will diesen silbernen Reif!«, verkündete er angespannt und lehnte sich über den Tisch.

Seine Augen traten hervor, und man konnte sogar seine Eckzähne sehen. Terikel zuckte zurück.

»Eure Aussichten sind gering«, machte sie ihm klar. »Das sind sehr mächtige Autonen.«

»Wisst *Ihr* die Schlüsselworte?«

Sie runzelte die Stirn und klopfte mit den Fingern auf den Tisch. »Was ist er Euch wert?«

»Wie hoch ist Euer Preis?«

»Trotz allem, was Velander und Serionese mir angetan haben, bin ich dem Metrologischen Orden immer noch zutiefst verpflichtet. Ich möchte ihn vor Narren bewahren, die sich nicht mehr in der Gewalt haben, und ich möchte vermeiden, dass es noch mehr Tote unter seinen Angehörigen gibt. Ich will, dass er wieder *bedeutend* wird. Könnt Ihr mich wieder zur Ältesten machen, Laron? Zur unangefochtenen Ältesten?«

Laron presste die Lippen aufeinander und schloss die Augen. Nach einem Augenblick öffnete er sie wieder und starrte Terikel an. Der starre Blick war beunruhigend, aber gleichzeitig konnte man den Eindruck gewinnen, dass hier ein Raubtier vorsichtig ein anderes Raubtier fixierte.

»Ich kann Euch nicht zur Ältesten machen …«, sagte er, lächelte und verschränkte die Arme.

Terikel hielt seinem Blick stand. »Aber ich habe das Gefühl, Ihr könnt mir helfen.«

»O ja.«

Terikel untersuchte im Lampenlicht die Kiste, während Velander zuschaute. Nach ein paar Augenblicken nahm sie einen Holzspan und stieß ihn durch die Öffnung. Sofort wurde er von einer glühenden Ranke umwickelt und zerbrochen – in ihren Fingern blieb nur noch ein rauchender Stummel zurück.

»Ich dachte, Ihr hättet gerade die richtigen Schlüsselworte für diesen Autonen gesprochen, als Serionese noch hier war«, sagte Velander.

»Ich habe gelogen.«

Niemand hätte überraschter sein können als Velander, als Terikel angeboten hatte, die Kisten auszupacken. Sie sagte, dass sie nicht noch mehr Metrologen aufgrund der Befehle Serioneses sterben sehen wolle. Soweit war das auch die Wahrheit. Eine Kiste war auf den untersten Boden eines alten Turms gebracht worden, dann hatte Serionese sich aus Vorsicht zurückgezogen, bevor sie sich ernsthaft an die Arbeit machen konnten.

»Was werdet Ihr tun?«, fragte Velander.

»In dieser Kiste sind offensichtlich wertvolle und heikle Aufzeichnungen, daher die Stärke der Autonen. Ich könnte mir vorstellen, dass es weitere Autonen gibt, die die Kisten zerstören, wenn jemand die Anfangsfallen überlistet.«

»Dieses Wissen haben wir bereits mit dem Leben von zwei Diakonissinnen bezahlt. Und jetzt?«

Terikel blies einen Hauch von Äther in die gewölbten Hände und flüsterte eine Beschwörungsformel hinein. Der orange Hauch wickelte sich um den Siegelring an ihrem Finger. Als sie die Hand der Öffnung näherte, schnappte Velander erschreckt nach Luft, doch Terikel winkte sie mit der anderen Hand weg. Kaum war ihre Hand in den Innenraum der Kiste eingedrungen, legte sich ein Reif um ihr Handgelenk und schnappte mit knisterndem orangefarbenem Feuer und Ozongestank zu. Er war heiß und prickelte auf ihrer Haut, aber er schnitt ihr nicht die Hand ab. Andere Ranken in dunklem Grün tanzten um ihren Ring und verschwanden dann wieder.

»Ich habe anscheinend einen Test bestanden.« Terikel holte mit nachvollziehbarer Erleichterung tief Luft.

»Ich bin beeindruckt«, gab Velander zu, während sie alles beobachtete.

»Eine ältere Priesterin hat mir ihren Ring geliehen, so dass ich mich am Autonen an der Pforte vorbeistehlen konnte, um die Nacht mit Feran zu verbringen. Sie hat zwar nicht bemerkt, dass sie mir den Ring geliehen hat, aber das ist jetzt nur noch von akademischem Interesse, oder?«

Äußerst vorsichtig holte Terikel fünf Almanache und ebenso viele Bücher mit Tabellen aus der Kiste. Als sie versuchte, eine Mappe mit dem Wappenstempel der Ältesten herauszuholen, zog sich der glühende orangefarbenem Reif um ihr Handgelenk zusammen und verursachte heftige Schmerzen. Erschreckt schnappte sie nach Luft und ließ das Bündel von Dokumenten fallen, so dass sie sich in der ganzen Kiste verteilten. Terikel spähte in die Kiste und konnte einen Teil eines Berichts des vidarianischen Hofzauberers entziffern. Langsam, sehr langsam griff sie nach unten und zog ihn aus der Mappe, beließ ihn jedoch innerhalb der Kiste. Der Wach-Auton reagierte darauf nicht.

»Aha, nur Einsichtnahme erlaubt«, folgerte sie.

»Wie bitte?«

»Einige Teile des Inhalts können nicht aus der Kiste geholt werden, aber man kann sie anfassen und sie *innerhalb* der Kiste lesen.«

»Das macht doch keinen Sinn. Wozu sollte man die Sachen aus der Kiste holen, wenn nicht zum Lesen?«

»Die Wach-Autonen sind ungeschickt zusammengestellt worden. Wahrscheinlich wurden sie in aller Eile modelliert.«

Terikel brauchte eine Stunde, um den Inhalt der Kiste durchzugehen, herauszuholen, was sie konnte, und einen Blick auf die anderen Schriftstücke zu werfen. Dann wurde die Kiste herausgetragen und eine andere hereingebracht. Die dritte und vierte Kiste enthielten nichts Bemerkenswertes, aber in der fünften lagerten einige Artefakte. Der silberne Reif mit der Inschrift aus archaischen Schriftzeichen durfte nicht aus der Kiste entfernt werden.

»Er fühlt sich … merkwürdig mächtig an«, sagte Terikel, während sie ihn durch die Finger gleiten ließ. »Er würde mir gut stehen, meint Ihr nicht auch?«

»Er gehört dem Orden«, stellte Velander streng klar.

»Genauso wie *ich* zum Orden gehöre«, gab Terikel zurück. »Außerdem kann er ja nicht aus der Kiste entfernt werden.«

»Wie auch immer, welche Bedeutung hat er Eurer Meinung nach?«

»Es sieht nach einem immens mächtigen und alten Gerät aus, erschaffen von derselben ätherischen Zauberkraft, die auch Silbertod erschuf.«

Velanders Reaktion war vorhersehbar, und wenige Augenblicke später war Serionese wieder im Turm.

»Ich muss ihn haben!«, rief sie und spähte in die Kiste auf den Reif.

»Ehrwürdige Älteste, würde Kapitän Feran mir erzählen, er hätte vor, in den Palast des Gouverneurs zu schleichen und dessen Frau zu vergewaltigen, würde ich ihn darauf hinweisen, dass er wahrscheinlich lebendig gehäutet, seiner Hoden beraubt und dann in ein Becken voll gefräßiger Krebse geworfen würde, wenn er sich erwischen ließe. Im Falle dieses Silberreifs weise ich Euch darauf hin, dass er gefährlich und mächtig ist und dass Ihr nicht wisst, was Ihr damit bewirken könnt.«

Ein Auszug aus den Jahrbüchern des Metrologischen Ordens war an dem Reif festgebunden. Terikel griff erneut in die Kiste, breitete die Schriftrolle auseinander und begann laut vorzulesen, wobei sie jedes Wort sehr langsam aussprach.

»›Silbertod: Man weiß, dass dieses Artefakt, auch Waffe oder Dämonen-Kleid genannt, in sehr ferner Vergangenheit einem Gott gehört hat. Halitos von Agrevan schrieb, dass jener Gott ihn möglicherweise genutzt hat, um Kräfte auf die Sterblichen zu übertragen. Denn wer Silbertod einem anderen anlegt, kann ihm befehlen, gewaltige und Furcht einflößende kriegerische Leistungen auszuführen. Ist er nicht aktiv, nimmt er die Form eines Hemdes aus fein gehämmerten, ineinander verzahnten Metalldrähten und Edelsteinen an. In dieser Form wurde er im Jahre 3129 aus seinem schwer bewachten acremanischen Schrein gestohlen. Sobald die Diebe die wahren Potenziale von Silbertod erkannt hatten, waren sie so erschrocken, dass sie ihn unter einer Geröllawine begruben. Das Konzil unseres Ordens hat sich den Ort angesehen und ist überzeugt davon, dass nicht einmal zehntausend Mann ihn innerhalb einer Dekade ausgraben könnten. Daher mag Silbertod als endgültig verloren betrachtet werden. Er ist nicht länger eine Bedrohung für unsere Welt. Ergänzt am zehnten Tag des achten Monats 3133.‹

So viele Worte mit so wenig Wahrheitsgehalt«, sagte Terikel. »Warsovran stahl ihn den Dieben und wurde dann wiederum von Velanders Vater bestohlen, der ihn unter dem Gestein begrub. Wusstet Ihr, dass Warsovran zwanzig Jahre jünger aussah, nachdem Silbertod ihn bei Larmentel verlassen hatte?«

»Wo habt Ihr das gehört?«

»Ich kannte einen Mann, der eine Stellung hatte, in der er es wissen musste. Und ich habe eine Stellung eingenommen, die es mir ermöglichte, ihn zu fragen.«

Terikel lag in priesterlicher Kleidung auf einer mit Seegrasspreu gefüllten Segeltuchmatratze, ihr Arm hing noch mit dem Reif in der Hand in der Kiste. Die Luft im Turm war warm, aber erträglich. Obwohl Helion am Äquator lag, war das Klima mild, da es durch die kalten Meeresströmungen von Süden gemäßigt wurde. Sie sprach die Beschwörungsformel für einen einfachen, aber kraftvollen Autonen als Schutz für ihr Äthernetz. Ein oranger Schimmer drang durch ihre Haut wie klebriger Rauch und legte sich um die glatte Oberfläche des Reifs – dann wich er zurück und ballte sich schließlich zu einem einzelnen Punkt zusammen.

»Sehr, sehr merkwürdig«, murmelte sie.

Ihr Wach-Auton hatte sich nicht an den Reif binden lassen. Der Wach-Auton der Kiste beschützte auch den Reif und sie, solange sie diesen berührte, doch ihr eigenes Wirken fand innerhalb des Autonen statt. Warum hatte er sich nicht anbinden lassen? *Weil der Reif vielleicht nicht aus meiner Welt kommt*, spekulierte sie. Terikel sprach die Zauberformel für die Loslösung des Geistes vom Körper, die Schattenwandern genannt wurde.

Das Licht der Lampen im Raum wurde schwächer, dann bildeten sich dunkle Flecken, schließlich wurde es ganz dunkel. Sie hatte kein Gewicht mehr, sondern glitt durch die Dunkelheit, in der winzige Lichtpünktchen glänzten und funkelten, jedes ein konzentrierter Bestandteil des Zaubers. Die meisten ballten sich über dem Schrein, wenngleich sich einige auch nahe am Boden aufzuhalten schienen. Ihr eigenes Äthernetz hatte eine eindeutige Struktur und Dichte, die sie deutlich wahrnehmen konnte. In der Ätherwelt konnte sie vieles sehen, was in ihrer eigenen Wirklichkeitsebene nicht sichtbar war. Alle paar Augenblicke flitzte eine Ansammlung von Schatten, eine Art schimmernde Wolke, vorbei, um ihr Netz zu prüfen, und war dann sofort wieder weg. Sie begutachtete zunächst eingehend das Netz und prägte sich dessen Muster und Beschaffenheit ein, bevor sie sich auf den weiteren Weg machte.

Es war so, als mache sie nach der langen Fahrt an Bord der

Shadowmoon die ersten Schritte auf Helion. Sie wusste, was sie zu tun hatte, war aber doch immer noch schwerfällig und unbeholfen. Sie untersuchte jedes Glitzerpünktchen in ihrer Nähe einzeln. Die meisten waren einfache Heil- oder Schutz-Zauber, vereinzelt bemerkte sie Netze, aber einige hatten eine mächtige, für Terikel ungewohnte Dichte. Bald bemerkte sie die Autonen, die in den Kisten auf dem Boden des Turms wachten. Dann drang sie weiter in den Ätherraum ein.

Die Insel bestand aus lauter Zauber-Punkten und -Funken. Keiner davon war besonders stark, aber einige von ihnen hatten ein sehr großes potentielles Leistungsvermögen. Es gab ein paar geschulte Initiaten auf der Insel, doch diese behielten ihre Kräfte und Identitäten für sich. Mindestens ein anderes Bewusstsein und noch eins glitten in der Nähe der Wach-Autonen der Kisten vorbei, während sie das Fleckchen der Insel in der Ätherwelt erforschte. Die beiden flohen jedoch schnell, als sie versuchte, sich ihnen zu nähern.

Nach einer für sie kurzen Zeit kehrte sie zu ihrem Netz zurück. Es war eindeutig anders als alles andere dort. Weder kraftvoll noch mächtig, aber merkwürdig. Es hatte keinen wahren Namen. Sie versuchte, ihm ihren eigenen Namen zu geben, doch er verband sich nicht mit dem Netz. Das war sonderbar, fast so, als habe es einen wahren Namen, aber einen, der nicht erahnt werden konnte.

Sie war kurz davor, in ihre physikalische Welt zurückzukehren, als ein Licht tief über der Insel aufblitzte. Das grelle grüne Licht war so stark, dass sie den Blick trotz der Entfernung schnell abwenden musste. Als sie wieder in seine Richtung schaute, war die Lichtquelle verschwunden. Da war etwas Mächtiges in der Nähe, das aber gut verhüllt war. Sie glitt wieder in die ummittelbare Umgebung ihres Ankers, schaute sich kurz nach einem anderen Äthernetz um und kehrte dann in ihren Körper zurück.

Die markierte Kerze auf dem Tisch hatte fünf Stunden gebrannt! Man hielt sich beim Schattenwandern leicht zu lange irgendwo auf. Sowohl die Zeit als auch Entfernungen wurden verzerrt. Terikel stand schwankend auf und versuchte mit Streckübungen Gliedmaßen und Körper zu lockern. Sie klopfte an die Tür.

»Ich möchte mit der Ältesten sprechen«, rief sie, als die Wachen die Tür nicht aufsperrten.

»Auf Befehl der Ältesten dürft Ihr den Raum nicht vor dem Morgen verlassen«, rief ein Wachmann zurück.

Terikel überlegte einen Moment, sie überdachte, was sie beim Schattenwandern gesehen – oder auch nicht gesehen – hatte.

»Dann bringt die Älteste hierher.«

»Sie schläft, die Morgendämmerung bricht bald an.«

»Dann weckt sie auf. Sagt ihr, ich habe den silbernen Reif.«

Serionese stand mit der Diakonissin Latelle im Raum, bevor Terikel fünfzig Atemzüge zählen konnte. Sie hatte sich eilig angezogen und wahrscheinlich noch hastiger zurechtgemacht.

»Wo ist er?«, fragte sie drängend.

Terikel saß auf dem Rand der Kiste. Sie stand nicht auf, um Serionese zu begrüßen. »Guten Morgen, Ehrwürdige Älteste, wie großzügig von Eurer Mutter, Euch so lange aufbleiben zu lassen.«

»Wo ist der Reif?«

»In der Kiste, geschützt durch den Autonen.«

»Was? Ihr lügt!«

»Ich habe die Wahrheit etwas ausgeschmückt. Ich *kann* ihn herausholen, aber Ihr werdet das nicht wollen.«

»Und warum nicht?«

»Er wird sich an denjenigen binden, der ihn vom Schutz des Autonen befreit. Ich kann den Autonen nicht herausholen, aber den Reif.«

»Wie?«

»Mit einem eisernen Kästchen wie diesem.«

Terikel hob einen eisernen Kasten von der Größe eines umfangreichen Buchs, der auf der Kiste stand, an und reichte ihn der Ältesten. Serionese hielt ihn prüfend hoch.

»Führt das Kästchen durch die Struktur des Wach-Autonen,

legt den Reif hinein und schließt den Deckel. Der Wach-Auton wird den Reif nicht länger sehen können.«

»O ja, Eisen ist undurchlässig für Magie. Sehr schlau und einfach, wie alle wahren Lösungen.« Serionese seufzte, sie war zufrieden, dass das Problem gelöst war. »Nun gut, dann lasst uns anfangen.«

Terikel stand auf, taumelte aber sofort und fiel beinah hin. Einer der Wächter fing sie auf.

»Luft, frische Luft«, murmelte sie. »Ich glaube, mir wird schlecht.«

»Latelle, bringt sie hier weg«, befahl Serionese.

»Unternehmt nichts, bevor ich zurück bin«, keuchte Terikel, während Latelle und der Wächter ihr nach draußen halfen.

Serionese nahm ein Stemmeisen und steckte es in die durchscheinenden Fasern des Wach-Autonen in der Kiste. Das Gewebe verfärbte sich ärgerlich rund um das eingedrungene Material, wehrte sich jedoch nicht gegen die Stahlspitze. Als Nächstes legte sie das geöffnete eiserne Kästchen über die flache Seite des Stemmeisens und drückte es durch den Autonen. Dann ließ sie das Kästchen vom Stemmeisen gleiten, nahm mit der Spitze des Eisens den Reif hoch und legte ihn hinein.

»Jetzt werden wir sehen, ob sie die Wahrheit gesagt hat«, sagte die Ehrwürdige zu dem Wächter, der sie beobachtete. Dann klappte sie den Deckel des Kästchens zu.

Der Auton bemerkte, dass der Reif verschwunden war, obwohl er eigentlich immer noch in der Kiste lag. Den Befehlen folgend, die er bei seiner Erschaffung erhalten hatte, entlud er all seine Energien in einem einzigen, intensiv leuchtenden und heißen Blitzstrahl, der eine Druckwelle wie bei einer Explosion auslöste. Serionese und der im Turm verbliebene Wächter waren auf der Stelle tot. Sie flogen durch den Raum und wurden gegen die Steinwände geschleudert. Die hölzerne Tür wurde aus ihren Verankerungen gerissen, und Flammen quollen aus ihrer Öffnung über den Hof vor dem Turm.

Terikel hatte etwas Ähnliches erwartet. Sie griff nach einem abgelegten Sonnenumhang, zog ihn über den Kopf, holte tief

Luft und lief schnell zurück in den Turm. Überall lag brennendes Papier und das Holz der zerstörten Kiste herum, die Luft war voll Rauch. Das Glück war auf Terikels Seite. Das eiserne Kästchen lag zwei Schritte neben der Tür, und ein kleiner Schlag auf den Verschluss ließ es aufklappen. Der Reif war zwar heiß, aber unbeschädigt, so dass Terikel ihn herausfischen und ihn in ihren Gewändern verstecken konnte. Sie zog gerade Serioneses Leichnam nach draußen, als Velander und die anderen Diakonissinnen herbeikamen.

Sie mussten die Älteste nur kurz untersuchen, um ihren Tod festzustellen. Der überlebende Wächter bestätigte, dass sich Terikel außerhalb des Raums aufgehalten hatte, als der Wach-Auton detoniert war.

»Eure Älteste hat es geschafft, sich selbst zu töten«, verkündete Terikel mit harten, knappen Worten, während sie vor die Gruppe trat. »Sie hat meinen Befehl nicht befolgt.«

»Ihr habt sie getötet!«, rief Velander, aufrichtig schockiert.

»Das stimmt nicht, Ehrwürdige Schwester«, sagte der überlebende Wächter. »Die Ehrwürdige Terikel hatte sie gebeten, bis zu ihrer Rückkehr nichts zu unternehmen.«

»Was hat sie Euch versprochen, damit Ihr diese Lüge erzählt?«, fragte Velander.

»Er sagt die Wahrheit«, warf Latelle zu seiner Unterstützung ein.

»Ich bin jetzt die Älteste!«, erklärte Velander. »Ich war die Stellvertreterin der Ehrwürdigen Serionese und …«

»Das macht Euch aber nicht automatisch zur geschäftsführenden Ältesten«, unterbrach Terikel sie. »Die Stellung der geschäftsführenden Ältesten geht automatisch auf die älteste überlebende Priesterin über – auf mich.«

»Ihr wurdet Eures Amtes enthoben, als Ihr die Älteste wart!«

»Ich habe das Gesetz daraufhin überprüft. Ich war nur *geschäftsführende* Älteste und war nicht dauerhaft gewählt. Nur eine fest eingesetzte Älteste kann ihres Amtes enthoben werden. Ihr und Serionese habt also lediglich dafür gestimmt, dass sie meine Stellung einnimmt: die der geschäftsführenden Ältesten. Ich habe keinen Regelbruch begangen, seit die Ehrwürdige Serionese gestorben ist – wenn Ihr also keinen neuen Grund habt, mich des Amtes zu entheben, bin ich wieder geschäftsführende Älteste.«

»Ihr …«

Velander nahm sich zusammen. Nach dem Gesetz war Terikel mit Sicherheit im Recht. Velander kannte sich gut mit den ätherischen und kalten Wissenschaften aus, doch Terikel war auf die Rechtswissenschaft spezialisiert und wusste daher, wovon sie sprach.

»Wenn die Prüfungen vorbei sind und alle vier neuen Priesterinnen wählen dürfen, werden wir ja sehen, wer die neue Älteste wird«, begehrte sie auf.

»Warum sollten wir fünfzehn Tage warten?«, fragte Terikel. »Schaut, die Sonne geht auf, und es ist der fünfte Tag der Prüfungszeit der Diakonissin Justiva. Sollen wir das Feuer kontrollieren?«

Justiva hatte ihr Feuer beim Knall der Explosion verlassen, und ihre Unterhaltung dauerte bereits zwanzig Minuten. Mit einem angstvollen Schrei rannte die Diakonissin gefolgt von den anderen zurück zur zeremoniellen Feuerstelle. Das Bündel kleiner Zweige hätte eigentlich nur etwa eine Viertelstunde brennen dürfen, aber irgendwie tanzte noch eine einzelne Flamme zwischen den letzten Resten des Reisigs. Justiva schaute sich um. Ein Bündel war übrig. Waren da nicht noch zwei gewesen, als sie losgerannt war, um zu helfen? Sie war so müde … vielleicht hatte sie schon doppelt gesehen.

»Herzlichen Glückwunsch, Ehrwürdige Justiva, Eure Flamme brennt immer noch«, sagte Terikel.

»Aber ich habe sie verlassen.«

»Nach dem Gesetz müsst Ihr nur dafür sorgen, dass sie brennt. Ihr müsst nicht daneben wachen. Ihr seid nun Priesterin. Die Göttin des Maßes hat es für angemessen gehalten, Euch rechtzeitig für die Wahl zum Zeitpunkt unserer Krise zu ordinieren. Als geschäftsführende Älteste rufe ich hiermit auf, Nominierungen für die fest eingesetzte Älteste abzugeben. Ferner nominiere ich mich selbst und verweise auf meine Leistungen im Dienst der Wissenschaft und auf meine Loyalität dem Orden und seinen Schwestern gegenüber.«

»*Eure* Leistungen?«, rief Velander aus. »Ihr habt herumgehurt, Ihr habt Euch der Ältesten widersetzt, und Ihr habt mich um die Nachtwache der Seelenverwandten betrogen.«

»Wollt Ihr jemanden nominieren?«, fragte Terikel.

»Ich nominiere mich selbst!«, erklärte Velander.

»Möchtet Ihr etwas zu Euren Leistungen vorbringen?«

»Zu *meinen* Leistungen? *Eure* Leistungen stehen hier zur Diskussion. Ihr habt gesündigt, das kann Euch nicht vergeben werden. Eine Hure wie Ihr eignet sich nicht einmal dazu, eine Schar Gänse zu hüten, geschweige denn die Metrologen.«

»Ist das alles, was Ihr zu sagen habt?«

»Ja!«

Für einen kurzen Moment trat Schweigen ein. Plötzlich bemerkte Velander ein gefährliches Glitzern in Justivas blutunterlaufenen, dunkel geränderten Augen. Mit einem Gefühl jäher Bestürzung fiel Velander plötzlich ein, dass die hier ansässigen Metrologen sich um die Dirnen am Ort gekümmert hatten und zwei der Diakonissinnen aus ihren Reihen stammten. Welche zwei?

»Diejenigen, welche die Berufung der Ehrwürdigen Terikel zur Ehrwürdigen Ältesten der Metrologischen Schwesternschaft unterstützen …«, sagte Terikel gerade.

»Nein, wartet!«, rief Velander, doch zwei Hände reckten sich bereits nach oben, blutrot in den waagerechten Strahlen der aufgehenden Sonne.

»Es wurde eine Mehrheit erreicht – die Ehrwürdige Terikel wird zur Ältesten der Metrologischen Schwesternschaft erklärt«, verkündete Terikel. »Mein erster Befehl lautet, das Feuer im Turm zu löschen. Ehrwürdige Schwestern, Aspirantinnen, ich verkünde außerdem, dass Schminke, maßgeschneiderte Kleider und Einzelzellen ab sofort erlaubt sind und das Zölibat freiwillig ist. Und jetzt bringt die Leichen in den Tempel.«

Schlagartig besserte sich die Stimmung aller jungen Frauen

außer der Velanders. Sie diskutierten sogar beim Wegschaffen der Leichen über die jeweiligen Vorzüge verschiedener Kosmetika, Moden und der hiesigen jungen Männer.

Nach dem Frühstück befahl Terikel der Kandidatin Latelle, ihre Wache an diesem Tag fortzusetzen, dann machte sie sich auf den Weg nach Port Wayside. Der Gouverneur war über Serioneses Unfall, ihren Tod und die Berufung Terikels informiert worden. In den Docks fand sie Laron bei der Beaufsichtigung der Arbeiten an der *Shadowmoon*, die sehr gute Fortschritte machten.

»Ich habe den silbernen Reif«, verkündete sie, nachdem sie ihn beiseite genommen hatte.

»Ich hatte keinen Zweifel daran, dass es Euch glücken würde.«

»Habt *Ihr* Justivas Feuer in Gang gehalten?«

»Das geht nur mich und mein Gewissen etwas an. Herzlichen Glückwunsch zu Eurer Wahl.«

»Danke, dass Ihr mich über Justivas Vergangenheit informiert habt und danke für den Vorschlag, den Trick mit dem eisernen Kästchen einzusetzen.«

»Ich habe meine ritterlichen Prinzipien verletzt«, murmelte er mit zusammengebissenen Zähnen. »Doch schienen mir Eure Motive edel zu sein. Was nun, da ich in ritterliche Ungnade gefallen und zum Mörder geworden bin?«

»Serionese hat sich *selbst* getötet. Ihr – und ich – haben sie lediglich einer sehr gefährlichen Versuchung ausgesetzt. Und zu der Frage, was nun werden soll – Banzalo wird mit der nächsten Flut segeln, und sofort danach wird sein Verbot für Schiffe aufgehoben, Helion ohne seine Erlaubnis zu verlassen.«

»Großartig. Die *Shadowmoon* wird mit der folgenden Flut Richtung Westen segeln und dann im Bogen nach Osten umkehren.«

»Bevor Ihr segelt, habe ich eine letzte Bitte an Euch.«

»Ja?«

»Ich muss die Ehrwürdige Justiva mit Banzalo nach Torea schicken. Latelle ist die Zweitälteste, aber ich bin mir ihrer Loyalität nicht sicher. Velander könnte Schwierigkeiten verursachen, wenn sie eine Abstimmung über irgendetwas erzwingt.« »Warum schickt Ihr nicht Velander mit Banzalo?«

»Damit der Gouverneur ihr Gehör schenkt? Besser nicht. Könnt Ihr sie auf der *Shadowmoon* wegbringen?«

»Als Passagier oder als Belohnung?«, fragte Laron ungerührt.

»Als Passagier, es sei denn, sie wird wirklich unausstehlich. Hauptsache, Ihr haltet sie so lange von mir fern, bis die anderen ihre Prüfungen bestanden haben und ich mir ihre Loyalität gesichert habe.«

Später an diesem Morgen trafen sich der Adel, die Militärelite und die zivilen Führer der Insel im neu eingerichteten Verwaltungspalast. Es handelte sich um eine Villa aus schwarzem Stein, um einen Innenhof herum erbaut, drei Stockwerke hoch und mit einem Dach aus importierten Terrakottaziegeln. Im Hof gab es einen kleinen Brunnen mit trägen Leuchtfischen und ein Dutzend Marmorstatuen, die plötzlich die größte Sammlung toreanischer Skulpturen der Welt darstellten. In einem der angrenzenden Gebäudeflügel lag der Speisesaal, das größte einzelne Zimmer der Insel. Er war in aller Eile mit einer Kanzel, einem improvisierten Thron sowie Bänken und Tischen für die Schreiber und auf der Musikergalerie über den Doppeltüren mit Sitzplätzen für Zuschauer ausgestattet worden.

Die Bekanntgabe der amtierenden Regierung für Helion war erfolgt: sie bestand aus Admiral Chanclar, den fünf adligen Landbesitzern, Banzalo und einem weiteren – überraschenden – Mitglied. Als Älteste der Metrologen auf Helion war Terikel als ausreichend wichtig erachtet worden, um in die Regierungsgeschäfte einbezogen zu werden. Die erste Amtshandlung der Regierung bestand darin, Baeberan Banzalo als Herrscher von Torea auszurufen, da er der ranghöchste vidarianische Überlebende war. Pflichtschuldigst schrieb Terikel den

Wortlaut und die Bedingungen der Ernennung nieder, da keiner der Schreiber auf der Insel mit der Protokollführung bei Gericht vertraut war.

Mit seiner ersten Ansprache sorgte Banzalo für beträchtliche Aufregung, als er verkündete, Warsovran lebe noch immer. Einer seiner Handelskapitäne war gerade aus der Ebarossee zurückgekehrt und hatte viele Neuigkeiten mitgebracht.

»Er wird hierher zurückkehren«, sagte der Meister der Handelszunft auf Helion. »Wir müssen nach Acrema fliehen.«

»Er hat kein Interesse an uns«, antwortete Banzalo. »Wir bereiten den Herrschern von Lemtas und Acrema keine Schwierigkeiten, und ein großer Teil seiner Kriegsflotte besteht aus Galeeren, die nicht gut in den rauen Gewässern auf hoher See segeln. Erinnert Euch daran, sie konnten die Blockade hier nur ein paar Tage lang aufrechterhalten.«

»Dann sind wir in Sicherheit?«, fragte der Handelsmeister.

»So sicher, wie man nur sein kann. Er wird seine Flotte an irgendeinen acremanischen Monarchen vermieten und seine letzten Tage als Söldner verbringen. In der Zwischenzeit bereiten sich Privatleute und Abenteurer rund um den Plazidischen Ozean darauf vor, nach Torea zu segeln.«

»Das ist nicht weiter verwunderlich«, sagte Terikel. »Da ist ein toter Kontinent einzunehmen, der mit geschmolzenem Gold und Silber übersät ist.«

»Vidarias Gold und Silber!«, beharrte Banzalo schroff.

»Nach dem Gesetz gehört es demjenigen, der es aufsammelt«, hob Terikel hervor. Sie saß immer noch auf einer Schreiberbank. »Moralisch ist natürlich derjenige der Eigentümer, der seinen früheren Besitz nachweisen oder seinen berechtigten Anspruch begründen kann.«

»Vidaria ist jetzt ein eigenständiges Königreich«, erklärte Banzalo. »Als Herrscher des Reiches Großvidaria erhebe ich Anspruch auf alle Ruinen und Gebiete innerhalb von Toreas Küstenlinie. Ich habe die Absicht, fünf Städte innerhalb eines Monats zu gründen.«

»Mit den toreanischen Bürgern auf Helion habt Ihr nur Untertanen für die Gründung von fünf kleinen Ortschaften. Keine davon wird mehr als zweihundert Frauen zählen«, sagte Terikel. »In Eurer Flotte sind aber elftausend Marinesoldaten und Matrosen. Es wird also eine gewisse Unausgewogenheit in der Bevölkerung geben.«

»Diese Marinesoldaten und Matrosen werden das Gold von Torea benutzen, um Frauen auf dem Sklavenmarkt von Lemtas und Acrema zu kaufen. Fünf oder sechs Frauen für jeden Mann! In einer Generation wird dann die Bevölkerung auf über Hunderttausend angewachsen sein. Mit Toreas geschmolzenem Gold können wir auch Schiffe, Holz, Werkzeuge und Waffen kaufen. Die Mündungen der Flüsse können vom Schlamm befreit und an ihren Ufern Getreide angebaut werden. Es wird essbare Algen und Fische im Überfluss geben. Also wird das Volk des Vidarianischen Reiches besser versorgt sein als wir hier.«

»Warum seid Ihr dann hier?«, fragte der Handelsmeister.

Banzalo warf ihm einen wütenden Blick zu. Jeder hier kannte ihn nur zu gut, und die Insulaner hatten kaum Hochachtung vor seinem Rang. Das musste sich ändern. Er brauchte ein unbekanntes Land, eine Gegend, wo die Leute unsicher und ängstlich waren. Wo sie zu einem Anführer aufschauen würden, der alles war, was zwischen ihnen und der Katastrophe stand.

»Ich habe die Absicht, heute Nachmittag mit dem größten Teil meiner Flotte zu den Ruinen von Port Kosamic in Vidaria zu segeln. Dort werde ich mich vom Admiral meiner Flotte krönen lassen und dann eine neue Stadt, Port Banzalo, gründen.«

Das hatte ein überraschtes Stimmengewirr und laut geäußerte Mutmaßungen bei den Mitgliedern der Regierung zur Folge. Die Landkarte von Torea wurde auf dem Tisch ausgebreitet.

»Sollen wir das so verstehen, dass Ihr Helion ohne Verteidigung zurücklasst?«, fragte Terikel.

»Helion braucht keine Verteidigung, aber in diesem Moment sind Plünderer aus jedem Hafen rund um den Plazidischen Ozean auf dem Weg, um *mein* Gold in Torea zu stehlen. Torea braucht eine Verteidigung. Wenn irgendjemand auf Helion sich Sorgen darüber macht, dass Warsovran hierher kommen könnte, kann er uns nach Torea begleiten.«

Der Botschafter von Nordscalticar räusperte sich und lenkte die Aufmerksamkeit auf sich.

»Mein Heimatland hat ein Zehntel der Größe Eures neuen Reichs …«

»Meines wiederhergestellten Reichs.«

»Wie auch immer. Ich will sagen, dass es neun Millionen Seelen in Nordscalticar gibt, die ihre Götter lobpreisen, ihr Getreide anbauen, ihrem König dienen, ihre Schiffe bauen und ihre Grenzen verteidigen. Ihr habt höchstens ein paar tausend. Wie wollt Ihr verteidigen, was Ihr habt?«

Banzalo streckte sich und zog die Landkarte zu sich heran. »Die neue Ansiedlung in Port Banzalo wird die Mündung des Flusses Temellier sperren und verteidigen. Sobald ich auf dem Erdboden meines Heimatlandes gekrönt worden bin, wird meine erste Amtshandlung als König darin bestehen, auch die Ruinen von Gironal zu sperren: dort werde ich eine Festung bauen und einen weiteren vidarianischen Hafen errichten. Die Nebenflüsse des Diorans und des Temelliers sind träge, breit und leicht schiffbar. Dadurch hat man Zugang zu praktisch dem gesamten Landesinneren von Torea. Wer sie kontrolliert, kontrolliert den Kontinent. Es gibt kein Futter für diejenigen mit Pferden und kein Wild für diejenigen zu Fuß, also müssen sich die eindringenden Plünderer auf den Flüssen fortbewegen oder gar nicht. Außerdem war Gironal der mächtigste Handelshafen von ganz Torea. Fast ein Viertel des Goldes auf dem Kontinent befand sich innerhalb seiner Mauern, als die Feuerkreise es verbrannten. Wenn ich Gironal beherrsche, herrsche ich auch über das Vermögen Toreas.«

»Bis Ihr ausgeraubt werdet«, wandte Terikel ein.

Banzalo drehte sich mit gerunzelter Stirn zu ihr um. »Für jemanden, der darauf hofft, an der Spitze der Hauptreligionsgemeinschaft von Großvidaria zu stehen, zeigt Ihr erstaunlich wenig Respekt vor Eurem zukünftigen Herrscher«, warnte er sie.

Terikel hatte mit einer scharfen Erwiderung gerechnet und ließ sich nicht einschüchtern. »Ich wollte nicht Eure Motive infrage stellen, Regent Banzalo. Ich wollte nur darauf hinweisen, dass es sehr schwer wird, Euren Anspruch auf eine solch fette Beute wie Gironal gegen die Flut von Schiffen zu verteidigen, die vom Reichtum angezogen werden. Eure Hochsee-Kauffahrer werden die allergrößte Mühe haben, vor ihnen dort zu sein.«

»Mit einem Vermögen kann man Macht kaufen und Freunde als Mitarbeiter anwerben. Andere Schiffe werden nach Lemtas geschickt, um Holz für den Schiffbau zu kaufen. Dieses Material wird an den verbrannten Küsten Vidarias schnell teurer sein, als man sich vorstellen kann.«

»Vidaria ist nur noch ein trostloser und gefährlicher Ort«, sagte Terikel. »Ich habe es gesehen. Es gibt viele Flecken auf anderen Kontinenten, an denen Vidarianer besser leben und vorankommen könnten.«

»Vidarianer haben die wahre und heilige Pflicht, ihr Heimatland wieder aufzubauen. *Ihr* seid jetzt Vidarianer, Ehrwürdige Schwester.«

»Aber Vidaria ist genauso tot wie die abgenagten Knochen in der Asche eines Lagerfeuers.«

»Wir werden Vidaria aus den Fängen des Todes befreien, so wie wir es von Warsovran zurückgewonnen haben!«, donnerte Banzalo. »Ich garantiere allen Vidarianern, die an die Küsten von Torea zurückkehren wollen, eine kostenfreie Überfahrt! Bauern und Milizsoldaten sind besonders willkommen. Land wird als Grundbesitz gewährt. Kommt zurück und erhebt Anspruch auf das Heimatland, das wir vor Warsovran gerettet haben.«

»Ihr habt es Warsovran *nicht* abgenommen«, rief Terikel verzweifelt. »Seine eigene Zauberwaffe, Silbertod, ist außer Kontrolle geraten und hat den ganzen Kontinent zerstört.«

»Phrasen, Nebensachen, Kleinkram! Unser Heimatland ist bereit für die Übernahme, genauso wie das Gold, mit dem wir es wiederaufbauen werden. Die königliche Flotte wird sofort mit Ziel Hauptstadt Port Banzalo auslaufen. Ich habe beschlossen, zwei der Galeeren und sechs der Kriegs-Zweimaster hier auf Helion zu lassen, um die Ordnung aufrechtzuerhalten. Weiterhin erkläre ich, dass ganz Torea unter der Schutzherrschaft des vidarianischen Reiches steht. Als einzigem ordentlichen Königreich in Torea ist es die Pflicht Vidarias, die Ordnung zu bewahren. Alle Schiffe und Personen anderer Königreiche, die in Toreas Gewässern segeln, sind verpflichtet, eine Abgabe für den Unterhalt meiner Kriegsmarine zu entrichten. Werdet Ihr nach Torea zurückkehren, um den Metrologischen Orden wieder aufzubauen, Ehrwürdige Älteste?«

»Ich habe bereits zugestimmt, eine meiner neuen Priesterinnen zu schicken, die den Aufbau eines Schreins beaufsichtigen wird.«

»Also werdet Ihr nicht auf den heimatlichen Erdboden zurückkehren?«

»Erdboden? Es gibt keinen toreanischen Erdboden. Es gibt nur Glas, das einmal Sand und Boden war – oh, und Lava, es gibt viel Lava.«

Banzalo ging der Gedanke durch den Kopf, dass die nächste Versammlung unter seinem Vorsitz seine Krönung an der Küste Toreas sein würde, wenn er jetzt den Raum verließe. Dort würde er geachtet sein, man würde ihm Respekt zollen, und er würde echte Autorität haben. Ohne ein weiteres Wort stand Banzalo auf und schritt aus dem Zimmer, prächtig gekleidet in der gelb-blauen vidarianischen Halbjacke und dem roten Mantel mit dem neuen königlich-vidarianischen Wappen, das eilig auf den Rücken gestickt worden war. Hinter ihm her strömten die in leuchtende Farben gehüllten Offiziere, niederen Adligen und Bediensteten wie der Schweif eines blendenden Kometen.

Das lief ganz gut, dachte Terikel, als sie schließlich allein im Zimmer war. Die junge Älteste hatte ganz bewusst deutlich Stellung gegen Banzalo bezogen. Das war offensichtlich dumm, da sowohl sie als auch der Metrologische Orden sich damit den Unwillen Banzalos zugezogen hatten. Terikel konnte jedoch sowohl strategisch als auch taktisch denken, und das etwas besser als Banzalo.

Kurz nachdem Banzalo den Raum verlassen hatte, löste sich die Versammlung auf. Es sprach sich schnell herum, was besprochen worden war, und viele auf der Insel hatten das Gefühl, es sei besser, nach Torea zurückzukehren. Zumindest würde es dort eine angemessene militärische Streitmacht zu ihrer Verteidigung geben.

Mehrere Dutzend Landarbeiter der Insel versammelten sich schon kurze Zeit nach der Zusammenkunft mit ihren Habseligkeiten im Hafen. Kostenlose Überfahrt nach Torea! Das war ihre Gelegenheit, Grundbesitzer großer Ländereien zu werden – größer, als sie je zu Gesicht bekommen, geschweige denn zu erträumen gewagt hatten. Zwei Brüder schleppten an einer Stange zwischen sich einige Säcke voll Werkzeug, Samen und anderen Materialien durch die Straßen von Port Wayside. Ihre Frauen und Kinder folgten ihnen mit weiteren Säcken.

»Wir werden schon Häuser aus Stein gebaut haben, wenn ihr nachkommt«, rief Prosus den anderen hinter sich zu, als sie im Hafen eintrafen.

»Aber warum können wir nicht jetzt mit euch kommen?«, fragte seine Frau.

»Das ist eine Frage von Platz und Bedarf. Der Herrscher will Bauern und Soldaten – und mit Crasfi und mir bekommt er sogar beides. Ihr werdet mit dem nächsten Schiff, auf dem Platz ist, nachgeschickt.«

»Und wie sollen wir das bezahlen?«, jammerte Crasfis Frau.

»Du musst nur das Essen für dich und die Gören bezahlen«, sagte Crasfi langsam und schwerfällig. »Wir haben das schon erklärt, habt ihr denn nicht zugehört? Bauern haben in Torea einen hohen Wert, wie Gold. Sie wollen uns, sie brauchen uns.«

»Genau. Die Überfahrt ist umsonst, wenn es freie Plätze gibt. Crasfi und ich werden Land in der Nähe des Hafens fordern, damit wir später gut an alle Anlandenden verkaufen können. Dazu müssen wir aber ganz früh da sein, und wenn wir ganz früh da sein wollen, müssen wir eines der ersten Schiffe erwischen.«

Damit hatte er wohl Recht – sie fanden mehrere Hochsee-Kauffahrer, die ihren Passagieren kostenfreie Überfahrten anboten. Prosus und Crasfi gingen an Bord, um Platz in den Hängematten zu beanspruchen, während die Kinder nach Hause zurückrannten, um noch mehr Säcke mit Lebensmitteln zu holen, und die Frauen ihre Sachen auf dem Kai bewachten.

»Also, Winte, fühlst du dich schon wie die Frau eines hohen Herren?«, fragte Heldey ihre Schwägerin.

»Ach, ich werde so viele Diener beaufsichtigen müssen«, lautete die mürrische Antwort.

»Das ist aber ein großartiger Aufstieg für ein Mädchen wie dich. Großes Haus, Diener und natürlich tolle Kleidung, um die anderen Adeligen zu beeindrucken.«

Winte schaute sich verstohlen um, bevor sie antwortete. »Du wirst die anderen eher ohne Kleidung beeindrucken, du Schlampe«, spottete sie. »Wie den Händler, der dir die diomedanischen Kämme und Haarnadeln gebracht hat, und den Fischer, der dir nach einem kleinen schnellen Geschäft hinter der Verkaufsbude den Fisch gegeben hat. Prosus wird dahinterkommen, denk an meine Worte.«

»Ich bin die Tochter eines Zimmermanns, ich habe unter meinem Stand geheiratet«, sagte Heldey mit einem Schniefen. »Ich habe Besseres verdient als das, was ein einfacher Bauer mir bieten kann.«

»Na ja, denk noch mal drüber nach, denn unsere Männer könnten bald über jedem Händler oder Fischer stehen.«

In der Zwischenzeit waren mehr und mehr Leute in den Hafen geströmt, die eine Überfahrtsmöglichkeit nach Torea auf einem der Kauffahrer suchten. Ausnahmsweise schien Prosus einmal Recht zu haben: durch harte Arbeit und schnelles Denken könnten sie die Begründer großartiger Familien mit Adelstiteln werden. Davon träumte jeder am Kai.

Laron schlüpfte aus der sargähnlichen Kabine und traf Druskarl auf dem Achterdeck am Ruder der *Shadowmoon*. Miral stand hoch am Himmel, und man konnte das Signalfeuer an der Spitze des neuen Leuchtturms der Insel sehen.

»Ihr scheint nie zu schlafen, solange Miral am Himmel steht«, sagte Druskarl beiläufig. »Doch heute ist Miral schon seit Stunden zu sehen, und Ihr habt Euch erst jetzt erhoben.«

»Während Miral am Himmel steht, kann ich wählen, ob ich wach sein oder schlafen möchte. Wenn aber Miral untergegangen ist, kann ich beides nicht.«

»Und was macht Ihr dann?«, fragte Druskarl.

»Paranoid sein.«

Druskarl wartete vergeblich darauf, dass Laron seine Antwort weiter ausführte.

»Da Ihr gerade von paranoid sprecht, ich hoffe, Ihr habt etwas zu Euch genommen«, sagte Druskarl, während er sich mit übertriebenem Unbehagen die Hände rieb.

»Wer hat Euch davon erzählt?«

»Der Freund eines Freundes. Und, *habt* Ihr nun gegessen? Und konntet Ihr die Mahlzeiten mit Euren ritterlichen Prinzipien in Einklang bringen?«

»O ja, und ich glaube, dass Port Wayside seither ein besserer Ort ist. Da wir gerade von Port Wayside sprechen, ich habe auch Erkundigungen eingezogen. Ihr wisst schon: wer hurt mit wem herum, wer plant zum Spaß oder aus Profitgier die Zerstörung der Welt und solche Sachen.«

»Und?«

»Und ich habe nichts über Feran herausgefunden.«

»Also?«

»Also dasselbe Ergebnis wie bei meinen Nachforschungen in Scalticar, Acrema und auch Torea. Vor zwei Jahren existierte Feran noch nicht. Er hat keine Vergangenheit. Keine Eltern, kein Zuhause, keine Lehrzeit, noch nicht einmal eine kriminelle Vorgeschichte.«

»Er könnte seinen Namen geändert haben. Viele tun das.«

»Ich weiß sogar, wie man die Spur einer Person zurückverfolgen kann, die unter ihrem richtigen Namen gestorben ist und unter einem anderen wiedergeboren wird. Es gab niemanden, der Feran vor 3138 auch nur *ähnlich* war, als er …«

In diesem Moment tauchte Velander zerzaust und mit finsterem Gesicht von unten auf. Sie warf einen Blick auf die aufgehende Sonne und kreischte vor Schreck.

»Wir segeln nach Osten!«

»Das ist der schnellste Weg nach Torea«, sagte Laron.

»Aber die Älteste hat mich nach Diomeda geschickt.«

»Die Älteste hat uns angewiesen, nach Torea zu segeln, nachdem wir zunächst Diomeda angesteuert haben. Der genaue Wortlaut ist dabei wichtig. Da Eurer persönlichen Loyalität kein sehr großer Wert beigemessen wurde, hatten wir Befehl, Euch erst auf hoher See davon zu erzählen.«

Diese Bemerkung war nicht dazu angetan, Velanders Stimmung zu verbessern.

»Und warum segeln wir *in Wirklichkeit* dorthin?«

»Um Silbertod zu bergen. Wir haben Grund zu der Annahme, dass die Waffe in Larmentel geblieben ist, und zwar unversehrt. Mein Kollege Roval hat Serionese bereits vor einiger Zeit darauf angesprochen, eine Expedition zu finanzieren, doch sie ging geradewegs zu Banzalo und gab alles preis. Man hat dafür gesorgt, dass Roval als außerordentlich gut bewachter Gast in einer Unterkunft des Gouverneurs untergebracht wurde. Danach dachte sich Banzalo den fantastischen Plan aus, Torea wieder zu bevölkern und dann Silbertod zu seiner Verteidigung einzusetzen.«

Plötzlich fügte sich für Velander alles zusammen: Banzalo hatte die ganze Zeit über Bescheid gewusst! Das war der Hintergedanke bei der Blockade des Dioran bei Gironal. Um sicher zu gehen, dass niemand die Ruinen Larmentels erreichen konnte, bevor er selbst in der Lage war, eine Expedition zur Bergung Silbertods auszusenden.

»Dieser schleimige, böse, arglistige Betrüger …«, rutschte es ihr heraus, bevor sie sich wieder gefangen hatte. »Wusste Terikel davon?«

»Anscheinend nicht«, sagte Laron und zog den Silberreif aus seinen Gewändern. »Erkennt Ihr den wieder?«

»Götter der Mondwelt!«, rief Velander aus. »Das Ding aus der Kiste.«

»Es ist sehr alt, und selbst ich habe nicht gewusst, dass es im Besitz der Metrologen war. Gemäß bestimmter Briefe, die mir Terikel aus der Kiste vorgelesen hat, war er für Yvendel Si-Chella in Diomeda bestimmt.«

»Wie bitte? Sie ist eine brillante Zauberin und eine der ursprünglichen Zwölf. Sie ist auf die Erforschung der Ätherwelt und Dimensionsreisen spezialisiert.«

»Sie hat außerdem seit dem Diebstahl von Silbertod mit einer Gruppe, äh, beunruhigter Zaubermeister zusammengearbeitet. Sie könnte einen Weg gefunden haben, Silbertod unschädlich zu machen.«

Bald darauf kam Feran an Deck und ordnete an, die Positionslichter zu löschen. Laron bot Velander an, seine Kabine zu benutzen, wenn Miral am Himmel stand. Daraufhin betonte Feran, dass seine eigene Kabine komfortabler und geräumiger sei, doch Velander lehnte dieses letztere Angebot ab.

»Er hat Recht, seine Kabine ist größer und hat eine bessere Einrichtung«, sagte Laron, während er einige Dinge aus seinem Besitz wegräumte, um Platz für Velander zu schaffen.

»Das mag ja sein, aber ich weiß, dass er mich gern als Extra-Zubehör in seiner Kabine haben möchte.«

»Wie kommt Ihr darauf?«

»Ich bin die einzige Frau an Bord.«

»Terikel hat verfügt, dass …«

»Diese Art des Verhaltens ist einfach nicht nach meinem Geschmack, ohne Rücksicht auf die Verfügungen der neuen Ältesten über das Zölibat. Das ähnelt ein wenig Euren ritterlichen Prinzipien, geschätzter Laron. Vielleicht ist das eine dumme Ansicht, aber ich habe nun einmal beschlossen, mich daran zu halten.«

Auf Helion schlug der Aufseher gegen Rovals Zellentür und rief: »Besuch.« Roval stand auf und glättete seine Kleidung, dann strich er sich unglücklich über die Stoppeln auf dem Kopf. Die Tür öffnete sich, und Terikel wurde eingelassen.

»Eine Viertelstunde, Gelehrte Älteste«, sagte der Aufseher, bevor er die Tür hinter ihr schloss.

»›Gelehrte Älteste‹?«, fragte Roval mit verschränkten Armen und Stirnrunzeln. »Gleichbedeutend mit ›Älteste der Metrologen‹?«

»Das genau bin ich. Ich bin die Gelehrte Terikel.«

»Gewiss, aber was ist mit der Gelehrten Serionese? Der metrologischen Ältesten, die ich in Verdacht habe, mich für diese Gratisunterkunft hier empfohlen zu haben.«

»Ich bedaure zutiefst, was Euch widerfahren ist – bitte glaubt mir. Serionese hatte leider einen unglücklichen Unfall. Unglücklich aus ihrer Sicht wenigstens. Meine Verwicklung in diesen Unfall muss ich mit mir und meinem Gewissen ausmachen, und mein Gewissen tut das, was man ihm sagt.«

Roval lächelte, nahm die Arme auseinander und wies auf die steinerne Pritsche in der Zelle.

»Wo habe ich nur meine Manieren gelassen?«, sagte er freundlich. »Gelehrte Terikel, wir scheinen uns recht ähnlich zu sein und müssen viel besprechen. Kratzt ein wenig Stroh zusammen und nehmt Platz. Kann ich Euch etwas Brot und Wasser anbieten? Beides ist recht frisch.«

»Warum nicht, danke. Oh, und ich habe das hier mitgebracht.«

Terikel zog ein Stück Kuchen aus ihrem Dekolleté. Roval atmete tief ein, während er versuchte, sich eine passende Antwort zu überlegen.

»Rosinen-Honigkuchen, mein Lieblingskuchen. Ich danke Euch, dass Ihr ihn warm gehalten habt, nur so schmeckt er wirklich gut.«

»Wirklich? Ich sollte mir das für das nächste Mal merken.«

Terikel knabberte an Rovals Brotkruste, während Roval den

Kuchen mit zwei Bissen verzehrte und sich danach die Finger ableckte.

»Unser beiderseitiger Freund Laron hat mir von Euch und Eurem Engagement für unsere gemeinsamen Interessen erzählt«, brach Terikel das Schweigen.

»Ach, Laron. Netter Junge, aber furchtbare Tischmanieren. Ich habe mit ihm im Geheimkriegerdienst zusammengearbeitet. Wir haben in fünf Einsätzen gemeinsam gekämpft. Tatsächlich hat er ein wenig von Euch erzählt, nachdem die *Shadowmoon* Port Wayside erreicht hatte.«

»Wirklich? Er hat mir auch alles über Euch erzählt.«

Roval erstarrte und warf ihr einen beunruhigten Blick zu. Terikel fragte sich, ob es richtig gewesen war, bei ihrem letzten Satz einen so wissenden Gesichtsausdruck aufzusetzen.

»Er – er hat was getan?«, blaffte Roval sie an. »Wenn es um die Feier in Palion ging, bei der ich angeblich mit Austern in den Nasenlöchern auf dem Boden gelegen habe, während eine Bauchtänzerin auf meinem Bauch herumgehüpft ist, das war ganz anders. Und außerdem war er gar nicht dort. Miral war zu dieser Zeit bereits untergegangen, also war er schon in einer Schlafkammer verschwunden und damit beschäftigt, tot zu sein. Ihr hättet das Geschrei hören sollen, als ein junges Paar hereinplatzte, das einen Ort suchte, wo es … – ist alles in Ordnung mit Euch?«

»Hört auf damit! Ich habe mich so angestrengt, verbittert und angespannt zu wirken, und Ihr habt alles verdorben, indem Ihr mich zum Lachen gebracht habt.«

»Wie auch immer, es waren Oliven und keine Austern … Warum solltet Ihr verbittert und angespannt sein?«

»Roval … Ernsthaft, das Leben war nicht sehr nett zu mir in letzter Zeit. Nicht nur, dass ich jeden und alles in Torea verloren habe. Die Älteste vor mir und Serionese haben mich dazu gezwungen, einige unangenehme Dinge mit verachtenswerten Personen zu tun, um Informationen für die metrologische Sache zu sammeln. Als es herauskam, musste ich in die Rolle einer Schlampe schlüpfen, wieder um das Ansehen des Ordens zu schützen. Laron hat mir geholfen, als ich ganz allein und auf dem Tiefpunkt angekommen war, und das ohne eine Gegenleistung zu erwarten. Nun bin ich die Älteste. Obwohl ich es dem Gewissen meiner Getreuen überlasse, wie sie ihre Freizeitaktivitäten gestalten, ist die einzig erlaubte Gesellschaft in *meinem* Bett gelegentlich ein Buch. Ich begleiche außerdem meine Schulden. Laron hält sehr viel von Euch, daher könnt Ihr nichts falsch machen, jedenfalls soweit es mich betrifft.«

»Ach, wirklich?«, erwiderte Roval verlegen und strich sich wieder über seine Stoppeln.

»Roval, wenn Laron Euer Freund ist, dann bin ich es auch. Was kann ich für Euch tun? Wenn es etwas gibt, was Euren Aufenthalt hier etwas angenehmer gestalten würde – im vertretbaren Rahmen –, dann sagt es mir einfach.«

Jetzt errötete Roval. Terikel lachte.

»Ach, der Besuch eines Barbiers, der mir täglich Kopf und Gesicht rasiert, und ein Besuch von Euch jede Woche, um mich über Neuigkeiten zu informieren«, schlug Roval vor.

»Wie wäre es mit einem täglichen Besuch von mir, um Euch zu rasieren *und* zu informieren?«

»Gelehrte Älteste, ich könnte nicht …«

»Ach, ich habe ganz ruhige Hände, Gelehrter Roval.«

»Im Ernst, Älteste, wir würden wahrscheinlich gut daran tun, unser Wissen zusammenzulegen. Sobald ich hier raus bin, können wir wahrscheinlich sogar wirkungsvoll zusammenarbeiten.«

»Und wenn Ihr hier raus seid, erwarte ich von Euch, dass Ihr mir den Trick mit den Oliven zeigt, Gelehrter Roval. In der Zwischenzeit werde ich wirklich versuchen, Euch jeden Tag zu besuchen. Morgen um dieselbe Zeit?«

»Ich werde hier sein.«

4
Fahrt nach Larmentel

Am vierzigsten Tag auf See stand Feran bei Sonnenuntergang an der Reling und starrte versunken auf das Gold, Purpur, Zinnoberrot und Ockergelb, das zwischen den Wolken glühte. Es erinnerte ihn daran, dass der Staub von unzähligen Millionen Menschen unter diese Farben gemischt war. Steuerbord lagen die dunklen, leblosen Silhouetten von Toreas Küste. Er erklomm die fünf Stufen zum Achterdeck und blickte kurz auf den Magnetsteinzeiger, orientierte sich an der untergehenden Sonne, griff nach dem Sextanten, peilte Lupan und den Horizont an und verglich dann die Messwerte mit den Höheneintragungen auf der Tafel am Ausguck. Schließlich löste er den Steuermann ab.

Feran hatte an diesem Abend die Wache während der Essenszeit, bis Laron ihn ablösen würde. Als er seine Kabine verlassen hatte, war oranges Licht durch die Ritzen der Schiebeluke von Larons Unterkunft gesickert. Velander und alle anderen waren unten beim Abendessen.

Sobald er allein auf dem Achterdeck war, zurrte Feran das Steuerruder fest und machte eine rasche Bestandsaufnahme. Alles war normal – doch als er sich plötzlich nach Norden drehte, starrte er auf eine lange Reihe schwacher Lichter am Horizont. *Also sind sie ganz schön früh unterwegs*, dachte er und löste das Steuerruder wieder. Die Positionslichter der fernen Schiffsflotte glichen leuchtenden Punkten, die gelb schimmernd auf den dunklen Wellen tanzten. Feran dankte dem Schicksal und seinem Glück, dass er allein Wache hatte, als sie in Sicht gekommen waren, und dass sie der Küstenlinie in einem größeren Abstand folgten. Sehr behutsam steuerte er die *Shadowmoon* ein paar Grad weiter Richtung Südosten. Die Segel waren nicht ganz für diesen Winkel im Wind getrimmt, aber es musste eben so gehen. Er betete, dass niemand die geringe Kursänderung bemerken und an Deck kommen würde, um Nachforschungen anzustellen.

Eine Viertelstunde verstrich und noch eine weitere. Die *Shadowmoon* war zwar klein und behäbig, doch eine Flotte segelt nur so schnell wie ihr langsamstes Schiff, und das war in diesem Fall – erstaunlicherweise – offensichtlich langsamer als die *Shadowmoon*. Nach und nach verschwanden die Lichter und tauchten am Horizont ins Meer. Feran wusste, dass die *Shadowmoon* nicht sichtbar war, da sie keine Positionslichter gesetzt hatten. Durch ihre geringe Größe wäre sie eine leichte Beute für nahezu jeden schnellen Freibeuter, der zufällig ihren Weg kreuzte, daher hatte Feran sogar einfarbig olivgrüne Segel aufgezogen und das Hauptlateinsegel tagsüber nicht völlig gehisst. Er schätzte die umsegelte Flotte auf mindestens sechs Dutzend Schiffe. In der Gewissheit, dass diese den nordwestlichsten Punkt Toreas als Sammelplatz nutzen würden, hatte er die *Shadowmoon* mit geändertem Kurs außer Gefahr gebracht. Er konnte jedoch nicht wissen, *wann* sie sich wieder in Bewegung setzen würden. Eine weitere halbe Stunde verging, und am Horizont verschwanden noch mehr Lichter.

Als eine Luke langsam aufgeschoben wurde, schaute Feran nach unten.

»Kapitän?«

Velanders Stimme. Ihre Füße tappten die Stufen zum kleinen Achterdeck empor. Feran warf einen Blick zum Horizont, wo immer noch einige Lichter glitzerten.

»Seht mal, all diese Schiffe!« Velander schnappte nach Luft, als sie neben Feran trat. »Das sind bestimmt sechs – nein acht oder sogar neun.«

»Plünderer aus den Häfen der Ebarossee«, antwortete Feran beiläufig.

»So viele auf einmal?«

»Sie arbeiten zusammen, um stärker zu sein, obwohl sie sich eigentlich aus Habgier gegenseitig verabscheuen. Kleine Boote wie dieses sind eine leichte Beute für sie.«

»Sind wir in Gefahr?«

»Die *Shadowmoon* ist so stromlinienförmig wie ein Fisch unterhalb der Wasseroberfläche und überraschend schnell. Das muss bei einem Spionageschiff auch so sein. Der Flottenverband bewegt sich nur so schnell wie sein langsamstes Schiff, und das scheint eine Waschwanne mit einem Segel zu sein. Wir segeln eindeutig schneller als sie.«

Velander nahm ein Rohr aus einem Beutel an ihrem Gürtel und zog dann so lange an einem Ende, bis es auf das Vierfache seiner ursprünglichen Länge angewachsen war. Als Feran es sich näher anschaute, bemerkte er, dass es aus vier konzentrischen Messingrohren bestand. Sie entfernte die Metalldeckel von beiden Seiten, hielt es an ein Auge und richtete es auf die Lichter der Schiffe in der Ferne.

»Larons Fernsichtgerät – er hat es mir geliehen«, erklärte sie.

»Laron? Aber ich dachte, Ihr hättet – äh – keine Zeit füreinander.«

»Das stimmt auch. Er hält an der irrigen Ansicht fest, dass die Ringe Mirals aus Staubteilchen bestehen und nicht massiv sind. Er behauptet, dass man mit diesem Gerät das Sternenlicht hindurchscheinen sieht, und hat es mir geliehen, damit ich mich selbst davon überzeugen kann. Bis jetzt hat der Staub und Rauch in den oberen Luftschichten einen klaren Blick auf Miral verhindert, auch das Gerät war da keine Hilfe. Es wurde vor ein paar Jahren als Spielzeug angeboten, und nur Adelige oder höherrangige Soldaten durften es benutzen. Sie wollten ohne Zweifel nicht, dass die unteren Klassen zu weit sehen können.«

Velander beobachtete weiter die Schiffe, schien jedoch nichts Außergewöhnliches an ihnen festzustellen.

»Das Erste, das ich je gesehen habe, gehörte einem vidarianischen Schiffskapitän und bestand aus einem einzelnen Rohr von der Länge meines Arms«, sagte Feran. »Das Bild war seitenverkehrt und stand auf dem Kopf, aber man konnte winzigste Einzelheiten an sehr weit entfernten Objekten erkennen.«

»Laron hat die von ihm gebaute Version getarnt, so dass sie wie ein Behälter für medizinischen Puder aussieht, jedoch immer leer ist. Jetzt spielt das alles keine Rolle mehr, wie viele alte toreanische Gesetze. Diese Schiffe ... Sie wirken so lang und niedrig – wie Kriegsgaleeren.«

»Oh, genau das beabsichtigen sie auch«, versicherte ihr Feran schnell. »Die Positionslichter werden tief an den Seiten der Hochsee-Kauffahrer befestigt, so dass sie wie Kriegsgaleeren aussehen. Der Trick klappt natürlich nur bei Dunkelheit, aber damit ist immerhin die Hälfte des Tages abgedeckt, nicht wahr?«

»Schlau.«

»Dennoch – sie sind stärker als wir, und das gibt mir Grund zur Besorgnis. Alles, was größer als eine Schaluppe ist, beunruhigt mich. In Torea gibt es viel zu holen, und niemand mag Konkurrenten, wenn es um Gold geht. Starken Rivalen begegnet man mit Drohungen, Getöse und der Zurschaustellung der eigenen Kräfte. Rivalen unserer Größe versenkt man.«

Velander wandte sich vom Horizont ab und nickte zustimmend. Laron hatte ihr erzählt, die Suche nach dem ausgebrannten Silbertod sei nur ein Teil ihrer Aufgaben. Ein weiterer bestehe darin, geschmolzenes Gold aus den Ruinen der Orte und Städte im Inneren des Landes zu sammeln. Auf den Flüssen Toreas konnten sie die meisten größeren Städte im Binnenland anfahren, und Banzalos erbärmliches, aber ausgedehntes Imperium war zurzeit die größte Goldmine der Welt. Wenn sie schnell genug waren, würden sie die freie Auswahl unter all den Reichtümern haben und reich nach Helion zurückkehren, die Metrologen zu einem begüterten Orden machen und Silbertod dem Zugriff Banzalos entziehen – und das alles mit einer

Reise. Sie bemerkte, dass die fernen Schiffe jetzt fast alle außer Sichtweite waren.

»Es ist so, als sei plötzlich das Haus eines reichen Mannes eingestürzt und er und seine Erben darin getötet worden«, sagte Feran. »Sein ganzes Vermögen steht zur freien Verfügung.«

»In der Eile, die Ruinen zu durchstöbern, wird sich niemand damit aufhalten nachzufragen, weshalb das Haus überhaupt eingestürzt ist«, antwortete Velander. »Welches seiner Nachbarhäuser wird das nächste sein?«

Feran war nicht bereit, diesen Gedankengang weiter zu verfolgen, und versank in Schweigen. Velander drehte sich wieder zur See herum und beobachtete die Schiffe, bis auch das letzte der Lichter verschwunden war.

Laron war immer noch in seiner Kabine, als er einen empörten Schrei hörte, dem ein klatschender Schlag folgte. Als er an Deck kam, um die Wache zu übernehmen, begegnete er Feran, der nach unten eilte. Velander schaute nach hinten in Richtung des phosphoreszierenden Kielwassers der *Shadowmoon*. Dort funkelte der strahlende Planet Caspelli knapp über dem Horizont. Laron bestimmte mit dem Sextanten anhand der Sterne ihre Position, dann kontrollierte er die Takelage und den Winkel, in dem Feran das Steuerruder festgezurrt hatte. Velander erzählte ihm von der Flotte.

»Darf ich die Zahlen vom Sextanten ablesen?«, fragte Velander, nachdem Laron das Instrument aus seiner Halterung genommen hatte.

»Natürlich, Ehrwürdige Schwester«, antwortete Laron liebenswürdig und reichte ihr den Sextanten.

»Feran hat sich gerade erboten, mir einige Feinheiten der Navigation beizubringen«, fuhr sie fort. »Seine Hände haben dann sehr schnell den Weg unter meine Kleidung gefunden.«

»Das dürfte keine Überraschung für Euch gewesen sein. Meine Kabine ist jetzt leer.«

»Euer Bett ist niemals warm.«

»Das liegt daran, dass ich in Zeiten der Gefahr immer kalt bin

– und wir leben jetzt gerade in gefährlichen Zeiten. Braucht Ihr mein Fernsichtgerät noch?«

»Nein, aber ich habe keine Sterne durch die Ringe gesehen«, sagte sie und reichte es ihm mit großer Vorsicht zurück, um ja nicht seine Haut zu berühren.

»Die Wahrheit ist immer da, falls Ihr es später noch einmal versuchen wollt. Menschen können immer Argumente für das Gegenteil finden, doch die Wahrheit ist wie ich: nicht tot zu kriegen.«

Zwei Tage später landete die *Shadowmoon* an der Nordküste Toreas in Höhe der Ruinen von Fontarian. Wegen seines geringen Tiefgangs konnten sie mit dem Schoner sehr nah an die Küste segeln, bevor das Beiboot zu Wasser gelassen werden musste. Geschmolzener Sand knirschte und barst unter den dicken Ledersohlen ihrer Stiefel, aber es gab auch schon andere Fußabdrücke. Außerdem waren offensichtliche Anzeichen dafür zu erkennen, dass im Umkreis der größeren öffentlichen Gebäude und Villen bereits gegraben worden war. Nicht eine einzige Pflanze war zu sehen, und es gab keinerlei Insekten, obwohl der Fluss den Hafen mit klarem, sauberem Wasser füllte.

»Die Plünderer waren schon hier«, folgerte Feran, als er mit einem Stück geborstenem Metall aus einem scheinbar willkürlich gezogenen Graben wieder auftauchte.

»Meint Ihr diejenigen, welche den Graben ausgehoben haben, oder uns?«, fragte Velander.

»Das hier ist ein Stück von einer cyronesischen Axtklinge, die wahrscheinlich als provisorische Hacke benutzt worden ist. Man kann das an den flachen Riefen hier über der Schneide erkennen. Allerdings ist die Heimat der Cyronesen nicht zerstört worden. Das Gold in diesen Ruinen ist hingegen alles, was uns geblieben ist. Wir haben ein Anrecht darauf.«

»Aha, Ihr seid also in Torea geboren?«, fragte Laron.

»Ich bin nur Toreaner«, antwortete Feran.

Velander setzte ein dünnes, höhnisches Lächeln auf und

schleuderte einen Stein in den Graben. »Woher Ihr auch stammt, Ihr redet wie Banzalo«, warf sie ein.

Feran verstaute den Axtsplitter in einem Beutel und klopfte sich den Staub von den Händen. »Also seid Ihr auf der Seite der Plünderer?«

»Nein. Ich wollte lediglich darauf hinweisen, dass in Torea Anarchie herrscht. Wir können das behalten, was wir finden, wenn wir in der Lage sind, es auch zu verteidigen. Alle seefahrenden Königreiche von Lemtas, Acrema, Scalticar und Armaria werden bald dem Handelsschiff folgen, dessen beneidenswerte Mannschaft hier gegraben hat. Sie werden die Marine, Kriegsgaleeren und Sklaven hierher bringen, um zu graben, und sie werden kämpfen. Nichts ist gewisser als das. In Torea wird erst dann wieder Frieden einkehren, wenn es hier nichts Wertvolles mehr zu finden gibt.«

Sie gingen über den geschmolzenen Sand zurück zum Ufer, wo das Beiboot lag. Wanderseevögel trafen sich zu einem Festmahl auf irgendeinem toten Tier und kämpften lautstark um die verfaulten Stücke. Ansonsten waren sie nur von Schweigen und Stille umgeben.

»Was ist das da?«, fragte Laron, der sich an dem Geruch nicht zu stören schien.

»Tot«, antwortete Velander.

»Es hat vier Flossen und einen längeren Hals als die *Shadowmoon*.«

»Ist es *Silbertod*?«, fragte Feran.

»Nein, aber …«

»Dann lasst uns aufs Schiff zurückkehren. Einige Schiffe der Plünderer sind nur wenige Stunden hinter uns.«

»Nur noch eine Stunde, das reicht«, bat Laron.

Laron maß die Dicke des geschmolzenen Sandes und den Grad, in dem die verschiedenen Metalle verändert waren. Die anderen Besatzungsmitglieder stöberten nach Gold- und Silberstückchen, die von den cyronesischen Plünderern auf der Suche nach einträglicherer Beute liegen gelassen worden waren. Schließlich aber ließ Feran Laron nur noch die Wahl, mit ihnen zu segeln oder zurückgelassen zu werden. Mit eigenartigem und unerklärlichem Unwillen kehrte Laron mit ihnen auf das Boot zurück. Mehr als ein Drittel der Reise lag noch vor ihnen, als sie ihren Weg entlang der Küste fortsetzten.

»Hattet Ihr damit gerechnet, jemanden zu treffen?«, fragte Druskarl.

»Ich hatte tatsächlich damit gerechnet, eine Ladung Schlachtvieh zu treffen.«

»Ich wünschte, Ihr würdet diese Worte nicht benutzen.«

»Warum?«

»*Igitt.*«

»Ach, na schön, hab schon verstanden.«

»Seid Ihr sicher, dass Ihr wisst, was Ihr tut?«, fragte Druskarl, als Laron sorgfältig eine bestimmte Menge eines Zaubertranks in ein Glas voll Wein tropfen ließ.

Die Sonne war schon vor langer Zeit untergegangen, und sie waren allein auf dem Achterdeck. Atmosphärischer Staub von den Feuerkreisen zerstreute Mirals Licht und gab dem Nachthimmel den Anschein einer riesigen grünen Kuppel.

»Ihr werdet eine Stunde lang schlafen, länger nicht.«

»Aber zu welchem Zweck?«

»Für den Fortschritt der Wissenschaft, um die Erforschung der Naturphilosophie zu fördern, um Neuland hinter den dunklen Grenzen der Unwissenheit zu beschreiten …«

»Um etwas unsäglich Dummes und Gefährliches zu tun.«

»Nichts Gefährliches, nur … Schwieriges.«

»Warum macht Ihr es nicht selbst?«

»Der Proband muss lebendig sein.«

»Und wird *dieser* Proband auch am Ende der Stunde noch lebendig sein?«, fragte Druskarl, indem er auf seine Brust deutete.

»Ihr habt mein Wort darauf.«

»Das ist nicht gerade dazu angetan, mich zuversichtlicher zu stimmen.«

»Druskarl, Druskarl, ich schlage doch nur eine kleine Übung im Austausch von Seelen vor. Später könnte ich dann dasselbe mit Eurer Seele machen.«

»Wie meint Ihr das?«

»Ich könnte Eure Seele in einen Körper versetzen, der noch Hoden hat.«

Druskarl dachte einen Moment darüber nach, dann streckte er die Hand nach dem Glas aus. Er leerte es in einem Zug, lehnte sich zurück an die Wand und versank schnell in Bewusstlosigkeit. Laron holte den Reif hervor, der als Rahmen oder Halterung für die Orakelkugel dienen würde, und setzte ihn locker auf den rasierten Kopf des Eunuchen, um dann Nonas Kugel in die Fassung aus drei geöffneten Klammern zu drücken. Er sprach eine Zauberformel, dann umschloss er das leuchtende Nichts über Rahmen und Kopf mit beiden Händen. Sofort schnappten die Klammern zu, und der Rahmen verband sich mit Druskarls Schädel. Der Eunuch bewegte sich und öffnete die Augen. Sogleich kippte der Auton zur Seite und schlug dann voller Panik um sich. Nona hatte nie zuvor einen echten Körper beherrscht, und der Einsatz von Muskeln war ihr fremd. Laron bemühte sich, sie zu beruhigen.

»Versuch nicht, dich zu bewegen, Nona«, riet er. »Rühr dich am besten gar nicht. Bleib einfach liegen.«

Nona lag jetzt still, allmählich verlangsamte sich ihre Atmung. Mit etwas Unterstützung konnte sie zuerst eine Faust machen, dann einen Arm bewegen. Nach einigem Probieren war sie in der Lage sich aufzurichten, doch das Sprechen fiel ihr schwer. Es wirkte eher beunruhigend als amüsant, Nona mit Druskarls Stimme sprechen zu hören. Nach einigen weiteren Minuten bekam das Auton-Mädchen Druskarls Körper aber immer besser unter Kontrolle.

»Wie … lange?«, brachte sie mühsam hervor.

»Nur noch ein paar Minuten. Dein Wirt ist betäubt. Sobald er erwacht, wirst du seinen Körper verlassen müssen.«

»*Ssseinen* … Körper?«, rief sie aus. Trotz ihrer langsamen, undeutlichen Sprechweise klang sie sehr verängstigt.

»Na ja, mehr oder weniger. Er ist ein Eunuch. Etwas Besseres war unter diesen Umständen nicht zu bekommen.«

Nona bewegte versuchsweise Druskarls Glieder, dann schaute sie sich bedächtig um. Ein leichter Wind trieb sie auf unruhiger See Richtung Osten. Der Himmel war klar, aber schwach grün, und Miral stand groß am östlichen Horizont. Nona schob sich eine von Laron angebotene getrocknete Feige in den Mund.

»Schmmmmeckt … gut«, berichtete sie. »Hart … aber doch … fffleischig.«

»Wie einige der Leute, die ich verspeist habe.«

Sie stand mit Larons Hilfe langsam auf. Nach zwei Stufen musste sie sich wieder hinsetzen.

»Wir können das noch einmal machen, wir üben einfach so lange, bis du die nötige Sicherheit hast.«

»Du … sssso … jung.«

»Du meinst, du hast einen älteren erwartet«, lachte Laron. »Ja, mein Körper ist ungefähr vierzehn Jahre alt, und Druskarl ist einen Kopf größer als die meisten Leute.«

Ein peinliches Schweigen entstand.

»Was hältst du von der *Shadowmoon*?«, fragte Laron.

»Hübsch, kompakt … Ich fühle mich schwächer …«

»Druskarl wacht auf. Schnell! Setz dich und dann leg dich hin.«

»Laron …«

Laron wirkte einen weiteren Zauber, mit dem er den Rahmen von Druskarls Kopf entfernen konnte, als dieser sich bewegte. Laron musste die Klammern nur kurz berühren, damit sie die violette Kugel freigaben. Als Druskarl die Augen öffnete, hatte der Vampyr schon alles weggepackt. Der große Eunuch tastete sofort nach seinem Hals.

»Welcher Argwohn«, sagte Laron mit einem Kopfschütteln. »Ihr verletzt meine Gefühle.«

»Solange *ich* mich nicht verletzt fühle, bin ich beruhigt. Hat Euer Test funktioniert?«

»Ja. Tatsächlich setze ich große Erwartungen in weitergehende Übungen dieser Art.«

Laron musste nach diesem Experiment über vieles nachdenken. Der Auton würde gegenwärtig als zurückgebliebenes Mädchen durchgehen, aber wie ging es nun weiter? Sie würde viel Übung und Schulung benötigen, bevor man ihr zutrauen konnte, allein zurechtzukommen.

In den Ruinen Gironals herrschte absolute Stille, als die *Shadowmoon* sich der Hafeneinfahrt näherte. Späher im Beiboot meldeten, dass bereits ein zweimastiges, mit Rudern versehenes vidarianisches Handelsschiff im Hafen vor Anker lag. Es war schwer bewaffnet: zwei Katapultgeschütze waren auf dem Vorder- und Hauptdeck befestigt, und zwischen den Vordermasten konnte man Enterbrücken erkennen. Feran gab den Befehl, die Masten der *Shadowmoon* umzuklappen, während sie auf den Abend warteten.

»Wir müssen bis knapp unter den Wasserspiegel sinken und uns dann mit der Flut hereintreiben lassen«, erklärte Feran, während sie alles versiegelten und in Sicherheit brachten, was nicht wasserdicht war. »Wir sollten im Sog des Handelsschiffes nahe an die Flussmündung gezogen werden. Danach müssen wir uns auf die Ruder verlassen.«

»Unter Wasser?«, fragte Velander.

»Es kostet viel Kraft und geht nur langsam voran, aber wir haben das schon einmal gemacht«, versicherte ihr der Bootsmann. »Man dreht die Ruderblätter zum Ausholen waagerecht und zieht sie dann senkrecht gehalten zurück. Das kann man natürlich nur ein paar Züge lang machen, bevor man zurück ins Beiboot muss, um Luft zu holen. Man braucht daher viel Zeit, um sich vorwärts zu bewegen.«

»Wenn wir die Flussmündung erreicht haben, werden wir wohl außer Sichtweite des Handelsschiffes sein. Dann können wir wieder auftauchen und das Wasser ausschöpfen«, schloss Feran. »Gegen Morgen sollten wir so weit landeinwärts gekommen sein, dass ihre Kundschaftertrupps uns nicht mehr sehen können.«

»Es gibt einen einfacheren Weg«, schlug Laron vor.
»Und der wäre?«, fragte Feran.
»Ich muss mich jetzt in meiner Kabine ausruhen, aber habt Geduld und lasst uns hier noch für ein paar Tage vor Anker liegen bleiben. Es wird für uns alle von Vorteil sein.«

Die Seemänner der Morgenwache auf der *Oakheart* traten ihren Dienst nicht unwillig an. Das Schiff lag in einem ausgestorbenen Hafen vor Anker, und das Wachehalten an diesem besonderen Ort war mit einigen sehr speziellen Vorteilen verbunden. Als sie an Deck kamen, waren sie nicht überrascht, nur einen einzigen Mann auf dem Achterdeck zu finden.
»Alles ruhig, Hellas?«, rief der Offizier.
»Ja. Die anderen von der Nachtwache sind an Land gegangen und bewachen die Stadt.«
Die Landgänger hatten die üblichen Silber- und Goldklümpchen überall dort gefunden, wo die Geldbeutel der Bewohner Gironals auf den Boden gefallen waren. Ihre Besitzer waren tot gewesen, noch bevor die Beutel den Boden berührt hatten. Das Blei aus den Bedachungen war wie Regenwasser durch die Rinnsteine geflossen und dann erstarrt und verstopfte nun alles. Die Hitze hatte die Steinmauern zersprengt und geschmolzen, und jedes gedeckte Dach der Stadt war eingefallen, nachdem auch die Holzbalken zu Asche verbrannt waren. Über das Wasser konnte man die Stadt leise im Wind ächzen hören, der durch die ausgebrannten Trümmer blies. Einige Besatzungsmitglieder glaubten, dass die Geräusche von Geistern, Elementargeistern und Dämonen stammten, die sie fern halten wollten. Doch das konnte nicht alle davon abhalten, an Land zu gehen und im wahrsten Sinne des Wortes das Gold von der Straße aufzulesen.
»Müssten sie nicht längst zurück sein?«, fragte der Offizier.
»Doch, auch wir wollen die Stadt bewachen«, erwiderte einer seiner Männer.
Sie wurden von Signaltrompetentönen unterbrochen, die über das Wasser hallten. Ein langer Ton, drei kürzere.

»Das ist das Zeichen für Tod!«, keuchte der Offizier.

Als das Boot schließlich das Ufer erreichte, wurde der Überlebende oben auf einer Säule hockend gefunden. Zu seinen Füßen lagen Taschen voll Gold. Nachdem man ihn dazu überredet hatte herunterzukommen, führte er sie zu der Stelle, an der die beiden anderen Männer tot lagen. Ihre Kehle war völlig zerfetzt, und ihre Augen waren vor Angst aus den Höhlen getreten.

»Ich habe sie so gefunden«, stammelte der Überlebende. »Ich war nur zwanzig Schritte entfernt, hinter dieser eingestürzten Mauer, aber ich habe nichts gehört.«

Der Offizier untersuchte die beiden Leichname.

»Beide kalt. Sie sind schon lange tot.«

Am nächsten Morgen wurden die beiden Wachhabenden an Bord der *Oakheart* auf ihrem Posten tot aufgefunden. Auch ihre Kehle war völlig zerfetzt.

»Es ist uns hierher gefolgt«, sagte der Offizier. »Dieses Geisterding aus den Ruinen.«

»Verteilt die Waffen aus den Schließfächern, dann sucht das Schiff ab«, befahl der Kapitän.

Sie suchten alles gründlich ab, vom Bug bis zur hinteren Reling auf dem Achterdeck. Nichts war zu finden, doch als die Besatzung sich zurückmeldete, wurde ein weiterer Mann vermisst. Bei einer erneuten Suche fand man seine Leiche im Bilgenwasser.

»Ich mache mir langsam Sorgen um Laron«, sagte Velander. »Zwei Tage und noch kein Zeichen von ihm.«

»Wichtiger ist, dass wir zwei Tage verloren haben«, murrte Feran. »Wir können uns nicht von der Natur ernähren, wahrscheinlich gibt es nicht einmal mehr Fische in den Flüssen.«

Er wurde durch ein Signal von der Wache am Ufer unterbrochen. Sie meldete, die *Oakheart* treffe Vorbereitungen, mit der

Flut zu segeln. Sie warteten eine weitere Stunde, während die Gezeiten wechselten. Laron schwamm heran und kletterte an Bord, als sie gerade den Anker lichten wollten.

»Was habt Ihr bloß gemacht?«, fragte Feran.

»Ich habe mit ihnen zu Abend gegessen.«

»Zu Abend gegessen? Ihr esst nicht einmal mit uns zu Abend. Was habt Ihr wirklich gemacht?«

»Ich habe sie mit meinen Tischmanieren schockiert. Und jetzt wird es Zeit, dass wir den Anker lichten.«

Bis zum nächsten Morgen hatte sich die *Shadowmoon* mit Hilfe eines starken Ostwinds zwanzig Meilen weit auf dem breiten Dioran landeinwärts vorgewagt. Die Strömung war träge, daher kamen sie zunächst mühelos voran. Nach zwei Tagen ebbte der Wind ab, und die Strömung wurde im schmaleren Flussbett stärker. Sie machten neben einer steinernen Brücke fest, welche die Feuerkreise überstanden hatte, obwohl überall Zapfen aus geschmolzenem Stein herunterhingen. Sie verband die nördlichen mit den südlichen Überresten einer Stadt beiderseits des Flusses. Das Beiboot wurde losgebunden und zu Wasser gelassen. Feran, Velander, Druskarl und Laron bereiteten sich darauf vor, in Richtung Larmentel zu rudern, während Miral sich ungefähr eine Stunde vor der Morgendämmerung am Himmel erhob.

»Wie lauten Eure Befehle?«, fragte der Bootsmann, als Feran ablegte.

»Haltet Wache, durchstöbert die Umgebung nach allem Brauchbaren und esst nicht zu viel.«

Fünfhundert Meilen weiter nördlich war Port Banzalo an der Mündung des Temelliers bereits auf zweitausend Seelen angewachsen, als der Herrscher zu den Krönungsfeierlichkeiten ankam. Maurer hatten Unterkünfte gebaut, und auf Aushub aus Schlick und Tang waren Gärten angelegt worden, in denen schon die ersten Tomaten, Bohnen und Zwiebeln wuchsen. Seegras und Algen waren neben den auf offener See gefangenen Fischen auf Gestellen getrocknet worden. Nur wenige hatten bisher in den nicht weit entfernten Ruinen nach Gold gegraben, da noch niemand Geld benötigte.

Banzalo wurde auf dem Hauptplatz der Stadt, der flächenmäßig kleiner als das Deck seines Flaggschiffs war, zum König gekrönt. Dann verließ er mit seiner Flotte die Stadt in Richtung Gironal. In der kleinen Hauptstadt kehrte wieder Ruhe ein, es wurde wieder gebaut, Schlick ausgehoben und Getreide angepflanzt. Die Hühner gediehen bestens mittels einer Kost aus Fischabfällen und Algen, und die frisch geschlüpften Küken lernten wieder zu scharren.

Prosus Hayport war zur Belohnung für seine Dienste in der Stadtmiliz Landbesitzer geworden. Er und sein Bruder Crasfi hielten gemeinsam Wache, um Eindringlinge davon abzuhalten, an Land zu kommen und das Gold des Königs zu rauben. Außerdem sollten sie verhindern, dass die kleinen Plänkeleien der Siedler zu Axtkämpfen eskalierten.

»Kalte Nacht«, sagte Prosus.

»Es dämmert bald«, antwortete Crasfi.

»In zehn Jahren könnten wir eine ziemliche Menge zusammen haben, Crasfi«, spekulierte Prosus.

»Haben wir doch jetzt schon«, lautete die knappe Antwort seines mürrischen Bruders.

»Aber in zehn Jahren müssen wir eine große Stadt ernähren und werden einen Haufen Abfälle von den Fuhrmännern haben. Ich habe Ziegen aus Helion bestellt, zwei Zuchtpärchen. Die werden Ziegenwolle, Milch, Käse und Butter aus den Abfällen machen.«

»Hühner«, antwortete Crasfi. »Die bringen schneller was ein.«

»Man kann aber keine Federn anziehen, Bruder, zumindest ich nicht. Jetzt …«

Prosus stockte mitten im Satz, starrte aufs Meer und legte eine Hand auf Crasfis Arm, um ihn am Sprechen zu hindern.

»Ich dachte, ich hör' Geplätscher«, erklärte er. »Hast du es plätschern gehört?«

»Das hört man doch hier am Meer oft. Kommt von den Wellen.«

»Könnte ein Schiff sein.«

»Miral steht am Himmel, ein Schiff hätten wir gesehen.«

»Dann eben Beiboote«, sagte Prosus und griff nach einer kleinen Messingglocke. »Da! Siehst du die niedrigen Schatten? Drei Beiboote, nein, sechs – zehn. Nein, nein, vielleicht – Drachenscheiße! Das sind Dutzende!«

Prosus läutete die Glocke, obwohl er immer noch nicht glauben konnte, was er sah. Sofort tauchten zusätzliche Angreifer aus einer nahe gelegenen Höhle auf, die über Land gekommen waren. Die beiden Wächter trugen Leder und Brustharnisch, doch ihre Helme lagen im Schatten außerhalb ihrer Reichweite. Crasfi griff einen näher kommenden Schatten mit dem Speer an und spießte den Mann auf, wurde dann aber von einem anderen mit einer Axt am Kopf erwischt, während er versuchte, den Speer aus seinem Opfer zu ziehen. Er brach auf der Stelle zusammen. Prosus holte mit dem Speer aus und traf einen der Angreifer in den Oberschenkel, dann ließ er den Speer fallen und riss die Streitaxt seines Großvaters heraus. Er hackte nach den Schatten, traf Rüstungen und schnitt in Fleisch. Für einen kurzen Moment zeichnete sich eine Silhouette vor den Sternen ab. Prosus ließ die Axt heruntersausen und begrub sie tief in einem Hals, bevor ein Streitkolben seinen Rücken traf und ihm das Rückgrat zerschmetterte.

Als die anderen Siedler aus ihren neuen Steinhäusern stürzten, kletterte der Feind bereits über die flachen Trockenmauern der Umfriedung. Die Männer der Miliz hatten damit gerechnet, gegen undisziplinierte Schiffsladungen von Plünderern anzutreten, doch dies war ein taktisch durchdachter Angriff von kampferprobten Marinesoldaten. Kreischen vermischte sich mit dem angsterfüllten Geschrei von Frauen und Kindern, die bei ihren Fluchtversuchen ohne Gnade niedergemetzelt wurden. Einigen wenigen vidarianischen Siedlern war zugute zu halten, dass sie sich hinter einer Steinmauer sammelten und eine Linie bildeten, doch dann ertönte hinter ihnen das wilde Grölen und

Johlen der Angreifer, die vom Ufer aus auf die Steinhäuser einstürmten. Einige Milizen brachen aus der Reihe aus und eilten ihren Familien zu Hilfe, andere hielten an der Mauer stand.

»Helme, sie tragen alle Helme!«, rief ein Siedler.

»Tötet alle mit Helmen ...«, brüllte ein anderer, bevor er niedergestochen wurde.

Alle Kampfhandlungen fanden in dem gedämpften Licht von Lupan und Belvia statt, daher konnte man die Angreifer nur an ihren Helmbüschen und schimmernden Kettenrüstungen erkennen. Sie waren den vidarianischen Verteidigern an Erfahrung, Disziplin und Koordination ebenso überlegen wie zahlenmäßig, und sie ließen den Geschlagenen und Wehrlosen gegenüber weder Gnade noch Ritterlichkeit walten.

Prosus wachte mit abgestorbenen Beinen auf, die Axt immer noch in der Hand. Am Himmel zeigte sich die erste Morgenröte. Ringsumher konnte er die Schreie und das Flehen der Frauen hören, die man zur Unterhaltung der Sieger am Leben gelassen hatte, und das *Knirsch, Knirsch, Knirsch* naher Stiefeltritte.

»Der hier lebt noch.«

Tschank.

»Jetzt nicht mehr.«

»Beeilen wir uns, sonst bleibt von der lebenden Beute nichts mehr für uns übrig.«

Knirsch, Knirsch, Knirsch, die Stiefel kamen näher. Hände tasteten Prosus' Lederrüstung und Brustharnisch nach Habseligkeiten ab.

»He, schöne Axt ...«

Prosus hieb blindlings nach der über ihm kauernden Gestalt. Die Klinge fuhr zwischen Kettenhemd und Hose durch eine Tunika in den Bauch, durchschnitt ein Herz und blieb dann im Schultergelenk stecken. Eine Keule prallte auf seinen Schädel und zerschmetterte ihn. Der zweite, dritte, vierte und fünfte Schlag waren eigentlich unnötig, aber der Angreifer wollte angesichts dessen, was seinem Gefährten in der Dunkelheit widerfahren war, kein Risiko eingehen. Prosus und Crasfi hatten zusammengenommen drei Angreifer getötet – ein Viertel der Verluste, die Warsovrans Marinesoldaten insgesamt hatten hinnehmen müssen.

Zwei Tage später ging der Hochsee-Kauffahrer *Grüne Gischt* auf offener See vor Anker, und ein Beiboot wurde zu Wasser gelassen. Aus dem Fenster der Kapitänskajüte beobachteten Heldey und der Kapitän die Anstrengungen der Ruderer von der Koje aus.

»Wir sollten uns anziehen«, schlug sie vor. »Prosus ist ebenso eifersüchtig wie treu.«

»Ach, er kann ja nicht ohne meine Einwilligung auf das Schiff kommen.« Mit einem breiten Grinsen im Gesicht ließ er seine Hand auf ihrem Bein nach oben gleiten. »Ich habe extra langsamer segeln lassen, um deine Gesellschaft noch ein paar Tage länger genießen zu können, aber das hat sich gelohnt. Heldey, du bist zu gut für einen Dreckbuddler wie ihn.«

»Ha, Dreckbuddler wie er sind in zehn Jahren feine Herren.«

»Und ihre Frauen sehen dann so aus, als hätten sie zehn Jahre lang im Dreck gebuddelt. Sieh mich an. Ich bin sauber, reich und ein guter Liebhaber – und mein Bett ist bequem.«

»Ihr habt eine Ehefrau in Palion.«

»Ja, und noch eine auf Racital. Und? Du hast eine gute Figur, obwohl du schon zwei Kinder geboren hast, und sieh doch nur, wie schön deine Haare und deine Haut nach ein paar Wochen Pflege auf der *Gischt* geworden sind. Bleib bei mir.«

»Ich liebe meine Kinder.«

»Ach, die sind doch schon aus den Kinderschuhen rausgewachsen, das sind ja schon fast Männer. Sieh mal, ich habe früher viel Zeit mit meinen Ehefrauen an Land verbracht, aber bei all dem Handel und Reichtum, der aus Toreas Untergang hervorgegangen ist … kann ich es mir nicht mehr leisten, *nicht* auf See zu sein und die sich bietenden Gelegenheiten zu ergreifen. Heldey, du bist wunderschön, aber auch stark. Eine der wenigen Frauen, die glücklich auf einem Schiff leben können und gleichzeitig prächtig anzuschauen sind. Ich bin achtunddreißig Jahre alt, Heldey, und habe möglicherweise noch zwanzig Jahre auf See vor mir, die Blüte meines Lebens. Ich möchte in diesen Jahren wie ein Mann leben, nicht wie ein Mönch.«

Heldey wandte sich ab und schaute versonnen zur Küste.

»Solch lumpige Ruine«, sagte sie. »Noch nicht einmal Rauch.«

»Sie haben zu wenig Holz zum Verbrennen, sie feuern nur fürs Kochen. Willst du wirklich gerne rohen Fisch und Zwiebeln mit Brot aus grob gemahlenem Korn essen?«

Der Kapitän gab ihr einen liebevollen Klaps auf den Hintern und wälzte sich von der Koje, um sich anzuziehen. Das Boot hatte inzwischen die Küste erreicht, aber niemand war gekommen, um sie zu begrüßen. Das erschien Heldey merkwürdig. Das Schiff brachte frische Lebensmittel, Familienangehörige und … Wo war Prosus? Prosus brachte seiner Familie viel Gefühl entgegen, er betete seine Söhne an. Die Besatzung des Ruderbootes erreichte gerade die Stadt.

»Jemand schwenkt Flaggen!«, rief Heldey.

Halb angezogen kam der Kapitän zur Koje zurück und warf – einen Arm um Heldeys Nacken und die Hand auf ihrer linken Brust – einen Blick nach draußen.

»Das sind normale Signale. Sie bedeuten ›KATASTROPHE – ALLE – TOT‹. Ach, Götter der Mondwelten!«

Der Kapitän stürzte – nur mit Kilt und Stiefeln bekleidet – aus seiner Kajüte und befahl seiner Mannschaft, alles für den sofortigen Aufbruch vorzubereiten. Der Signalmann in der Ferne flaggte unaufhörlich weitere Worte. Die Stadt war völlig in Schutt und Asche gelegt worden, alle Männer, Frauen und Kinder waren tot oder verschleppt. Die Toten hatte man dort liegen gelassen, wo sie hingefallen waren. Die Gärten waren geplündert und zertrampelt, die Hühner gestohlen worden, die Holzspeicher hatte man abgebrannt, und sämtliche Steinmauern und -gebäude waren zerstört.

»Wir haben achthundert Tote gezählt, alles vidarianische Männer, Frauen und Kinder«, berichtete der Unteroffizier dem Kapitän der *Grüne Gischt*, nachdem die Ruderer wieder an Bord zurückgekehrt waren. »Ich schätze, dass es mindestens tausend Angreifer waren. Sie haben ganz normale, mit Nägeln beschlagene Stiefel getragen. An den Spuren konnte man erkennen, dass sie mit viel Disziplin und taktischer Raffinesse vorgegangen sind.«

»Aber wer waren sie und warum waren sie hier?«, fragte der Kapitän.

»Sie gehören zu irgendeiner Armee und waren hier, um den Ort zu zerstören. Alles, was sie nicht mitnehmen konnten, haben sie zerschlagen oder zerstört. Sogar die Holzgestelle wurden verbrannt. Sie sind sorgfältig und diszipliniert vorgegangen. Freibeuter arbeiten anders.«

»Sie haben sogar das Holz verbrannt? Holz ist auf Torea mehr wert als Gold. Alle können es gebrauchen, Plünderer, Siedler und ...«

»Warsovrans Soldaten«, sagte der Unteroffizier und hielt ein verziertes darmarianisches Messer hoch, das noch in einer der Leichen gesteckt hatte.

Sie hörten Geschrei unten vom Hauptdeck, und wenig später kletterte Heldey die Stufen hoch, während sie wilde Beschimpfungen gegen die Seeleute ausstieß, die versuchten sie aufzuhalten. Ihre Söhne folgten ihr, und sie trat dem Kapitän mit einem in jedem Arm entgegen. Hilflos breitete er die Arme aus.

»Kein Überlebender an Land«, sagte er behutsam.

»Aber ...«

»Warsovrans Angriffstrupps. Hätte ich Eure Gesellschaft nicht so genossen und aus diesem Grund eine langsamere Strömung gewählt, um auf unserer Reise hierher Zeit zu vertrödeln ... wären wir möglicherweise ein paar Tage vorher eingetroffen. Ich möchte dir danken, Heldey. Du hast uns alle gerettet.«

Sie stachen wieder in See und steuerten die nächste Siedlung die Küste herunter an. Gegen Sonnenuntergang trafen sie auf ein Fischerboot, das auf See gewesen war, als die Eindringlinge zugeschlagen hatten. Die Besatzung berichtete von einer großen Schwadron von Galeeren mit Lateinsegeln und dem blauen Sonnen-Emblem Warsovrans auf den Hauptsegeln. Wunderbarerweise war das wesentlich kleinere Schiff nicht gesichtet worden. Die Fischer waren später bei der Siedlung Dramil gelandet und hatten zwei Überlebende gefunden: die metrologische Priesterin, die von Terikel geschickt worden war, und ein junger Maurer waren am Abend des Raubzuges in den nahe gelegenen Ruinen gewesen. Sie hatten den Angriff im Licht Mirals beobachtet und sich bis zur Dämmerung versteckt, während die Eindringlinge die Gebäude einrissen und den Überlebenden nachjagten, um sie als Sklaven mitzunehmen.

»Ihr sagt, Ihr habt die Umgebung nach einem Platz für die metrologische Kapelle abgesucht, Ehrwürdige Justiva«, sagte der Kapitän.

»Das ist richtig.«

»Bei Nacht?«

»Ich wollte die Wirkung von Mirals Licht am gewählten Platz beobachten. Licht ist sehr wichtig, um bei unseren Zeremonien einen Zustand völliger Gelassenheit zu erlangen.«

»Miral war nicht zu sehen.«

»Ich meinte, äh, die Mondwelten Lupan und Belvia.«

»Und der Maurer?«

»Er gab mir technische Ratschläge.«

»Nach Aussage des Kapitäns des Fischerbootes bestand Eure Beobachtungsausrüstung aus einer Schlafmatte und einem halben Krug acremanischem Rotwein.«

Die junge Priesterin sah ihn finster an. »Das Zölibat ist jetzt bei den Metrologen eine freiwillige Einrichtung«, murmelte sie.

Seltsamerweise war dies das Geständnis, das der Kapitän hatte hören wollen.

»Richtig, und diese Änderung ist erst vor kurzem vorgenommen worden. Vor so kurzer Zeit, dass noch kein Spion aus Warsovrans Flotte davon wissen konnte. Sehr gut, Ehrwürdige Schwester, ich akzeptiere Eure Geschichte. Euer Techtelmechtel mit dem Maurer hat Euch nicht nur vor den darmarianischen Soldaten gerettet, sondern auch mich davon überzeugt, Euch nicht den Hals durchzuschneiden.«

Plötzlich empfand Justiva uneingeschränkte Sympathie für

Terikel, die auch gerettet worden war, weil sie sich zum richtigen Zeitpunkt im falschen Bett befunden hatte.

Ohne weitere Untersuchungen entfernte sich der Kapitän der *Grüne Gischt* von der Küste und segelte mit dem Fischerboot im Schlepptau Richtung Nordwesten. Er notierte, dass die Städte des neuen Vidarianischen Reiches am achtundzwanzigsten Tag des siebten Monats im Jahre 3140 von darmarianischen Marinesoldaten von Warsovrans Schiffen vernichtet worden seien. Es war das größte Reich in der Geschichte Toreas gewesen, doch zwischen seiner Gründung und seiner Vernichtung hatte nur ein knapper Monat gelegen.

Velander bemerkte, dass sich die Landschaft im Inland Toreas erheblich veränderte, als sie tiefer in den Kontinent vordrangen. Die Regionen nahe Larmentel waren wiederholt verbrannt worden, so dass dort statt einer Kruste aus verglastem Sand eher eine Schicht aus Glas, Lava oder Steinschlacke über allem lag. Von Zeit zu Zeit gab es nahe am Fluss unebene Seen mit versteinerten Wellen aus rotem Glas, gläserne Sturzfluten, die erstarrt waren, als sie gerade über Hügel brachen. Orte waren halb in Glas versunken, nachdem es die Hügel heruntergeflossen und dann erstarrt war, und ganze Städte waren in sich zusammengeschmolzen. Die meisten Ruinen im Inland waren so sehr zerschmolzen und pulverisiert, dass es die Mühe nicht wert war, in ihnen nach Gold zu suchen.

Fünfzehn Meilen nachdem sie die *Shadowmoon* verlassen hatten, bogen sie in den Bax ab. Das Flusswasser war sauber und klar, da weder Schlamm noch Erdreich hineingeschwemmt wurden, nur ein wenig Staub erreichte ihn in den Regentropfen. Unter der Oberfläche waren die Wracks von Lastkähnen sichtbar. Kleine Fische ernährten sich von den Überbleibseln der Menschen und Tiere, die sich zwar im Fluss vor der Einäscherung hatten retten können, dann aber doch in dem Moment gestorben waren, als sie wieder auftauchten und die überhitzte Luft einatmeten. Es gab skurrile Wälder aus schiefen Glasspitzen, und inmitten der nahe gelegenen Berge schauten sie auf erstarrte Gletscher aus Glas und schwarzem Fels, die niemals wieder abschmelzen oder anwachsen würden. Die einzigen Zeichen von Aktivität in der Landschaft waren die Rauchwölkchen und das gelegentliche Grollen des Vulkans Delchan.

Am sechsten Tag auf dem Bax erreichten sie den kleinen Binnenhafen Tra'Vant, der einmal Larmentel versorgt hatte. Man konnte nur wenig von dem wiedererkennen, was übrig geblieben war, nicht einmal als Ruinen. Die verglaste Oberfläche knirschte unter den kurzen Nägeln von Velanders Holzschuhen, als sie an Land ging, doch es war die absolute Stille, die den größten Eindruck auf sie machte. Wochenlang hatte sie das unablässige Knarren der Seile und Holzbalken gefolgt vom Rattern und Platschen der Ruderstangen gehört – in der Stille über dem Kontinent hatte sie das Gefühl, ihr Gehör verloren zu haben.

Der Binnenhafen hatte acht Feuerkreise über sich ergehen lassen müssen und war erheblich schlimmer betroffen als alles, was sie bisher gesehen hatten. Die dicke Glaskruste knirschte und zersplitterte manchmal unter ihren Füßen. Sie hatten sich in ihrer Zeit auf See feste, nagelbesetzte Schuhe aus hartem Holz geschnitzt, mit denen sie die Kruste einritzten. Die Steinmauern der Ruinen waren übersät mit kleinen Glaszapfen, deren verschiedene Farben in der Hitze verwirbelt, vermischt und zusammengeflossen waren und die jetzt im Sonnenlicht glänzten und funkelten. Erstarrte Kaskaden aus Blei, Gold, Silber und Kupfer füllten die Rinnsteine unter den Schichten von halb durchsichtigem Glas. Es lag kein Gestank von verrottetem Abfall oder Exkrementen in der Luft, und das Glas auf der Fahrbahn war so sauber, dass man davon hätte essen können.

»Dieser Ort ist viele Male verbrannt worden«, sagte Feran, nachdem er sich umgeschaut hatte.

»Acht Mal«, sagte Laron und nahm damit Velander die Worte aus dem Mund.

»Schaut da auf dem Boden, der Sand hat nicht nur eine dicke

Kruste gebildet, sondern ist dickes, trübes Glas«, sagte Druskarl. »Die Ziegelwände sind zu rotem Staub zerfallen.«

»Könnt Ihr Euch den Tod in diesem Ausmaß vorstellen?«, fragte Velander. »Nicht mal eine Fliege in der Luft oder eine Ameise am Boden. Ich bin vor gut vier Jahren einmal hier gewesen. Ich kann mich an den Rummel, die Marktschreier, sogar an den Gestank der verrotteten Fischköpfe und der Karren voll Dung erinnern. Jetzt ist alles sauber, rein und tot. Sie sind alle tot, alle, die mit mir gesprochen haben, mir Brot und getrocknete Feigen verkauft haben. Nicht ein Kind, nicht eine Großmutter, niemand hat überlebt. Ein Junge namens Massoff hat mir frische Äpfel verkauft. Er war ziemlich gutaussehend und hatte ein sehr ansprechendes Benehmen. Wer wird sich jetzt noch an Massoff erinnern, da seine Familie, Freunde, Gebieter, Kunden, Geliebte und Feinde alle tot sind? Ihre Gesichter sind Asche und in alle Winde zerstreut und färben den Sonnenuntergang so rot wie Blut auf einem Schlachtfeld.«

Die anderen schauderten, doch niemand antwortete. Worte konnten den Tod in diesem Ausmaß unmöglich beschreiben.

Feran, Velander, Laron und Druskarl machten sich am frühen Nachmittag auf den Weg. Sie hatten das Beiboot mit Glaszapfen beschwert im Fluss versenkt. Nach zwei Stunden entschlossenen Wanderns auf dem glatten, sterilen Boden überquerten sie die Grenze des siebten Feuerkreises. Ein großer Glasring von achtzehn Meilen Durchmesser war wie eine riesige, kreisförmige Welle rings um Larmentel einen Schritt in die Höhe gedrückt worden. Als sie darüber hinwegstiegen, bemerkte Velander die Klinge einer Axt, die in der Glaskruste eingeschlossen worden war. Das Metall wirkte so unversehrt, als habe man die Klinge gerade im Laden des Handwerksmeisters erstanden, der sie geschmiedet hatte. Holz, Messing und Leder des Griffs waren verschwunden.

Vor kurzem hatte ein Erdbeben eine erstarrte Glaswelle gespalten und lauter perfekter Kristalle in Grün, Orange, Rosa und Hellblau zum Vorschein gebracht. Velander suchte sich sorgfältig einige aus und steckte sie in ihre Tasche.

»Sind sie wertvoll, Ehrwürdige Schwester?«, fragte Druskarl.

»Das kann ich nicht sagen. Ich weiß nur, dass ich einfach einige davon haben muss.«

Von Zeit zu Zeit kamen sie an kleinen Wäldchen aus spiralförmigen Glasstiften vorbei, die in einer Laune der Natur durch die Luftströmungen vor dem Erkalten nach oben gezogen worden waren. Einige waren so groß wie hohe Bäume, andere nicht länger als ein Dolch.

»Die ähneln den Seelen der Toten, die hier unten festgehalten wurden und auf dem Weg zum Leben nach dem Tode erstarrt sind«, sagte Laron, während er eine limettengrüne Spirale etwa von der Größe Velanders umarmte. »Die Kurven sind so sinnlich geformt, beinah wie Brüste.«

»Und was sind diese Kleinen dann?«, fragte Velander, die sich hingekniet hatte, um ein paar kleine himmelblaue Spiralen zu beäugen.

»Die Seelen von Mäusen?«, meinte Druskarl.

»Nun denn, niemand wird hier ein paar Mäuse vermissen.« Sie griff nach ihrem Gesteinshammer.

In der Zeit nach den Feuerkreisen hatte es bereits geregnet, so dass sie aus den klaren Pfützen trinken konnten, in denen sich das Wasser gesammelt hatte. Infolge des Regens gab es keinen Staub, sondern nur einen dünnen Schmierfilm, den der Regen aus der Luft gewaschen hatte. Da sie in einer Welt voller Staub aufgewachsen war, hatte Velander große Schwierigkeiten, sich mit der glatten, keimfreien Leblosigkeit der Landschaft abzufinden. Eine Meile lang bestand das Glas aus blauen Rippen mit vereinzelten milchweißen Streifen, dann glänzten rote Tupfen darauf. Nach fünf Meilen stießen sie auf den nächsten Rand eines immensen Kreises, dem ungleichmäßig angeordnete weiße Hügel folgten – Geister, die in einem Teich aus gefrorener Milch gefangen waren.

»Vier zwei Drittel Meilen«, kommentierte Velander, während sie sich rutschend über das Glas kämpfte.

Kurze Zeit später konnten sie wieder Ruinen erkennen, die sich jedoch nur als Hügel aus geschmolzenem Gestein erwiesen. Einige hatten Blasen geworfen und wiesen Risse auf wie Schlacke, andere waren so glatt wie die Oberfläche eines polierten Jade-Schmucksteins. Auch hier hingen Glaszapfen, aber es gab auch lange Glasfäden, die in jedem Luftzug flatterten und sich ineinander verwickelten, um irgendwann wieder freizukommen. Glaskugeln hingen an einigen stramm gespannten Fäden, auf denen der Wind kleine Melodien spielte, während die Kugeln begleitend dazu klingelten.

»Das ist wunderschön.« Bewundernd betrachtete Velander eines dieser kleinen Glockenspiele aus Glasfasern. »Kann das wirklich nur ein Zufall sein?«

»Es ist so, als hätte uns ein Gott diese auserlesenen kleinen Geschenke als Ausgleich für die Verwüstung des Kontinents angeboten.«

»Ich habe ein Jahr lang an der Universität von Larmentel studiert«, sagte Velander. »Sie bestand nur aus hohen Türmen und Hängebrücken und wirkte sehr ruhig und erhaben. Ich sage es nicht gern, und ich weiß, dass das hier Millionen Leben gekostet hat, aber es ist jetzt im Tod fast genauso schön wie zu Lebzeiten.

Bei Sonnenuntergang machten sie Halt in einem Feld aus himmelblauem Glas, das von geschmolzenen, unsymmetrischen Säulenstümpfen umsäumt war. Die Stadtmauern waren nicht weit entfernt oder – präziser ausgedrückt – die Wellenbrecher aus grünem Glas, welche die Stellen markierten, wo die Mauern gestanden hatten. Sie entschieden sich, die Nacht über dort zu bleiben und die nächsten drei Meilen am nächsten Morgen zurückzulegen. Die Erdoberfläche war hart, kalt und lud nicht gerade zum Schlafen ein. Velander übernahm die erste Hälfte der Wache, Druskarl die zweite. Laron entfernte sich etwas von den anderen, um allein tot sein zu können.

Während die Wanderer frühstückten, zauberte die aufgehende Sonne schimmernde Glanzpunkte und Funken auf die Glaslandschaft. Auf der letzten Meile bis zur Stadtmitte war alles sehr viel stärker und gleichmäßiger geschmolzen; sie mussten mit Hilfe von Spitzhacken und Seilen über riesige, kreisförmige, erstarrte Wellen klettern. Zwischen den Wellen verteilte sich das Regenwasser großflächig. Der Himmel war klar, und es blieb windstill. Weder Vögel noch Hautflügler drehten ihre Runden. Nur die vier Wanderer bewegten sich und verursachten Geräusche. Trotzdem schauten sie sich fortwährend um und fühlten sich äußerst verwundbar. Sie hatten das irrationale Gefühl, beobachtet zu werden. Alles in der Umgebung schien starr vor Angst, dass etwas Riesiges und Todbringendes erwachen und sich auf sie stürzen könnte. Sie versicherten sich gegenseitig, dass es so still war, weil alle seit Monaten tot waren, doch das schien nicht zu helfen.

Als sie über die letzte und höchste der erstarrten Glaswellen kletterten, erblickten sie einen kreisförmigen See mit einem Durchmesser von einer halben Meile. Velander setzte sich und zog ihre Schuhe aus, während die anderen die ersten Schritte ins Wasser machten. Es reichte ihnen nur bis zur Wade und war zunächst absolut klar, doch als sie weiter vorgedrungen waren, wühlten ihre Füße eine dünne Schicht Schlamm auf, der sich am Grund abgesetzt hatte. Als sie die Mitte des Sees erreichten, verteilten sie sich etwas in dem inzwischen kniehohen Wasser.

»Vor mir ist etwas, etwas Weißes«, rief Feran.

Es war ein Skelett. In diesem keimfreien Ödland schritt der Verfall zwar nur langsam voran, dennoch waren von der Leiche nur noch die Knochen und ein paar Kleiderfetzen übrig. In der Nähe fanden sie eine zweite Leiche. Velander fragte sich erschüttert, wer wohl vor ihnen diesen Ort erreicht hatte, und auch, warum sie sich gegenseitig getötet hatten.

»Seine Münzen und Ringe sind unberührt.« Velander untersuchte widerstrebend das erste Skelett.

»Zum ewigen Schweigen verurteilt«, mutmaßte Feran. »Warsovrans Soldaten tragen einheitlich solche Beinschienen.«

»Ich habe etwas gefunden«, rief Druskarl auf Diomedanisch. »Einen Abdruck im Glas.«

»Meint Ihr noch eine Leiche?«, fragte Feran.

»Es sieht eher so aus, als sei eine Stelle umgegraben worden. Sie hat einen Durchmesser von etwa einem Schritt.«

Sie trafen sich bei Druskarl, der ein Stück grünes Glas hochhielt. Velander griff erwartungsvoll danach und hielt es sich nah vor das Gesicht. Auf einer Seite war ein Einschlagspunkt zu erkennen, auf der anderen ein Muster aus kreisrunden Abdrücken, Verbindungslinien und weiteren Elementen. Druskarl wies auf eine Stelle von der Größe des Rumpfes eines Erwachsenen, wo das Glas vom Boden entfernt worden war. Jemand hatte es mit einer Spitzhacke herausgeschlagen.

»Silbertod hat in Ruhestellung die Form einer Jacke aus Juwelen«, sagte Velander. »Das Grundelement besteht aus Kreisen mit drei Armen, die mit je einem Arm dreier anderer Kreise verbunden sind.«

Sie gab Druskarl die Glasscherbe zurück.

»Das ist Beweis genug«, folgerte Durskarl. »Silbertod hat seine eigenen Feuerkreise überlebt und ist bereits geborgen worden.«

»Aua!«, schrie Velander plötzlich und hüpfte auf einem Bein herum. »Ich habe ein anderes großes Stück Glas gefunden – oder es hat mich gefunden.«

»Behaltet es«, sagte Laron. »Wenn jemand sich die Mühe gemacht hat, die anderen Stücke zu entfernen, könnten sie wertvoll sein.«

Sie verbrachten den restlichen Tag damit, den Glaskrater zu untersuchen, konnten aber nur noch ein paar weitere verstreute Glasscherben finden. Schließlich brachen Velander und Druskarl auf, um das Lager für die Nacht vorzubereiten.

»Na ja, jetzt gibt es nicht mehr viel zu tun«, sprach Laron Feran an, während sie durch das Wasser wateten und alles zum wiederholten Male absuchten.

»Also, Navigator, was sollen wir sonst noch machen?«, fragte Feran. »Es ist ein langer Weg bis hierhin, wir sollten also nichts vergessen.«

Laron blieb stehen, warf ein Stück Glas mit Abdrücken Silbertods in die Luft und fing es wieder auf. »Dieses Glas hatte Kontakt zu Silbertod und war im Zentrum aller Feuerkreise. So wie es sich anfühlt, lässt es eine starke Verzerrung im Gefüge zwischen den Ätherwelten vermuten.«

»Aha, daher hat Warsovran auch alle anderen Glasstücke mit Abdrücken zusammen mit Silbertod heraushauen lassen«, folgerte Feran.

»Das ist die logische Schlussfolgerung, und wir sollten sie ernst nehmen. Es ist allerdings wahrscheinlicher, dass einige Teile des Gefüges fest in Glas eingeschlossen waren und er sie langsam und sorgfältig herausholen wollte. Diese Scherbe hier ist wahrscheinlich unbemerkt heruntergefallen. Seht, hier ist noch eine.« Laron griff ins Wasser.

Sie gingen zum Lager und setzten sich zu Velander und Druskarl.

»Dies ist ein so furchteinflößender Ort«, bemerkte Druskarl mit verschränkten Armen und zitternd. »Ich kann mir kaum vorstellen, was hier passiert ist.«

»Die Waffe hat die Form einer riesigen Blase angenommen, nachdem sie sich entladen hatte«, sagte Feran. »Sie schwebte hoch über Torea, bis sie nicht mehr zu sehen war, dann strömte das Feuer vom Himmel. Das haben uns jedenfalls die Späher berichtet. Und zuletzt – wer weiß? Ich vermute, die Blase hat sich in ein Netzhemd aus Metall verwandelt, als die ungeheure Weite des Meeres den vierzehnten Feuerkreis hunderte von Meilen weit weg erstickt hat. In dem Moment ist es vom Himmel in das geschmolzene Glas und Gestein unter ihm gefallen. Ich hätte erwartet, dass es tiefer eingesunken wäre, aber vielleicht ist er auch langsam als Luftblase nach unten gesegelt und hat seine normale Form erst kurz vor dem Boden angenommen. So hätte sich das Glas in der Zwischenzeit etwas verfestigen können.«

»Wer auch immer die beiden Soldaten getötet hat, ist hier nur wenige Wochen nach der Katastrophe aufgetaucht und wusste genau, wo er suchen musste«, sagte Druskarl.

Feran nickte. »Die Rüstungen, die Waffen, die Münzen – alles deutet auf Warsovrans Soldaten hin.«

»Warsovran muss gewusst haben, was passieren würde«, sagte Laron. »Er hat das Ding wieder in seinem Besitz, ich bin ganz sicher.«

»Dann haben wir versagt«, sagte Feran. »Lasst uns hoffen und beten, dass er nicht vorhat, es noch einmal zu benutzen.«

Nachdem das Tageslicht verblasst war, breiteten sich die Sterne am Himmel gemeinsam mit Miral und den Mondwelten zu einem funkelnden Teppich aus. Sie hatten sich entschlossen, auf eine Wache zu verzichten, da sie sicher waren, allein an diesem Ort zu sein. Feran schlief bereits, doch Velander saß auf ihrer Schlafunterlage, während Laron und Druskarl sich darauf vorbereiteten, noch einmal wegzugehen.

»Ich werde ein paar kurze Tests am Glaskrater vornehmen«, erklärte Laron. »Ich brauche nur Druskarls Hilfe, aber Ihr könnt gern mitkommen.«

»Um noch einmal bis zu den Knien im Wasser zu stehen?«, murmelte Velander.

»Da wir keine Stiefel haben, ja.«

»Was wollt Ihr machen?«

»Es scheint ein Ort von außergewöhnlicher ätherischer Macht zu sein«, antwortete Laron. »Wie Feran schon sagte, ist dieser Ort schwer zu erreichen, also sollten wir möglichst viel erledigen. Was meint Ihr? Miral wird nicht mehr lange am Himmel stehen, daher müssen wir jetzt los.«

»Ihr, nicht ›wir‹.«

»Ist ja gut, in Ordnung«, sagte Laron im Weggehen. »Was habe ich Euch gesagt, Druskarl? Werft Perlen vor die Säue – und was habt Ihr davon?«

»Schlammige Perlen?«

Sobald sie gegangen waren, krabbelte Velander zu Larons Bettzeug und Decke. Wenn dies ein Platz mit außergewöhnlichen Kräften war, dann gab es mehr als einen Weg, diese zu erforschen. Jedenfalls musste man nicht in kaltem Wasser stehen, um zu tun, was immer *er* vorhatte. Sie durchstöberte sein Gepäck. Natürlich war da das eiserne Kästchen, das sie ihn hatte tragen sehen. Er hatte es hier gelassen. Offensichtlich wollte er nicht, dass es nass und rostig wurde. Wach-Autonen konnte man nicht an reines Eisen binden, daher musste sie vermutlich nur den Verschluss aufziehen, um es zu öffnen. Als die Scharniere sich quietschend öffneten, sah sie den Reif in Mirals Licht glänzen.

Velander nahm den Reif aus dem eisernen Kästchen, befühlte ihn und betrachtete seine Fremdartigkeit. Er war schlicht, aber doch zierlich, und offensichtlich stammte er aus einer anderen Welt. Das Material fühlte sich merkwürdig seidig an. Es war glatt wie Glas, aber nicht kalt, fast wie ein Lederriemen. Vielleicht eine Art Äthernetz?, fragte sie sich. Sie hatte niemals eines besessen.

Velander war sich bewusst, dass Silbertod in der Ätherwelt wie ein Leuchtfeuer auffallen würde. Man würde die Waffe sogar aus vielen Meilen Entfernung sehen können. Niemand auf der *Shadowmoon* hatte mit der Möglichkeit gerechnet, dass ein Boot von der *Oakheart* vor ihnen auf dem Fluss landeinwärts fahren könnte. Banzalo, nicht Warsovran, mochte Silbertod gefunden haben. In diesem Fall war er vielleicht immer noch in der Nähe. Nach der Vorbereitung des Lagers hatte sie mehrere Resonanztests im Äther durchgeführt und eine außergewöhnlich starke Präsenz in der Nähe gespürt. Das konnte nichts anderes als Silbertod sein, davon war sie überzeugt. Es war nur eine Frage der Logik. Die Königin der Seelenverwandten war ihr zu Hilfe gekommen. *Sie* hatte ihr den Weg zu Silbertod gewiesen, nachdem sie alle Hoffnung aufgegeben hatten. Velander setzte sich den Reif auf den Kopf, dann lächelte sie und sprach einige Zauberformeln. Nur ein paar Minuten, dann würde sie Alarm schlagen und ihnen die Richtung und die ungefähre Entfernung Silbertods angeben.

Die Beschwörung für den Zugang war einfach. Es war fast so, als wolle sie in eine tiefe Schlucht springen: jeder konnte es, doch war es eine denkbar schlechte Idee, wenn man nicht fliegen konnte. Velander wusste, wie das Schattenwandern funktionierte, hatte es selbst aber erst zweimal getan, und das unter strenger Aufsicht.

Mit einer Trennformel erlaubte sie ihren Sinnen, den Körper zu verlassen und in eine – wie sie glaubte – mit winzig kleinen Lichtpunkten durchsetzte Schwärze überzuwechseln. Stattdessen blitzten Lichter um sie herum auf, die bewirkten, dass ihre körperlosen Sinne taumelten und sich duckten. Strahlend helle Speichenräder trieben in einem Gefolge aus violetten Ringen, während spiralförmige Kometen Funkenschauer aufwirbelten, die sich zunächst auf Kreisbahnen entfernten, um etwas später wieder zum Kern zurückzufallen. Silbrig schimmernde pulsierende Kugeln umschwebten eine vertikale Linie aus intensivem orangem Licht, und Velander bemerkte, dass alles langsam um dieses orange Leuchten kreiste.

Schnell kontrollierte Velander ihr Äthernetz, den Reif. Er war nah bei ihr, ein Band der Stabilität in der verwirrenden Umgebung der Ätherwelt. Neben ihr, kaum sichtbar, verliefen zwei dünne Lichtlinien – Velander erkannte die beiden größeren Stücke Glas, die sie an dem Ort gefunden hatten, wo Silbertod herabgefallen war. Sie waren ein kleiner Teil der Achse und hatten sich ihre Eigenschaft als Verankerungspunkte erhalten. Kein Wunder, dass der vorherige Besucher dieses Ortes sich eine Tasche voll davon mitgenommen hatte. Sie fragte sich, was all die magischen Wesen hier im Zentrum eines toten Kontinents zu suchen hatten. Eine langsam rotierende Schneeflocke in Silber und Türkis brach aus ihrer Umlaufbahn und trieb in ihre Richtung. Velander zog sich in die Mitte ihres Äthernetzes zurück, und die Schneeflocke flog wieder davon. Sie dachte zurück an ihre Studentenzeit. Wahrscheinlich schwärmten hier die Zauberer, Ätherschmiede, Ätherformer und Initiaten herum, deren Seelen gerade in der Ätherwelt gewesen waren, als die Feuerkreise sie getötet hatten. Da war bestimmt eine große Anzahl in ganz Torea zusammengekommen. Sie umkreisten die Achse, um die auch die brennenden Ringe aufgeflammt waren. Vielleicht hatten die Feuerkreise sie angezogen oder hier gleichermaßen zusammengekehrt. Sie waren reines Bewusstsein, aber anders als Velander hatten sie keinen Anker in der wirklichen Welt.

Die junge Priesterin ließ sich näher zu der Achse aus orangem Licht treiben. Hier gab es nichts, was ihr bekannt vorkam, doch sie konnte einen Punkt ausmachen, auf den sich die Aufmerksamkeit aller konzentrierte. Dies war der Ursprung des Todes all dieser Leute, und nun verliehen sie diesem Ort mit ihrem starken Bewusstsein Substanz. Velander erinnerte sich an ihre beiden vorhergehenden Schattenwanderungen. Damals waren die Formen irgendwie schärfer umrissen gewesen. Seit dem Ende Toreas waren Monate vergangen, und sie alle waren von ihren Körpern getrennt worden. Sie starben allmählich, waren erkennbar durchsichtiger und schwächer als diejenigen, welche sie in ihren vorherigen Experimenten erlebt hatte. Sie bewegten sich träge, aber einige hatten Haken mit Sägezähnen und Fangarme mit Widerhaken. Eine grelle Schneeflocke ließ einen Fangarm langsam hinter einer der glühenden Kugeln hergleiten. Die Kugel wich zurück, war aber nicht schnell genug. Der Fangarm strich um sie herum, fing sie ein und umspannte sie. Langsam bewegte sich die Schneeflocke selbst dorthin.

Räuberische Elementargeister, dachte Velander, *die Raubtiere der Ätherwelt*. Die Seelen der Lebewesen waren normalerweise zu stark für ihre Angriffe, aber hier starben alle ab. Nur die räuberischen Elementargeister waren mit Waffen ausgestattet, und jetzt verloren die Seelen ihre Fähigkeit, ihnen auszuweichen. Der Elementargeist wickelte sich um die Kugel und fing an zu fressen. Velander konnte das nicht mitansehen, aber auf dem Weg von der Achse zurück zu ihrem Äthernetz erregte etwas ihre Aufmerksamkeit. Etwas, das wie ein Licht aus einem Brunnen aufstieg.

Sie trieb dorthin und schaute hinein. Ihre eigene Welt breitete sich unter ihr aus, von Mirals Licht beleuchtet. Es war ein Okular, eine Vorrichtung, die mit reiner ätherischer Energie betrieben wurde. Jemand hatte es dort gelassen, um die Feuerkreise zu beobachten, und es hatte alles überstanden. Die Maschine aus Äther zeichnete nach all den Monaten seit ihrer Entstehung immer noch Bilder auf, aber sie war auch robust und einfach gestaltet. Ohne die Notwendigkeit, die beobachteten Bilder zu interpretieren, arbeitete sie eisern weiter.

Plötzlich ruckte das Bild. Ein Flechtwerk aus Feuer hatte sich um den Faden gelegt, mit dem das Okular an den Boden gebunden war. Velander beobachtete Laron, der zur gleichen Zeit in ihrem Blickfeld erschien. Das Flechtwerk breitete sich von seinen Händen aus bis zu – Druskarl. Durch die Zeitverzögerung in der Ätherwelt kamen ihr die Bewegungen merkwürdig ruckartig und marionettenhaft vor. Sie hatten im Wasser nach Okularen wie diesem gefischt, und jetzt konnte sie beobachten, wie sie eines an einem großen Stück Glas mit Abdrücken verankerten. Sie brachten es zurück zum Lagerplatz und legten es neben Larons Gepäck. Dann verließen sie das Lager wieder, ohne zu bemerken, dass sie den Reif trug.

»Miral ist schon fast nicht mehr zu sehen«, sagte Druskarl, während Laron sich einen Platz suchte, an dem er die Nacht über tot liegen konnte.

»Weniger als eine Viertelstunde«, schätzte Laron. »Aber noch genügend Zeit fürs Schattenwandern.«

»Ist das sinnvoll? Was ist, wenn Ihr Euch verspätet und erst nach Mirals Untergang zurückkehrt?«

»Ich weiß nicht, aber es könnte der richtige Zeitpunkt sein, es herauszufinden.«

»Das hört sich danach an, als sollte ich hier bleiben und auf Euch Acht geben.«

Velander starrte auf ihren eigenen schlafenden Körper. Ihr Gesicht kam ihr im Licht Mirals seltsam fremd vor. Sie schien vollständig friedlich dort zu liegen – ein Körper ohne Bewusstsein. *Also, das ist wahre Unschuld,* dachte Velander, während sie sich selbst anstarrte. Amüsiert erinnerte sie sich an die Geschichte eines Zauberers, der sich selbst beim Schattenwandern durch ein Okular beobachtet hatte. Er hatte seinem Lehrling nichts davon gesagt und dann den Jugendlichen betrachtet, der sorgfältig ein Tuch auf seinem Körper ausbreitete, Messer, Brot und Käse auf ihm zurechtlegte und so in aller Ruhe zu Mittag aß!

Plötzlich starrte Velander ungläubig auf ihren Körper – ihre Augen hatten sich geöffnet. Velanders Bewusstsein war durch den Schock einen Moment lang wie gelähmt. Das war einfach unglaublich. Sehr langsam hob sich eine Hand, als werde sie von unsichtbaren Marionettenfäden gezogen. Sie berührte den Reif. Ihr Körper kam gerade hoch auf die Ellbogen, setzte sich auf und schob die Decken weg. Jetzt waren seine Bewegungen so geschmeidig wie die einer Katze. Velanders Körper stand auf und schaute dorthin, wo Laron und Druskarl verschwunden waren. Scheinbar zufrieden damit, dass sie außer Sicht waren, schlich ihr Körper zu der Stelle, wo Feran schlief. Er setzte sich neben ihn und rüttelte ihn wach. Dann begannen sie eine Unterhaltung, und kurz darauf nahm Velanders Körper Ferans Hand und legte sie auf ihre Brüste.

Velander löste sich vom Okular und machte sich auf den Weg zu ihrem Äthernetz mitten im funkelnden Glanz der Ätherwelt. Sie schlängelte sich wieder in ihren Körper – und wurde in die Dunkelheit zurückgestoßen. Sie versuchte es wieder und wieder, immer mit dem gleichen Ergebnis. Es war, als versuche sie, Wasser in einen Eimer aus Sand zu füllen.

Voller Panik eilte sie zum Okular zurück. Etwas hatte ihren Körper in Besitz genommen. *Unmöglich*, dachte sie, *nur ich kenne meinen wahren Namen*. Doch dann überkam sie die Erkenntnis mit einem Schock, als sei sie mit einem Eimer Eiswasser übergossen worden – ihr *Körper* hatte gar keinen wahren Namen! Sie hatte nie daran gedacht, ihm einen zu geben, da sie noch nie fürs Schattenwandern allein geübt hatte.

Velander stürzte zurück zu ihrem Äthernetz und versuchte noch einmal, in ihren Körper zurückzukehren. Doch wieder wurde sie ausgesperrt. Wahrscheinlich waren sie und das Äthernetz bemerkt worden. Doch sie hatte ständigen Blickkontakt zu der einzigen Verbindung zu ihrem Körper gehalten … aber vielleicht war er von einer Wesenheit in Beschlag genommen worden, die bereits bis zur Unkenntlichkeit verblasst war.

Verzweifelt und voller Panik kehrte sie zum Okular zurück. Dort – im Licht des untergehenden Miral – waren sie und Feran nackt auf dessen Schlafsack. Sie kniete über ihm und bewegte sich auf und ab. *Ich bin keine Jungfrau mehr*, dachte Velander wie betäubt. Sie hämmerte mit ihren ätherischen Kräften auf die beiden ein und schrie sie in einer Welt ohne Geräusche an, um sie zum Aufhören zu veranlassen.

Abrupt wurde sie zurückgerissen. Als sie sich umdrehte, sah sie einen Fangarm, der in ihre ätherische Gestalt eingedrungen war. Sie bewegte sich mit aller Kraft in die entgegengesetzte Richtung. Der Arm löste sich mit einem Funkenregen. Ein anderer Fangarm mit Widerhaken traf sie, dann noch einer. Sie war von räuberischen Elementargeistern umgeben, in einen Hinterhalt geraten. Wolfsrudel-Taktik: scheuche die Beute mitten ins Rudel. Räuberische Elementargeister waren nicht dafür bekannt, in Rudeln zu jagen, aber sie waren auch niemals zuvor im Zentrum eines toten Kontinents erforscht worden. Etwas Geräuschloses brodelte ringsumher, das aber dennoch zu plappern und zu piepsen schien, während sie von den Elementargeistern eingewickelt wurde. Die Spitzen der Sägezähne bohrten sich schmerzlos in sie, doch sie konnte die gewaltigen Schäden spüren, die sie verursachten. Funken aus Licht und Farben tanzten ringsumher, Funken ihrer selbst.

»Laaaron! Laaaron!«

Kein Laut ertönte, doch hatte sie seinen Namen formuliert. Laron konnte ihr helfen, Laron hatte merkwürdige Kräfte, Laron kannte sich sogar mit Mathematik aus.

Laron kehrte unvermittelt mit einem Schrei in seinen Körper zurück, dann schüttelte er den Kopf. Er lag immer noch am Boden neben dem Loch in der Glasfläche. Druskarl hielt in seiner Nähe Wache.

»Gab es ein Problem?«, fragte der Eunuch. »Was habt Ihr in der Ätherwelt gesehen?«

Laron holte tief Luft und suchte nach Worten.

»Welch ein Albtraum«, sagte er schließlich. »So wunderschön und doch ein Eiland der Verzweiflung in den reißenden Fluten der Dunkelheit.«

»Was meint Ihr damit?«

»Ich habe die Seelen der Sterblichen gesehen, die in dem Augenblick schattenwanderten, als ihre Körper von den Feuerkreisen getötet wurden. Sie werden von hungrigen räuberischen Elementargeistern belauert.«

»Sterbliche? Wie konnten sie die ganzen Monate überleben?«

»Sie gehörten zu den besten Zauberern Toreas, als sie starben, daher hatten sie die Energie, die Schnelligkeit und die Fähigkeiten. Jetzt sind sie nur noch langsame Glanzkugeln inmitten von Elementargeistern, die nur wenig mehr als Fangarme und Tentakel sind. Als ich beobachtete, wie ein Sterblicher in einen Hinterhalt gelockt und getötet wurde, konnte ich ihn meinen Namen rufen hören. Wie konnte mich irgendetwas in der Ätherwelt wiedererkennen, besonders hier? Ich war angewidert und verängstigt.« Laron zog schlotternd die Knie an.

»Ihr? Laron, Ihr habt mehr Menschen getötet als ich Hammelragouts gegessen habe.«

»Es war das Gefühl von Verzweiflung, nicht das Töten. Es war die Hoffnungslosigkeit hinter den Worten. Verdammt, Miral ist beinah untergegangen. Ich bin … beunruhigt. Werdet Ihr heute Nacht über mich wachen?«

»Natürlich. Wir Entstellte müssen gegenseitig unsere Schwachstellen schützen, wie wir auch von unseren Stärken profitieren sollten.«

»Nein, ich meinte, Ihr sollt mich zurückhalten und mir den Kopf abschlagen, wenn ich aufstehe, bevor Miral am Himmel steht.«

»Was?«

»Ihr sollt nicht mit mir diskutieren, sondern …«

Laron fiel schlaff in sich zusammen. Miral war in der diesigen Dunkelheit am Horizont verschwunden.

Am nächsten Morgen ging die Sonne kurze Zeit vor Miral auf. Druskarl hatte überhaupt nicht geschlafen und Laron auf Anzeichen von Bewegung überwacht. Der Vampyr war aber wie tot liegen geblieben, bis der erste von Mirals Ringen am Horizont auftauchte.

»Aha, ich habe mich also nicht bewegt«, stellte er fest, als er an sich herunterschaute.

»Und Ihr schuldet mir den Nachtschlaf«, grummelte Druskarl. »Sollen wir zum Lager zurückkehren?«

»Nur noch eine Sache«, sagte Laron, während er einen Meißel auspackte. »Ich möchte ein Stück Glas von der Stelle, an der Silbertod lag.«

»Warum? Alle Stücke mit Abdrücken sind weg.«

»Sogar das zurückgebliebene abdrucklose Glas scheint kraftvolle Eigenschaften zu haben. Nehmt Eure Axt und helft mir, ein Stück genau aus der Mitte des Gebietes herauszuschlagen.«

»Warum sollen wir uns jetzt damit abplagen? Ich habe das gestern schon gemacht.« Druskarl lachte und reichte Laron einen großen grünen Klumpen.

Sie machten sich auf den kurzen Weg zum Lager.

»Warum wart Ihr letzte Nacht so beunruhigt?«, fragte Druskarl.

»An diesem Ort gibt es so viele mächtige, raffinierte Wesenheiten. Seelen, Elementargeister, Räuber, Dinge, die wahrscheinlich noch nicht einmal einen Namen haben und möglicherweise noch nie von Initiaten beim Schattenwandern erforscht wurden. Ich hatte Angst, dass irgendetwas wissen würde, wie es trotz der Bewachung durch meinen wahren Namen in den Besitz meines Körpers gelangen könnte.«

»Niemand kann an einem wahren Namen vorbeikommen, Navigator.«

»Ich bin nicht so sicher. Wenn Ihr das gesehen hättet, was ich beobachtet habe …«

Plötzlich gab Druskarl ein lautes Keuchen von sich. Laron duckte sich mit einer Hand an der Axt und schaute sich nach der Ursache für Druskarls Erregung um. Dann schnappte auch er nach Luft.

Velander saß auf Feran, und ihre blassen, nackten Körper glänzten auf dessen Schlafmatte im schwachen Morgenlicht der Sonne. Es gab keinen Zweifel daran, welcher Tätigkeit sie gerade nachgingen. Velander trug den Reif.

»Beachtet uns einfach nicht«, rief Druskarl auf Diomedanisch.

»Nein, beachtet uns nicht«, stimmte Laron auf Scalticarisch zu und fügte dann auf Diomedanisch hinzu: »Das heißt, beachtet uns nicht.«

»Ich bin ein Eunuch.«

»Und ich bin – ähm – ziemlich jung.«

»Wir sind nur Zuschauer«, sagte Druskarl und zog sich zurück.

»Ja wir sind nur, na ja, wir schauen nur zu.«

Laron stolperte vorwärts, griff nach seiner Schlafmatte und dem eisernen Kästchen, blieb dann aber stehen.

»Ach, mein Reif?«, wagte er zu sagen. »Bitte?«

»Ich würde ihn mir gern leihen, falls das kein Problem ist«, sagte Velander. »Ich habe kein Äthernetz fürs Schattenwandern und …«

»Ach, nein, kein Problem. Eine Sache weniger zu tragen. Ich mag es, mit leichtem Gepäck zu reisen. Tragt ihn einfach und macht weiter – ja, da, wo Ihr aufgehört habt. Ich meine auf Feran. Nein! Ich meinte …«

»Er meinte, beachtet uns einfach nicht«, wiederholte Druskarl. »Wir sind nur Zuschauer.«

»Ziemlich unschuldig, wirklich.«

»Man könnte sagen, wir sind tatsächlich unschuldige Zuschauer.«

»Könntet Ihr bitte beide verschwinden?«, sagte Velanders Stimme.

»Oh, verschwinden?«, rief Druskarl.

»Aber ja«, sagte Laron. »Verschwinden. Eine recht nachvollziehbare Bitte.«

»Unter diesen Umständen.«

»Genauer gesagt *Euren* Umständen.«

»Wir werden hinter diese Ruinen dort gehen, bis Ihr fertig seid.«

»Also bis Ihr angezogen seid.«

»Verschwindet!«, befahl Velander.

»Ja, ja, wir gehen ja schon«, sagten die beiden gemeinsam.

Sie zogen sich hinter die nicht weit entfernten Ruinen zurück.

»Warum hat sie meinen Reif getragen, frage ich mich«, sagte Laron, während sie sich – immer noch erstaunt – hinsetzten.

»Meine ehemalige Frau und Königin liebte es, verführt zu werden, wenn sie nur ihre Juwelen trug«, antwortete Druskarl.

»Warum nur?«

»Für die verschiedenen Leute steigern unterschiedliche Dinge die – äh – erotische Stimmung. Das habt Ihr doch bestimmt schon bemerkt.«

»Es hört sich vielleicht komisch an, doch trotz all meiner merkwürdigen und erschreckenden Essgewohnheiten und der eigentümlichen Schlafarrangements bin ich immer noch so etwas wie eine Jungfrau.«

Nach dem, was sie eine Viertelstunde vorher gesehen hatten, waren Druskarl und Laron nicht erstaunt, Velander und Feran Händchen haltend nebeneinander sitzend anzutreffen, als sie zum Frühstück zurückkehrten. Der größte Teil der Unterhaltung drehte sich um das Okular, das Laron und Druskarl entdeckt hatten. Druskarl schlug sogar vor, noch einen Tag zu bleiben, um nach einem weiteren zu suchen. Velander sprach sich dagegen aus.

»Das ist ein gestörter Ort«, sagte sie, während sie sich auf die Rückkehr zum Beiboot vorbereiteten. »Ich kann es fühlen.«

»Ich weiß, das Leben vieler Millionen Menschen ist von hier

aus ausgelöscht worden, genauso wie das vieler Wesenheiten und Tiere«, stimmte Druskarl mit einem unbehaglichen Blick über die Glaslandschaft zu. »Letzte Nacht hat Laron sich mit einer Zauberformel von dieser Welt getrennt und sich diesen Ort von der Ätherwelt aus angeschaut. Der Anblick war beunruhigend. Viele, viele Wesenheiten streifen hier herum – schmächtige, schwächliche, hungrige Wesenheiten, die langsam den wahrhaftigen Tod sterben.«

»Und sie könnten versuchen, uns zu folgen«, warnte Velander.

»Also, was sollen wir machen?«, fragte Feran.

»Wir sollten alle unsere Sicherungs-Amulette zusammen mit den Glasabdrücken von Silbertod und dem Okular in Larons eisernes Kästchen legen. Dann kann nichts aus der Ätherwelt unsere Bewegungen beobachten.«

Druskarl nickte. »Das hört sich sinnvoll an.«

»Ihr müsst den Reif so einstellen, dass er für alle anderen außer Euch unsichtbar ist«, sagte Laron, ohne die Priesterin direkt anzuschauen. »Im Moment kann man ihn sowohl in der Ätherwelt als auch in unserer sehen. Ihr habt ihn auf, also könnt nur Ihr ihn steuern.«

»Dann müsst Ihr mir die Einstellungen verraten«, antwortete sie.

Sie stellte den Reif unter seiner Anleitung so ein, dass sowohl er als auch die Orakelkugel unsichtbar wurden. *Cleveres Mädchen*, dachte Laron, als die Priesterin triumphierend lächelte.

Es war nicht mehr viel von Velander übrig geblieben, nur eine kleine Sammlung von Eigenschaften, inneren Antrieben, Erinnerungen und Werten, die einst den Kern ihrer Seele ausgemacht hatten. Dieser Kern war in der Lage, zu fühlen und sich in Maßen zu bewegen, aber man konnte ihn kaum als lebendig bezeichnen. Sie wurde jetzt von den räuberischen Elementargeistern ignoriert, da ihre zerlumpten Fragmente um die große

Achse kreisten. Draußen im schwarzen Raum waren der sternenähnliche Lichtpunkt des Okulars zu sehen, das Stückchen Festigkeit ihres Reifs und die haarfeinen orangen Strahlen der Glasscherben von der Stelle, wo Silbertod gelegen hatte.

Sie wusste, dass sie tot war. Ihr Körper war ihr gestohlen worden, aber niemand hatte es bemerkt. Laron war der einzige andere Initiat in der Gruppe. *Laron*. Irgendwann würde er bemerken, dass etwas verkehrt war, aber wie lange würde das dauern?

Plötzlich verschwand die Festigkeit des Reifs zusammen mit einem der orangen Fäden. Nun gab es da draußen nur noch den Fixpunkt des Okulars und eine orange Achse, an die er gebunden war. Velander erkannte plötzlich, dass ihre Gruppe sich darauf vorbereitete, den Ort zu verlassen, aber vorher alle Verankerungspunkte löste, mittels derer sie ihnen folgen konnte. Der Elementargeist! Er war dafür verantwortlich. Ohne auch nur einen Moment darüber nachzudenken, ließ sich Velander von der großen Achse zu dem verbliebenen Faden aus orangem Licht treiben. Als sie ihn erreichte und sich um ihn hüllte, bewegte er sich schon. Er verschwand, gemeinsam mit dem Okular.

Jetzt gab es nur noch die große Achse in der Ferne, umgeben von kreisenden Funken in vielen Farben. Sie war sicher tot, es gab nichts weiter zu tun als zu verblassen – aber da war irgendwas in ihrer Nähe! Die Linie aus orangem Licht war nichts weiter als feine Gaze, wie das Netz einer Spinne, das man nur bei günstigem Licht erkennen konnte. Hier draußen, fern der Helligkeit der großen Achse, konnte man sie eben sehen. Sie bewegte sich. Velander folgte ihr. Der Elementargeist musste Laron darum gebeten haben, auch sie in sein eisernes Kästchen zu legen. Velander wand ihren ausgefransten Kern um die Energielinie. Sie bewegte sich weiter.

Velander schmiegte sich an die orange Linie, kostete jeden Moment des Bewusstseins aus, genoss die Hoffnung. Insbesondere die Hoffnung. Die Hoffnung darauf, sich nicht plötzlich in der Umklammerung des Nichts wiederzufinden. Die Hoffnung auf eine Zukunft in der Welt und den Dimensionen, die sie kannte. Die Hoffnung auf Zeit. Zeit, sich an ihr Leben als Wildfang zu erinnern, der besser schlagen, ringen und mit der Axt kämpfen konnte als jeder Junge. Zeit, um ihre Jahre als kindlicher Späher zu würdigen, dem das Blut an den Händen klebte und die Könige zu Dank verpflichtet waren. Zeit, um sich die Verwirrung und die Wut noch einmal ins Gedächtnis zu rufen, wenn sie als Heranwachsende wieder einmal angestarrt oder über sie geflüstert wurde. *Wie können sie es wagen?,* dachte sie stillschweigend. Sie hatte jede Regel befolgt, sie hatte gewonnen, triumphiert, doch die Jungen ihres Alters nannten sie eine Missgeburt. Auch die Mädchen, um ganz ehrlich zu sein. Dann war da Elasse Arimer gewesen. Elasse hatte sie davon überzeugt, dass es für die brillante Überfliegerin einen Platz bei den Metrologen gäbe. Sie hatte sogar genug Geld aufgebracht, um für Velanders Ausbildungsgebühren und Auskommen zu sorgen. Aber Elasse war ertrunken. Terikel hatte eine Schwester verloren, Velander eine Heilige. Tatsächlich hatte Terikel genauso viel für sie getan wie Elasse oder sogar mehr, dachte Velander, doch sie behandelte sie wie ihre tote Schwester. Jetzt – den Tod vor Augen – war ihr alles klar. Der Tod zwang sie dazu, ehrlich zu sein, das erkannte sie jetzt. Wer hätte gedacht, dass sich die Klauen des Todes als Deckel eines eisernen Kästchens erweisen würden? Und nach all ihren Kämpfen, ihrer Eigenständigkeit und Unabhängigkeit hatte sie nach einem Jungen gerufen, als die Räuber sie umzingelten. *Nicht nur der Tod, auch noch diese Demütigung. Jetzt halten sie mich dank des Elementargeistes in meinem Körper für eine Hure. Wenigstens hat mich niemand gehört, als ich Laron um Hilfe rief. Wenn er es gehört hätte …*

Wenn er es gehört hätte …! Laron! Der orange Faden war immer noch da! Sie schaute zu der großen Achse hinüber, die inzwischen in einiger Entfernung lag. Laron trug etwas außerhalb des eisernen Kästchens, bemerkte sie plötzlich. *Er weiß es.* Laron wusste irgendwie Bescheid. Er hatte den schwächsten Ankerpunkt für sie draußen gelassen, damit sie ihnen folgen und sich an ihn klammern konnte.

Mein ritterlicher Kavalier, dachte Velander mit plötzlichem Wohlwollen für diesen kleinen, dürren Jugendlichen mit kaltem Blut und angeklebtem Bart.

Laron hatte in Wirklichkeit das Glasstück in seinem Geldbeutel einfach vergessen, und da er in der Glaswildnis keinen Bedarf für Münzen hatte, gab es nichts, was seinem Gedächtnis auf die Sprünge helfen konnte. Sie erreichten den Fluss nicht lange vor Sonnenuntergang. Ohne weitere Verzögerung hoben sie das Beiboot und schöpften es aus, dann ruderten sie zurück in die Strömung, um zur *Shadowmoon* zurückzukehren. An Land gab es kein Leben außerhalb der Teiche mit Trinkwasser.

Sie erreichten die *Shadowmoon* in einem Drittel der Zeit, die sie für die Reise stromaufwärts benötigt hatten. Die fünf Männer, die auf dem Schoner zurückgeblieben waren, hatten eine große Barkasse des Schatzamts entdeckt, die gesunken war, bevor sie vollständig verbrannt war. Sie hatten Gold mit einem größeren Gewicht aus ihr gehoben, als sie gemeinsam auf die Waage brachten, das meiste in umgeschmolzenen Münzen. Das Gold in der toten Stadt, vor der sie ankerten, lag dagegen eingeschlossen tief unter geschmolzenen Steinen und Glas.

Die Rückreise auf dem Fluss nach Gironal nahm nur einige Tage in Anspruch. Da jetzt Miral später am Morgen aufging, stand auch Laron später auf. Feran und seine neue Bettgefährtin tauchten nur noch selten an Deck auf, doch da die Reise ohne Zwischenfälle verlief, war das ohne Bedeutung. An ihrem ersten Tag zurück auf der *Shadowmoon* hatte Druskarl Wache. Laron leistete ihm einige Zeit Gesellschaft.

»Velander und Feran sind anscheinend sehr erpicht auf ihre Zweisamkeit«, bemerkte Laron. »Was machen sie nur die ganze Zeit über? Sex dauert doch höchstens ungefähr zwölf Minuten.«

»Woher wisst Ihr das?«, fragte Druskarl und zog die Augenbrauen hoch.

»Ich habe diverse Tiere beim Geschlechtsakt beobachtet.«

»Ihr seid noch jung«, antwortete Druskarl ein wenig herablassend. »Wenn Ihr verliebt seid, existiert nichts anderes als Eure Geliebte.«

»Jung? Mein Körper ist vierzehn, aber ich bin eigentlich sieben Jahrhunderte alt.«

»Wart Ihr jemals verliebt?«

»Nun, da Ihr es erwähnt, nein«, gab Laron kleinlaut zu.

»Was alles erklärt. Seid Ihr eifersüchtig?«

»Natürlich nicht! Ich bin tot. Seid *Ihr* eifersüchtig?«

»Ich bin kastriert worden. Natürlich nicht.«

»Dann seid Ihr neidisch?«

»Nun, da Ihr es erwähnt, ja!«

»Ich auch.«

Nicht lange danach ging Laron nach unten zu seiner Kabine, kroch hinein und verriegelte die Luke. Es blieb noch ein wenig Zeit bis zu Mirals Untergang, so dass er wach dalag. Er hatte eine Idee für ein anderes Experiment gehabt, um Nona zu befreien, und überdachte die möglichen Risiken. Da war plötzlich ein leichtes Kratzen und Klopfen an der inneren Seitenluke zu seinem kleinen persönlichen Reich zu hören. »Laron, seid Ihr wach? Laron!« Es war der leise, verstohlene Ruf eines Menschen, der niemand anderen wecken wollte, und es war Velanders Stimme. Nach ungefähr einer Minute hörte es auf. Laron lag still und zählte bis fünfzig. Dann schob er die Luke etwas auf.

Mit seinen einzigartigen Sinnen konnte er die Hitze in Ferans Kabine spüren, doch die stammte nur von einem Leib. Auf dem Unterdeck waren die verlockenden, saftigen Gestalten der anderen Besatzungsmitglieder. Die meisten lagen schlafend in ihren engen Kojen, aber eine Gestalt in der Dunkelheit bestand aus zwei Körpern, die ineinander verschlungen waren. *Ich mag ja jungfräulich sein, aber ich glaube doch zu wissen, was hier vor sich geht*, dachte der Vampyr, als er in seine Kabine zurückgekrochen war und die Luke wieder verschlossen hatte. *Wenn ich warmes Blut hätte, würde ich vermutlich erröten*. Nach wenigen Augenblicken war Miral untergegangen, und Laron dachte an nichts mehr.

Am letzten Abend auf dem Dioran konnte man auf der *Shadowmoon* viele Aktivitäten beobachten, da Feran den Schoner auf die Rückkehr auf hohe See vorbereiten ließ. Sie warteten an den ehemaligen Gemäuern des königlichen Winterpalastes von Gironal auf den Einbruch der Dunkelheit. Die geborgenen Münzen waren im Schiffsbauch versteckt, das Deck geschrubbt und der Abfall mit Gewichten beschwert und im Fluss versenkt worden. Nur die Weinvorräte waren fast zur Neige gegangen, doch mit dem Regenwasser aus den Glasteichen hatten sie ausreichend zu trinken.

Schließlich blieb nichts mehr zu tun, und einige Männer der Besatzung beschlossen, an Land zu gehen und nach geschmolzenem Gold zu suchen. Laron schloss sich ihnen an, hielt aber immer einen gewissen Abstand zu den anderen. Dies war seine letzte Gelegenheit, durch die toreanische Einöde zu wandern, und er wollte dies mit seinen bis an die Grenzen angespannten, überragenden Sinnen allein erleben. Nach kurzer Zeit hatte er das Gefühl beobachtet zu werden. *Was ist hier?,* fragte er sich. Der Ort war ein Tummelplatz sehr reicher und hauptsächlich dummer Leute gewesen, und es war kaum vorstellbar, dass hier ein starker Zauber die stärksten Angriffe Silbertods überlebt hatte. Dann erkannte er, was es war.

Für Velander war es eine Zeit der Verwirrung. Das Okular wurde heller, als Laron sich näherte, und dann leuchtete der Zauber auf, den er zur Bindung des Okulars an das Glasfragment bei der großen Achse benutzt hatte. Plötzlich konnte sie die Welt wieder sehen! Da war Laron mitten zwischen den Ruinen. Ihre Perspektive war die eines einzelnen Auges etwa zwei oder drei Fuß über seinem Kopf, doch konnte sie durch eigene Drehungen fast alles sehen, nur nicht direkt nach oben. Nach einer Weile hörte Laron auf, ziellos umherzustreifen, und ging stattdessen geradewegs zum Flussufer. Dort lag die *Shadowmoon*, und irgendjemand auf dem Achterdeck forderte ihn mit Handzeichen dazu auf, wieder an Bord zu kommen.

Das Ablegen und das Heben und Senken der Ruder, um das Schiff in die Mitte der trägen Strömung zu bringen, waren für Velander beruhigend und vertraut. Der Elementargeist in ihrem Körper half, wenn auch mit wenig Begeisterung.

Laron ging auf das zwischenzeitlich verwaiste Unterdeck und murmelte einen Zauberspruch über dem Glasstück, das den Anker des Okulars darstellte. Zwischen seinen Händen materialisierte eine primitive, aber ausreichende Betrachtungskugel, die auch noch erhalten blieb, nachdem er die Hände wieder weggezogen hatte. Er sprach ein paar andere Worte und kleinere Beschwörungsformeln.

In der flackernden Kugel nahm eine Szene mit einem großen, übergewichtigen, ziemlich behaarten und völlig nackten Mann, drei wohlgeformten nackten jungen Frauen, einigen Sitzkissen und einem großen, gut gepolsterten Liegesessel Gestalt an. Laron beobachtete ebenso wie Velander eine Zeit lang ihre Aktivitäten. Es gab keine Geräusche in ihrer Welt, doch sah sie irgendwann Laron die Hände an den Mund legen und rufen. Druskarl kam die Stufen herunter, erstarrte für einen kurzen Moment und hockte sich dann neben Laron. Feran erschien Hand in Hand mit dem Elementargeist. Dann tauchte Norrieav mit einem offenen Weinkrug in der Hand auf. Als Nächster kletterte Martak nach unten, gefolgt von Hazlok, D'Atro und Heinder.

Velander schaute ungläubig und entrüstet auf die Männer, die mit den Füßen aufstampften, auf die Szene deuteten, unanständig gestikulierten, den Weinkrug kreisen ließen und die Figuren aus der Posse in der schimmernden Kugel anscheinend sogar anpfiffen. Laron boxte Druskarl mit dem Ellbogen in die Rippen, wies auf die Kugel und sagte etwas, woraufhin der Eunuch sich vor Lachen krümmte. *Du schmutziger kleiner Junge*, dachte Velander, angewidert von dem Benehmen ihres vermeintlich ritterlichen Kavaliers. Hazlok ließ plötzlich seine Hose fallen und entblößte seinen blassen behaarten Hintern. *Warum?*, fragte sich Velander, doch dann bemerkte sie das Wappen des Königshauses von Gironal an den Wänden. *Du dreckiger Wüstling*, sagte Velander tonlos zum toten König von Gironal. Sie hatte gelesen, dass die Königin eine fromme und heilige metrologische Priesterin gewesen war und die Bedeutung des Wortes *Laster* kaum gekannt hatte.

Durch die *Shadowmoon* fuhr ein heftiger Ruck, als sie unbeaufsichtigt auf eine Sandbank auflief.

Da sie eine Stunde auf der Sandbank festgesessen hatten, erreichten sie die Ruinen bei Gironal erst kurz nach Sonnenuntergang, doch durch Miral war es hell genug für die Navigation. Als sie vorsichtig aus der Flussmündung segelten, staunten sie über ein Meer von Masten, die aus dem Wasser ragten. Masten und Takelagen zeichneten sich vor dem roten Himmel ab, aber keine Schiffe. Da waren Dutzende, vielleicht Hunderte von Masten: das Takelwerk einer Flotte ohne Schiffe.

»Könnte hier eine komplette Flotte ohne Kampf gesunken sein?«, fragte sich Laron laut, der vom Vorschiff aus den Hafen überblickte.

Konfrontiert mit etwas Unbekanntem, kehrte Feran vernünftigerweise sofort um. Die *Shadowmoon* ging kurz hinter der Flussmündung vor Anker. Druskarl erhielt den Befehl, die Situation auszukundschaften.

»Ich sollte auch gehen«, sagte Laron, während Feran das Umklappen der Masten beaufsichtigte. Er wollte für den Fall gerüstet sein, dass sie schnell untertauchen mussten. »Es könnten Zauber und Beschwörungen im Spiel sein.«

»Ihr bleibt hier«, beharrte Feran und kniete nieder, um Takelage und Zeisinge unten auf dem Deck anzubinden. »Ich werde Druskarl im Beiboot begleiten.«

»Aber ich bin ein Initiat …«

»Schaut Euch um, Euer Platz ist hier!«, gab Feran zurück. »Die Männer scheißen sich vor Angst beinah in die Hose. Mit einem starken Initiaten an Bord werden sie nicht so viel Angst haben – und sind in der Lage, die *Shadowmoon* mit dem Bootsmann als Steuermann und Euch als Navigator wieder nach Helion zu bringen, wenn ich nicht mehr zurückkomme. Bleibt hier, erhaltet die Ordnung aufrecht und passt auf, dass niemand Dummheiten macht.«

Das Beiboot wurde mit Druskarl und Feran an Bord zu Wasser gelassen, dann ruderten sie vorsichtig in den Hafen. Der nächste der geisterhaften Masten war nicht weiter als hundert Schritte entfernt.

»Vidarianische Takelagen«, stellte Druskarl fest, als sie Mast und Holme erreicht hatten, die wie Wachposten im ruhigen Wasser standen. »Das Tauwerk und das Holz lassen keine Aussage zu, aber die Knoten sind unverkennbar.«

»Das meiste hat nicht gebrannt, als es gesunken ist«, fügte Feran hinzu und griff nach dem aufgerollten Seil am Lateinmast.

»Fast alle sind mit geradem Kiel gesunken. Der Hafen ist flach, mit weichem Untergrund. Grob geschätzt müsste das der größte Teil von Banzalos Flotte sein. Es muss eine ziemlich heftige Schlacht stattgefunden haben.«

»Es ist zu dunkel, um die gesunkenen Schiffe richtig sehen zu können, daher müssen wir morgen früh noch einmal hierher rudern. Die Männer werden unruhig und ängstlich sein.«

»Und das sollten sie auch. Immerhin sollten wir aber keine Schwierigkeiten haben, durch Banzalos Blockade zu schlüpfen.«

Sie verbrachten die Nacht mit jeweils zwei Wachposten, die anderen waren angezogen und hatten die Waffen griffbereit neben sich. Der Sonnenaufgang enthüllte wieder den entsetzlichen Wald aus Masten und Takelagen, der die ruhigen flachen Hafengewässer beschützte. Feran schickte Druskarl, Hazlok und D'Arto mit dem Beiboot zu ihnen. Druskarl tauchte nach verschiedenen Wracks und bestätigte, dass alle aus Vidaria stammten. Einige waren gerammt worden, wenige hatten gebrannt, bevor sie sanken, doch die meisten waren einfach nur versenkt worden. Sie verschafften sich abschließend einen Überblick über die nahe gelegenen Buchten und Höhlen und kehrten dann gegen Mittag zurück zur *Shadowmoon*. Nachdem er ihren Bericht gehört hatte, ließ Feran sofort die Masten des Schoners hochklappen.

»Nehmt unbedingt das grüne Hauptsegel«, rief er, als die Besatzung aktiv wurde. »Wer auch immer das war, wird sich nicht mit kleinen Kaperschiffen von Plünderern befassen.«

»Kapitän, da ist jemand am Ufer«, rief jemand vom Ausguck des Achterdecks. »Fünf Leute, da drüben, sie winken uns.«

»Womit winken sie? Mit ihren Fäusten? Mit Kriegsbeilen?«

»Nur mit den Armen, und sie scheinen froh zu sein, uns zu sehen.«

Feran schickte Druskarl mit dem Beiboot, um Nachforschungen anzustellen, während das Hauptsegel aufgeschnürt wurde. Als er mit den Schiffbrüchigen zurückkam, war die Takelage fast fertig und der Anker wurde eingeholt. Banzalo war kaum wiederzuerkennen, die fünf Überlebenden der vidarianischen Flotte waren abgemagert und nur mit Lumpen bekleidet.

»Kriegsgaleeren, hunderte«, krächzte Banzalo, nachdem man ihm an Bord geholfen hatte. »Verlasst diesen Ort! Beeilt Euch!«

Das Beiboot wurde vertäut, während sie das Segel aufzogen, und dann an Bord gehievt, dann durchquerten sie den Hafen zwischen den Masten der verlorenen Flotte. Es war nicht die beste Zeit zu segeln, und sie mussten gegen die einströmende Flut ankämpfen, um die offene See zu erreichen. Nachdem sie den Hafen verlassen hatten, frischte der Wind auf, und die *Shadowmoon* segelte Richtung Norden. Von Verfolgern war nichts zu sehen. Laron kümmerte sich um die Überlebenden der vidarianischen Flotte, bis das Schiff von der Küste aus nicht mehr zu sehen war.

»Sie kamen plötzlich aus der Morgensonne, sie hatten Kriegsgaleeren und Kurzstreckengaleeren«, plapperte Banzalo, als Velander und Feran ihm nach unten halfen. »Und draußen auf See waren noch Versorgungs-Karavellen und Hochsee-Kauffahrer.«

»Aber wer? Wer war das?«, fragte Feran.

»Warsovrans verfluchte Flotte, seine gesamte Flotte! Sie haben uns überrumpelt. Wir sind so weit weg von allem und jedem, wer hätte da einen Großangriff erwartet? Sie fingen mit brennden Pechgeschossen an. Fast alle unsere Männer waren an Land. Es war ein ruhiger Morgen ohne Wind für meine Schiffe, aber die Galeeren kamen überallhin, weil sie auch Ruder haben. Die Schlacht tobte stundenlang, aber die Galeeren waren voll mit Soldaten, und sobald sie unsere Kauffahrer entern konnten, war es nur noch ein Gemetzel. Sie haben keine Gefangenen gemacht. Ich gab meinem Signalmann den Befehl, die Selbstversenkung zu ordern. Damit habe ich Warsovran auch in der Niederlage wenigstens meine Kampfschiffe vorenthalten.«

Sie legten Banzalo auf eine Matratze aus Ferans Kabine, und Velander brachte ihm etwas von ihrem schwindenden Weinvorrat. Zwischen großen Schlucken setzte er seine Geschichte fort, dabei quoll roter Wein aus seinem Mund und tropfte auf die Kissen.

»Ich hatte befohlen, keine Lebensmittel mit an Land zu nehmen, so dass meine Leute nicht desertieren konnten, um in den Ruinen zu leben und nach Gold zu graben. Nach einer Woche des Hungerns haben sich die meisten Männer an Land Warsovrans Flotte ergeben, aber sie wurden an Ort und Stelle niedergemetzelt und zum Verfaulen liegen gelassen. Die darmarianischen Soldaten haben uns die Säcke mit dem geborgenen Gold abgenommen und dann alles niedergebrannt, was sie nicht wegtragen konnten.«

Durch seine Erzählung aufgewühlt, brach Banzalo in Tränen aus; sie liefen ihm die Wangen herunter und vermischten sich mit dem Wein. Die anderen vier Schiffbrüchigen waren inzwischen auch heruntergebracht worden, und Laron untersuchte einen nach dem anderen. Alle hatten Wunden, doch keiner war in akuter Lebensgefahr. Die Überlebenden waren offensichtlich auch die Zähesten.

»Sie haben uns mit Spürhunden gejagt und uns zusammengetrieben wie Schafe. Ich sammelte einige Dutzend Männer um mich und stellte mich der Hundertschaft entgegen, die uns verfolgte. Wir haben jeweils zwei von ihnen für einen unserer gefallenen Männer getötet, aber es kam immer Nachschub.

Schließlich gab ich den Befehl, die Gruppe aufzulösen und zu fliehen, dann tauchte ich in den Fluss und versteckte mich zwischen den Säulenstümpfen einer zusammengebrochenen Steinbrücke, wo die Hunde meine Fährte nicht aufnehmen konnten. Vier andere hatten die gleiche Idee, und die sind immer noch bei mir. Dreizehn Tage lang haben wir von rohem Fisch und Regenwasser gelebt, während Warsovrans Seeleute und Soldaten uns gejagt haben, dann sind sie fortgesegelt. Ich hielt meine Männer in Deckung und wartete darauf, dass jemand kam. Stunden nachdem das letzte Schiff den Hafen verlassen hatte, tauchten andere Überlebende auf, fielen aber einer Gruppe Soldaten in die Hände, die in Verstecken zurückgelassen worden waren. Zwei Tage später kam ein Kauffahrer zurück, um die Darmarianer abzuholen. Seitdem sind wir wirklich allein.«

»Wir sollten uns noch weiter von der Küste entfernen«, sagte Feran. »Warsovran könnte Karavellen auf Patrouille geschickt haben, und die *Shadowmoon* ist nicht so schnell wie sie.«

»Aber sie könnten meine neuen Siedlungen angreifen!«, rief Banzalo. »Wir müssen sie warnen, sich darauf vorzubereiten.«

»Ich vermute, dass sie das bereits getan haben, hoher Herr«, antwortete Feran. »Wenn sie Eure Flotte vernichten konnten, müssen Eure Siedlungen bereits in Schutt und Asche liegen.«

»Wir müssen sofort dorthin, wir müssen sie warnen«, krächzte Banzalo, während er sich aufzurichten versuchte.

»Die Siedlungen werden bereits vernichtet sein«, wiederholte Feran, »und wir sind auf dem Weg nach Helion.«

»Nein, Ihr werdet die Siedlungen ansteuern. Ich *befehle* es.«

Feran hatte keine Wahl. Er steuerte zurück zur Küste und versuchte in ausreichend tiefem Wasser zu bleiben, um im Notfall abtauchen zu können. Der Kapitän verbrachte den größten Teil seiner Zeit im Ausguck oder auf dem Achterdeck und hielt nach darmarianischen Schiffen Ausschau. Es waren keine Schiffe und auch keine Feuer an Land zu sehen, doch war das für alle auf der *Shadowmoon* die willkommenste Nachricht überhaupt.

Am nächsten Tag schnappte Velander in der Nachmittagssonne frische Luft, während Laron am Ruder stand. Sie setzte sich einen Moment auf das Beiboot und warf ihm kokette Blicke zu, wurde jedoch nur mit einem Nicken belohnt. Schließlich machte sie sich auf den kurzen Weg zum Achterdeck.

»Navigator, glaubt Ihr, in den neuen Siedlungen ist alles in Ordnung?«, fragte sie.

»Nein«, antwortete er schlicht und schaute weg in Richtung Küste.

»Warum nicht?«

»Warsovrans Admiral wusste genau, wann und wo er Banzalos Flotte stellen konnte und dass sie dort nicht in der Lage war, sich nach verlorenem Kampf in alle Winde zu zerstreuen. Wenn er die Macht hatte, die vidarianische Flotte aufzuspüren und auszulöschen, dann hat er die Siedlungen nicht verschont.«

»Ich verstehe«, sagte der Elementargeist, der geplant hatte, die *Shadowmoon* in Großvidaria zu verlassen. »Was, glaubt Ihr, ist mit den Siedlungen geschehen?«

»Wahrscheinlich sind sie dem Erdboden gleichgemacht worden. Das ist alles sehr merkwürdig. Nach allem, was der Regent gesagt hat ...«

»Der König.«

»Wie auch immer.«

Laron fuhr nicht fort. Der Elementargeist wartete. Das Schweigen zog sich in die Länge. »Was ist merkwürdig?«, fragte Velander schließlich.

»Banzalo hat gesagt, hunderte von Galeeren hätten ihn angegriffen, keine Gefangenen wurden gemacht, und alles, was von Nutzen hätte sein können, wurde verbrannt oder zerschlagen. Druskarl hat aber keinen Beweis für ein Gemetzel an Land gefunden. Außerdem habe ich mit den vier Soldaten gesprochen, nachdem Banzalo offenkundig betrunken war und schlief. Es waren nicht mehr als zwölf Schiffe in Warsovrans Geschwader und ungefähr zweitausend Soldaten. Banzalo hatte die Besatzung aller Schiffe an Land befohlen bis auf eine Hand voll

Wachhabende. Er war so gierig nach geschmolzenem Gold, dass er nur wenige Wachen zurückließ.

Die Darmarianer rammten drei Schiffe, bevor sie erkannten, dass sie keinen Widerstand leisteten. Über dreißig Schiffe wurden eingenommen, indem man einfach einige Seeleute und einen Offizier an Bord brachte. Bald verbrannten die einzelnen vidarianischen Wachhabenden ihre Schiffe oder versenkten sie, anstatt sie den Darmarianern zu übergeben. In der Zwischenzeit hatte Banzalo seine Leute auf dem alten Kai um sich geschart, um die Angreifer zurückzuschlagen. Die hatten aber mittlerweile Marinesoldaten in einer anderen Bucht an Land gebracht, wahrscheinlich kurz vor Sonnenaufgang. Diese rückten über Land an, warteten, bis die Vidarianer sich versammelt hatten, um die Seeschlacht zu beobachten, und griffen sie dann von hinten an.«

»Aber Banzalo sagte, Warsovrans gesamte Flotte hätte angegriffen.«

»Was würdet Ihr sagen? ›Äh, Entschuldigung, ich habe meine Schiffe unbewacht zurückgelassen, und während ich beobachtet habe, wie sie ohne Kampf eingenommen wurden, hat sich jemand von hinten angeschlichen, uns allen das Hemd über den Kopf gezogen und dann einen Knoten hineingemacht‹? Warsovran hat die zweitgrößte Flotte im Plazidischen Ozean besiegt, dreißig intakte Schiffe erobert und fünftausend Sklaven erbeutet und hatte dabei nur den Verlust eines einzigen Soldaten zu beklagen – und der wurde offenbar durch einen herabfallenden Goldsack getötet.«

Der Elementargeist leckte sich über die geschürzten, vom Blut prallen Lippen. »Warsovran muss ein militärisches Genie sein«, gurrte sie mit einem Blick in Larons Augen.

»Er war sehr gut informiert. Jemand hat Banzalo verraten, jemand aus seiner Flotte oder seinem Königreich. Warsovran ist sehr wahrscheinlich Banzalos Kielwasser gefolgt. Erst die Siedlungen, dann die Flotte, und jetzt sind die Darmarianer auf dem Weg nach Süden auf der Suche nach anderen Plünderern. Banzalos Männern zufolge bestand seine ursprüngliche

Flotte nur aus dreißig Schiffen. Schnell, tödlich, aber nur wenige.«

»Schneller als wir?«

»Die Galeeren? O ja, aber sie sind nach Süden weitergefahren, während wir uns nach Norden gewandt haben. Ich denke, wir sind nicht in Gefahr.«

»Wenn Banzalo besiegt worden ist, warum gehorchen wir ihm dann immer noch?«

»Banzalo herrscht immer noch über Helion. *Wie lange noch*, ist eine andere Frage angesichts seiner bisherigen Erfolge. Er hat das Recht, jedes Schiff in Helions Steuerregister zu beanspruchen, und darin ist die *Shadowmoon* mit Sicherheit verzeichnet. Außerdem hat er vier kampffähige Männer, um seine Befehle durchzusetzen.«

»Also kann er uns zwingen, nach Helion zu segeln, nachdem wir uns in den Siedlungen umgesehen haben.«

Interessant – sie weiß also nicht, dass wir ohnehin nach Helion wollten, dachte Laron.

Interessant – er ist nicht an Frauen interessiert, dachte der Elementargeist.

»Mir ist aufgefallen, dass Ihr immer mit von innen verschlossener Kabinenluke schlaft«, stellte sie einladend fest.

»O ja«, antwortete Laron knapp.

»Warum?«

»Meine Mutter hat mir geraten, Seeleuten niemals zu vertrauen.«

Wie Feran und Laron vorausgesagt hatten, waren die Siedlungen dem Erdboden gleichgemacht worden, und Seevögel und Robben nährten sich von den Toten. Als sich Banzalo davon überzeugt hatte, dass die Katastrophe eingetreten war, setzten sie ihre lange Reise entlang dem Kontinent zurück nach Helion fort. Es gab immer noch kein Anzeichen von Warsovrans Kriegsgeschwader. Der tropische Himmel blieb bewölkt und grau.

»Die Flotte muss von Norden gekommen sein«, spekulierte

Feran gegenüber Banzalo und knüpfte damit an sein vorhergehendes Gespräch mit Laron an. »Wenn er zuerst die Siedlungen geschleift und dann Eure Flotte bei Gironal zerschlagen hat, ist er vermutlich danach weiter die Küste entlang nach Süden gefahren und über jeden Plünderer in den Ruinen hergefallen. Sobald sie Torea umrundet haben, werden sie ihre eigenen Goldgräbersiedlungen in der reichsten der geschmolzenen Städte gründen und andere Schiffe auf Patrouille schicken.«

Banzalo schaute in die Wellen. »Es gibt für alle genug in Torea. Warum mussten sie das tun?«

Laron musste daran denken, dass Banzalo den ganzen Kontinent für sich beansprucht hatte, ließ diesen Punkt dann jedoch lieber unerwähnt. »Auf diese Weise kann er die Menge des toreanischen Goldes kontrollieren, das nach Acrema und Lemtas gelangt«, sagte er stattdessen. »Wenn er die Menge in überschaubarem Rahmen hält, wird sich der Wert des Goldes anderswo nicht verringern.«

»Weise Worte von einem kleinen Jungen«, spöttelte Banzalo.

»Verzeiht mir, Regent, aber Ihr habt gefragt.«

In Banzalo hatten sich über einen längeren Zeitraum Frustration und Ärger angestaut. Eigentlich hätte ein kluger Herrscher wissen müssen, dass er solche Gefühle besser nicht an seinen Untertanen ausließ. Doch er war zwar ein Adeliger, aber weder klug noch ein erfahrener Herrscher. Er hatte seine Untertanen ins Ungewisse geführt, aber niemals nach einer Niederlage um Wohlwollen heischen müssen. Er richtete sich auf, dann ohrfeigte er Laron. Oder zumindest versuchte er, Laron zu ohrfeigen. Die Hand des Jugendlichen schnappte nach der Banzalos, hielt sie fest und drückte sie dann zusammen. Banzalo schrie auf und übertönte dadurch das leise knackende Geräusch seiner zusammengequetschten Hand.

Zwei seiner Männer kletterten die Stufen hinauf, um ihm zu Hilfe zu kommen, hielten jedoch inne, als sie Larons große leuchtende Augen und entblößte Reißzähne sahen. Langsam kämpfte Laron das Hungergefühl nieder, dem er einen Moment lang freien Lauf gelassen hatte. Schließlich ließ er Banzalo los, dessen Hand inzwischen nur noch so breit wie das Gelenk war.

»Niemand anderer an Bord der *Shadowmoon* kann auf hoher See navigieren, Regent«, sagte Laron. »Ich schlage vor, Ihr erweist denjenigen ein wenig mehr Respekt, welche zwischen Euch und einem sehr unangenehmen Tod stehen.«

Banzalo fiel auf die Knie und hielt sich das Gelenk der zerquetschten Hand.

»Medikus, holt den Medikus«, winselte Banzalo, der nach dem erlittenen Schock kaum atmen konnte.

»Das wäre dann wohl ich«, sagte Laron.

Warsovran ging über das Fallreep des Hochsee-Kauffahrers und betrat dann diomedanischen Boden. Eigentlich waren es nur die Steine eines diomedanischen Piers, doch der Schritt war trotzdem von hohem symbolischem Wert. Der Kaiser war angekommen, Torea hatte ein Stück von Acrema erobert. Als sein Schiff im Hafen lag, hatte Warsovran viel Zeit damit verbracht, die Pracht Diomedas und seiner Inselpaläste zu bewundern – jetzt ließ er den Blick beständig über die Vertreter seiner neuen Untertanen schweifen.

Die ranghöchsten ortsansässigen Adeligen und Kaufleute hatten sich unter der ständigen Beobachtung von mehreren hundert toreanischen Soldaten am Fuße des Piers zusammengefunden. Warsovran blieb mit überkreuzten Armen vor der Versammlung stehen.

»Euch ist gesagt worden, wer ich bin«, sagte er in Diomedanisch mit leichtem Akzent. »Ihr seid meine Untertanen.«

»Auf die Knie!«, brüllte einer der Hauptmänner der Marinesoldaten.

Alle diomedanischen Adeligen und Kaufleute fielen sofort auf die Knie. Warsovran schritt vor ihnen auf und ab und schaute abwechselnd zum Himmel und auf die großen Steine zu seinen Füßen. Doch das war nur symbolisch – für diejenigen, welche darauf achteten.

»Ich bin kein Freibeuter. Ich bin Eroberer. Ich habe Diomeda erobert und damit auch Euch.«

Er schritt weiterhin auf und ab, doch jetzt in absoluter Stille. Sein Publikum erkannte, dass er von ihnen erwartete, über seine Worte nachzudenken – also dachten sie darüber nach.

»Ich habe nicht die Absicht, Euch Euren Wohlstand zu nehmen. Ich bin sehr, sehr reich. Ich muss niemanden ausplündern.«

Warsovran hob eine Hand und schnippte mit den Fingern. Zwei Dutzend Soldaten traten vor, die Hälfte von ihnen trugen Körbe. Die anderen griffen hinein und bewarfen Warsovrans gefangene Zuhörerschaft mit Kieseln aus reinem Gold. Die Adeligen und Kaufleute kauerten sich nieder, dann legten sich einige vor Verblüffung über den Regen aus Edelmetall hin. Warsovran schnippte noch einmal mit den Fingern. Der Goldregen hörte auf. Blutüberströmte Gesichter schauten zu ihm auf.

»Solange Ihr auch weiterhin noch mehr Reichtum produziert, werde ich Euch in Ruhe lassen. Kommt Ihr mir in die Quere oder widersetzt Euch, werde ich Euch vernichten. Ich werde Euch zunächst bei lebendigem Leib die Haut abziehen und dann in einen Teich mit hungrigen Krebsen werfen lassen. Seid Ihr aber loyal, so seid Ihr sicher. Wenn *Euch* jemand in die Quere kommt, gebt mir Bescheid und ich werde ihn vernichten. Jetzt geht. Handelt, schafft Wohlstand und helft, mein neues Reich zu stärken.«

Damit drehte er sich um und schritt davon. Die Soldaten verschwanden ebenfalls und ließen die goldenen Kiesel auf dem Boden liegen.

Nachdem er den provisorischen kaiserlichen Palast in Augenschein genommen hatte, packte Warsovran Silbertod aus. Sein Hofzauberer, Rax Einsel, stand vor ihm, während er Silbertods Metallteile durch seine Finger gleiten ließ und nachdenklich die schimmernden Kreise und Verbindungen mit ihren vielfarbigen Glanzlichtern betrachtete. Einsel beobachtete ihn. Die Gegenwart einer Waffe, die alle Spuren von Leben auf einem Kontinent auslöschen konnte, machte ihn nervös.

»Die Vidarianer dürften uns jetzt nicht mehr in die Quere kommen, also habe ich das Gold Toreas hinter mir und Acrema vor mir«, sagte Warsovran ungerührt. »Und ich habe Silbertod an meiner Seite. Was meint Ihr, Einsel?«

»Es ist ein vortefflicher Talisman, Warsovran. Diese Handwerkskunst ...«

»Interessiert uns nicht. Er soll benutzt werden, nicht bewundert.«

Diese Worte alarmierten Einsel. Bei Licht betrachtet, hätten sie jeden alarmiert. »Silbertod hat ganz Torea in geschmolzenes Glas verwandelt, als Ralzak versucht hat, mit ihm eine einzige Stadt einzunehmen«, stellte er ehrerbietig fest.

»Ralzak kannte keine seiner Regeln, Kräfte oder Grenzen. Ich kann ihn benutzen, ohne die Kontrolle darüber zu verlieren. Was haltet Ihr von meinem Plan für Helion?«

»Er ist ein Glücksspiel, Gebieter, Ihr könnt nicht wissen, wie Silbertod agieren wird«, flehte Einsel ihn an, dem die Furcht Kühnheit verlieh.

»Ich werde ihn weit draußen auf See benutzen, auf Helion. Da kann nichts schief gehen.«

»Auf Torea ist eine Menge schief gegangen.«

»Im Gegenteil, Einsel. Auf Torea ist nichts schief gegangen.«

Der kleine Zauberer mit den hervorquellenden Augen beugte den Kopf vor Warsovran und versuchte aus den Augenwinkeln, Silbertod zu betrachten. Das wenige, was er verstand, erschreckte ihn zutiefst.

»Ihr habt Silbertod aus der Ätherwelt beobachtet. Was wisst Ihr von dort über diese prächtige Waffe zu berichten?«

»Silbertod saß als schwere Masse in der Dunkelheit der Ätherwelt«, antwortete Einsel in dem Bemühen, seine Aussagen möglichst neutral zu halten. »Er ist mit nichts zu vergleichen, was ich bisher gesehen habe. Er hat gewaltige Fähigkeiten und kann Energien aus anderen Ätherwelten abziehen und Strahlungswellen und Hitzeströme kanalisieren.«

»Ja, Einsel. Nichts ist so stark wie diese Waffe, obgleich sie einige Einschränkungen hat. Nicht einmal alle Königreiche Acremas gemeinsam können jetzt noch gegen mich bestehen.«

»Warsovran, Ihr könnt doch nicht ernsthaft daran denken, Silbertod auf einem weiteren Kontinent einzusetzen? Wir können die Waffe mit unseren Erfahrungen überhaupt nicht einschätzen. Warum baut Ihr nicht auf Eure Flotte?«

Warsovran ließ weiterhin die Metallteile durch seine Finger gleiten. »*Was* soll ich auf meine Flotte bauen?«

»Ihr habt eine mächtige Flotte. Auf dem Plazidischen Ozean kann niemand gegen sie bestehen. Ihr beherrscht jetzt auch den größten Hafen an der Ostküste Acremas. Warum solltet Ihr diese Weltuntergangswaffe auf Helion einsetzen? Die Monarchen Acremas werden sicherlich aus den Geschehnissen in Torea gelernt haben.«

Warsovran zuckte die Achseln. Er war selbst ein ausgebildeter Initiat, doch von unbestimmter Kraft und Qualität. Er war außerdem ein Gelehrter von großem Wissen und hoher Bildung und hatte ein gutes taktisches und strategisches Urteilsvermögen. Die Kombination seiner Talente hatte ihm bereits die Hälfte Toreas ohne Silbertods Hilfe beschert.

»Warum, Einsel? Weil Gift in unsere Welt eingedrungen ist. Ich habe das infizierte Glied entfernt und muss jetzt die Wunde ausbrennen. Helion ist diese Wunde.«

Einsel rang verzweifelt die Hände, setzte sich dann schließlich und entkorkte einen Krug mit Süßwein. Er trank mehrere Schlucke.

»Ich war schon einmal auf Helion«, sagte er traurig. »Es ist ein hübsches, beschauliches kleines Eiland.«

»Die Metrologen verspritzen seit tausend Jahren Gift über unser Land. Da jetzt der Haupttempel in Larmentel zusammen mit allen anderen regionalen Tempeln – wie der in Zantrias – zerstört wurde, ist nur noch einer übrig: der auf Helion. Die Metrologen zerstören die Magie im Namen der Wissenschaft, Einsel. Jemand muss ihnen Einhalt gebieten, und genau das tue ich.«

Warsovran schüttelte den Kopf, als suche er etwas mitten im Strudel aller Angelegenheiten, die ihn beschäftigten. Die Stadt war gefallen, seine Flotte bei voller Stärke, der Handel florierte …

»Mein Sohn«, sagte er plötzlich. »Wo ist Darric?«

»Ach, äh, Admiral Forteron will Euch deswegen sprechen«, sagte Einsel.

Forteron wartete darauf, gerufen zu werden, daher war er bereits im Palast. Einsel fand ihn im Bittstellerzimmer. Als Forteron vor Warsovran niederkniete, blieb Einsel an seiner Seite. Er versuchte, möglichst unauffällig zu wirken.

»Ich wünsche meinen Sohn zu sehen«, sagte Acremas neuer Monarch.

»Er soll sich auf dem Flaggschiff befinden, Eure Majestät«, antwortete Forteron.

»›Soll‹, Admiral Forteron?«

»›Soll‹, Eure Majestät.«

»Muss ich erst Leute umbringen, bevor mir jemand eine eindeutige Antwort gibt?«

»Nein, Eure Majestät. Ich drücke mich so klar wie möglich aus.«

»Dann sprecht so lange, bis ich Euch verstanden habe.«

Forteron wollte auf- und abschreiten, mit den Armen fuchteln, die Wahrheit heraussprudeln und seinen Monarchen hofieren, doch er wusste aus Erfahrung, dass Warsovran lieber kalte, harte Fakten von kalten, harten Leuten hörte.

»Kurz nachdem Diomeda gefallen war, wurde ich von Kapitän Mandalock auf der *Kygar* angesprochen.« Forteron hielt beim Reden die Hände auf dem Rücken verschränkt. »Er berichtete, Euer Sohn habe sich fast während der gesamten Reise sehr merkwürdig benommen, und seine Kurtisane habe sich noch seltsamer betragen.«

»Wie ist das gemeint? Ist er krank?«

»Nicht krank. Sein Benehmen, seine Stimme, Gesundheit und

Erscheinung hatten sich nicht verändert, seit Ihr ihn das letzte Mal gesehen hattet, doch er wirkte irgendwie … hohl.«

»›Hohl‹? Bitte erklärt das.«

»Er weigerte sich, über andere als ganz oberflächliche Themen zu sprechen. Und wenn er redete, dann nur ganz wenig. Es war, als verberge er ein Geheimnis.«

»Das ist seltsam. Darric ist im Allgemeinen eher zu offen für einen zukünftigen Monarchen. Vielleicht versucht er sich zu beherrschen, da er nun für alt genug erachtet wurde, an einem Feldzug teilzunehmen.«

»Vielleicht. Tatsache ist, dass ich das auch dachte, bis mir Mandalock noch mehr von seiner Kurtisane berichtete.«

»Was ist mit ihr?«

»Sie ist nicht jünger als vierzig und behauptete, die Kaiserin zu sein, nachdem wir Diomeda eingenommen hatten.«

Admiral Forteron wusste, wann er sein Rede unterbrechen musste, um seine Zuhörer ihre eigenen Schlüsse ziehen zu lassen. Warsovran legte eine Hand ans Kinn und dachte einen Augenblick stirnrunzelnd nach, dann weiteten sich seine Augen und quollen weiter hervor als die seines Zauberers. Sein Atem beschleunigte sich, er schnappte nach Luft, und der Kiefer klappte herunter und bewegte sich lautlos.

»Wo?«, flüsterte er schließlich.

»Ich habe sie in einer Kajüte auf der *Kygar* einschließen lassen und strenge Bewachung angeordnet. Sie werden seitdem dort festgehalten.«

»Bringt mich dorthin«, befahl Warsovran mit so verzerrter Stimme, dass die Worte kaum zu verstehen waren.

Warsovran näherte sich der *Kygar* auf einem Beiboot aus dem Hafen. Sie mussten aus der Richtung des Hafens an Bord gehen, weil eine kleine Eilgaleere knapp vor Steuerbord ankerte, die eine Bestandsaufnahme der Schlachtschäden machte. Eine Rampe wurde für ihn, Einsel und Forteron heruntergelassen. Seine Leibwächter flankierten die Gruppe. Fünfzig Marinesoldaten standen in einer Linie an Deck und salutierten, danach wandte Warsovran sich an Kapitän Mandalock.

»Bringt beide Gefangenen an Deck«, befahl er mit leiser Stimme, doch seine Worte waren eisig wie ein Polarsturm.

Mandalock schritt bis zum anderen Ende des Decks und sprach dort mit den Wachleuten an der Heckluke. Augenblicke später tauchten zwei Gestalten auf. Darric sah fast normal aus, doch seine Kurtisane hatte während ihrer Zeit als Gefangene stark an Gesicht, Haar und Kleidung gearbeitet, so dass sie jetzt das genaue Abbild der Kaiserin war.

»Darric, komm hierher!«, bellte Warsovran.

Der Prinz begab sich auf den hundertzwanzig Fuß langen Weg über das Hauptdeck der *Kygar*, und es schien eine Ewigkeit zu dauern, bis er vor Warsovran stand.

»Nun, Darric, hast du deinen ersten Feldzug genossen?«, fragte Warsovran, während er den Prinzen umarmte.

»Oh, Vater, ich möchte noch viele erleben.«

»Aber hast du ihn auch genossen?«

»Warum, ja natürlich.«

»Ich hoffe, dass du deine Ängste überwinden wirst. Was denkst du, wann bist du bereit für deinen ersten Kampf in einer Schlacht?«

»Nachdem ich Diomeda habe fallen sehen, jederzeit, wenn Ihr es sagt. Ich habe keine Angst mehr.«

Warsovran griff mit der linken Hand in den rechten Ärmel und zog einen Dolch heraus. Darrics Doppelgänger wurde zum ersten Mal klar, dass er die Erwartungen nicht hatte erfüllen können, als die Klinge in seinem Rücken geradewegs in sein rechtes Herz drang. Vom anderen Ende des Decks erklang ein lauter Schrei.

»Tötet sie!«, bellte Warsovran, doch die Kaiserin hatte bereits eine Beschwörungsformel gesprochen, mit der sie einen blendenden Blitz aus ihren Händen explodieren ließ.

Forteron stolperte blindlings auf Warsovran zu und warf ihn aufs Deck, während Einsel einen Blendezauber in Richtung der Kaiserin schickte – wie er jedenfalls hoffte. Die geblendete Darielle hatte die Eingebung, sich auf das Deck fallen zu lassen und zwischen die Beine der Soldaten zu krabbeln, die auf der Suche nach ihr aufeinander einhackten. Sie bewegte sich nach rechts, ertastete die Reling an Steuerbord, schlüpfte unter ihr durch und ließ sich zwischen den beiden Galeeren ins Wasser fallen.

Sekunden später klärte sich die Sicht an Bord der *Kygar*. Zwei Soldaten waren tot und viele verwundet. Forteron hatte sich schützend über Warsovran geworfen.

»Wo ist sie?«, fragte Warsovran.

Die Kaiserin war nirgendwo zu sehen. Soldaten und Ätherschmiede suchten das Heck ab, während Einsel einen blinkenden Feuerzauber hochhielt. Als schließlich jemand daran dachte, außerhalb des Schiffes nachzuschauen, tauchten die Ruder der Eilgaleere bereits ins Wasser.

Warsovran rannte genau zu dem Zeitpunkt zur Reling, als Darielle ihren eigenen Feuerzauber herüberschleuderte. Als er auftraf, ließ er sich fallen und drehte sich zur Seite. Die Reling war verkohlt, gesplittert und rauchte. Einsel schleuderte einen Zauber auf das Deck der Eilgaleere, durch den zwar der Kapitän und einige Soldaten verbrannt wurden, doch die Kaiserin blieb verschont. Soldaten der beiden Schiffe schickten Pfeile hin und her, während weitere Ätherschmiede an die Reling kamen und Zauber herüberschleuderten. Die Lücke zwischen den Schiffen wurde immer größer.

»Kappt die Ankerseile! Hinterher!«, rief Mandalock.

»Signalisiert den Patrouillenschiffen, sie sollen sie rammen!«, rief Forteron.

Die *Kygar* war viermal so schwer wie die Eilgaleere, und obwohl sie in weniger als dreißig Sekunden unterwegs war, vergrößerte sich der Abstand zwischen ihnen kontinuierlich. Die Patrouillenschiffe blockierten die Hafeneinfahrt, doch die Eilgaleere war in eine andere Richtung unterwegs. Sie steuerte direkt auf den Palast der Insel zu, und an ihrem Mast flatterte die Waffenstillstandsfahne.

Einige Katapultgeschosse platschten rund um die Eilgaleere

ins Wasser, als sie nicht mehr weit vom Palast entfernt war. Dann erst hatte jemand die Fahne gesichtet und befohlen, ihr freie Fahrt zu geben. Die *Kygar* hingegen wurde nicht verschont. Während das größere Schiff sich durch die niederregnenden Steine und Feuerpfeile kämpfte, wurde die Eilgaleere auf Strand gesetzt. Alle an Bord sprangen ins flache Wasser und rannten auf die geöffneten Pforten zu. Kapitän Mandalock befahl beizudrehen, doch erst in dem Moment, als sich die Männer auf den Mauern eingeschossen hatten. Ein Stein krachte durch das Deck und tötete einige der Ruderer darunter. Dann schleuderte das vordere Wurfgeschütz der *Kygar* einen Tontopf mit Höllenodemöl auf die Eilgaleere. Es regneten so viele Pfeile herab, dass alle mit Ausnahme des Steuermannes und der Geschützmannschaften der *Kygar* Schutz suchten. Ein zweiter Tontopf von der *Kygar* traf die Ruderluken der Eilgaleere und überflutete den Innenraum mit brennendem Öl, doch schon traf ein Stein vom Palast das verantwortliche Wurfgeschütz, zermalmte es und tötete drei Besatzungsmitglieder. Als die *Kygar* endlich wieder außer Reichweite der Palastgeschütze war, klafften weitere fünf Löcher in ihrem Deck, doch sie war immer noch seetüchtig. Die Eilgaleere brannte lichterloh.

Wiederholte Befragungen des verwundeten Prinzendoppelgängers enthüllten Warsovran die Ausmaße des Hochverrats – oder der Loyalität zur Kaiserin, je nachdem auf welcher Seite man stand. Brennende Bambussplitter wurden unter viele hundert aristokratische Fingernägel geschoben, deren Träger von denjenigen denunziert worden waren, die bereits unter der Folter zusammengebrochen waren. Mehreren Dutzend adeligen und führenden Köpfen wurden dann dieselben vom Körper getrennt.

Obwohl sich ihr Wirkungskreis auf die *Kygar* beschränkte, hatte die Kaiserin einige darmarianische Wachleute dazu bringen können, Nachrichten an Vertrauensleute in gehobenen Positionen zu übermitteln. Einer davon war der Kapitän der Eilgaleere gewesen, der mit seinem Schiff Stellung neben der *Kygar* bezogen hatte. Als der Kaiser bemerkt hatte, dass der

Doppelgänger nicht Darric war, war ein Notfallplan in Kraft getreten.

Der Doppelgänger enthüllte indessen, dass Darric durch einen gefälschten Brief dazu gebracht worden war, in der Hauptstadt zu bleiben, und dass der Prinz durch den letzten Feuerkreis mit der Stadt ausgelöscht worden war. Die Kaiserin hatte den Betrug in Auftrag gegeben. Admiral Forteron war sicher, dass Warsovran Darrics Schicksal eigentlich der Kaiserin zugedacht hatte, doch er behielt seine Meinung für sich. Zum allerersten Mal sah er jetzt echte Bestürzung und Trauer in den Zügen Warsovrans – und zugleich war er ihm nie gefährlicher erschienen.

»Eine mächtige Zauberin hat die Gestalt der Kaiserin angenommen und Darrics Doppelgänger benutzt, um mit der Flotte reisen zu können«, erklärte Warsovran vor seiner Kapitänsversammlung. »Sie hatten gehofft, sich mein Vertrauen zu erschleichen, doch der Doppelgänger war so dumm zu glauben, mein Sohn hätte Angst vor der Schlacht gehabt. Als ich auf ihn einstach, flüchtete die Zauberin zu ihrem wahren Meister, dem ehemaligen König von Diomeda.«

Die Geschichte war glaubhaft, und die meisten Köpfe nickten. Forteron merkte sich die anderen.

»Prinz Darric wurde wahrscheinlich von Verrätern im königlichen Palast getötet«, setzte Warsovran seine Erklärungen fort. »Wie wir gesehen haben, gab es sogar Verräter innerhalb dieser Kriegsflotte, aber vielleicht sind einige von ihnen aus Loyalität zu jemandem in die Geschichte hineingezogen worden, den sie irrtümlich für ihre Kaiserin gehalten hatten. Damit wir uns nicht falsch verstehen, die Kaiserin ist tot – nur eine Hochstaplerin im Dienste eines fremden Königs hat überlebt.«

»Aber was wollten sie damit erreichen, Eure Majestät?«, fragte Mandalock.

»Ich hatte einen Grund, nach Diomeda zu kommen«, antwortete Warsovran. »Ich hatte ein Versprechen bei den Göttern der Mondwelten gegeben, und weil ich dieses Versprechen einlösen wollte, sind wir alle von dem Feuer verschont geblieben, das Torea ausgelöscht hat.«

Er machte eine kurze Pause und schaute in die Runde der erwartungsvollen Gesichter.

»Ich schätze, Ihr wollt meinen geheimen Grund erfahren.«

Mehrere hundert Kapitäne nickten.

»Er wird beizeiten klar werden. Doch jetzt repariert Eure Schiffe und haltet Eure Männer in Kampfbereitschaft. Dieser Ort ist unser einziges Zuhause, und wir müssen ihn verteidigen.«

Alle bekundeten ihre Loyalität zu ihrem Kaiser, dann löste sich die Versammlung auf. Warsovran und Forteron verließen gemeinsam den Saal.

»Ich glaube, die Kaiserin ist vollständig in Misskredit geraten«, murmelte Warsovran leise.

»Ich wusste nicht, dass sie eine so mächtige Initiatin ist«, gab Forteron zu.

»Sie ist eine abtrünnige Metrologin und eine ihrer wenigen zum Tode Verurteilten. Deshalb hat sie *mich* gezwungen, den Orden so lange zu verfolgen.«

»Was hat sie getan, um in diese Lage zu geraten?«

»Das weiß ich nicht, es war vor unserer Hochzeit. Doch wenn man sich überlegt, was sie mit mir vorhatte, muss es etwas sehr Ernstes gewesen sein. Welch eine Ironie. Um mich auszuspionieren, ist sie in Verkleidung hierher gekommen und hat mich in die Lage versetzt, sie als Hochstaplerin zu entlarven. Sie hatte Getreue unter den Darmarianern, Forteron, und sie war gleichzeitig eine Initiatin der zwölften Stufe – sogar Einsel hat nur die elfte Stufe erreicht. Diese beiden Tatsachen machten es sehr schwer, sie zu töten. Als die Feuerkreise Torea zerstörten, dachte ich schon, die alte Hyäne wäre endlich tot. Stattdessen konnte sie fliehen, und diese Flucht kostete Darric das Leben. Dennoch, letzten Endes bin ich sie los. Das ist ein kleiner Ausgleich dafür, dass ich mein Imperium verloren habe.«

»Und Euer Sohn?«

»Dafür gibt es keinen Ausgleich.«

Forteron überlegte rasch. Warsovran würde nicht zugeben, im Voraus gewusst zu haben, was die Feuerkreise anrichten würden.

»Sire, Ihr wisst, dass ich es weiß«, sagte Forteron vorsichtig.

»Ja. Ihr habt die Kaiserin erkannt, aber Ihr wart mir treu ergeben. Warum?«

»Die Flotte ist mein Leben. Ihr seid mein Kaiser.«

Warsovran blieb stehen und wandte sich Forteron zu, die Hände in die Hüften gestemmt. Er betrachtete ihn von oben bis unten, dann schloss er die Augen und schüttelte den Kopf.

»Wäre Darric noch am Leben, würde ich nicht mehr verlangt haben, als dass er so werden möge wie Ihr«, sagte der Kaiser mit seltener Aufrichtigkeit und schritt dann allein davon.

Forteron blieb zurück und dachte über seine Zukunft nach. Die Wahrheit in Bezug auf seine Loyalität lautete, dass Warsovran ein überragender Befehlshaber war und Forteron gern siegte. Wäre der Kaiser ein unfähiger Stümper gewesen, hätte Forteron bereits vor vielen Jahren seinen Abschied genommen und seine Dienste woanders angeboten. Mehr als alles andere fürchtete Forteron die Aussicht auf einen wenig ruhmreichen Tod aufgrund der Fehlentscheidung eines idiotischen Vorgesetzten. Nun war er der Günstling und mögliche Erbe des Kaisers, während er gleichzeitig ziemlich sicher war, dass Warsovran die Familie jedes einzelnen Mannes in der Flotte mit voller Absicht dem Feuer überlassen hatte. Vielleicht erwies ihm der Kaiser seine Gunst, um Schweigen und Komplizenschaft zu erkaufen? Forteron bezweifelte es, aber ein guter Taktiker zog immer alle Möglichkeiten in Betracht.

Zwölf Tage nachdem sie Gironal verlassen hatten, wirkten sich die Strapazen langsam auf Mannschaft und Passagiere der *Shadowmoon* aus. Winde und Strömungen waren gegen sie, und mit zusätzlichen fünf Personen an Bord war das kleine Schiff überfüllt. Die Vorräte würden ganz eindeutig nicht bis Helion reichen, wie stark Feran die Zuteilungen auch rationierte. Schlimmer für Feran war, dass Velander ihn zugunsten Banzalos verlassen hatte und die beiden seine Kabine in Beschlag nahmen. Mittlerweile ging Miral weit nach Sonnenuntergang auf, und Druskarl hatte Nachtwache. Feran gesellte sich zu ihm, während der Sonnenuntergang den Himmel mit grellen Farben überzog.

»Kein Fisch an den Leinen, Kapitän«, meldete Druskarl.

»Wenn Ihr ein Fisch wärt, würdet Ihr Euch in die Nähe Toreas wagen?«, seufzte Feran.

»Da ich kein Fisch bin, Herr Kapitän, kann ich mir darüber kein Urteil erlauben.«

Unter ihnen war ein längeres Kichern zuhören. Es kam aus Ferans Kabine. Die beiden Männer sahen einander an.

»Eure Romanze mit Velander ist, äh, eingeschlafen?«, fragte Druskarl.

»Dieses Frauenzimmer hat die Beständigkeit einer Wetterfahne in Gestalt eines Karnickels.«

»Banzalo?«

»Wer denn sonst, was glaubt Ihr wohl – Hazlok? Banzalo ist kein König mehr, aber immer noch ein Regent. Ein sehr unbedeutender Regent vielleicht, aber eben doch ein Regent. Fang beim Kapitän an und arbeite dich nach oben, ha!«

»Herr Kapitän, Laron hat erwähnt, dass ihr Verhalten ein wenig …«

»Laron! Was weiß der denn schon? Er ist ein kalter, blutleerer kleiner Fisch ohne Leben. Er muss der einzige Mann auf der *Shadowmoon* sein, mit dem sie nicht herumgeschäkert hat.«

»Sie hat ganz offensichtlich kein Interesse an mir«, protestierte Druskarl.

»Darum geht es gar nicht! Ich bin Kapitän, aber ich muss bei der Mannschaft schlafen. Wie kann ich da meine Autorität wahren? Ich brauche eine Kabine. Wenn ich es mir recht überlege, hat Laron kein Recht auf eine eigene Kabine.«

»Laron hat besondere Bedürfnisse.«

»Laron wird einfach nur schlaff, wenn Miral untergegangen ist, das habe ich auf der Fahrt nach Larmentel gesehen.«

»Sich mit Laron anzulegen ist keine gute Idee. Banzalo kann ein Lied davon singen. Außerdem kennt er sich mit Hochsee-Navigation aus.«

»Ich kenne mich auch mit Hochsee-Navigation aus. Laron untergräbt meine Autorität – und die Autorität unseres Regenten. Er muss in seine Schranken verwiesen werden. Ich habe mich entschieden. Ich werde den Zimmermann holen. Laron wird aus seiner Kabine geholt, solange Miral noch nicht am Himmel steht, und er wird gefesselt.«

Feran studierte Druskarls Gesicht, doch der Eunuch schien sich nicht daran zu stören. Er ließ Druskarl am Steurruder zurück und ging nach unten. Kurz darauf war das Splittern von Holz unter Druskarls Füßen zu hören, als die Luke zu Larons kleiner Kabine eingeschlagen wurde. Ein Entsetzensschrei folgte.

»Tot!«, rief Feran. »Der Navigator ist tot!«

Eine Stunde später lag Larons Leichnam auf dem Mitteldeck, und Passagiere und Besatzung hatten sich um ihn versammelt. Es sollte eine Messe sein, hatte aber die Form eines Streits angenommen.

»Er musste ungestört schlafen«, murmelte Druskarl, während er Larons Leichnam darauf vorbereitete, über Bord geworfen zu werden. »Ihr habt ihn getötet, indem Ihr die Luke eingeschlagen habt.«

»Er war schon lange tot«, erwiderte Feran. »Er hatte keinen Puls mehr und war eiskalt. Er muss schon vor Stunden gestorben sein.«

»Im Schlaf war er immer dem Tode nah. Jeder Schock musste seine dünne Verbindung zum Leben abreißen lassen. Er hat mir seine Krankheit erklärt, kurz nachdem ich an Bord kam.«

Banzalo spie auf das Deck. »Was ist schon ein weiterer Todesfall nach allem, was wir erlebt haben?«, seufzte er.

»Der Tod dieses jungen Mannes beraubt uns des einzigen qualifizierten Hochsee-Navigators an Bord der *Shadowmoon*, Regent«, erwiderte Druskarl. »Was schlagt Ihr vor, wie wir ohne ihn über den Plazidischen Ozean nach Helion finden sollen?«

Dieses Problem war Banzalo noch nicht in den Sinn gekommen. Er funkelte Feran an.

»Ich kann alles, was Laron gekonnt hätte«, erwiderte Feran.

Verlegen und verärgert marschierte er auf dem winzigen Deck auf und ab und schien dann eine Entscheidung zu treffen. Larons Leichnam war ein Symbol für mangelhaftes Urteilsvermögen, also musste man sich seiner entledigen.

»Druskarl, bereitet ihn für die Bestattung vor.«

Druskarl hielt Laron über die Reling. Die anderen neigten den Kopf. Druskarl zog rasch eine Tauschlinge über Larons Fuß und zog sie um den Knöchel fest, während er ein paar Worte aus der Bestattungsmesse für Seeleute zitierte:

»Warum sollten jene, die so lange auf dem Wasser zu Hause waren, Furcht vor seinen dunklen und tröstlichen Tiefen haben? Schlaft wohl, Laron, und erhebt Euch wieder als Spiegelbild des Wertes Eures Lebens.«

Er warf den Leichnam über die Reling, der ins Wasser klatschte und sofort unterging. Zwanzig Minuten später ging Miral am östlichen Horizont auf.

Als Laron erwachte, wurde er an einem Bein durch das beinah schwarze Wasser gezogen. Er verdrehte seinen Leib, bis er das Seil packen konnte, das ihn mit der *Shadowmoon* verband, dann zog er sich langsam zu dem kleinen Schiff zurück. Druskarl hatte das andere Ende außen an der Bordwand befestigt, und bald hing Laron an der Seite der *Shadowmoon* und lauschte auf Stimmen. Er hörte keine. Er lugte über die Bordwand. Zwei von Banzalos Männern waren an Deck auf Wache, um nach anderen Schiffen Ausschau zu halten, aber sie schienen zu schlafen. Abgesehen von diesen beiden und Druskarl waren alle anderen unten.

Laron glitt langsam über die Reling. Druskarl sah ihn, aber die beiden Marinesoldaten saßen dösend da und kehrten Laron den Rücken zu. Druskarl band das Steuerruder fest, dann trat er vor und klemmte mit seinem Messer die Ausstiegsluke fest.

Laron und Druskarl griffen gemeinsam an. Druskarl riss seinen Soldaten herum und versetzte ihm einfach einen heftigen

Faustschlag gegen das Kinn. Laron packte den anderen Soldaten, zerrte ihn mit dem Geschick regelmäßiger Übung auf das Deck und biss dann zu. Druskarl sah mit einer Mischung aus Neugier und Abscheu zu, wie Laron dem Soldaten das Blut aussaugte. Nachdem sie die beiden Leichen über die Reling geworfen hatten, setzten sie sich aufs Achterdeck und beratschlagten flüsternd.

»Sie müssen alle unter Deck schlafen«, sagte Druskarl. »Das Gekicher in Banzalos Kabine hat vor ungefähr einer Viertelstunde aufgehört. Velander hat ein paar Minuten gesungen, und die Soldaten an Deck sind eingenickt. Die Worte ihres Liedes stammten aus einer sehr sonderbaren Sprache.«

»Ihr Gesang bewirkt Schlaf, außer bei jenen, deren Fähigkeit zur Anerkennung weiblichen Charmes eingeschränkt ist.«

»Wie bei uns?«

»Nun ja, Ihr wurdet einigen Modifikationen unterzogen, und ich bin tot.«

»Also, was nun?«

»Banzalo wird schlafen, und sie wird gerade auf einem Mann von niedrigerem Rang hocken.«

»Ich kann mir die Veränderung Velanders kaum erklären.«

»Das ist nicht Velander. Ich habe sie studiert. Sie geht so verstohlen und vorsichtig vor wie eine Ratte, die den Futternapf einer Katze plündert, aber ich habe sie mehrfach ertappt. Sie wusste nicht, dass wir zurück nach Helion wollten, bevor Banzalo an Bord kam, und sie hält Terikel für ihre Freundin. In den Ruinen Larmentels hat etwas von Velander Besitz ergriffen. Ein Sukkubus, vermute ich. Er steckt in der Orakelkugel meines Schmuckreifs.«

»Woher wollt Ihr das wissen?«

»Velander hat sich wenige Stunden nach unserem Eintreffen in Larmentel von einer prüden Jungfer in eine Verführerin verwandelt. Ungefähr um dieselbe Zeit sah ich, wie eine schattenwandernde Seele von Elementargeistern in Stücke gerissen wurde. Da habe ich auch gehört, wie mein Name gerufen wurde. Ich bin jetzt sicher, dass ich, ohne es zu wissen, Velanders

Tod miterlebt habe. Von uns beiden abgesehen, ist seit Velanders Rückkehr aus Larmentel jeder hier an Bord zunehmend lethargischer geworden. Ich kann einen anderen Elementargeist erkennen, Druskarl. Wir ernähren uns beide von der Lebenskraft anderer. Ich tue es nur gewaltsamer.«

»Was sollen wir also tun?«

»Ich habe die Launen und Befehle von Narren und Idioten satt. Zuerst esse mich richtig satt, und dann übernehme ich das Kommando.«

Laron glitt lautlos unter Deck und huschte zur Kapitänskabine. Banzalo schlief tief und fest und allein. Laron trank leise und ging weiter, als er fertig war. Feran schlief in der Kabine des Navigators, während der Sukkubus in der Schwärze zu sehen war, wie er rittlings auf einem der Soldaten saß. Der andere war hinter ihnen. Wiederum trank Laron. Schließlich stieg der Elementargeist von dem mittlerweile tief schlafenden Soldaten herunter und glitt aus dessen Koje. Laron packte den Sukkubus am Hals und drückte fest auf die Hauptschlagader. Der Elementargeist wehrte sich geräuschlos, während Laron Velanders Körper auf Armeslänge von sich hielt. Schließlich erschlaffte der Sukkubus. Laron fesselte und knebelte ihn.

Wieder an Deck, hielt Laron eine kleine Glasscherbe aus Larmentel in die Höhe. Jetzt flüsterte er der Scherbe einen wahren Namen zu und murmelte einen komplizierteren Spruch. Blassviolettes Feuer flackerte ein paar Sekunden über das Glas und dehnte sich dann aus, bis es die Scherbe wie eine Blase einhüllte. Er legte die Scherbe auf den Deckel des eisernen Kästchens.

»Wir befinden uns über den Sandbänken von Arcosta«, sagte Laron, der sich mit verschränkten Händen auf die Reling stützte. »Das Wasser ist nur etwa zehn Fuß tief, aber das dürfte mehr als genug sein. Refft die Segel und werft den Anker, während ich die Toten heraufhole.«

Kurze Zeit später lagen drei Leichen auf dem Deck. Die Augen des Elementargeists waren geöffnet, als Laron ihm einen kleinen Sack mit Gold an einen Fuß band.

»Druskarl, werft Banzalo und seine beiden Soldaten über Bord«, sagte Laron, ohne aufzuschauen.

Die Augen des Elementargeists beobachteten, wie die Leichen eine nach der anderen über die Reling gehievt wurden. Dann hob Laron den Sukkubus einschließlich Goldsack hoch. Er fletschte kurz die Zähne, dann sagte er: »Ein gefangener Sukkubus ist weit mehr wert als das Gold, mit dem ich dich beschwere.« Er hievte Velanders Körper über die Reling. »Ich weiß, dass Velander tot ist, was also ihrem Körper widerfährt, ist unwichtig. *Du* bist aber noch am Leben, und ich habe ein Äthernetz-Amulett und einen Gefangenschaftszauber an Deck vorbereitet. Du kannst in diesem Körper bleiben und ertrinken. Du kannst ihn verlassen, in die Schwärze des Ozeans fliehen und dich darin verlieren. Oder du kannst dich mit der Gefangenschaft abfinden. Die anderen Äthernetze sind in dem Eisenkästchen und damit unerreichbar. Überleg schnell.«

Die Augen des Elementargeists funkelten, und der Kopf bewegte sich nachdrücklich hin und her. Laron ließ ihn ohne ein weiteres Wort los. Velanders Körper schlug geräuschvoll auf die Wasseroberfläche und verschwand. Laron fing an zu zählen und setzte sich, um die violette Blase rings um die Glasscherbe zu beobachten. Von unten waren die Geräusche erwachender Männer zu vernehmen, doch Druskarl hatte wieder die Luke verrammelt. Laron war bei hundertsiebenundzwanzig angelangt.

Der Elementargeist harrte in der Hoffnung aus, dass es ein Trick war. Als die Lunge seines Wirtskörpers zu brennen anfing, versuchte sich der Sukkubus von ihm zu lösen, konnte das Wort jedoch nicht aussprechen. Wild strampelnd und mit den Armen rudernd, atmete er Wasser ein. Velanders Körper starb. Entsetzen wich Gelassenheit, dann erreichte die Lebenskraft des Körpers einen so niedrigen Stand, dass der Elementargeist sich von ihm losreißen konnte. Dort in der Ätherwelt war eine Lichtquelle und eine violette Blase, wie Laron gesagt hatte, und daneben war ein Okular. Laron beobachtete geduldig die Glasscherbe auf dem eisernen Kästchen. Druskarl saß in der Nähe und reinigte sich die Fingernägel mit der Spitze eines

Messers. Wenn sie das Okular einholten und die Eisenschatulle schlossen, würde völlige Schwärze herrschen. Der Sukkubus hatte überhaupt keine Wahl, und in seiner Verzweiflung hatte er einen anderen haarfeinen Lichtfaden übersehen, der von einem verschwindend schwach leuchtenden Schein umgeben war.

Laron sah, wie die Oberfläche der leuchtenden Blase flimmerte und die Farbe dann zu Rot wechselte. Sofort sprach er eine helle Kugel aus gelbem Feuer in seine Hand und sprang über Bord.

Velanders gefesselter Körper war gleich unter dem Schiff, und ein Zug am Laufknoten befreite ihn von dem Sack mit Münzen auf dem seichten Meeresboden. Augenblicke später half Druskarl ihm, den Körper über die Reling zu hieven und auf das Deck zu legen.

»Schneidet Knebel und Fesseln durch, rasch!«, blaffte Laron. »Jetzt dreht sie auf den Rücken und atmet in ihren Mund, wie ich es Euch gezeigt habe.«

Laron riss Velanders Jacke auf und sprach dann noch mehr feurige Fasern in seine Hände. Er spreizte die Finger und drückte die Hände auf ihren Oberkörper. Der Körper erbebte, und Druskarl wich zurück.

»Atmet weiter für sie!«, rief Laron, während er mit seinen leuchtenden Händen noch einmal zudrückte.

Velanders Körper zuckte. Diesmal hustete er, erbrach Wasser und lag dann still, während er angestrengt und keuchend atmete. Laron ließ sich zurücksinken und absorbierte das ätherische Feuer durch seine Hände.

»Ihr habt doch gesagt, Velander wäre tot«, sagte Druskarl.

»Das ist sie auch. Sie ist in Larmentel gestorben. Dies ist ein Körper ohne Seele, ohne Bewusstsein.« Er tippte auf die Kugel, die von dem nun sichtbaren Reif um ihre Stirn gehalten wurde. »Der vorherige Bewohner ist soeben vertrieben worden.«

Laron sprach einen Zauber. Velanders Körper wurde in leuchtende Fäden gehüllt, die über ihm tanzten, ohne sich mit ihm zu verbinden. Er sprach noch einen Zauber. Druskarl erkannte einige Worte aus den Experimenten wieder, bei denen er geholfen hatte.

»Zum Glück bin ich der verschlagene Typ«, sagte Laron. »In Larmentel habe ich ihr mehr gezeigt als nur die Einstellungen, um den Reif unsichtbar zu machen. Ich habe ihn von ihr so einstellen lassen, dass er sich mit dieser Art Zauber von ihr lösen ließ.«

»Was? Wollt Ihr damit sagen, Ihr habt damals schon Bescheid gewusst?«

»Nein, ich wollte nur die Kontrolle über den Reif behalten.«

Druskarl pfiff durch die Zähne. »Eure Paranoia kennt keine Grenzen.«

»Sagt Ihr zu mir?«

Sie schmunzelten beide, dann drehte Laron an einer der Speichen des Reifs. Feurige Fasern tanzten über das Metall und wurden von der Haut des Körpers aufgesogen.

»Ihre Haare!«, rief Druskarl. »Sie scheinen direkt durch das Metall zu wachsen.«

»Das liegt daran, dass das Metall eigentlich gar nicht existiert.«

Laron fasste den Körper bei den Schultern und schüttelte ihn.

»Nona?«

Sie schlug die Augen auf. Sie bewegte sich. »Laron?«

»Ich bin hier.«

»Laron, da war etwas hier bei mir. Es war feurig und gierig und war furchtbar stark. Ich hatte solche Angst …«

»Nona, Nona, beruhige dich. Es wird nie mehr zurückkehren.«

»Nie mehr?«

»Nie mehr.«

»Soll ich wieder laufen üben?«

»Keine Übungen mehr. Dieser Körper gehört jetzt dir.«

Das Auton-Mädchen richtete sich langsam auf, wegen des neuen, ungewohnten Körpers wiederum unbeholfen.

»Meine Kleider. Sie sind nass.«

»Es muss Waschtag sein. Bedecke deine Brüste, wir wollen doch nicht, dass die Matrosen auf falsche Gedanken kommen.«

Nona zog ihre zerrissene Jacke über ihre Brüste und verschränkte die Arme. Laron legte die Glasscherbe mit dem eingesperrten Sukkubus in das eiserne Kästchen und schloss den Deckel.

»Ich gehe nie wieder zurück?«, fragte Nona.

»Du hast deine Kugel nicht verlassen«, erwiderte Laron. »Du hast aus der Kugel und durch den Reif die Herrschaft über den Körper einer toten Frau. Sollte ihr der Reif jemals abgenommen werden, bist du wieder in der Kugel eingesperrt.«

Velander beobachtete alles aus der Ätherwelt. Sie war verwirrt. Der Sukkubus-Elementargeist war aus ihrem Körper vertrieben worden, dann hatte ein simpler, beinah formloser Elementargeist seinen Platz eingenommen. Ein Auton – nach allem, was sie erkennen konnte.

Was tat Laron? Hatte er sie verraten? Dann ging ihr auf, wo das Problem lag. Der größte Teil von ihr war nicht mehr da. Sie war wie ein Baum, dessen Wurzeln und Äste abgeschnitten worden waren. Noch wohnte Leben in ihr, doch sie wurde schwächer. Die Leinen, die sie mit einem Körper verbinden konnten, waren abgerissen worden. Laron unternahm nichts, weil er nichts unternehmen konnte. Nichts, außer ihren Körper zu erhalten.

Welchen Plan verfolgte er?, fragte sie sich. Hatte er überhaupt einen Plan, oder weigerte er sich nur auch, im Angesicht der Hoffnungslosigkeit die Hoffnung aufzugeben?

Wie auch immer, sie konnte nicht unendlich lange warten. Velander hatte mittlerweile erkannt, dass die ätherische Energie in ihrer Scherbe Achsenglas abnahm. Ihre Bedürfnisse waren nicht groß, aber sie zehrte die Energie langsam auf, um sich erhalten zu können.

Vielleicht weiß er gar nicht, dass ich existiere, dachte sie voller Verzweiflung.

Nachdem er getaucht war, um den Sack Goldmünzen zu bergen, mit dem er Velanders Körper beschwert hatte, ließ Laron Feran und den Rest der Mannschaft wieder an Deck. Sie blieben in Mirals grünem Licht eng beisammen und starrten Laron an, der auf dem Achterdeck stand. Nona und Druskarl waren hinter ihm. Die Züge des Vampyrs verzogen sich langsam zu einem Lächeln, bei dem er die Zähne zeigte.

»Ich möchte an dieser Stelle verkünden, dass ich gerade Banzalo und seine vier Soldaten getötet, ihr Blut getrunken und die Leichen über Bord geworfen habe.«

Es gab sehr wenig, was einer von ihnen darauf hätte sagen können. Niemand unternahm einen Versuch.

»Wie den meisten, wenn nicht allen von Euch, mittlerweile klar sein dürfte, ist Velander in den Ruinen Larmentels etwas zugestoßen. Ich habe herausgefunden, dass sie beim Schattenwandern von Elementargeistern getötet und ihr Körper von einem Sukkubus in Besitz genommen wurde. Der betreffende Sukkubus hat sich in den letzten fünfzehn Tagen von Euch allen genährt, aber nur Kapitän Feran war während der, äh, Vorgänge wach. Es ist mir gelungen, ihn aus Velanders Körper zu vertreiben und einzufangen.«

»Aber wenn Velander tot ist und der Sukkubus sie verlassen hat, wer ist das dann?«, fragte Feran, indem er auf das Mädchen neben Druskarl zeigte.

»Das ist Nona, ein Kindwesen, ein Auton, der im Zuge metrologischer Experimente vor den Feuerkreisen entstanden ist. Der Silberreif um Nonas Kopf versetzt sie in die Lage, in Velanders Körper zu leben.«

Laron machte eine Pause, um seine Worte wirken zu lassen. Es gab neugierige Blicke, aber keine Fragen. Nonas Art hatte etwas beunruhigend Unschuldiges an sich.

»Und nun ein paar Worte zu meiner Person«, fuhr Laron fort. »Ich bin über siebenhundert Jahre alt. Vor über sieben Jahrhunderten, als die Metrologen mich erwischten, haben sie damit den Geist und die Seele eines Vampyrs eingefangen, eines untoten Wesens, das sich von Eurem Blut und Äther nährt und nicht sterben kann. Ich wurde aus einer anderen Welt hierher gezerrt und verwandelte meinen Wirtskörper in den einzigen Vampyr auf Eurer Welt. Ich verfüge über viele Kräfte, die Sterbliche nicht besitzen.«

Die Besatzung der *Shadowmoon* hatte vom Tag ihrer ersten Begegnung mit Laron geargwöhnt, dass mit ihm etwas nicht stimmte, doch falls sie noch Fragen hatten, stellten sie sie nicht.

»Als ich noch lebte, war ich der junge Knappe eines guten und galanten Ritters auf einer anderen Welt. Auf ihr haben Pferde Hufen anstatt Krallen, und Menschen haben runde Ohren und nur ein Herz. Obwohl ich jetzt ein Ungeheuer bin, versuche ich mich an einen letzten Rest von Ritterlichkeit zu klammern. Aus diesem Grund nähre ich mich nur von Leuten, die ich für schlecht, anrüchig, unangenehm oder auch über Gebühr langweilig halte. Ich versuche wirklich, die Welt zu verbessern.«

Laron hielt inne. Nach einem peinlichen Moment der Stille fing die Mannschaft an zu applaudieren. Laron räusperte sich, um fortzufahren.

»Nona bewohnt zwar den Körper einer Frau, aber sie ist noch ein Kind. Sollte irgendeiner von Euch sie in irgendeiner Form anrühren, ihr einen unziemlichen Antrag machen oder ihr auch nur zuzwinkern, kommt sein Name auf die Speisekarte. Obendrein würde ich dem Betreffenden vor dem Essen noch etwas so unvorstellbar Grauenhaftes antun, dass er den Tag verfluchen würde, an dem seine Eltern sich kennen gelernt haben. Nona ist nicht diejenige, mit der Ihr Euch in den vergangenen zwei Wochen gepaart habt. Sie ist ein kleines Mädchen, das einsam und verängstigt ist, und ich habe geschworen, ihr ein beschützender großer Bruder zu sein. Habe ich mich klar genug ausgedrückt?«

Er fletschte wieder die Zähne. Wie ein Mann schrak die Besatzung der *Shadowmoon* zurück und nickte.

»Kapitän Feran, Nona bezieht Eure Kabine. Ihr werdet bei der Mannschaft schlafen.«

»Ah, ja! Das heißt, ja«, erwiderte Feran.

Unter den gegebenen Umständen war damit kein Gesichtsverlust verbunden.

»D'Atro repariert die Luke meiner eigenen Kabine. Ich darf *nie, nie* wieder gestört werden, wenn Miral nicht am Himmel steht.«

Wiederum nickten alle.

»Kapitän Feran, ich übernehme bis zu unserer Rückkehr nach Helion das Kommando über die *Shadowmoon*. Und nun geht Euren Pflichten nach.«

Auf eine seltsame Art hatte sich die allgemeine Stimmung bei der Besatzung nach Larons Akt der Meuterei erheblich verbessert. Er war nur ein unbarmherziger, strenger, aber gerechter Offizier und hatte sich in seiner gesamten Zeit an Bord des Schiffes an keinem von ihnen vergriffen.

Laron schloss sich in seiner Kabine ein. Die Glasscherbe passte gerade in den schwarzen Becher aus Obsidian. Er hauchte Energien hinein und deckte ihn mit der Grünsteinkugel ab. Eine gezackte, bösartig aussehende rote Schneeflocke nahm innerhalb der Kugel Gestalt an, aber die herausperlende Stimme war kühl und seidenweich.

»Laron, ich dachte schon, du hättest mein Gefängnis über Bord geworfen.«

»O nein. Ich wollte dir eine Gelegenheit geben, dich schlecht zu benehmen, bevor ich das tue«, erwiderte Laron. »Ich will deinen wahren Namen wissen.«

»Du willst was? Vampyr, du bist verrückt!«

»O ja, das bin ich ganz gewiss. Wir sind jetzt weit draußen auf dem Ozean, und wenn ich dich über Bord würfe, würdest du dich binnen weniger Wochen in der völligen Schwärze des Meeres verlieren, bis nichts mehr von dir da wäre. Velander ist rasch gestorben, du aber würdest mit erlesener Langsamkeit dahinsiechen. Wie lautet dein wahrer Name?«

»Niemand kennt meinen wahren Namen.«

»Ich will ihn erfahren.«

»Du würdest mich zu einer Sklavin machen.«

»Dein wahrer Name, wenn du so nett wärst. Du kannst wählen zwischen der Sicherheit der Sklaverei und dem sicheren Vergehen.«

»Ich würde eher vergehen!«

»Wie du willst, leb wohl«, sagte Laron, indem er nach der Grünsteinkugel griff.

»Warte! Warte. Ich schlage dir einen Handel vor …«

»Keinen Handel. Leb wohl.«

»Jorpay'thr-ak! Jorpay'thr-ak!«

»Ich werde dich jetzt in ein anderes Äthernetz rufen und diese Glasscherbe über Bord werfen. Wenn du mir den richtigen Namen genannt hast, bist du nicht in Gefahr und sehr, sehr sicher.«

»Du hast mich *belogen*! Du hast gesagt, ich wäre in Sicherheit.«

»Du hast auch gelogen. Also, wenn dieser wahre Name nicht der richtige ist, tja, dann steckst du gleich in ziemlichen Schwierigkeiten.«

»Jorpar'thr-ak, Anushauch«, erwiderte sie mürrisch.

Laron führte die Beschwörung durch, und der zweite vom Elementargeist genannte wahre Name stimmte. Er transferierte sie in die Glasscherbe zurück.

»Da ich nun dein Herr bin, hätte ich gern ein paar Dinge von dir«, verkündete Laron.

»Ich kann so eine verführerische, vergnügliche Sklavin sein.«

»Eigentlich geht es mir nur um Informationen. Wie lautet dein Weltname?«

»Rasmey.«

»Sehr hübsch. Ich war so klug und auch so geschickt, Velanders ertrinkenden Körper wiederzubeleben und ihn meiner, äh, Seelengefährtin zur Verfügung zu stellen. Welchen wahren Namen hast du dem Körper gegeben?«

Rasmeys Antwort bestand in einem Aufschrei der Empörung, der in ein Schmerzgeheul überging. »Du hast mich reingelegt!«

»O ja, und das habe ich wirklich hervorragend hinbekommen. Wie fühlt es sich an, sich einem mit dem wahren Namen verbundenen Befehl zu widersetzen? Den Texten zufolge, die ich gelesen habe, wirst du von innen verbrennen, als hättest du einen weiß glühenden Schürhaken verschluckt. Ich habe einige sehr fortschrittliche Medikus-Techniken benutzt, um Velanders Körper wiederzubeleben, und einige noch weitaus fortschrittlichere Techniken, um ihm eine neue Seele zu geben, aber den wahren Namen des Körpers nicht zu kennen ist ein ziemliches Ärgernis. Bist du bereit?«

Rasmey war nicht bereit und würde auch niemals bereit sein.

»Jorpar'thr-ak, ich befehle dir, mir den wahren Namen von Velanders Körper zu nennen.«

Es gab eine kurze Pause, der ein kurzes heulendes Ächzen folgte, welches sich rasch steigerte.

»Illi-einsielt!«, keuchte Rasmey unwillig.

Laron saß Nona in der Kabine des Kapitäns mit verschränkten Händen gegenüber.

»Nun, da wir den wahren Namen deines Körpers geändert haben, musst du ihn vor allen anderen schützen«, erklärte er. »Die Achtlosigkeit in diesen Dingen hat die vorherige Besitzerin die Seele gekostet.«

»Ich werde vorsichtig sein.«

»Flüstere einen neuen wahren Namen für dich in deine zusammengelegten, gewölbten Hände und benutze dabei dieselbe Wortform, die wir gerade für die Benennung deines neuen Körpers benutzt haben.«

Laron hörte zu, wie Nona sich einen wahren Namen gab. Das Wissen gab ihm Macht über sie, aber es gestattete ihm auch, sie mit seiner Kraft zu heilen.

»Es ist sehr gefährlich, jemand anderem deinen wahren Namen mitzuteilen«, betonte Laron. »Noch gefährlicher ist, sich von einem anderen einen Namen geben zu lassen.«

»Dieser Körper, er hat sich gepaart«, sagte Nona frei heraus.

Ihre Offenheit erschütterte Laron ein wenig, doch er blieb gelassen. »Ah, ja. Machst du dir Sorgen, du könntest ein Kind in dir tragen nach so viel Herumgeschäker zwischen Feran und dem Sukkubus?«

»Ich muss es nur wissen, für die Pflege dieses Körpers.«

»Die vorherige, äh, Bewohnerin, hat gegen derartige Dinge Schutzmaßnahmen ergriffen. Schutzmaßnahmen, die auf Zauberei beruhen. Wenn du wissen willst, wie das funktioniert, kann ich es dir zeigen.«

»Nein«, erwiderte sie in einem Tonfall so bar jeder Emotion, wie es nur der eines Autonen sein konnte.

Nachdem er Nona verlassen hatte, auf dass sie zum ersten Mal als lebende Person schlafen möge, ging Laron an Deck, um allein zu sein. Es war eine ziemliche Strapaze gewesen, aber er hatte gewonnen. Der Sack mit dem Gold lag immer noch an Deck, im Zuge der Dramen und der Meuterei vergessen, die sich in dieser Nacht auf dem kleinen Schiff abgespielt hatten. *Es schadet nie, etwas bei der Hand zu haben*, dachte er, holte eine Hand voll aus dem Sack und öffnete seine Börse. Er sah das Glasstück, an das er das Okular gebunden hatte. Einige Augenblicke überlegte er, was er tun sollte, während er die Scherbe ein paarmal in die Luft warf. Dann sprach er einen Zauber über das Glas. Es absorbierte eine ungewöhnliche Menge an Energie, aber das Okular tat, was er wollte.

In der Ätherwelt und ohne Larons Wissen konzentrierten sich die zerfaserten, verblassenden Überreste von Velanders Seele vollkommen auf eine einzige Sache: sich an das ätherische Leuchtfeuer zu klammern, das mit der Glasscherbe ganz unten in Larons Geldbeutel verbunden war. Das Licht ätherischer Energien durchströmte sie und verlieh jeder Facette ihres Restwesens Schärfe.

Es dauerte einige Zeit, bis Velander auffiel, dass das Okular nun auch Geräusche registrierte und speicherte.

5

FAHRT NACH ACREMA

Einem Land eine fremde Herrschaft aufzuzwingen ist auch unter den besten Voraussetzungen eine ziemlich heikle Angelegenheit, aber diese Herrschaft als Eroberer anzutreten, der von einem anderen, weit entfernten Kontinent stammt, ist noch viel schwieriger. Achtzig Tage nach dem Fall Diomedas häuften sich auf Forterons Schreibtisch die Berichte über lokale Vorbereitungen, die Eroberer aus Torea anzugreifen. In diesem Fall meinte »lokal« jedes andere Königreich in Acrema. Ungefähr ein Dutzend Monarchen hielten ihren Thron für ausreichend sicher und ihre Armeen für ausreichend untätig, um eine Zusammenkunft zu arrangieren und sich einzumischen. Die Frage eines Grundes erwies sich jedoch als ernsthaftes Problem. Der König des Protektorats Diomeda war unbeliebt und hatte dem Handel durch hohe Steuern, Abgaben und Zölle geschadet. Andererseits waren die Toreaner Fremde, Ausländer, obwohl sie in Bezug auf den Handel weitaus vernünftiger waren. Es schien eine gute Idee zu sein, in das Gebiet einzudringen und eine freundlich gesinnte acremanische Verwaltung einzusetzen. Andererseits wollte jedes Königreich seine eigene Marionette auf den Thron Diomedas setzen und alle anderen Königreiche ausschließen.

Um wenigstens etwas Bewegung in die Sache zu bringen, bildeten die Königreiche im Norden eine Allianz, begannen aber sofort einen Streit um die Führungsrolle. Mehrere Konferenzen und emsiges Hin-und-her-Senden von Boten-Autonen führten zu einer Deklaration. Bezeichnenderweise war in dieser Deklaration die Rede davon, den rechtmäßigen Monarchen wieder einzusetzen, und nicht etwa davon, den diomedanischen König zurück auf den Thron zu holen. In den elf Königreichen der Allianz lebten nicht weniger als fünfzehn Personen, die Anspruch auf den Thron Diomedas erhoben. Dann gab es noch die geheimen Pläne in Bezug auf die Handelswege durch die Wüste. Jede nach Süden marschierende Armee würde sie benutzen müssen – und auf diese Weise die Herrschaft über sie erringen. Alle elf Königreiche wollten diese Kontrolle unter Ausschluss der anderen zehn.

Mit alledem hatte Forteron gerechnet. Er hatte die Absicht gehabt, die Stadt zu besetzen, eine strenge, aber humane Verwaltung zu errichten, sämtliche Abgaben zu senken und ansonsten mit seinen Truppen eine defensive Haltung einzunehmen. Mit der Zeit würden die Toreaner Teil des Status quo werden, und am Ende würden er und Warsovran Einladungen zu königlichen Hochzeiten, Turnieren und Orgien in den benachbarten Königreichen erhalten. Was Forteron wirklich überraschte, war die Androhung einer Kriegserklärung vonseiten des Sargolanischen Imperiums, die mit einem Hochsee-Kauffahrer eingetroffen war.

Das Sargolanische Imperium war eine Union von fünf Königreichen im fruchtbaren Süden des Kontinents. Das Fallgattergebirge trennte die Wüste von den Wäldern, dem Grasland und den Feldern, und diese befanden sich auf sargolanischem Gebiet. Das Imperium umfasste kaum ein Zwanzigstel der Gesamtfläche des Kontinents, aber es war die größte einzelne Militärmacht. Es entwickelte nun ein äußerst ungesundes Interesse an den Toreanern in Diomeda. Es sandte außerdem Botschaften an die Allianz der Nordkönigreiche, in denen es vorschlug, ihre Streitkräfte für einen Angriff zu vereinen.

»Der Kaiser des Sargolanischen Imperiums will seine Tochter

zurück«, erklärte Forteron dem Marschall der Stadtgarnison von Diomeda.

»Wer hält sie fest?«, fragte der Marschall forsch.

»Wir anscheinend.«

Der Marschall öffnete den Mund, schloss ihn wieder mangels einer unmittelbaren und vernünftigen Antwort und dachte dann angestrengt nach.

»Wenn wir sie hätten, Admiral, wüssten wir es, glaube ich«, brachte er schließlich heraus.

»Davon gehe ich aus. Wo ist sie also?«

Der Marschall gehörte zu den Leuten, die es vorzogen, überhaupt nichts zu sagen, wenn sie nachdachten. Da er dies wusste und geneigt war, die Eigentümlichkeiten der Leute zu tolerieren, solange sie gute Arbeit leisteten, wartete Forteron geduldig.

»Man kann Diomeda über das Meer, den Fluss Leir und drei Hauptstraßen verlassen. Wir überwachen die Straßen und den Hafen nur, um Zölle einzutreiben und dafür zu sorgen, dass sich keine bewaffneten Unruhestifter einschleichen können. Wäre die Prinzessin hier, hätte sie keine Mühe, die Stadt verkleidet und unter einem falschen Namen zu verlassen. Man hätte mich unterrichtet, wenn sie ganz offen gegangen wäre.«

»›Ganz offen‹«, wiederholte Forteron. »Das ist ein gutes Stichwort. Angenommen diese Prinzessin, äh …« Forteron nahm die sargolanische Schrift und entrollte sie. »Senterri, so heißt sie. Angenommen Prinzessin Senterri ist heimlich in Diomeda.«

»Aber warum, Admiral?«

»Das *Warum* interessiert mich nicht, Marschall. Aber sollte sie sich tatsächlich heimlich in Diomeda aufhalten, werden wir sie fragen – sobald wir sie ausfindig gemacht haben. Sargols Flotte ist uns nicht gewachsen, aber seine Armee ist beachtlich und sich nicht zu schade, fünfhundert Meilen Wüste zu durchqueren, um uns eine Lektion zu erteilen. Die Königreiche der Allianz mögen sich so einig sein wie ein Zimmer voller Katzen, aber Sargol wäre ein politisch neutraler Führer für sie. Dieser Zusammenschluss wäre sehr schlecht für uns.«

»Ihr habt Recht, diese Streitmacht würde die Hälfte aller Armeen des Kontinents umfassen. Zum Glück haben wir eine größere Flotte.«

»Falsch. Die Sargolaner drohen damit, tausend Schiffe zu bauen und damit hierher zu segeln. Es ist ihnen sehr ernst damit, uns ein für alle Mal klar zu machen, dass man sargolanische Hoheiten nicht ins Gefängnis steckt.«

»O nein, Admiral, ich bin ganz sicher, dass wir sie nicht in Gewahrsam haben.«

»Dann ist das schon mal ein Anfang. Die Sargolaner haben riesige Wälder, für den Schiffbau. Wir haben nur das Holz, das über den Leir verschifft wird. Bei den Göttern der Mondwelten, wer hätte sich je träumen lassen, dass das Gesicht eines Mädchens tausend Schiffe in Gang setzen könnte?«

»Die Mutter meiner Frau hatte eine Stimme, die Glas schneiden konnte«, gab der Marschall zum Besten.

Forteron zwickte sich mit zwei Fingern in den Nasenrücken. »Findet die Prinzessin, Marschall«, sagte er müde. »Findet sie rasch. Unser Leben könnte davon abhängen.«

»Wenn sie in der Stadt ist, wird sie sich im Sargolaner-Viertel aufhalten. Südlich der Hafenanlagen leben ein paar Dutzend sargolanische Kaufleute, Studenten und Wandersleute.«

»Gut«, schloss Forteron und rieb sich die Hände. »Macht sie ausfindig und erstattet mir dann Bericht. Nehmt sie auf keinen Fall fest wie eine gemeine Diebin. Ich will auf keinen Fall, dass das Mädchen eine schlechte Meinung von uns hat, wenn wir es zu seinem Vater zurückschicken.«

Der Marschall verbeugte sich. »Eure Lordschaft ist ein weiser und geschickter Diplomat«, stellte er fest.

»Aus diesem Grund bin ich noch am Leben, Marschall. Ihr tätet gut daran, Euch an mir ein Beispiel zu nehmen.«

Fontarians Ruinen waren die letzte Gelegenheit für die *Shadowmoon*, vor der langen Fahrt über den Plazidischen Ozean zurück nach Helion frisches Wasser aufzunehmen. Bei ihrer Ankunft stellten sie fest, dass sie Gesellschaft hatten. Im Hafen lag ein vindicischer Kauffahrer mit dreigeteiltem Rumpf vor Anker. Ferans erster Gedanke war, wieder in See zu stechen, doch Laron wies darauf hin, dass das vindicische Schiff rasch einen Rumpf abteilen und sie damit verfolgen konnte.

»Es ist die *Rashih-Harlif*«, sagte Laron, der durch sein Fernrohr spähte. »Wir können uns gefahrlos nähern.«

»Klar, und Schweine können fliegen«, sagte Feran ängstlich.

»Dann sollte man am besten einen Hut tragen. Schweine haben keinen Sinn für Schicklichkeit und Verantwortung.«

»Wie könnt Ihr so sicher sein, dass wir nicht in Gefahr sind?«

»Es ist ein Kauffahrer.«

»Und deswegen vertraut Ihr ihm?«

»Nein.«

»Warum dann?«

»Weil ich ihn hier erwartet habe.«

Das Beiboot wurde gelöst und zu Wasser gelassen, und Laron, Nona und Druskarl ruderten zu dem sehr viel größeren Schiff. Man half ihnen höflich an Bord, aber Nona und Druskarl mussten an Deck warten, während Laron in die Kabine von Kapitän Suldervar geführt wurde. Suldervar verbeugte sich vor Laron, der die Geste erwiderte. Der Gastgeber brachte Wein, und sie setzten sich auf Kissen und tauschten eine Zeit lang Höflichkeiten aus.

»Warum wart Ihr nicht schon Wochen früher hier?«, fragte Laron mit einem Anflug von Verärgerung.

»Ich bin gegenwärtig nicht Herr über meine Zeit. Auf dem Plazidischen Ozean geht es ziemlich hoch her. Warsovran hat Diomeda erobert. Deswegen muss ich bereits in zwei Wochen wieder in Vindic sein.«

»Diomeda«, sagte Laron nachdenklich. »Groß, reich, stark, doch an einer öden Küste und sehr isoliert. Wenn ich eine Flotte mit beinah einer Viertelmillion Soldaten ohne jede Nachschubbasis hätte, wäre Diomeda ideal. Die Armeen anderer Königreiche müssen lange Wege zurücklegen, wenn sie angreifen wollen.«

Suldervar fühlte sich ein wenig unbehaglich. Laron war jung, hochgebildet, ein Spion und äußerst seltsam. Die Möglichkeit, dass er außerdem auch wichtig sein mochte, bereitete ihm Kopfzerbrechen. Schließlich war er nur ein Jugendlicher von ungefähr vierzehn Jahren mit Akne und einem aufgeklebten falschen Bart.

»Was ist mit Silbertod?«, fragte Suldervar.

»Wir sind gescheitert«, sagte Laron kurz und bündig.

»Aber besteht Hoffnung?«

»Vielleicht. Wir waren in Larmentel. Die Stätte, wo die Feuerkreise ihren Ursprung genommen haben, ist ein sehr starkes, gestörtes Feld, aber Silbertod war nicht mehr da.«

»Unser Auftraggeber muss ihr eines Tages einen Besuch abstatten. Was noch?«

»Warsovran hat die neuen vidarianischen Siedlungen und Regent Banzalos Flotte ausgelöscht. Ich habe das Ergebnis mit eigenen Augen gesehen. Regent Banzalo ist ebenfalls tot.«

»Von den Siedlungen habe ich gehört. Der Hochsee-Kauffahrer *Grüne Gischt* ist uns auf dem offenen Meer begegnet, nachdem er sie angelaufen hatte. Warsovrans Geschwader scheint sich nach Süden vorzuarbeiten.«

»Auf Helion gibt es noch ein paar Vidarianer«, stellte Laron fest. »Die sollte man warnen. Die überlebenden metrologischen Priesterinnen sind auch auf Helion.«

»Ich kann mit diesem Schiff nicht dorthin fahren. Meine Befehle lauten, entweder mit Silbertod oder Eurem Bericht darüber umgehend zu unseren Auftraggebern zurückzukehren.«

»Wohin?«

»Unsere Auftraggeber wollen unbemerkt bleiben.«

»Druskarl würde gern auf die *Rashih-Harlif* überwechseln, wenn das möglich ist«, sagte Laron. »Wir haben darüber geredet, und er hat meine Erlaubnis, wenn Ihr ihn mitnehmen könnt.«

»Warum nicht? Das Schiff ist groß, und es gibt genug Platz an Bord.«

»Und Nona. Kann sie auch mitkommen?«

»Nona? Das Mädchen, das ... Wie soll man es ausdrücken? Das wie ein Käfig ist, dessen Vogel entflogen ist?«

»Sie hat eine Menge durchgemacht. Daher ist sie jetzt ein wenig in sich gekehrt. Ich habe Gönner in Vindic. Die können sich um sie kümmern und ihr eine geeignete Arbeit beschaffen. Euch wird das keine Mühe bereiten.«

»Es macht keine Mühe, überhaupt keine«, erwiderte Suldervar.

»Dann wäre das geregelt. Ich fahre mit der *Shadowmoon* nach Helion und warne sie.«

Sie kehrten an Deck zurück. Nona hörte mit ernster, verständnisloser Miene zu, wie Drsukarl und Laron sich unterhielten.

»Kommt Ihr nicht mit nach Vindic?«, fragte Druskarl. »Die *Grüne Gischt* wird Helion vor Warsovrans Angriffen warnen, lange bevor Ihr dort eintrefft.«

»Ich habe Terikel mein Wort gegeben, ich *muss* nach Helion zurückkehren.«

»Aber ...«

»Es ist eine Frage der Ritterlichkeit, es hat nichts mit Logik zu tun. Sie ist eine Frau in Not, und ich habe ihr ein Versprechen gegeben. Mehr gibt es dazu nicht zu sagen.«

»Je mehr ich über diese Ritterlichkeit höre, desto weniger will ich damit zu tun haben«, sagte Druskarl, der nicht genau wusste, ob ein Lächeln oder ein Stirnrunzeln passender war.

»Wann sehe ich dich wieder?«, fragte Nona.

»Druskarl bringt dich nach Vindic, wo ein Bekannter von mir dafür sorgen wird, dass man sich um dich kümmert.«

»Das ist keine Antwort.«

»Vindic ist nicht weit weg von Helion. Bei günstigem Wind sind es zwanzig Tagesreisen.«

»Das ist auch keine Antwort.«

»Nona, ich bin ein Vampyr. Ich bin tot, gefährlich und bösartig, und meine Essgewohnheiten sind bestenfalls abstoßend. Ich kann niemals mehr als ein Besucher in deinem Leben sein, Mädchen, aber besuchen werde ich dich in jedem Fall.«

Das schien Nona zufrieden zu stellen. »Schön«, erwiderte sie.

»Ja, sehr schön. Vindic ist ein starkes, blühendes Königreich, wo du vor Warsovran und seinen Soldaten geschützt bist.«

Nona war unter Deck, als die *Rashih-Harlif* die Anker lichtete. Das Schiff war doppelt so schnell wie die *Shadowmoon*, obwohl längst nicht alle Segel gesetzt waren. Es dauerte nicht lange, bis von der *Shadowmoon* und der Küstenlinie Toreas nichts mehr zu sehen war. Druskarl und Suldervar standen lange Zeit schweigend neben dem Steuermann, als argwöhnten sie, Laron könne sie hören, solange sie noch in Sicht waren.

»Es ist schön, Eurer Hoheit wieder zu dienen«, sagte Suldervar schließlich, wobei er sich tief verbeugte.

»Ich kann das Risiko ermessen, das Ihr eingegangen seid, mein Freund.«

»Ich muss von einer Rückkehr nach Vindic abraten. Der Regent ist nicht beliebt, und jetzt, da der Kronprinz tot ist, würdet Ihr Euch an der Spitze eines Aufstands wiederfinden, ob Ihr wollt oder nicht. Eure Feinde wissen das so gut wie Eure Verbündeten, und …«

»Bitte, bitte, ich nehme Euren Rat an. Ich hatte ohnehin nicht die Absicht, dorthin zurückzukehren.«

»Ah! Aber Ihr wolltet, dass dieser seltsame Jugendliche, Laron, das glaubt?«

»Ich will, dass das alle glauben.«

»Was ist mit dem Mädchen?«

»Ich nehme sie mit nach Diomeda.«

»Nach Diomeda? Aber … aber da herrscht Warsovran.«

»Und Warsovran hat, was *ich* haben muss. Ihr werdet den Kurs ändern und uns direkt nach Diomeda bringen. Danach segelt Ihr weiter nach Norden, und zwar nach Bantak, an der Grenze zu Valestra. Habt Ihr immer noch diese beiden Spione aus der Fraktion meiner Gemahlin an Bord?«

»Ja.«

»Gebt auf sie Acht. Diese beiden, Silbertod, Ihr selbst und eine kleine, isolierte Insel sind äußerst wichtig für meine Pläne.«

Das Leben in Diomeda hatte sich wenig verändert, seit Warsovrans Flotte aus dem Osten herangesegelt war und die Hafenstadt im Laufe eines einzigen Tages eingenommen hatte. Seine Flotte war die größte auf der ganzen Welt, und es war ein weiser Entschluss gewesen, sie dazu zu benutzen, eine neue Heimat zu erringen, solange sie noch ihre volle Stärke hatte. »Morgenlicht«, König Rakeras Palast, hielt jedoch immer noch stand. Gebaut, bemannt und bevorratet, um einer Belagerung von bis zu einem Jahr standzuhalten, dazu auf einer Insel in der Mitte einer Bucht gelegen, hatte er zwei direkten Angriffen durch Marinesoldaten mit Sturmleitern sowie einem weiteren mit den Katapulten und Ballisten der gesamten Flotte widerstanden. Warsovrans Antwort darauf war die Blockade des Palasts, während er gleichzeitig fünf gewaltige schwimmende Katapulte bauen ließ, die Vierteltonnenbrocken schleudern konnten, ohne sich in Reichweite der Abwehrgeschütze begeben zu müssen. Dies dauerte seine Zeit, aber die Zeit arbeitete für Warsovran.

Diomeda befand sich mitten in einer ausgedehnten Wüste, und Warsovrans Flotte beherrschte diese Küste. Folglich mussten die Verbündeten des belagerten Königs eine Armee versammeln und ausrüsten, die mit sämtlichem Wasser und Proviant über Land marschierte. Dies würde nicht nur sehr lange dauern, es würde auch keine spürbaren Vorteile mit sich bringen. Die Invasoren aus Torea ließen alle Handelsschiffe unangetastet und hatten sogar sämtliche diomedanischen Zölle, Steuern und Abgaben halbiert. Das war sehr gut für den Handel. Dadurch, dass er einen Teil seiner Flotte nach Torea zurückgeschickt hatte, um dessen geschmolzenes Gold und Silber zu bergen und zu verteidigen, verfügte Warsovran außerdem über mehr Reichtum als jedes einzelne Königreich in Acrema. Daher konnte er es sich leisten, seinen soeben unterworfenen Untertanen sowie seinen Nachbarn gegenüber großzügig zu sein.

Das zum Palast gemachte Anwesen des Kaisers befand sich auf einem Hügel unweit der Küste und war von Admiral Forteron mit sehr viel Bedacht ausgewählt worden. Die Balkone und Türme des Anwesens boten einen hervorragenden Ausblick auf

Hafen, Stadt und umliegende Wüste. Falls es einen Großangriff aus der Wüste gab, konnte Warsovran binnen weniger Minuten auf seinem Flaggschiff sein. Falls seine Flotte zerstört würde, konnte er mit mehreren Trupps seiner neu formierten Lanzenreiter schnell in die Wüste fliehen.

Was eines Abends aus dem Osten kam, war keine feindliche Flotte, sondern ein Boten-Auton in Gestalt eines in ein feines Netz aus Energie gehüllten Albatros. Einsel wartete auf dem höchsten Turm des Anwesens, während der Auton sich näherte. Er legte sich in eine Kurve, winkelte den Schwanz nach unten ab und hob die Schwingen und landete dann in der Mitte eines leuchtend orangen Kreises, den der Zauberer Augenblicke zuvor gewirkt hatte. Der Kreis zog sich zusammen. Die Kombination aus Vogel und Zauber stand vollkommen still. Einsels Zauber verband sich mit den Füßen des Vogels und zog den Autonen langsam weg. Nach vielleicht zwei Minuten schüttelte der erschöpfte Vogel den Kopf und schaute sich alarmiert um. Mit einem Kreischen setzte er sich in Bewegung, sprang über den Rand der Turmbrüstung und rauschte über die Dächer Diomedas davon. Wo er zuvor gestanden hatte, befand sich jetzt eine winzige Gestalt aus leuchtender Energie.

Einsel streckte die Hände aus und wölbte sie unter den Füßen der Gestalt, die daraufhin zu einer orangen Kugel schrumpfte und direkt über seinen Handflächen schwebte. Einsel richtete sich auf, ging zur Turmtreppe und stand kurze Zeit später vor Warsovran.

»Von Admiral Narady, Eure Majestät«, sagte der kleine Mann.

»Habt Ihr den Transportnamen überprüft?«

»Ja. Er stimmt überein.«

Warsovran nickte, und auf diesen Wink hin bückte Einsel sich und nahm seine Hände auseinander. Die Kugel aus ätherischen Energien wurde wieder zu einer winzigen Gestalt.

»Höchst geschätzter und oberster Kaiser, akzeptiert bitte diese Depesche Eures Dieners, Großadmiral Harric Narady«, verkündete sie mit einer Verbeugung vor Warsovran. *»Es ist mir ein Vergnügen, Euch melden zu können, dass die Flotte des vidaria-*

nischen Freibeuterkapitäns Banzalo ausgelöscht wurde. Einunddreißig seiner Schiffe wurden gekapert, die übrigen versenkt. Von Kapitän Banzalo wird angenommen, dass er im Zuge der Kämpfe den Tod gefunden hat. Alle vidarischen Ansiedlungen an der Küste Eures Kontinents Torea wurden geschleift. Außerdem wurden vierzehn illegale Siedlungen von Freibeutern aus anderen Königreichen eingenommen und zwölftausend gesunde Sklaven gemacht. Etwa die Hälfte gehört den gemischten Freibeutern an, die restlichen sind Vidarianer. Diese Sklaven werden bei der Bergung von Gold, Silber und anderen wertvollen Metallen aus den Städteruinen Toreas eingesetzt. Bisher wurden einhundertzwanzig Freibeuterschiffe aufgebracht, entweder einzeln oder in kleinen Geschwadern, und Eure Flotte ist im Süden bis zu den Ruinen Wynsels gekommen. Die Verluste konnten auf nur fünf Schiffe beschränkt und durch die Anzahl der aufgebrachten Schiffe um ein Vielfaches wettgemacht werden. Es ist meine Absicht, vorbehaltlich anschließender Korrektur durch Eure geschätzte und überwältigend weise Majestät, die Flotte zu teilen, so dass ein Drittel nach Gironal zurückkehren würde, um mit Hilfe der Sklaven die dortigen Reichtümer zu bergen, während der Rest der Kriegsschiffe Torea umkreisen und alle anderen Freibeuter hinwegfegen würde, welche die Schätze rauben wollen, welche rechtmäßig Euch gehören. Immer der Eure in Dienst und Seele, Großadmiral Narady.«

Einsel senkte wieder die Hände, und diesmal löste sich die kleine Gestalt in ihnen auf und war verschwunden. Der Zauberer richtete sich auf und verneigte sich vor Warsovran.

»Der Großadmiral gibt sich alle Mühe, meine Gunst zurückzugewinnen«, stellte Warsovran fest. »Ruhmreiche Siege, unschätzbare Beute, ein ganzer Kontinent erobert, aber er ist so vernünftig, nicht zu verschweigen, dass Banzalos Schicksal noch nicht eindeutig geklärt werden konnte.«

»Gibt es da ein Problem, Eure Majestät?«, fragte Einsel in der Gewissheit, dass dies eine politische Situation war, an der er keinen Anteil hatte.

»Kein Problem. Narady setzt meine besten Schiffe und Soldaten sehr wirkungsvoll ein und ist so loyal wie ein jagender Spaniel. Forteron ist am besten, wenn er sich einer feindlichen Übermacht gegenübersieht, neigt aber dazu, ohne eine feste Hand, die ihn im Zaum hält, zu weit zu gehen. Deswegen habe ich ihn nach Diomeda geschickt, aber deswegen behalte ich ihn auch in meiner Nähe. Narady kann man zutrauen, dass er tut, was ich sage, vor allem, wenn ich ihn zum Prinzregenten der toreanischen Küste ernenne und ihn mit einer Unze Gold für jeweils zwanzig geborgene belohne.«

»Das ist großzügig von Euch«, murmelte Einsel, der für seine Dienste noch nie sonderlich gut bezahlt worden war.

»Es ist gerade richtig: weder zu viel noch zu wenig. Forteron hegt die Illusion, mein Favorit und Held zu sein, also ist er ebenfalls kein Problem. Damit bleibt nur noch die Frage, wie mit Griffa verfahren werden soll. Der Mann ist ein Furcht erregender Krieger, aber äußerst beschränkt, wenn er mehr als zwanzig Schiffe befehligen muss. Manche sagen, das Problem sei, er könne nicht weiter als bis zwanzig zählen.«

»Das entspricht der Gesamtzahl seiner Finger und Zehen«, stellte Einsel mit einem Achselzucken fest.

»Ein netter Scherz, aber dieser spezielle Scherz will Oberster Admiral werden«, seufzte Warsovran.

»Solche Männer halten sich oft für besser als ihre Monarchen.«

»Wie wahr. Sie müssen mit einer Zurschaustellung von Macht bei der Stange gehalten werden, und ich habe so eine Zurschaustellung geplant, nun da Banzalo vom Spielbrett genommen wurde. Admiral Griffa wird ein kleines Geschwader meiner schnellsten Schiffe befehligen und eine neue Tausendschaft Marinesoldaten ausbilden. Diese Streitmacht wird den Namen Höllenfeuer-Geschwader bekommen und dazu benutzt, entfernte Häfen zu überfallen und den Seehandel meiner Feinde zu stören.«

»Griffa wird das als Beleidigung auffassen.«

»Nicht, wenn er außerdem die Eskorte für Silbertod stellt, wenn dieser eingesetzt wird.«

Einsel ächzte und war nicht in der Lage, die Bestürzung in seinem Gesicht zu verbergen.

»Eure Majestät, das kann nicht Euer Ernst sein. Der erste Einsatz Silbertods hat einen ganzen Kontinent ausgelöscht, und sogar hier in Diomeda ist das Klima kälter geworden, weil sich der Staub und Rauch Toreas vor die Sonne geschoben haben. Ihr könnt nicht …«

»Ich werde!«, sagte Warsovran entschlossen. Einsel war nicht so dumm, weiter zu protestieren. »Griffa wird mich nach Helion begleiten, wo er sich persönlich von der Macht Silbertods überzeugen kann. Gewisse Botschafter und Abgesandte anderer Königreiche Acremas werden ebenfalls an Bord meines Schiffes sein, und ich glaube, alle werden sehr beeindruckt sein. Griffa wird es schmeicheln, Silbertods Eskorte zu bilden, aber auch er wird zutiefst beeindruckt sein.«

»Und nach Helion wird es keinen Einsatz Silbertods mehr geben?«, fragte Einsel hoffnungsvoll.

»Lektionen müssen wiederholt werden, Einsel. Und jetzt wirkt einen Boten-Autonen für mich, in den ich sprechen kann. Narady wird sich fragen, wie ich seine Neuigkeiten aufnehme.«

In einem anderen Teil der Stadt lagen zwei Frauen auf Kissen auf einem Balkon und fächelten sich in der abendlichen Hitze Kühlung zu. Sairet war Lehrerin in der Tänzergilde, doch wenngleich sie allgemein sehr geschätzt wurde, hatte ihr Geschäft noch nie floriert. Im Laufe des letzten Jahres hatte sie einer reichen Kundin namens Lady Wensomer die diomedanische Version des Bauchtanzes beigebracht. Wensomer war eine sargolanische Adelige, die auf einem Handelsschiff aus Palion eingetroffen war und eine Villa gekauft, Diener angestellt und sich Sairets Dienste versichert hatte, um tanzen zu lernen. Ein Gerücht besagte, dass sie eine Prinzessin im Exil war. Ein anderes wies sie als Tochter eines reichen Kaufmanns aus, die nach Diomeda geschickt worden war, um einem unstandesgemäßen Freier aus dem Weg zu gehen.

Jeden Morgen traf Sairet bei Sonnenaufgang ein, zerrte ihre reiche und etwas übergewichtige Kundin aus dem Bett, ließ eine Tirade aus Bitten, Flüchen und Beleidigungen über sich ergehen, während sie Wensomer zwang, aufzuwachen und sich anzuziehen, und verbrachte den Vormittag damit, ihr Tanztechniken, Schritte und Musik beizubringen. Gegen Mittag bezahlte der Verwalter Sairet, die dann nach Hause zu ihren anderen Schülern zurückkehrte. Wensomer zahlte gut und schien wenig mehr zu tun, als herumzuliegen und zu essen und zu lesen, wenn sie keine Tanzstunden nahm. Am Abend hatte Wensomer eine weitere Privatstunde, so dass sie nach einem Jahr derart intensiver Ausbildung mittlerweile eine sehr gute Tänzerin war.

»Ich mag die Dunkelheit, sie macht diese farblose Stadt exotischer«, sagte Wensomer, die durch die Marmorstreben des Balkongeländers auf die Dächer starrte.

»Sie wirkt anders in der Nacht«, stimmte Sairet zu. »Jetzt gibt es nur noch Schatten, weiche Umrisse und flackernde Lichter.«

»Wie die Menschen«, sagte Wensomer. »Je mehr man von ihnen sieht, desto langweiliger werden sie.«

»Aber Ihr nicht«, erwiderte Sairet kopfschüttelnd. »Je mehr ich von Euch sehe, desto mehr staune ich. Ihr seid nicht wirklich die Tochter eines Kaufmanns.«

»Warum nicht?«

»Ihr habt kein Interesse an den Banalitäten, die Töchter von Kaufleuten amüsant und unterhaltsam finden.«

»Woher wollt Ihr das wissen, Tanzlehrerin?«

»Ich habe eine große Anzahl von ihnen unterrichtet. Auch gegenwärtig zählt eine zu meinen Schülerinnen. Sie muss sehr darauf achten, dass sie sich nicht den Kopf stößt, weil das entstehende hohle, hallende Geräusch sehr peinlich wäre.«

Wensomer klopfte sich an den Kopf. »Das klingt voll. Bin ich damit durch einen Test gefallen?«

»Nur durch einen von vielen. Ich habe Euch ein ganzes Jahr lang beobachtet. Ihr lest wenigstens drei Sprachen und sprecht weitere zwei.«

»Was sehr nützlich ist für eine Kaufmannstochter.«

»Das stimmt, aber es gibt mir trotzdem zu denken.«

Sairet erhob sich, hob die Arme in die Luft und begann damit, ihre Hüften hin und her zu schwenken. Ihr Oberkörper blieb dabei vollkommen unbewegt.

»Warum wollt Ihr wirklich tanzen lernen?«

»Tanzen ist ein Talent. Reiche, bedeutende Freier haben ein größeres Interesse an Mädchen, die mehr können, als nur dekorativ aussehen.«

»Ihr seid bereits reich«, begann Sairet, doch Wensomer erhob sich ebenfalls und schaute auf die Bucht des Hafens von Diomeda.

Ein Geschwader von Warsovrans Schiffen war unterwegs und strebte dem offenen Meer entgegen. Miral stand nicht am Himmel, aber ein strahlendes Schauspiel ätherischen Feuers erhellte den Himmel.

»Achtzehn, neunzehn, zwanzig Schiffe. Sechs davon Eilgaleeren, vierzehn Schlachtgaleeren. Wohin mag Warsovran fahren?«

»Woher wollt Ihr wissen, dass er dieses Geschwader begleitet?«

»Die ganz große Galeere ist sein Flaggschiff.«

»Für eine Kaufmannstochter kennt Ihr Euch gut mit Schiffen aus.«

»Ich kenne mich gut mit Schiffen aus, *weil* ich eine Kaufmannstochter bin.« Sie wandte sich vom Hafen ab, stützte sich mit den Ellbogen auf das Balkongeländer und versuchte entspannt zu wirken. Sairets Erfahrung ermöglichte ihr, die Anspannung dennoch zu erkennen. »Das ist ein guter Zeitpunkt, die Stunde zu beenden«, verkündete Wensomer.

»Wie Ihr meint«, stimmte Sairet zu. »Ihr ermüdet langsam und werdet heute Abend wenig mehr lernen.«

Sie gingen die Treppe hinunter und dann durch einen Perlen- und einen Stoffvorhang auf den langen gefliesten Flur.

»Was nun, erlesene Foltermeisterin?«, fragte Wensomer unterwegs. »Geht Ihr gleich zu Bett, wenn Ihr zu Hause seid, um

Eure Kräfte aufzufrischen und mich morgen umso besser foltern zu können?«

»Ganz und gar nicht. Ich habe noch eine Schülerin. Sie heißt Senterri.«

»Das brünette Mädchen? Mit den beiden Dienerinnen?«

»Ja. Sie ist eine ziemlich verzogene junge Sargolanerin.«

»Eine Sargolanerin? Dieses Imperium liegt fünfhundert Meilen weiter die Küste entlang. Euer Ruhm hat sich weit verbreitet.«

»Eigentlich nicht. Ihre Familie hat ein Handelshaus hier, Aramadea: Seide, Gewürze und erlesene Weine. Anstatt in untätiger Pracht herumzusitzen, während ihr Vater eine vorteilhafte Heirat mit einem anderen Handelshaus arrangiert, lernt sie tanzen.«

»Und quält Ihr sie auch mit solcher Hingabe?«

»Ich lehre nur, ob meine Schülerinnen das Quälerei nennen, ist ihre Sache. Senterri … fehlt es an Konzentration. Sie scheint tanzen zu lernen, weil das für eine Kaufmannstochter ein gewagtes Unterfangen ist.«

»Aber das ist es auch. Ich bin eine Kaufmannstochter, ich muss es wissen.«

»*Ihr* habt die Antriebskraft einer Kriegsgaleere. Senterri ist nur ein albernes Mädchen. Immerhin ist sie ein albernes Mädchen, das für die Tanzstunden bezahlt, also will ich mich nicht beklagen.«

Der Verwalter wartete an der Tür, und bei ihm war ein Eunuch, der einen Geldbeutel auf einem Samtkissen trug. Er zählte Sairets Honorar ab, während die Frauen sich voreinander verbeugten.

»Lasst Tanzmeisterin Sairet nach Hause begleiten«, sagte Wensomer, als der Verwalter die Tür öffnete.

»Versucht früh zu Bett zu gehen, Mylady«, riet Sairet. »Erholung ist ebenso wichtig wie Übung.«

Der Eunuch geleitete Sairet sicher zu deren Wohnung. Dort wartete Senterri bereits mit ihren beiden Dienerinnen. Alle drei hatten schon ihre Auflockerungsübungen gemacht. Dolvienne war die vernünftige Dienerin, welche die anderen beiden dazu brachte, sich zu bewegen, anstatt zu tratschen. Perime war hingegen der Ansicht, ihre Gebieterin könne nichts falsch machen, und tat alles für sie. Dies schloss Diskussionen mit Sairet ein, wenn diese versuchte, Fehler ihrer Gebieterin zu korrigieren. Es war ein besonders langer Tag für die Tanzlehrerin gewesen, da es keine Ausfälle gegeben hatte und alle Stunden in voller Länge abgehalten worden waren.

»Es gäbe tagsüber mögliche Termine, die Euch vielleicht besser passen würden«, schlug Sairet vor, nachdem sie begonnen hatten.

»O nein, ich kann mich nur des Nachts frei machen.« Senterri versuchte verschwörerisch zu wirken, was jedoch völlig misslang.

»Meine Herrin wird sehr streng bewacht«, fügte Perime wenig überzeugend hinzu.

»Unsere Herrin könnte von anderen Dienstboten erkannt werden, wenn sie bei Tageslicht hierher käme«, sagte Dolvienne. »Sie würden es ihrem Vater verraten.«

»Mein Vater hält nichts vom Tanzen«, sagte Senterri. »Er sagt, nur Dirnen und Possenreißer tanzen, und es sei keine Fähigkeit, die ehrenhafte Mädchen erlernen sollten.«

»Aber die Herrin ist weder das eine noch das andere«, sagte Perime eiligst.

»Die Herrin hält das Tanzen für wichtig beim Freien«, sagte Dolvienne.

»Ja, warum sollten Dirnen tanzen und verführerisch sein und gute Mädchen nur herumsitzen und versuchen, einnehmend auszusehen?«, fragte Senterri.

»Aber die Herrin will keine Dirne sein …«, begann Perime.

»Das reicht jetzt!«, schnauzte Sairet. »Ihr bezahlt, um tanzen zu lernen. Wenn Ihr schwatzen wollt, könnt Ihr das anderswo umsonst. Nun denn, ich will Euer Hüftkreisen sehen.«

Sairet verfolgte den Klatsch und Tratsch innerhalb der Stadt sehr genau und hatte sogar ein Netz von Informanten unter ihren Bekannten. Senterri wohnte tatsächlich in einem sargolanischen Handelshaus, aber der dortige Kaufmann unternahm nie auch nur den geringsten Versuch, sie in irgendeiner Form einzuschränken oder ihr Zügel anzulegen. Es war beinah so, als sei sie eine Mieterin, doch es gab bessere Unterbringungen in Diomeda für eine Frau, die sich ganz offensichtlich zwei Bedienstete und jede Menge teure Kleidung leisten konnte. Wensomer hatte schließlich ihr eigenes Haus und war sehr offen, was ihren Reichtum anging. Senterri spielte die Rolle eines kühnen und aufsässigen Mädchens, aber mit zwei Leibdienerinnen, die sich um sie kümmerten. Keine der beiden Schülerinnen, die Sairet am besten bezahlten, war, was sie zu sein vorgab, davon war die Tanzlehrerin überzeugt.

Nach der Sairets Ansicht nach längsten Tanzstunde in ihrer Laufbahn als Lehrerin bezahlte Dolvienne, und Perime packte die Kostüme ein. Dann verabschiedeten sich die drei Mädchen in Begleitung eines Bewachers aus einer der Begleitschutz-Gilden. Sairet zog sich zur Nachtruhe zurück. Als sie auf ihrem kleinen Schlaflager lag, konnte sie sich des Gefühls nicht erwehren, dass ihre zwei wohlhabendsten Schülerinnen das Tanzen aus einem ganz anderen Grund erlernten als um Freunde, Verwandte und Freier zu beeindrucken. Vor allem Wensomer hatte ihre sorgfältig gestaltete Maske aus glitzernden Seifenblasen für einen Moment verrutschen lassen. Hinter ihrer Trägheit und Genusssucht lauerte die Andeutung eines scharfen Verstandes. Die eigentliche Frage lautete, warum Wensomer ihn zu verbergen suchte.

In eben diesem Augenblick dachte noch jemand anders über das Verhalten von Sairets zwei geheimnisvollsten Schülerinnen nach. Er war jedoch sehr viel besser informiert als Sairet. Admiral Forteron las die Schrift in seinen Händen und zeigte dabei nicht mehr Gefühlsregung als ein leichtes Stirnrunzeln. Schließlich schaute er auf und funkelte den Marschall seines Geheimdienstes an.

»Lassen Sie mich diesen Bericht mit meinen eigenen Worten

zusammenfassen«, sagte der toreanische Admiral. »Auf die Art seht Ihr, was ich tatsächlich denke, und könnt beurteilen, ob es wahr oder falsch ist.«

»Sehr gut, Admiral.«

»Eine Tanzlehrerin namens Sairet lebt in dieser Stadt. Sie hat sich auf Bauchtanz spezialisiert, sie ist wahnsinnig und sie ist außerdem die ehemalige Königin von Diomeda – sie wurde abgesetzt, als der König, den *wir* abgesetzt haben, eine Palastrevolte anzettelte und ihren Mann und ihre Kinder umbringen ließ.«

»Ja, Admiral.«

»Warum hat er nicht auch sie umbringen lassen?«

»Diomedaner glauben, dass es Unglück bringt, Wahnsinnige zu töten. Ihre Götter …«

»Das reicht, Frage beantwortet. Augenscheinlich hat diese wahnsinnige ehemalige Königin und Bauchtanzlehrerin viele Schülerinnen. Eine davon ist eine geschmeidige sargolanische Prinzessin namens Senterri, die bereits seit einigen Monaten heimlich in Diomeda lebt, deren Anwesenheit dem König aber seit dem Augenblick bekannt war, als sie ihr Schiff verließ.«

»Ja, Admiral.«

»Warum hat man mir das nicht schon vor zwei Monaten berichtet?«

»Die meisten ehemaligen Informanten und Spione des Königs haben sich dem Widerstand im Untergrund gegen uns angeschlossen. Gestern ist uns einer dieser Spione in die Hände gefallen. Mit der Aussicht auf einen großen Beutel voll Gold und freies Geleit zu einem Hafen seiner Wahl hat er uns den Standort der Königlichen Geheimdienstarchive verraten.«

»Ah, ich verstehe. Ich wünsche ihn zu sprechen.«

»Er ist heute Morgen einem Anschlag zum Opfer gefallen, Admiral.«

»Unter den gegebenen Umständen durchaus verständlich, würde ich sagen. Zurück zu diesem Bericht. Die andere … eigentümliche und beunruhigende Schülerin des Bauchtanzes ist eine äußerst mächtige, aber einigermaßen übergewichtige Zauberin aus Nordscalticar. Sie heißt Wensomer.«

»Ah, mit Verlaub, Admiral, Wensomer wird nicht als Problem angesehen …«

»Ich weiß, ich weiß. Die Beurteilung in ihrer Akte besagt, ›Harmlos, außer für einen Kuchenstand‹, und weiß dann zu berichten, dass ihre Mutter in Diomeda lebt. Als Grund ihres Besuchs ist im Einreiseregister ziemlich dreist ›Für ihr Gewicht‹ angegeben.«

»Äh … ja.«

»Sie ist in die Stadt der besten Konditoreien der bekannten Welt gekommen, um Gewicht zu verlieren?«

»Äh, nun, ja«, erwiderte der Marschall des Geheimdienstes, während er sich mit dem Finger über die Innenseite seines Kragens fuhr.

Forteron stand auf, ging zu seinem Untergebenen und schnüffelte hörbar vor dessen Mund.

»Ihr scheint nicht getrunken zu haben.«

»Nein, Eure Lordschaft.«

»Aber Ihr habt *das hier* geschrieben?«

»Eure Lordschaft, es stimmt alles.«

Forteron kehrte zu seinem Stuhl zurück. Er setzte sich und massierte sich die Schläfen.

»Ich bin ein Admiral«, sagte er schließlich. »Ich befehlige eine große Anzahl von Kriegsschiffen, lege Strategie und Taktik fest, trage Schlachten aus und kümmere mich um das Wohlergehen meiner vielen tausend Seeleute und Soldaten. Bauchtanz liegt ein wenig außerhalb meiner Erfahrung. Ich meine, als gelegentliche Unterhaltung bei einem Abendessen ist er durchaus angenehm. Ich finde ebenso Gefallen am Anblick spärlichst bekleideter Tanzmädchen wie alle anderen Männer.«

»Als einer von allen anderen Männern stimme ich Euch von ganzem Herzen zu, Eure Lordschaft.«

»Also brauche ich dringend jemanden, der mir erklärt, was hier vorgeht.«

»Ich ebenso, Eure Lordschaft.«

Das war nicht die Antwort, die Forteron sich erhofft hatte.

»Kriege werden ebenso oft aus einer Herrscherlaune heraus ausgetragen wie aus pragmatischen Gründen«, erläuterte er mit einem schärferen Unterton. »Wenn eine Prinzessin aus einer Laune heraus Tanzstunden nimmt, könnte uns ihr Vater aus einer Laune heraus den Krieg erklären, wenn wir bei ihrer Abschlussvorstellung nicht laut genug klatschen.«

»Genau mein Eindruck, Admiral.«

»Ich nehme an, eine Unterredung mit ihr kann nicht schaden.«

»Ich rate zur Vorsicht, Admiral. Wenn sie ihre Stunden heimlich nimmt, könntet Ihr eine Überraschung verderben, die sie ihrem Vater bereiten will.«

»Dann wird es eine *heimliche* Unterredung geben. Arrangiert eine.«

»Wenn Ihr so gut wärt, Admiral, für welchen Tag?«

»Für heute.«

»Aber … aber, Admiral, es ist beinah Mitternacht.«

»Dann solltet Ihr Euch besser *beeilen*, Marschall.«

Obwohl Senterri eine Vorliebe für Abenteuer hatte, war sie noch nie in einer Situation gewesen, die man auch nur im Entferntesten als gefährlich hätte beschreiben können. Sie erledigte Dinge lieber heimlich, anstatt tatsächlich Risiken einzugehen, und das war es, was den gegenwärtigen Aufenthalt in Diomeda reizvoll machte. Es hatte eine Invasion gegeben, und die Stadt war eingenommen worden, aber die Märkte hatten gleich am folgenden Tag wieder geöffnet, und es hatte keine Beschränkungen für die Schifffahrt gegeben. Voller Zuversicht, jederzeit nach Hause zurückkehren zu können, hatte Senterri beschlossen, in der Stadt zu bleiben. Ihre Briefe nach Hause waren jedoch voller Geschichten über Gefahren, Chaos, gesetzlose Straßen und Furcht erregende, unüberwindliche Eroberer. Sie hatte weiterhin geschrieben, dass eine Belohnung für ihre Verhaftung ausgesetzt sei, dass sie nicht aus der Stadt fliehen könne, dass sie sich tapfer im Hause des Kaufmanns Aramadea verberge und dass sie Bürgern in Not helfe, den Toreanern zu entkommen und sich zu verstecken.

Das Problem war, dass ihren Briefen Glauben geschenkt worden und ihr Vater ein Kaiser war.

Senterri traf in Begleitung ihrer beiden Dienerinnen und des angeworbenen Leibwächters bei »Aramadea: Seiden, Gewürze und erlesene Weine« ein, müde von der Tanzstunde und nur noch darauf bedacht, so schnell wie möglich ins Bett zu fallen. Sie klopfte an die Tür, doch der Verwalter antwortete nicht. Eine Gruppe von Männern tauchte am Ende der Straße auf. Als ihr Wächter seine Axt zückte, erschien am anderen Ende noch eine Gruppe und versperrte ihnen den Fluchtweg. Jetzt wurde die Tür geöffnet – und sie gab den Blick auf einen toreanischen Adeligen frei, der seinerseits von zwei Wächtern flankiert wurde.

»Eure Hoheit, es ist mir wirklich eine Ehre, Euch kennen zu lernen«, sagte er glatt, während er sich verbeugte. »Ich bin Admiral Forteron, früher wohnhaft in Darmaria.«

Senterri wich zu ihren verängstigten Dienerinnen zurück, schaute sich um, erkannte, dass sie keine Fluchtmöglichkeit hatte, und wandte sich dann wieder Forteron zu.

»Wa… Wa… Was wollt Ihr mit mir anstellen?«, stammelte sie.

»Gar nichts, Eure Hoheit«, erwiderte Forteron und breitete dabei seine Hände ganz weit aus, als wolle er ihr zeigen, dass sie leer waren. »Euer Vater hat eine Nachricht dahingehend geschickt, dass er sich Sorgen um Euer Wohlergehen macht. Mir war gar nicht bewusst, dass Ihr Euch hier in Diomeda aufhaltet, aber nun, da wir Euch ausfindig gemacht haben, bin ich ein wenig in Verlegenheit. Euer Vater will Euch wieder bei sich daheim sehen, aber Ihr scheint keine Pläne für eine unmittelbare Rückkehr zu haben. Normalerweise ginge mich das nichts an, aber die Armee Eures Vaters ist auf dem Weg hierher durch die Wüste. Er hat die Absicht, Diomeda zu belagern, bis Ihr freigelassen werdet. Das einzige Problem dabei ist, dass Ihr gar nicht festgehalten werdet. Meinen Informationen zufolge besucht Ihr diese Stadt, um Tanzstunden zu nehmen. Bauchtanzstunden, um genau zu sein.«

»Es ist nicht so, wie es scheint«, sagte Senterri, nicht gewohnt, verhört zu werden, und nun äußerst beunruhigt.

»Oh, davon bin ich überzeugt. Nun, Eure Hoheit, es liegt mir fern, Prinzessinnen herumzukommandieren, aber ich muss Euch sozusagen loswerden. Sobald es sich einrichten lässt, werdet Ihr auf ein Kriegsschiff und mit ihm an einen sicheren Ort gebracht. Euer Vater wird informiert, und das wird das Ende seiner Belagerung sein. Habt Ihr ein Problem damit?«

»Nein, nein, ganz und gar nicht«, erwiderte Senterri leise.

»Hervorragend, ich wollte, alle meine Probleme ließen sich so leicht lösen. Nun denn, ich muss mich auf den Weg machen. Es war mir wirklich ein Vergnügen, Euch kennen zu lernen, Eure Hoheit.«

Damit gingen Forteron und seine zwei Wächter. Die anderen Männer waren bereits verschwunden. Senterri, ihre Dienerinnen und ihr angeworbener Wächter fanden sich in einer leeren Straße wieder.

»Ah, nun seid Ihr also zu Hause«, sagte der Mann, während er von einem Fuß auf den anderen trat. »Dann wünsche ich noch eine geruhsame Nacht.«

Er entfernte sich eiligst. Senterri und ihre beiden Dienerinnen waren allein.

»Perime, Dolvienne, wir müssen sofort fliehen!«, flüsterte Senterri ihnen zu. »Der Admiral spielt nur mit uns. Männer lieben es, mit Frauen zu spielen.«

»Eure Hoheit, er hat gesagt, dass Ihr sicher seid«, stellte Dolvienne fest.

»O ja. Sicher in einem Verlies, als Geisel, damit mein Vater nichts gegen die Toreaner unternehmen kann. Wir müssen fliehen. Noch heute Nacht!«

»Eure Hoheit, man wird uns beobachten ...«, begann Dolvienne.

»Nein! Wir werden verschwinden, bevor sie uns aufhalten

können. Wir brauchen nur Wachen, einen Reisewagen und einen Fahrer. Im Morgengrauen werden die Stadttore geöffnet, also haben wir den Rest der Nacht, um alle Vorbereitungen zu treffen.«

So kam es, dass im Morgengrauen des nächsten Tages sechs Wachleute, ein Führer, zwei Fahrer und ein Wagen mit drei jungen Frauen am Großen Westtor von Diomeda eintrafen. Die Zollbeamten fanden wenig Handelsgüter auf dem Wagen, obwohl die Passagiere dreißig Goldpagolen verzollten. Sie waren, sagten sie, unterwegs zur Binnenstadt Gladenfall.

»Äh, ich will nicht aufdringlich erscheinen, meine Damen, aber Ihr wisst natürlich, dass es fünfhundert Meilen bis Gladenfall sind?«, fragte der wachhabende Sergeant Senterri.

»Genau, das ist kein Ausflug zum nächsten Markt«, fügte ein anderer Wachtposten hinzu, indem er sich auf seinen Speer stützte.

»Wir werden auf den Märkten von Gladenfall einkaufen«, sagte Senterri.

»Nämlich Kostüme«, fügte Perime hinzu.

»Wir sind Tänzerinnen, die in Madame Sairets Tanzakademie ausgebildet wurden«, sagte Senterri und zückte eine Schrift, die sie erst vor einer Stunde gefälscht hatte. Darin wurde ihren Dienerinnen ein gutes und ihr selbst ein sehr gutes Zeugnis ausgestellt. »Wir gehen auf eine große Veranstaltungsrundreise durch die Liorenberge und fangen in Gladenfall an.«

Die Wachen ließen sie passieren. Senterris Plan hatte vorgesehen, nach Westen zum Binnenhafen Panyor zu fahren und dann nach Süden abzubiegen und die fünfhundert Meilen lange Strecke zur Stadt Lacer im Sargolanischen Imperium zurückzulegen. Als Forteron aufging, dass Senterri nicht mehr da war, hatte dieser Plan jedoch längst erhebliche Änderungen erfahren. Die Wächter hatten gewartet, bis sie vierzig Meilen von der Hauptstadt entfernt waren, bevor sie sich gegen ihre Auftraggeber gewandt, den Führer und die beiden Fahrer getötet, die dreißig Goldpagolen gestohlen, den Wagen verbrannt und jene entführt hatten, die sie für Tänzerinnen hielten. Zwei Tage später wurden Senterri und ihre zwei Dienerinnen für jeweils zwei Pagolen als Tänzerinnen verkauft, wobei die Nomaden, welche sie kauften, eine bessere Vorstellung vom Wert weißhäutiger Mädchen hatten, die den Bauchtanz beherrschten. Nach weiterer Unterweisung könnten sie in Hadyal an eine nach Norden ziehende Karawane verkauft werden, und letzten Endes mochten sie hundertmal mehr einbringen, als die verräterischen Wachen für sie bekommen hatten.

Für die Reise zurück nach Helion brauchte die *Shadowmoon* aufgrund der Jahreszeit nicht angemessenen rauen Wetters fünfunddreißig Tage. Nichtsdestoweniger blieb Laron ständig hart am Wind und reffte auch dann kaum Segel, wenn ein anderes Schiff in Sichtweite kam. Sie benutzten das einfarbig grüne Hauptsegel und ließen die Positionslampen gelöscht. Schließlich gerieten sie in die kalte Polarströmung, die Helions Klima moderat gestaltete, und ein paar Tage später tauchten Helions zwei vulkanische Krater am späten Nachmittag am Horizont auf. Der Himmel war stark bewölkt, und die Mannschaft war sehr erleichtert, als sie das Navigations-Leuchtfeuer auf dem höheren der beiden Gipfel sahen.

Die Nachricht von der Zerstörung der Siedlungen und Flotte Banzalos hatte die Insel bereits erreicht, und nach Scalticar fahrende Schiffe waren bereits mit Flüchtlingen voll gestopft. Die Sonne war längst untergegangen, als die *Shadowmoon* festmachte, und am Pier gab es eine große Anzahl freier Plätze, was nichts Gutes verhieß.

»Bekomme ich jetzt mein Schiff zurück?«, fragte Feran verdrossen, als Laron vor das Fallreep trat.

»Nein«, erwiderte der Vampir ungehalten. »Es ist nicht Euer Schiff.«

Laron hauchte ein dünnes, leuchtendes Band in seine Hände und drückte sie dann zusammen. Als er sie wieder öffnete, lag das Band zusammengerollt auf seiner Handfläche. Er blieb einen Moment still stehen, dann warf er das Band in die Luft. Als er es wieder einholte, war eine kleine Fledermaus am Ende befestigt. Er hauchte einen feinen roten Nebel auf das kleine Tier, der es einhüllte.

»Flieg zum Tempel, kleiner Bruder«, sagte der Vampyr. »Sag der Ehrwürdigen Terikel, dass die *Shadowmoon* zurückgekehrt ist und Laron auf ihre Anweisungen wartet.«

Von dem Autonen angetrieben, löste sich die Fledermaus aus Larons Händen und verschwand in der Nacht. An Deck der *Shadowmoon* sah die Mannschaft ihr nach.

»Wartet hier«, sagte Laron mit dünner Stimme, um dann von Bord zu gehen und sich über den Pier zu entfernen.

»Ich nehme an, er muss etwas essen«, sagte Hazlok, doch niemand anders war geneigt, einen Kommentar abzugeben.

Laron kehrte einige Zeit später zurück. Stellenweise fehlten Stücke seines falschen Barts, und der Rest war mit Blut verklebt. Er legte die Hand auf einen der Poller, an denen die *Shadowmoon* festgemacht hatte. Eine kleine, schwach leuchtende Gestalt erschien aus dem Nichts, die vorgebeugt dasaß und die Hände verschränkt hatte. Die Augen waren groß und gefühlvoll.

»Hat jemand von ihnen das Schiff verlassen?«, fragte Laron.

»Nein, Meister«, piepste die Gestalt zur Antwort.

»Hat jemand das Schiff besucht?«

»Die Besatzung hat fliegende Händler herbeigerufen und Kleiekuchen und Wein gekauft.«

»Gute Arbeit. Komm zu mir.«

Die Gestalt erhob sich von dem Poller und löste sich vor den erstaunten Augen der Mannschaft in Larons Hand auf.

»Trefft alle Vorbereitungen, um mit der nächsten Flut zu segeln«, sagte Laron mit ausdrucksloser, aber fester Stimme.

»Was?«, rief Feran. »Warum? Ihr sagtet, ich könnte die *Shadowmoon* auf Helion zurückbekommen.«

Laron warf ihm eine Münze zu. Feran fing sie und betrachtete sie.

»Eine timagrische Münze«, sagte Feran. »Und?«

»Ich habe sie bei jemandem namens Abendessen gefunden. Seht Euch das Prägedatum an.«

»Der dritte Monat des Jahres 3140.«

»Eine Münze aus einem Königreich im Innern des toreanischen Kontinents, die kurz vor den Feuerkreisen geprägt wurde. Die Mannschaft dieses Schiffes hat viele solcher Münzen geborgen, aber wie sind sie nach Helion gelangt?«

»Ihr wollt damit sagen, dass die *Rashih-Harlif* Helion angelaufen hat? Warum prüft Ihr das nicht beim Hafenmeister nach?«

»Das habe ich. Sie hat nicht hier festgemacht. Aber im Allgemeinen Schifffahrtsregister ist festgehalten, dass vor einigen Tagen ein sargolanischer Hochsee-Kauffahrer mitten im Ozean der *Rashih-Harlif* begegnet ist und ihr Vorräte gegen Gold verkauft hat. Druskarls Gold. Die *Rashih-Harlif* segelte nach Westen, auf direktem Weg nach Diomeda. Die Zahlen besagen, dass sie keine Zeit hatten, einen vindicischen Hafen anzulaufen, um Nona und Druskarl abzusetzen. Sie wird an einen gefährlichen Ort gebracht und vielleicht sogar in die Sklaverei verkauft. Ich bin sehr besorgt, Feran, und sehr enttäuscht von Druskarl. Wenn ich enttäuscht von jemandem bin, werde ich auch sehr hungrig.«

In diesem Augenblick tauchte Terikel mit zwei wie Diakone gekleideten Männern am Pier auf, die Laron aber als Tempelwächter in Erinnerung hatte. Laron wartete, bis sie am Schoner angekommen waren.

»Ehrwürdige Älteste«, sagte Laron, indem er seinen Dreispitz abnahm und sich verbeugte.

»Laron, Ihr ... Ihr habt alle überlebt«, erwiderte sie, während Ihr Blick über die Szenerie wanderte.

»Ich bin nur schwer umzubringen, Ehrwürdige Älteste.«

»Wir haben Geschichten über furchtbare Massaker an den Küsten Toreas gehört.«

»Die Massaker haben tatsächlich stattgefunden, muss ich traurigerweise sagen. Äh, welche Stellung haben diese beiden Herren hier?«, fragte er, indem er auf die Wächter deutete.

»Ich habe beschlossen, nicht nur Diakonissinnen, sondern auch Diakone zu weihen. Diese beiden sind die ersten. Sie sind ehemalige Wächter, und wenn sie keine eigenen Studien betreiben, unterweisen sie die Metrologen auf Helion im Gebrauch der Waffen.«

Die beiden Diakone verbeugten sich vor Laron. Er betrachtete sie von oben bis unten. Sie hatten Haltung und Selbstsicherheit ausgebildeter Kämpfer, aber auf Helion hatte es keinen Mangel an ausgebildeten Kämpfern gegeben.

»Regent Banzalos Flotte wurde ausgelöscht, und Banzalo selbst ist tot«, sagte Laron, der lieber versuchte, eine Vorstellung von den Kräfteverhältnissen zu vermitteln, anstatt sich über die Vergeblichkeit jeder Bemühung auszulassen, auf Helion auszuhalten. »Warsovran lebt und hat Silbertod vor mir erreicht.«

Eine schlimmere Nachricht war kaum vorstellbar. Es dauerte eine Zeit lang, bis Terikel ihre Gefühle wieder so weit im Griff hatte, dass sie antworten konnte.

»Ich sehe weder die Ehrwürdige Velander noch Druskarl an Bord«, sagte sie leise, da sie weitere schlechte Nachrichten befürchtete.

»Velanders Seele wurde in Larmentel zerstört, aber ihr Körper wird gegenwärtig von einem würdigen Nachfolger bewohnt. Ich habe sie mit Druskarl als Begleitung an einen sicheren Ort geschickt.« Laron war nicht geneigt zu erwähnen, dass Druskarl wahrscheinlich sein Vertrauen verraten hatte. Seine Neuigkeiten waren ohnehin schon schlimm genug.

»Die Zahl der Metrologen schrumpft weiter«, seufzte Terikel. »Ich habe die Archive und den größten Teil unserer Bücher zusammen mit meinen vier neuen Priesterinnen heimlich nach Scalticar schicken lassen. Es ist nur eine Frage der Zeit, bis Warsovran Helion angreift.«

»Warum seid Ihr dann hier?«

»Helions Tempel und Weinberge sind alles, was die Metrologen auf dieser Welt noch besitzen, und nach allem, was die Leute auf der *Grüne Gischt* über das Schicksal der Siedlungen Banzalos zu berichten wussten, war niemand bereit, mir einen anständigen Preis dafür zu bezahlen. Aber nachdem ich Eure Version der Geschichte gehört habe, werde ich mit meinen neuen Anhängern wohl an Bord des ersten verfügbaren Schiffes gehen und alles zurücklassen, was wir nicht tragen können.«

»Ah, da kann ich helfen«, sagte Laron, indem er sich noch einmal vor ihr verbeugte. »An Bord der *Shadowmoon* befindet sich in Torea gesammeltes Gold, und gemäß unserer Vereinbarung gehört Euch ein Teil davon.«

»Gold?«, erwiderte Terikel, die schon längst jede Hoffnung aufgegeben hatte, aus diesem Versprechen könne etwas erwachsen. »Wie viel ist denn da?«

»An Gewicht sind es sechshundert Pfund.«

Die erstaunte Terikel wurde auf die *Shadowmoon* und unter Deck geführt, wo das Gold verstaut war. Laron blieb auf dem Achterdeck und schaute sich im Hafen um. Trotz der vielen Flüchtlinge, welche die Insel bereits verlassen hatten, ging es dort immer noch sehr geschäftig zu. Opportunisten, Vagabunden, Diebe und Betrüger strömten von anderen Häfen am Rande des Plazidischen Ozeans her, um den Zerfall der Herrschaft und die Verwirrung auszunutzen. Terikel ging mit einer Hand voll Gold die Stiege empor und durch die Luke wieder nach draußen an Bord.

»Mit einem Schlag habt Ihr uns gerettet«, sagte sie verwundert, wobei sie kaum wagte, den Blick von den Münzen abzuwenden.

»Dann segelt morgen Früh«, erwiderte Laron.

»Wir segeln, sobald wir alles eingepackt haben ...«

»Packt heute Nacht und segelt morgen mit der ersten Flut.«

»Und Roval ist immer noch eingesperrt. Wir müssen ihn befreien und mitnehmen.«

»Gelehrte Terikel, dies wird alles sehr kompliziert, und wir haben wenig Zeit.«

»Roval *muss* uns begleiten. Ich besuche ihn jeden Tag, seitdem er eingesperrt ist, und … Hört zu, er kommt einfach mit uns und damit Schluss.«

»Dann müssen wir ihn heute Nacht befreien, und der Terminplan für die heutige Nacht füllt sich rapide. Das erinnert mich an Acre, kurz vor der letzten Belagerung.«

»Acre? Den Ort kenne ich nicht.«

»Etwas anderes hätte mich auch sehr überrascht. Ich spüre, dass diesem Ort der Untergang droht – aber das spielt jetzt keine Rolle, denn anderes geht vor. Ist die Aufteilung des Goldes gerecht?«

»Laron, nachdem Ihr überhaupt Gold hierher gebracht habt, traue ich Euch auch zu, es gerecht zu teilen. Ihr hättet damit jeden Hafen am Rande des Plazidischen Ozeans anlaufen können. Ihr hättet gar nicht mehr hierher zurückzukehren brauchen.«

»Ich habe mein Ehrenwort gegeben, und Ehre ist das Einzige, was mir wirklich etwas bedeutet. Und da bin ich.«

Terikel zog sich einen goldenen Siegelring vom Finger, drückte ihn Laron in die Hand und schloss seine kalten Finger darum.

»Der hat einer metrologischen Priesterin gehört, die hier vor Jahren gestorben ist. Wahrscheinlich ist er der Letzte seiner Art. Ich finde, Ihr solltet ihn haben.«

»Ehrwürdige Älteste, das kann ich nicht annehmen«, sagte er, indem er ihr den Ring hinhielt. »Er gehört Eurem Orden.«

Sie nahm den Ring, streifte ihn aber über seinen Finger, bevor er die Hand zurückziehen konnte. »Nehmt ihn, Laron, weil es nie wieder einen Priester der Metrologischen Bruderschaft geben wird. Nur meine neuen Ordenspriester, die nicht dasselbe sind …«

»Still!«, blaffte Laron, der plötzlich aufmerkte.

Er starrte in die Dunkelheit und hielt sich die Hände an die Ohren. Miral war hinter den Wolken verborgen, aber es wehte wenig Wind, und das Meer war ruhig.

»Gedämpfte Ruder«, sagte Laron. »Viele, viele gedämpfte Ruder … Feran, Hazlok, legt sofort ab! Alle anderen an die Ruder.«

Bevor eine Minute verstrichen war, hatte die *Shadowmoon*

sich vom Pier gelöst und hielt auf tieferes Wasser zu. Mittlerweile war das sich nähernde Geschwader zu sehen, und Alarmglocken und Fanfaren ertönten auf der ganzen Insel. Große, schnittige Schiffe mit Enterrampen ragten vor der *Shadowmoon* auf, und Wurfgeschosse wühlten das Wasser rings um sie auf.

»Wir sind kleiner, als sie erwartet haben«, sagte Feran, während er und Laron am Steuerruder zerrten. »Sie haben die Entfernung falsch eingeschätzt.«

Die *Shadowmoon* segelte zwischen zwei Eilgaleeren durch, die fünfmal so lang waren wie sie, und zog einen Pfeilregen auf sich. Eine Schlachtgaleere ragte vor ihnen auf, und als sie ihr auszuweichen versuchten, schwang eine Enterrampe zu ihnen herüber. Sie prallte gegen den Hauptmast, und ein Dutzend Soldaten sprangen auf das Deck, bevor das viel größere Schiff auf seinem Weg zu den Kaianlagen an der *Shadowmoon* vorbei war. Ein paar andere Soldaten verfehlten das Deck und versanken ob des Gewichts ihrer Rüstung sofort.

Terikels zwei Diakone ließen ihre Ruder los, zogen ihre Axt und nahmen den Kampf gegen die über das ganze Deck der *Shadowmoon* verteilten Soldaten auf. Laron parierte den Abwärtshieb einer Axt, packte den Arm, der sie hielt, und dann den Gürtel um den Bauch des Mannes und warf diesen über Ferans Kopf ins Kielwasser des Schoners. Matrose Heinder wechselte ein paar Hiebe mit einem Soldaten, bevor ihn eine Axt von hinten in die Seite traf. Er fuhr schwankend herum und musste dabei noch einen Treffer in die Schulter einstecken, bevor er dem Soldaten einen kräftigen Arm um den Hals legte und mit ihm über die Reling stürzte. Ein anderer Soldat versuchte das Achterdeck zu stürmen, doch Laron trat ihm in den Weg, wand ihm die Axt aus den Händen und stieß ihm das stumpfe Schaftende ins Gesicht.

Norrieav und Hazlok kämpften Rücken an Rücken, konnten den kampferprobten Marinesoldaten aber keinen Schaden zufügen, doch blieben sie wenigstens am Leben. D'Atro stand in der Luke und verteidigte sie mit zwei Beilen. Eine weitere

Schlachtgaleere glitt vorbei und beschoss die *Shadowmoon* mit einem weiteren Pfeilhagel. Ein Soldat und beide Tempelwächter gingen zu Boden, schwer verletzt oder tot. Der acremanische Matrose Martak stand auf dem Vordeck und benutzte den Mast als Schild, während ein Soldat auf ihn einschlug. Seine eigene Axt prallte von der Rüstung ab, er selbst hatte aber keine Rüstung, die ihn vor dem Messer schützte, das vom Hauptdeck geworfen wurde und ihn in den Bauch traf. Er brach über der Spiere zusammen, und ein Axthieb in den Hals bereitete seinem Leben ein Ende.

Zwar waren auf jeder Seite vier Männer gestorben, aber die Matrosen waren keine geschulten Krieger. Von den acht Marinesoldaten blieben zwei für Norrieav und Hazlok zurück, die anderen sechs rückten gegen Laron vor. Obwohl er schnell, stark und immun gegen Wunden war, welche die meisten Menschen sofort töten würden, war er nicht dagegen gefeit, von sechs Äxten in Stücke gehackt zu werden. Da sie keine Segel gesetzt hatten und niemand ruderte, bewegte sich der Schoner nur wegen der Strömung. Feran verließ seinen Platz am Ruder und zog seine Axt, doch als er vortrat, fiel ihm auf, dass die *Shadowmoon* sank. Jemand hatte die Luken unter Deck geöffnet. *Terikel.* Er fuhr herum und durchschlug mit der Axt die Taue, welche die Masten hielten. Die Reste der Takelage kippten vorwärts und fielen herab.

Die entsetzten Soldaten hatten mittlerweile ebenfalls bemerkt, dass der Schoner sank. Anders als die Besatzung trugen sie ihre volle Rüstung. Sie machten sich hektisch daran, sich Helme und Brustharnisch vom Leib zu reißen, aber die Besatzungsmitglieder hatten den Kampf nicht eingestellt. Die *Shadowmoon* war so konstruiert, dass sie sehr schnell sank. Das rötliche Licht brennender Schiffe und Häuser beleuchtete die letzten Bewegungen der *Shadowmoon* an der Oberfläche, dann sank sie unter dem Jubel einer anderen vorbeiziehenden Schlachtgaleere.

Um Mitternacht war die Insel praktisch in Warsovrans Händen, aber er kam erst im Morgengrauen an Land, um den Schaden zu begutachten. Kaum zweihundert Toreaner hatten die Kämpfe überlebt, und der Rest der Bevölkerung der Insel stammte aus allen Ländern am Plazidischen Ozean. Elf Schiffe waren versenkt worden, und ungefähr ein Viertel der Gebäude von Port Wayside war verbrannt. Als Kriegsbeute ließ die Insel eine Menge zu wünschen übrig.

»Die Eliteschleicher, die vor den Galeeren an Land gekommen sind, haben sämtliche Wachposten getötet«, erklärte Admiral Griffa Warsovran stolz. »Die Einheimischen sind erst gewarnt worden, als wir schon längst im Hafen waren.«

»Das sieht alles viel zu leicht aus«, warf Warsovran zweifelnd ein. »Den Botschaftern an Bord der Flotte wurde gesagt, wir hätten gegen einen zahlenmäßig überlegenen Feind triumphiert. Sorgt dafür, dass sie die Nachwirkungen einer großen Schlacht sehen.«

»Es wird geschehen.«

»Habt Ihr den Regenten gefunden?«

»Einer der Gefangenen hat gesagt, Banzalo sei vor der Küste Toreas gestorben, anscheinend an Blutverlust. Der amtierende Regent wurde in der Schlacht um Port Wayside getötet.«

»Was ist mit den Metrologen?«

»Euren Anweisungen entsprechend, wurde der Tempel verschont. Späher berichten, dass sich zwei Dutzend von den Metrologen bezahlte Milizen in ihrem Tempel verbarrikadiert haben, und sie haben Armbrüste. Ein Späher wurde getötet. Ein weiterer kam mit einem Bolzen in der Schulter und diesem Bericht zurück.«

»Schade. Ich hatte gehofft, zumindest einen Anführer für die Vorstellung heute Morgen zu haben.«

»Oh, wir haben einen Priester, Eure Majestät. Nun, das heißt, wir haben einen Jugendlichen, der den Siegelring eines metrologischen Priesters trägt. Die Inselbewohner sagen, dass alle Priester tot sind und er ihn gestohlen haben muss, aber er besteht darauf, dass er der einzige überlebende Metrologe ist.«

»Bringt ihn zu mir.«

Laron wurde in Ketten vor Warsovran geführt. Er trug noch immer den Ring, den Terikel ihm gegeben hatte. Sein Bart war abgewaschen, und er hatte den Stirnreif und die Orakelkugel auf Unsichtbarkeit eingestellt.

»Du siehst sehr jung für einen Priester aus«, sagte Warsovran.

»Das Inselleben bekommt mir sehr gut«, erwiderte Laron.

»Du sagst, du bist der einzige Metrologe, der auf Helion noch übrig ist.«

»Ja.«

»Wo sind die Priesterinnen?«

»Sie wollten auf dem Schoner fliehen, als Eure Schiffe angriffen. Er wurde im Hafen versenkt, und es gab keine Überlebenden.«

»Der Kapitän der *Vodaren* hat gemeldet, den Untergang eines Schoners mitangesehen zu haben, Eure Majestät«, fügte Griffa hinzu.

»Eure Majestät, es gibt keinen Grund mehr für weiteres Töten«, sagte Laron. »Jene im Tempel sind nur Diener und Milizen. Ich kann sie dazu überreden, sich zu ergeben, wenn Ihr versprecht, ihr Leben zu verschonen.«

»Aber ich habe geschworen, alle Metrologen auszulöschen«, erwiderte Warsovran mit einem dünnen Lächeln.

»Dann tötet mich, nachdem der Tempel sich ergeben hat, und Ihr habt Euren Schwur erfüllt.«

»Nun, Griffa, hier haben wir jemanden, der vorausdenkt«, erwiderte Warsovran. »Also schön, versucht diesen Ort hier wie ein Schlachtfeld herzurichten, dann bringt die Botschafter an Land. Ich glaube, dieser junge Priester kann uns eine Menge Ärger ersparen.«

Warsovran war die einzige noch lebende Person, die wusste, dass die Metrologen in den vergangenen tausend Jahren Methoden studiert hatten, wie man Silbertod zerstören konnte. Warsovran wusste nicht, dass alle Metrologen, die von diesem Projekt wussten, zusammen mit Torea untergegangen waren, also setzte er seine Jagd auf die Überlebenden fort. Ihm gefiel die Ironie, dass ein Orden, der sich Silbertods Zerstörung verschrieben hatte, stattdessen dieser fantastischen Apparatur zum Opfer fallen würde.

Die Marinesoldaten machten sich daran, den toten Zivilisten Rüstungen anzulegen und die Leichen so anzuordnen, dass sie den Eindruck schwerer Kämpfe vermittelten. Als die Botschafter schließlich an Land kamen, sahen sie ausgebrannte, halb versunkene Schiffe im Hafen und massenhaft Leichen am Kai und auf den Straßen. Die Soldaten brachten sie zu Warsovran, der sie in Begleitung mehrerer Wachen und eines einzelnen Gefangenen erwartete. Der Kaiser hielt etwas in der Hand, das wie ein Kettenhemd aus Metall und seltsamen Edelsteinen aussah.

»Die meisten von Euch stammen aus Königreichen, die in diesem Augenblick damit beschäftigt sind, Armeen auszuheben, um Diomeda anzugreifen, das kraft des Rechts der Eroberung mein ist«, begann Warsovran. »Daher habe ich beschlossen, Euch eine kleine Demonstration meiner Macht zu geben, so dass Ihr Euren Herrschern eine Warnung zukommen lassen könnt.«

Warsovran zog seine Axt und hielt sie in die Höhe.

»Dieser junge Mann hier ist der letzte Überlebende des Metrologischen Ordens. Er ist im Zuge der Kämpfe gefangen genommen worden und erwartet nun mein Urteil. *Dies* ist mein Urteil.«

Damit schlug er Laron mit der Axt in die Rippen. Laron sperrte den Mund auf, als die Axt wieder herausgezogen wurde, besaß aber die Geistesgegenwart, mit geschlossenen Augen zusammenzubrechen. Er spürte, wie ihm die Ketten abgenommen wurden.

»Der Metrologische Orden existiert jetzt nicht mehr«, fuhr Warsovran fort. »Korrekt?«

Mehrere Köpfe nickten.

»Natürlich, aber ich bin Herr über Leben *und* Tod. Ich kann ihn zurückholen.«

Laron wurde in die Höhe gehoben, und Warsovran streifte ihm Silbertod über. Vor den Augen der Botschafter schmolz das

Metall und zerfloss, löste sich unter Larons Kleidung auf und überzog seine Haut mit einer silbrigen Schicht. Laron erwachte zu Leben und erhob sich.

»Diene mir!«, befahl Warsovran. »Ich bin Melidian Warsovran.«

Silbertod verbeugte sich vor ihm. »Deine Hände haben mich aufgetragen. Befiehl mir, und ich werde dienen und beschützen.«

»Sind deine Kräfte auf dem höchsten Stand?«

»Dieser Wirt ist beschädigt. Ich muss ihn reparieren.«

»Wie lange wird das dauern?«

»Wenige Augenblicke.«

Warsovran wandte sich an sein Publikum. »Wie Ihr sehen könnt, kann ich die Toten wieder ins Leben zurückholen, aber ich bin kein Wald-und-Wiesen-Heiler. Dort drüben ist ein kleiner Tempel, wo sich einige Milizen versammelt haben, um meinen Soldaten bis zum letzten Atemzug zu trotzen. Ich könnte befehlen, sie anzugreifen, dann wäre der Kampf in einer halben Stunde vorüber, aber normalerweise verheize ich meine Männer nicht. Ich könnte sie aushungern, aber das würde Wochen dauern.«

»Der Wirt wurde optimiert«, meldete Silbertod.

»Stattdessen habe ich mich für eine humane Methode entschieden, jene im Tempel zu befrieden. Doch zuerst möchte ich eine weitere Unterhaltung zu Eurer Zerstreuung präsentieren. Botschafter Raichamur aus Vindic, nehmt diese Axt.«

Der Botschafter nahm die Waffe unbeholfen entgegen. Die Äxte seines Landes waren leichter, die Klingen wiesen eine stärkere Krümmung auf, und die Balance war anders. Trotzdem, eine Axt war eine Axt.

»Und nun versetzt mir einen Hieb mit dieser ausgezeichneten toreanischen Waffe«, sagte Warsovran.

Der Botschafter starrte ihn an, rührte sich jedoch ansonsten nicht von der Stelle. Warsovran winkte die Soldaten zurück.

»Kommt, schlagt zu«, lachte der Kaiser. »Euer König wäre doch gewiss entzückt, wenn Ihr mich töten würdet.«

Der Botschafter dachte nach. Natürlich war hier irgendein Trick im Spiel, vielleicht noch eine Stärkedemonstration der magischen Waffe. Schließlich war Raichamur der Botschafter Vindics, des mächtigsten Königreichs von Acrema am Plazidischen Ozean, also ein Mann von Bedeutung. Warsovran würde nicht zulassen, dass er zu Schaden kam. Raichamur schwang die Axt.

Ein Blitz aus weißem Licht schoss aus Silbertods Augen und trennte dem Botschafter den Arm vom Körper, um dann durch seinen Brustkasten zu schneiden. Der Körper des Botschafters fiel in einer ziemlichen Schweinerei auseinander. Zwei weitere Botschafter, die hinter dem Adeligen aus Vindic standen, brachen ebenfalls blutüberströmt zusammen. Das Haus hinter ihnen stürzte mit lautem Getöse ein.

Die verbliebenen Botschafter waren verständlicherweise konsterniert. Mehrere schlossen die Augen und ergaben sich resigniert in ihr Schicksal, von dem sie hofften, es möge ein rascher und gnädiger Tod sein. Andere versuchten sich hintereinander zu verstecken, und zwei wandten sich ab und flohen. Diese wurden von den Soldaten rasch eingefangen und zurückgebracht.

»Silbertod mag keine Anschläge auf mein Leben«, sagte Warsovran. »Sorgt dafür, dass dies auch jeder erfährt.« Er wandte sich an Silbertod und zeigte auf den Tempel. »Silbertod, vernichte meine Feinde. Benutze Feuerkreise.«

»Diese Tat liegt an der Grenze meiner Fähigkeiten«, warnte Silbertod.

»Tu es.«

Silbertod zog sich von Laron zurück. In die Oberfläche seiner silbrigen Haut kam Bewegung, als krabbele ein Schwarm Ameisen darüber, und eine reflektierende Kugel dehnte sich aus, wo sich der Kopf befunden hatte. Laron brach zusammen, während sich die Kugel von ihm löste und nach Süden in die Richtung des Metrologischen Tempels schwebte. Warsovran winkte die Botschafter zu der Stelle, wo Laron auf dem Pflaster lag. Zwei Soldaten zogen den Jugendlichen auf die Beine, und ein dritter zog ihm die Tunika aus. Auf seiner mageren, unbehaarten Brust war keine Spur von einer Wunde zu sehen.

»Ihr seht, dass ich tatsächlich heilen kann«, verkündete Warsovran, »und schaut in sein Gesicht. Die Pickel sind ebenfalls verschwunden. Ob sie auch verschwunden bleiben, ist eine andere Frage. Doch in aller Ernsthaftigkeit, würde sich ein alternder Monarch vertrauensvoll in meine Hände begeben, könnte ich ihm seine Jugend zurückgeben, sagen wir für eine Grenzprovinz oder tausend Handelsschiffe. Denkt ebenfalls daran, dass ich mich selbst jung erhalten kann und dies auch tun werde.«

Die Botschafter waren vielleicht nicht völlig überzeugt, aber sie waren mit Sicherheit verblüfft. Laron war durch seine kurze Begegnung mit Silbertod verwirrt. Da er ein Vampyr war, hätte sich sein Körper ohnehin nach einem halben Tag vollständig regeneriert, und er war nach erlittenem Treffer nur deswegen zusammengebrochen, weil Warsovran dies natürlich erwartet hatte.

Warsovran bearbeitete weiterhin die Botschafter. Eine halbe Stunde verstrich. Leute wurden unruhig, doch nach dem soeben Geschehenen wagte niemand, Warsovran in irgendeiner Form in die Quere zu kommen. Am Westhorizont stand Miral bereits tief am Himmel. Die Ringe berührten den Horizont, dann die Scheibe. Es dauerte nicht lange, bis nur noch Mirals Ringe zu sehen waren. Laron wusste, dass er jeden Moment wieder zusammenbrechen und allem Anschein nach tot sein würde. Das würde Warsovran gewaltig in Verlegenheit bringen.

»Vergesst nicht, ich kann sowohl töten als auch heilen!«, verkündete Warsovran. »Meine Kräfte entsprechen denjenigen der Götter der Mondwelten. Beobachtet diesen Tempel, wenn Ihr mir …«

Ein Feuerkreis entstand, als eine blendend helle Feuersäule für einen Moment aus dem Himmel herabstieß. Eine wogende Wolke aus Rauch, Staub, Trümmern und heißer Luft stieg über dem südlichen Teil der Insel auf. Hitze wehte ihren Gesichtern einen Moment entgegen, dann traf sie das Krachen des Donners. Das Ziel von Warsovrans Angriff war unsichtbar, und ein Regen aus Asche, Staub und kleinen Steinen ging auf sie nieder.

»Nennt mir eine Armee, nennt mir eine Festung, die sich gegen solche Kräfte behaupten könnte!«, überschrie Warsovran das Grollen des Donners.

Niemand war geneigt, es zu versuchen, und Warsovran fuhr fort, ganz exakt darzulegen, wie er mit den Monarchen verfahren würde, die sich gegen ihn stellten, und in welcher Reihenfolge. Unterdessen wurde Laron von zwei Soldaten abgeführt. Sie brachten ihn zum einzigen Gefängnis auf Helion.

»Was ist das für ein Gefühl, der letzte Metrologe zu sein?«, lachte ein Soldat.

»Ja, wenn der Kaiser dich das nächste Mal tötet, wird Silbertod nicht benutzt, um dich wieder ins Leben zurückzuholen«, sagte sein Kamerad.

Mittlerweile waren die Straßen für Larons Zwecke leer genug, da alle davongelaufen waren, um sich den Feuerkreis anzusehen. Der Vampyr drehte sich in ihrem Griff, stieß den Soldaten auf der Rechten gegen eine Ziegelmauer und wollte dem Wächter zur Linken an den Hals gehen.

Doch irgendetwas stimmte ganz und gar nicht. Der Soldat rechts von ihm war nach seinem Zusammenstoß mit der Mauer überhaupt nicht benommen, und der Soldat links von ihm fluchte nur und stieß den Jugendlichen weg. Laron ging zu Boden und bekam einen heftigen Stoß mit einem Speerschaft gegen das Ohr.

»Ah, der kleine Drecksack hat mich gebissen!«, rief der Soldat, der Laron daraufhin gleich noch einen Stoß gegen den Kopf versetzte.

Laron sah Sterne und konnte nicht aufstehen. Diesmal war es nicht geschauspielert. Der andere Soldat trat ihm in die Rippen. Sie zerrten ihn wieder auf die Beine. Laron konnte sich nicht aus eigener Kraft auf den Beinen halten.

Benommen und blutend wurde Laron den Rest des Weges zum Gefängnis geschleift. Er war sich vage bewusst, dass Miral mittlerweile vollständig untergegangen war, aber er hatte zu starke Schmerzen, um eingehender darüber nachzudenken. Schlimmer war, dass seine Kraft ihn verlassen hatte. Die Soldaten hatten ihn wie ein Kind herumgestoßen, wo er doch in der Lage hätte sein müssen, sie mit Leichtigkeit umherzuwirbeln. Schließlich wurde er in eine Zelle geworfen und die Tür hinter ihm zugeschlagen.

In der Ätherwelt hatte Velander plötzlich eine orange Achse in der Finsternis aufleuchten sehen, die eine kalte, weiße Kugel durchbohrte. Wieder ein Feuerkreis, ging ihr auf. Wo würden sie diesmal enden?

Durch das unsichtbare Okular, das mit der Glasscherbe in Larons Beutel verbunden war, hatte sie alles gesehen und gehört. Laron hielt sie für tot! Er hatte gar nicht versucht, sie zu retten. Ihr Überleben war auf schieres Glück zurückzuführen. Jetzt schien Laron wieder lebendig zu sein, von Silbertod zum Leben erweckt. Wenngleich andere Äthernetze in der Nähe waren, beschloss Velander, bei Laron zu bleiben. Sie war zu dem Schluss gelangt, dass ritterliches Verhalten erfreulich an einem Mann war, auch wenn es gelegentlich fehlgeleitet war und Leuten wie Terikel half.

Es war Abend, bevor die Gegend in der Umgebung des Tempels sich so weit abgekühlt hatte, dass sich ihr jemand nähern konnte. Die Botschafter bekamen Holzschuhe und wurden auf einen Besichtigungsrundgang geführt. Dann wurden sie wieder auf das Flaggschiff verfrachtet, wo ein Fest zur Feier von Warsovrans Sieg über die letzten Vidarianer veranstaltet wurde.

Am folgenden Morgen machten sich Landvermesser mit Instrumenten, Bandmaßen und Markierungspflöcken an die Arbeit. Als sie fertig waren, bekamen Terikel und die überlebenden Insulaner Schaufeln und Spitzhacken und dann den Befehl, Sand und Felsen aus der schmalen Landzunge zu graben, welche den südlichen Teil Helions vom Hauptgipfel trennte. Gerüchten zufolge sollte daraus eine Unterwasserzuflucht zum Schutz vor dem nächsten Feuerkreis werden. Am Ende des ersten Tages trug Terikel sich aus einem Register aus und bekam dann Nahrung und Wasser.

»Wo soll ich bleiben?«, fragte sie, als die Soldaten sich nicht weiter um sie kümmerten. »Der Bauernhof, wo ich gewohnt habe, ist verglüht, und letzte Nacht musste ich am Strand schlafen.«

»Auf der Insel stehen viele Häuser von toten Toreanern«, sagte der Soldat mit dem Register. »Such dir eines aus.«

Terikel sah sich um, als sie nach Port Wayside ging. Sechs Eilgaleeren und zwölf Schlachtgaleeren waren mit ungefähr tausend Soldaten zurückgeblieben, um Helion zu halten.

Nachdem sie sich ein sauberes, nettes kleines Häuschen mit Blick auf den Hafen ausgesucht hatte, ließ Terikel sich nieder, um zu essen und über ihre Flucht nachzudenken. Die Marinesoldaten hatten die Ordnung auf der Insel aufrechterhalten, also war das Haus nicht geplündert worden. Die Betten sahen sehr einladend aus.

»Terikel?«

Die Stimme war männlich, und Terikel war nicht bewaffnet. Sie nahm sich einen Besen und hielt ihn wie einen Kampfstab, als sie aus dem Schlafzimmer kam. Feran wartete an der Tür und schaute durch das Fenster daneben nach draußen.

»Wo in allen Höllen seid Ihr gewesen?«, keuchte er. »Ich habe Euch gesucht. Wir müssen die *Shadowmoon* heben.«

Diese beiden Sätze und sein allgemeines Gehabe verrieten Terikel eine ganze Menge. Feran hatte nichts über Sex gesagt, und er war ziemlich aufgeregt. Wahrscheinlich wusste er, wo das Schiff lag, die Soldaten wussten wahrscheinlich nicht, dass er auf der Insel war, und er war ganz offensichtlich versessen darauf, von der Insel wegzukommen.

»Guten Abend, Feran, Ihr seht … lebendig aus.«

»Norrieav, Hazlok und D'Atro haben überlebt. Wir haben uns auf einem Dachboden in der Nähe des Hafens versteckt. Ich habe Euch von den Grabungen zurückkehren sehen, aber ich musste warten, bis es dunkler wurde. Sobald die Sonne vollständig untergegangen ist, können wir das Schiff heben und uns von der Flut aus dem Hafenbecken tragen lassen. Wenn Miral aufgeht, dürften wir die Insel längst hinter uns haben. Auf See können wir dann die Masten reparieren und dann nach Sargol fliehen.«

»Soll ich daraus schließen, dass ich eingeladen bin?«, fragte Terikel.

Feran wandte sich vom Fenster ab, bedachte sie mit einem durchdringenden, anerkennenden Blick, lächelte dann und nickte.

»Das seid Ihr.«

»Um Euch auf der Fahrt nach Westen Gesellschaft zu leisten?«

»Es ist nur gerecht, wenn Ihr für Eure Überfahrt arbeitet.«

»Dann lautet die Antwort nein. Sucht Euch ein anderes Mädchen oder schlaft allein. Lebt wohl.«

»Was? Wenn Ihr bleibt, werdet Ihr von den nächsten Feuerkreisen zu Asche verbrannt.«

»Vielleicht nicht. Wenn wir diese Zuflucht rechtzeitig ausheben können …«

»Aber ich biete Euch eine Gelegenheit zur Flucht.«

»Und ich lehne sie ab. Lebt wohl.«

Feran machte keine Anstalten zu gehen. Er machte einen Schritt auf sie zu. Terikel lächelte, öffnete den Mund und holte tief Luft. Feran blieb stehen. Ein Trupp Soldaten marschierte draußen vorbei. Feran wich einen Schritt zurück. »Also gut, also gut, Ihr könnt Larons Kabine haben.«

»Bewundernswerte Idee, ich kenne sie gut. Sagt mir Bescheid, wenn das Schiff gehoben ist.«

»Ich … Das heißt, wir brauchen Eure Hilfe beim Heben der *Shadowmoon*. Wir haben nämlich zuerst an Euch gedacht, obwohl noch andere infrage kämen.«

Es war so, wie Terikel es sich gedacht hatte. Der gesunkene Schoner lag in einem sehr gut einsehbaren Teil des Hafens. Leuten, die man dort tauchen sah, anstatt in der Landenge den Schutz auszuheben, würde man gewiss mit äußerstem Misstrauen begegnen. Man würde sie außerdem mit Fußketten und einer Schaufel ausstatten. Das bedeutete, die Bergung musste bei Nacht stattfinden.

»Ihr braucht mich, Feran. Ihr braucht jemanden, der nicht nur tauchen, sondern auch einen Zauber in seine Hand hauchen kann, um bei Nacht unter Wasser für Licht zu sorgen. Ihr habt ein zusätzliches Problem, weil ich alle Initiaten von der Insel evakuiert habe, die dazu fähig gewesen wären. Selbst wenn es noch andere gäbe, weiß ich außerdem zufällig noch, wo der Sinkballast befestigt ist und welche Seile durchgeschnitten werden müssen, um ihn loszuwerden. Habe ich bis jetzt etwas vergessen?«

»Muss ich darauf hinweisen, dass *Ihr* es wart, die *mich* in dieser letzten Nacht in Zantrias verführt hat?«

»Und muss ich darauf hinweisen, dass *Ihr* gerade hier hereingeplatzt seid und mir das Angebot gemacht habt, *mich* zu retten, wenn ich auf dem Weg nach Sargol Euer Gewicht auf mir dulde, während Ihr in Wirklichkeit meine Hilfe benötigt?«

Genau das war Ferans Absicht gewesen. Er ließ den Kopf hängen, aber nicht aus Scham, sondern aus Resignation. »Also werdet Ihr nicht helfen?«

»Oh, ich helfe, aber ich stelle Bedingungen. Freie Überfahrt für mich und ... andere. Ach, und nicht zu vergessen Larons Kabine, und zwar auf der gesamten Fahrt.«

Das schien Feran aufzuheitern, doch dann runzelte er die Stirn. »Und wer sollen diese ›anderen‹ sein?«

»Unter anderem Laron.«

»Laron? Laron ist gegenwärtig die am strengsten bewachte Person auf ganz Helion.«

»Ich muss Euch korrigieren, Laron ist gegenwärtig die *einzige* bewachte Person auf Helion. Außerdem könnte ich ihn binnen einer halben Stunde befreien, wenn es irgendwo ein Versteck für ihn gäbe.«

»Ich bin nicht versessen darauf, Laron an Bord zu haben.«

»Ach so. Laron hat das Kommando über die *Shadowmoon* übernommen, und jetzt wollt Ihr wieder Kapitän sein. Ich kann

Zauber wirken, Laron kann Zauber wirken, aber *Ihr* könnt es nicht, Feran.«

»Nein, aber …«

»Nichts aber. Ich schulde Laron eine Menge, und in ihm steckt mehr Loyalität und Integrität als in allen anderen Leuten auf Helion zusammen. Ich lasse ihn auf keinen Fall zurück.«

»Ihr gefährdet Eure Flucht von Helion«, warnte Feran.

»O nein. Ich gefährde *Eure* Flucht von Helion. Sind wir uns einig?«

Es gab überhaupt keinen Zweifel, dass Feran würde zustimmen müssen. Welchen Groll er auch gegenüber Laron empfand, es gab sonst niemanden auf der Insel, der helfen konnte. Terikel wollte die Bedingungen und Vereinbarungen für die Fahrt jedoch vollständig geklärt sehen, bevor sie segelten, und das beinhaltete, dass Feran sie vollkommen unzweideutig bestätigte.

»Also gut, verdamme euch alle, ja«, murmelte er widerstrebend.

»Wie war das? ›Nur Mut, ich entflamme Euch allemal‹? Das mache ich im Zweifelsfall doch lieber selber.«

»Ich sagte ja! Ja! *Ja!* Ich bin einverstanden. Hebt die *Shadowmoon* vom Hafenboden, ohne dass die Darmarianer es bemerken, dann könnt Ihr mit so vielen anderen mit nach Acrema fahren, wie an Bord passen!«

Terikel näherte sich dem Gefängnis in dem Augenblick, als der neu ernannte Konstabler der Insel die beiden Soldaten ablöste, die Laron über Tag bewacht hatten. Sie wartete im Schatten einer Gasseneinmündung in der Nähe, während sie sich unterhielten.

»Wir kommen im Morgengrauen zurück«, sagte ein Soldat.

»Und dann sollte er besser noch da sein«, sagte der andere.

»Sonst könntest du auch als Gefangener enden.«

»Ja, aber in einem der Bauernhäuser auf der anderen Seite der Insel.«

»Wenn der nächste Feuerkreis ansteht.«

Die beiden Soldaten gingen in Richtung des Hauptlagers weg. Sobald sie außer Sicht waren, eilte Terikel ins Gefängnis. Der Konstabler hatte den ganzen Tag gegraben und wusch sich Lehm, Sand und Dreck von Händen und Armen.

»Roval, ich bin's«, sagte Terikel, als sie eintrat.

»Ehrwürdige Älteste! Eure Gesellschaft ist willkommen.«

»Bitte, nicht zu laut.«

»Verzeihung. Um die Wahrheit zu sagen, hatte ich Euch schon fast erwartet. Mein neuer Name lautet übrigens Peeler.«

»Wie habt Ihr es nur zum Konstabler gebracht?«

»Die Toreaner schienen wohl zu glauben, wenn Banzalo mich wegen Verrats eingesperrt hat, wäre ich jetzt, da Banzalo tot ist, genau der richtige Mann für den Posten. Man hat mich freigelassen und unter Vertrag genommen.«

»Kann ich Laron sprechen?«

»Ja, aber er muss *dort* bleiben, wenn mein Kopf *hier* bleiben soll«, sagte Roval, indem er zuerst auf die Zellentür und dann auf seinen Hals zeigte.

»Tatsächlich wollte ich genau darüber mit Euch reden, bevor ich zu ihm gehe.«

Einige Minuten später entriegelte Roval die Tür. Laron lag nur mit einer Hose bekleidet auf dem vergammelten Seegras, das den Boden bedeckte. Seine Augen waren geschlossen, aber er atmete. Er war nicht aufgewacht, als Roval die Tür verriegelt hatte, doch Miral stand nicht am Himmel. War es möglich …? Sie ließ sich auf ein Knie sinken und schüttelte den Jungen. Er öffnete die Augen. Terikel lehnte sich zurück, während Laron sich unter Schmerzen aufsetzte. Sein Gesicht war grün und blau, die Augen waren rot gerändert und starrten sie unfokussiert an.

»Vampyr, Ihr scheint heute nicht Ihr selbst zu sein«, sagte die Priesterin.

»Ehrwürdige Älteste?«

»Ich und sonst niemand. Vielen Dank, dass Ihr meinen Platz eingenommen habt. Das war sehr galant von Euch.«

»Es war mir eine Ehre.«

»Wie ich sehe, hat Warsovran vernünftigerweise beschlossen, Silbertod diesmal an etwas Kleinerem als einem Kontinent zu testen.«

Laron ächzte, während er aufzustehen versuchte. Terikel half ihm auf die Bank und hielt dann seinen Kopf in den Händen.

»Wie war es, Silbertod zu tragen?«

»Als ich Silbertod angelegt bekam, wurde alles sehr ruhig und kalt. Seltsame Stimmen und Gedanken gingen mir durch den Kopf, doch obwohl ich alles sehen konnte, was rings um mich vorging, hatte ich überhaupt keine Kontrolle über mich. Schließlich hat Warsovran Silbertod auf den Metrologischen Tempel gehetzt, und ich kam frei. Ich verstehe das nicht. Er hat meine Axtwunde geheilt, aber ich bin plötzlich so schwach! Was ist passiert? Was hat Silbertod mit mir angestellt?«

Terikel nahm Larons Handgelenk, fühlte den Puls und legte ihm dann den Handrücken an die Wange. Sie ging zum kleinen Fenster der Zelle, schaute einen Moment nach draußen und drehte sich dann zu dem jungen Mann um.

»Euer Puls ist kräftig, die Temperatur normal, und Miral steht nicht am Himmel«, sagte sie, wobei sie die einzelnen Punkte an den Fingern abzählte. »Laron, um Euch zu einem geeigneten Wirt zu machen, hat Silbertod Euch Leben eingeflößt.«

Laron schluckte. »Leben?«

»Leben.«

Terikel hatte den eindeutigen Eindruck, dass er enttäuscht war.

»Ihr scherzt«, sagte er hoffnungsvoll.

»Nein, das tue ich nicht.«

»Sagt mir, dass ich nicht lebendig bin.«

»Ihr seid nicht lebendig.«

»Aber Ihr lügt.«

»Ja.«

Er befingerte seine Wangen. Die Aknenarben, die er seit über siebenhundert Jahren trug und denen er sogar individuelle Namen gegeben hatte, waren jetzt verschwunden.

»Leben«, seufzte er.

»Freut Ihr Euch denn gar nicht?«

»Mit einem Wort, nein.«

»Laron, ich kann kaum glauben, was ich höre. Ihr seid ein völlig gesunder junger Mann von vierzehn oder vielleicht fünfzehn Jahren. Eure Pickel sind verschwunden, Euer Blut ist warm, Euer Herz schlägt, und ich habe sogar den Verdacht, dass Eure Reißzähne nicht mehr das sind, was sie einmal waren.«

Laron fuhr sich mit der Zunge über die Zähne. Die ätherischen Reißzähne waren nur noch normale Eckzähne. Er fühlte seinen Puls und stellte fest, dass er einen hatte.

»Aber warum bin ich so schwach?«, protestierte er. »Diese Soldaten, ich meine, die haben mich einfach herumgestoßen. Ich war so schwach wie ein gerade geschlüpftes Küken.«

»Ihr habt die Kraft eines normalen Vierzehnjährigen, nicht die übernatürliche Stärke eines Vampyrs. Der durchschnittliche Marinesoldat ist erheblich stärker als der durchschnittliche Vierzehnjährige, also habt Ihr jetzt ein eingerissenes Ohrläppchen, eine gespaltene Lippe, einen Denkzettel in den Rippen, eine Sammlung von Prellungen und eine Menge Anpassung vor Euch.«

»Mein Bauch tut weh.«

»Sterbliche bezeichnen dieses Gefühl als Hunger. Der Konstabler bringt Euch etwas zu essen, sobald er sich gewaschen hat. In der Zwischenzeit möchtet Ihr vielleicht das Wasser kosten?«

Sie nahm eine Kelle aus einem Eimer, der den ganzen Tag neben der Tür gestanden hatte. Laron beäugte sie misstrauisch, dann nippte er. Er trank die Kelle leer.

»Komisch. Es hat keinen Geschmack, ist aber sehr erfrischend.«

Nach weiteren fünf Kellen Wasser fühlte Laron sich etwas besser, aber er war keinsfalls glücklich.

»Ich wünschte, ich wäre tot«, sagte er verdrossen.

»Aber Ihr seid sozusagen zum Leben erweckt worden! Ihr müsstet Euch freuen.«

»Leben? Ich bin in der Lage, Vergleiche anstellen zu können.

Ich habe keine Kraft, aber ich befinde mich in einer Welt voller Leute, die begierig darauf sind, mein früheres Verhalten und meine früheren Essgewohnheiten zu diskutieren.«

»Ach, da wir gerade von diesen Leuten reden, ich habe mit Feran über Euch gesprochen. Er bietet uns einen Platz auf der *Shadowmoon* an, um nach Sargol zu fahren.«

»Feran? ›Uns‹? Wobei ›uns‹ bedeutet, Euch und mir? Nach allem, was ich ihm angetan habe?«

»Ich habe nicht gesagt, dass er glücklich darüber ist. Außerdem wird er allein schlafen.«

»Warum tut er es dann?«

»Weil ich ihn an den Eiern habe, bildlich gesprochen. Nur *ich* kann die *Shadowmoon* heben.«

Larons Augen verengten sich. »Sorgt dafür, dass Ihr Euch die Hände wascht, wenn wir Sargol erreichen. Bildlich gesprochen. Aber was sollte Feran davon abhalten, neue Bedingungen und Verhandlungen zu fordern, wenn wir einmal unterwegs sind?«

Terikel klopfte an die Zellentür. Roval entriegelte sie, öffnete sie weit und stellte sich dann mit verschränkten Armen und einer Axt im Gürtel in die Tür.

»Konstabler Peeler, auch bekannt als Gelehrter Roval vom Geheimkriegerdienst, ist sehr gut darin, für die Einhaltung bestehender Bedingungen und Vereinbarungen zu sorgen. Das Leben mag nicht dieselben Vorzüge bieten wie der Zustand, untot zu sein, junger Mann, aber das Leben ist alles, was Ihr noch habt. Solltet Ihr das Leben verlieren, werdet Ihr Euch nicht mit Miral erheben und Jagd auf die Lebenden machen, sondern im Grab bleiben, schlecht riechen und den Würmern Gesellschaft leisten. Die Alternative besteht darin, von hier zu verschwinden und die nächsten sechs oder sieben Jahrzehnte so zu leben, als seien sie Eure letzten – was sie auch sein werden.«

»Ja, nun, aber Ihr habt nichts davon, ich werde Euch nur eine Last sein …«

Terikel legte Laron eine Hand auf die Wange und drückte ihre Lippen auf seine. Schließlich stand sie auf und hielt ihm die Hand hin.

»Ich schulde Euch so viel, Laron«, sagte sie, während er erstaunt zu ihr aufblickte. »Seid ritterlich und lasst mich Euch dabei behilflich sein.«

Laron ließ den Kopf hängen, dann streckte er die Hand aus, ohne hinzusehen, und ließ sich auf die Füße ziehen. Roval gab ihm Tunika und Sandalen zurück und reichte ihm eine leichte Axt aus der Kammer mit den beschlagnahmten Waffen. Laron befingerte den langen Riss in der Tunika, den Warsovrans Waffe dort hinterlassen hatte.

»Bevor wir gehen: Es gibt eine Bedingung. Die *Shadowmoon* muss mich nach Diomeda bringen. Ich habe jemanden dorthin geschickt, den ich ...«

»Nach Diomeda!«, rief Terikel. »Habt Ihr es denn nicht gehört? Warsovran hat Diomeda vor Monaten erobert. Er hat Diomeda sogar zu seiner Hauptstadt gemacht. Wenn ich mein Gesicht auch nur an Diomedas Horizont sehen lasse, werde ich so rasch zum Richtblock geschleift, dass der Stadtmagistrat nicht einmal genug Zeit haben wird, Eintrittskarten für die Hinrichtung zu verkaufen. Dasselbe gilt auch für Euch, und man weiß, dass die *Shadowmoon* in metrologischen Diensten gestanden hat.«

»Ich weiß über Diomeda Bescheid. Über *Euch* weiß man, dass Ihr tot seid, über die *Shadowmoon* weiß man, dass sie gesunken ist, und wir sind ohnehin mit übermaltem Namen nach Torea zurückgefahren. *Ich* bin die einzige Person an Bord, die Grund zur Sorge hat.«

»Absolut nicht«, verkündete Terikel. »Wir fahren nicht nach Diomeda.«

»Es ist eine Frage der Ehre!«

»Nein.«

»Der Ehre eines Mädchens!«

»Die Verteidigung der Ehre ist etwas für jene, welche die Kraft dazu haben. Eure Brust ist schmaler als meine Hüften, und ich bin stolz auf meine gute Figur. Was Euren Bizeps betrifft ...! Würde Euch jemand auf einem Sklavenmarkt als Krieger versteigern, würden sich starke Männer vor Lachen auf dem Boden wälzen.«

Laron hörte all das nicht besonders gern, vor allem deshalb nicht, weil das meiste davon stimmte.

»Wie wäre es, wenn …«, begann er.

»Nein! Die Antwort lautet nein! Wenn Ihr Helion verlassen wollt, dann nur unter der Bedingung, dass wir nach Sargol fahren. *Danach* könnt Ihr Euch auf den Weg nach Norden und nach Diomeda machen und Euch umbringen lassen. Verstanden?«

Darmarianische Kriegsschiffe waren überall, als die *Rashih-Harlif* in den Hafen von Diomeda einfuhr, und der Lotse, der an Bord kam, trug Warsovrans Wappen auf seiner Mütze. Nachdem sie festgemacht hatten, legte sich das Unbehagen des Kapitäns ein wenig. Dem Lotsen zufolge benahm sich die Flotte der Flüchtlinge gut und hatte sich das Leben in dem großen Handelshafen kaum verändert, nachdem der ehemalige König sich in seiner Inselburg verschanzt hatte.

»Ihr wisst nicht zufällig, wo sich eine sargolanische Prinzessin namens Senterri befinden könnte? Auf sie ist eine Belohnung von zweitausend Goldpagolen ausgesetzt«, sagte der Lotse, während er neben dem Kapitän auf dem Achterdeck stand.

»Warum, was hat sie angestellt?«

»Nichts. Sie war bis vor einem Monat in Diomeda, dann hat sie beschlossen, die Stadt als Tänzerin verkleidet zu verlassen. Allem Anschein nach taugte sie etwas als Tänzerin – ihre Leibwächter haben sie an irgendwelche Sklavenhändler verkauft, sobald sie außer Sicht der Stadt waren.«

»Wir kommen vom Plazidischen Ozean, und doch fragt Ihr uns nach Sklavenhändlern aus der Wüste?«, fragte der Kapitän.

»Nun ja, es sind zweitausend Goldpagolen ausgesetzt, und Fragen kostet nichts. Ich frage jeden.«

»Es ist sehr ehrenwert von den Toreanern, so viel Geld für die Sicherheit einer ausländischen Prinzessin anzubieten.«

»Nicht ganz, geschätzter und hervorragender Kapitän. Der Kaiser von Sargol glaubt, dass die Toreaner lügen und sie gefangen halten. Er hat damit gedroht, ihnen den Krieg zu erklären.«

»Ah, jetzt verstehe ich. Wäre ich ein Toreaner, würde ich mir große Sorgen machen.«

Druskarl und Nona waren niemandem in Diomeda bekannt. Beide beherrschten die Sprache, und der Eunuch hatte auf der Fahrt sogar einen Teil seines toreanischen Goldes gegen vindicisches Gold und Silber eingetauscht. Beide trugen jetzt vindicische Gewänder und würden sehr wahrscheinlich keine Aufmerksamkeit erregen.

»Denkt daran, segelt nordwärts nach Bantak und wartet dort«, sagte Druskarl zu Suldervar, nachdem sie angelegt hatten.

»Wie lange, Eure Hoheit?«

»Drei Monate. Sagt, dass Ihr Vindics Beitrag zu Bantaks Verteidigung gegen Freibeuter seid. Niemand wird so ein Angebot infrage stellen.«

Der Inspektor der Einreisebehörde trug Nona und Druskarl als Dienstmädchen und Eunuchen ein, die aus Vindic zurückkehrten, und nachdem sie den Hafen hinter sich gelassen hatten, waren sie so anonym, wie man es in einer großen Stadt nur sein konnte. Nona fühlte sich unbehaglich in den wogenden Menschenmassen, da sie bisher nur Port Wayside kannte, und das auch nur aus der Abgeschiedenheit ihrer Orakelkugel. Diomeda war einige hundert Mal größer. Ein breiter Fluss, der Leir, floss aus den blühenden Weinbergen auf den Gebirgshängen im Inland nach Diomeda, und Barken mit Krügen und Fässern befuhren ihn und wurden an den diomedanischen Kais entladen. Die Stadt lag außerdem mitten in einem Wüstenstreifen, so dass sie der einzige Anlaufhafen für Schiffe war, die zwischen Acremas Königreichen im Nordosten und Südosten verkehrten.

»Wo steigen wir ab?«, fragte Nona nervös, die von den Menschenmengen, den Gerüchen und dem Lärm überwältigt war.

»Ich kenne eine nette Dame namens Sairet, die harte Zeiten hinter sich hat. Zu ihr gehen wir zuerst.«

Es war bekannt, dass Sairet nachmittags arme Mädchen auf dem Marktplatz Tanzen lehrte. Das tat sie umsonst. Sie trafen in dem Augenblick ein, als sie ihre Arbeit dort gerade beendete, und Nona sah eine schlanke, attraktive Frau Mitte vierzig. Obwohl sie müde war, strahlte sie dennoch irgendwie Charisma und Autorität aus.

»Einen schönen guten Tag, Irre Königin«, sagte Druskarl, als er zu Sairet ging, die sich den Staub von den Beinen wusch, und sich förmlich und ausgiebig vor ihr verbeugte.

»Druskarl! Ein herzliches Willkommen, Eunuchenkönig«, erwiderte Sairet mit einer nicht weniger förmlichen und verschnörkelten Verbeugung.

Druskarl kaufte Dattelkuchen an einem Stand, und sie verließen den Markt ins Gespräch vertieft, da Druskarl und Sairet sich Geschichten erzählten. Eine Vielzahl von Druskarls Geschichten war massiv redigiert.

»Und so bin ich jetzt in Gesellschaft dieses reizenden, aber, äh, beschränkten Mädchens«, schloss er, nachdem er eine unwahre Geschichte erzählt hatte, wie Nona ihr Gedächtnis verloren habe, nachdem sie beinah ertrunken sei.

»Ah, Ihr wollt also, dass ich sie als Schülerin annehme …«, sagte Sairet ein wenig aufrichtig überrascht.

»Ich kann gut bezahlen.«

»Noch besser.«

»Sie bedeutet mir eine Menge. Wenn Ihr zwei Jahre auf sie achten könntet, in denen sie wieder zu Verstand kommt und etwas lernt, Madame Sairet, wäre ich froh.«

»Nun, sie ist gesund und attraktiv. Was hast du selbst dazu zu sagen, Mädchen?«

»Äh, ich war auf einem kleinen Schiff und wäre beinah ertrunken«, sagte Nona. Sie zeigte auf das Tuch um ihren Kopf. »Meine Stirn hat …«

»Das reicht, lass das Tuch um deinen Kopf, wenn du eine Narbe hast. Ich mag keine Narben. Also hattest du einen Unfall und hast das Gedächtnis verloren. Druskarl war der Ansicht, dass du es wert bist, gerettet zu werden, also bist du nun hier. Was kannst du?«

»Was ich kann?«

»Ja, was kannst du? Kochen? Waschen? Einen Kamin reinigen? Auf dem Markt einkaufen und feilschen, ohne ausgeraubt oder betrogen zu werden?«

»Sie lernt schnell«, sagte Druskarl.

»Ich kann fast alles lernen, wenn man es mir zeigt«, sagte Nona.

»Ich verstehe«, sagte Sairet zögernd, während sie nachdenklich die Stirn runzelte, bis sich ihre Miene aufhellte. »Druskarl, was könnt Ihr bezahlen?«

»Toreanisches Gold«, sagte er, indem er in seinen Beutel griff und einige Münzen zückte.

Sairets Augen weiteten sich. »Aha, in der Tat. Das gesamte Honorar ist im Voraus zu entrichten. Ich wollte, alle meine Klienten wären so rücksichtsvoll. Seid Ihr sicher, dass sie weder ein Flüchtling noch eine Ausreißerin ist?«

»Nicht mehr als jeder von uns, meine teure Irre Königin.«

»So schlimm, Eunuchenkönig?«

Sie erreichten das Haus, wo Sairet wohnte. Mittlerweile war klar, dass Druskarl sie verlassen würde, und Nona war ziemlich ängstlich geworden.

»Gehst du?«, fragte sie. »Werde ich dich nie wiedersehen? Wie Laron?«

Druskarl lachte. »Ich suche mir einen Platz zum Schlafen. Du schläfst hier, in deinem neuen Zuhause.«

»Wirst du mich besuchen?«

»Ja, und damit fange ich schon morgen an. In der Zwischenzeit musst du tanzen lernen und auch andere Dinge, die dir nützlich sein können.«

»Ja, und irgendwann verheirate ich dich mit einem hübschen Kaufmann«, fügte Sairet hinzu. »Du wirst auf dem Marktplatz tanzen und dabei die Gewänder tragen, die er verkaufen will. Druskarl, bis morgen.«

»Meine liebe Sairet, die Nacht wird sich unerträglich in die Länge ziehen.«

»Auf Wiedersehen.«

Sairet wohnte eine Meile von Wensomer entfernt auf dem

Dach eines Vorratsspeichers für Getreide. Sie hatte das gesamte flache Dach gemietet und darauf Zelte errichtet. Den freien Platz benutzte sie als Tanzfläche. Die Tanzlehrerin schlief in einer Ecke bei ihren Truhen mit Kostümen und Materialien, Kissen, Spiegeln, Schminke und Schmuck. Die Autonen, Katzen und Hunde, die das Getreide bewachten, schützten auch ihren Bereich. Sairet zog an einem Seil, und eine ausfahrbare Leiter glitt herab. Sie erklommen sie und betraten das Dach.

»Nun, es scheint kein Sprachproblem zu geben«, schwatzte Sairet, während sie Nona einen Schlafplatz bereitete. »Hast du nur diese kleine Tasche?«

»Ja«, erwiderte Nona.

»Ach, du armes Kind. Zuerst müssen wir dir etwas nähen und dich wie eine Diomedanerin kleiden. Bei der Arbeit kannst du mir von dir erzählen. Später üben wir dann noch ein paar Tanzschritte.«

Warsovrans Geschwader kehrte bald darauf nach der Eroberung Helions zurück und brachte die Nachricht vom Einsatz des Feuerkreises mit. Druskarl lauschte an jenem Abend den Geschichten der toreanischen Matrosen und Marinesoldaten in den Tavernen und prägte sich grimmig jede Einzelheit ein. Er konnte sich erinnern, dass Helion länger als breit war und vier oder fünf Feuerkreise nötig sein würden, um die Insel voll zu erfassen. Das bedeutete, dass Silbertod erst hundertzwanzig Tage nach der ersten Detonation zu Boden fallen würde.

Das war es wert, sich einzuprägen, doch ein Rätsel blieb inmitten all der Beschreibungen der unglaublichen Explosion aus Licht, Hitze und Donner. Warsovran hatte anscheinend einen metrologischen Priester auf der Insel hingerichtet und ihn dann mit Silbertod wieder zum Leben erweckt. Druskarl wusste, dass dies im Rahmen von Silbertods Möglichkeiten lag. Seltsam war nur, dass dieser Priester Laron geheißen hatte. Laron war ein scalticarischer Name, und Helion war ein toreanischer Außenposten. Nach der Rückkehr in seine Herberge malte Druskarl mit Kreide Daten und Segelzeiten auf den Steinboden. Die *Shadowmoon* konnte Helion bestenfalls ein oder zwei Tage früher als Warsovran erreicht haben. Es war unwahrscheinlich, dass Laron in so kurzer Zeit ordiniert worden sein konnte, aber der Name war über jeden Zweifel erhaben. Wer sich dahinter auch verbarg, war anschließend auf Helion interniert worden, doch die Identität der Person ließ sich eben leider nicht mit Gewissheit bestimmen.

Druskarl beschloss, keine Entscheidungen zu treffen, bis die Angelegenheit geklärt war. Er legte sich auf sein schmales Bett und schloss die Augen. Es war noch nicht alles vorbei für ihn. Er wusste, wo Silbertod gefunden werden konnte, und niemand argwöhnte seine wahren Absichten.

»Ist irgendjemand von uns im tiefsten Herzen kein Verräter?«, fragte er sich laut.

Anderswo in der Stadt schliefen mehrere andere Männer nicht so behaglich. Einer der Wächter, die Senterri an nomadische Sklavenhändler verkauft hatten, war so dumm gewesen, in die Stadt zurückzukehren, und wiedererkannt worden. Forteron marschierte vor dem Herd auf und ab, über dem der Wächter auf ein Rad gefesselt war und auf ein Bett aus glühenden Kohlen starrte. Das Zischen seiner in die Kohlen fallenden Schweißtropfen war ein beinah beständiges Hintergrundgeräusch.

»Zumindest ein Teil deiner Geschichte hat sich bestätigt«, sagte Forteron mit einem Blick auf eine Schriftrolle. »Wir haben etwa eine Tagesreise westlich der Stadt einen ausgebrannten Wagen, ein totes Pferd und drei verstümmelte Leichen gefunden. Alles ist so hergerichtet worden, dass es wie ein Nomadenangriff aussieht, aber Nomaden hätten das Pferd nicht getötet und auch keinen ihrer Pfeile in den Leichen stecken lassen. Nomaden neigen dazu, sehr sparsam mit eisernen Pfeilspitzen und Pferden umzugehen. Dann kommst *du* zurück. Du erzählst deinen Freunden, du hättest gerade einen Monat damit verbracht, drei Tänzerinnen nach Lacer zu begleiten. Deine Freunde liefern dich gegen eine Belohnung von fünfhundert Goldpagolen den Behörden aus. Meine Quellen verraten mir, dass du die Hälfte dieser Zeit in Lacer verbracht und einen Haufen Geld ausgegeben hast.«

Mittlerweile war der Wächter an nichts anderem mehr interessiert, als die Schmerzen aufhören zu lassen.

»Wir haben Führer und Fahrer getötet … und die Mädchen verkauft«, japste er.

Der Wächter hatte diesen Satz in den vergangenen vier Tagen mehrere hundert Mal wiederholt. Entweder er entsprach der Wahrheit, oder er war im Angesicht der Folter sehr, sehr tapfer.

»An wen habt ihr sie verkauft?«, fragte Forteron.

»An Nomaden.«

»Palver Windstreicher, ich bin ein sehr mächtiger Mann. Ich bin mächtig, weil ich diesen ganz ausgezeichneten, Kapuze tragenden Mann hier bezahle, der dich ganz langsam mit dem Gesicht nach unten den Kohlen entgegensinken lässt. Soweit es dich betrifft, macht mich das zum mächtigsten Mann in Acrema, aber in Wirklichkeit verhält es sich nicht so. Der mächtigste Mann in Acrema ist der Mann, der die mächtigste Armee in Acrema befehligt, und dieser Mann ist der Vater des Mädchens, das ihr entführt und in die Sklaverei verkauft habt … und wahrscheinlich auch geschändet.«

»Nein, nein … Hellhäutige Jungfrauen sind … das Dreifache wert.«

»Wer waren die Nomaden?«

»Sie kamen … aus dem Leirtal.«

»Ihre Namen?«

»Sie haben keine … keine Namen genannt.«

»Wohin wollten sie?«

»Nach Westen … zu den Märkten in Zalmek.«

»Auf den Märkten Zalmeks sind im vergangenen Monat keine weißen Tanzmädchen verkauft worden. Ich sage, ihr habt die drei Mädchen geschändet, getötet und dann in der Wüste verscharrt.«

»Nein.«

Forteron brach sein Auf-und-ab-Marschieren ab, ging zur Tür und sagte im Vorbeigehen zu dem Folterknecht: »Wenn er stirbt, nimmst du seinen Platz ein.«

Der Marschall des Geheimdienstes wartete draußen.

»Immer noch kein Geständnis, Admiral?«, fragte er.

»Ich fürchte, was er sagt, ist sein Geständnis. Die Mädchen wurden an Nomaden verkauft, und ihr hoher Wert in den Königreichen des Nordens steht außer Frage. Das Problem ist, dass wir mit den Königreichen des Nordens im Krieg liegen. Das dürfte sich für eventuelle Nachforschungen als hinderlich erweisen.«

Die *Shadowmoon* schleppte sich unter dem Banner eines sargolanischen Küstenfahrers in den Hafen von Diomeda. Sie lag tief im Wasser, und die provisorisch reparierten Masten und die Takelage fielen langsam auseinander.

»Ich weiß immer noch nicht, wie Ihr mich dazu überreden konntet, zuerst hierher zu segeln«, murmelte Terikel, während sie sich über die Reling beugte, um sich noch ein letztes Mal infolge der Seekrankheit zu übergeben.

»Die *Shadowmoon* läuft beinah so rasch voll, wie wir das Wasser herauspumpen können, und Diomeda ist der Helion am nächsten gelegene Hafen«, erwiderte Laron. »Was Argumente betrifft, habe ich schon schlechtere gehört.«

Terikel wischte sich den Mund ab, korrigierte den Sitz des Brillengestells mit den dunklen Gläsern vor ihren Augen und zog den Schal nach vorn, um mehr von ihrem Gesicht zu verbergen. Von allen Städten der Welt war dies die gefährlichste für sie. Nachdem er dem Lotsen an Bord geholfen hatte, feilschte der Bootsmann überzeugend um einen Nachlass bei der Liegegebühr wegen erlittener Sturmschäden, musste aber dennoch den vollen Preis entrichten.

»Wart Ihr schon einmal hier?«, fragte der Lotse, während sie durch die Reihen der Kauffahrer, Galeeren, Küstenfahrer und Flussbarken navigierten.

»Unsere erste Fahrt«, erwiderte der Bootsmann, als er das Ruder wieder vom Lotsen übernahm.

»Aha, na dann, werft mal einen Blick auf die kleine Insel da, die mit dem Palast darauf. Das ist der Palast des ehemaligen Königs. Er wird noch belagert, also haltet Euch von ihm fern, wenn Ihr kein Interesse habt, von einer der Eilgaleeren gerammt zu werden.«

»Wie könnte ein winziger Schoner wie dieser eine Gefahr für die Flotte des mächtigen Warsovran sein?«, protestierte der Bootsmann. »Wir sind doch nur ehrliche Seeleute.«

»Dann haltet Euch fern. Ach ja, und lasst Euch auch nicht einfallen, im Hafen zu schwimmen. Man hat Agenten erwischt, die in Mirals Licht versucht haben, zur Insel zu schwimmen. Jetzt werden mehrmals am Tag Abfälle von den Fleisch- und Fischhändlern der Stadt ins Wasser geworfen, um die Haie anzulocken, und die Haie sind immer hungrig. Und ganz nebenbei, habt Ihr zufällig etwas von einer sargolanischen Prinzessin namens Senterri gehört, die letzten Monat entführt und in die Sklaverei verkauft wurde? Das hat sich in der Wüste im Westen Diomedas abgespielt. Die Belohnung für ihre Rückgabe ist auf sechstausend Goldpagolen erhöht worden.«

»In der Wüste? Wir kommen von der anderen Seite des Plazidischen Ozeans, und Ihr fragt uns nach einer Entführung, die in der Wüste stattgefunden hat?«

Feran gesellte sich zum Bootsmann auf das Achterdeck, während die anderen den Anker auswarfen und die Segel einholten. Sie ankerten über einer Sandbank, die sie bei Ebbe tragen würde. Der Lotse ging nach mittschiffs, um auf das Ruderboot, das ihn abholen sollte, zu warten.

»Die Lecks waren schlimm. Wir hatten Glück, dass wir es bis nach Diomeda geschafft haben«, sagte der Bootsmann.

»Die Reparaturen werden eine Menge kosten«, brummte Feran.

»Und? Wir haben doch reichlich. Habt Ihr das toreanische Gold vergessen?«

Laron, Terikel und Roval gingen mit dem Lotsen von Bord und

überließen es den anderen, alles für die erforderlichen Reparaturen auf der *Shadowmoon* in die Wege zu leiten.

»Manchmal bin ich versucht, zum Hafenmeister zu gehen und ihm zu sagen, wer sie sind«, sagte Feran, als das Boot in der Ferne kleiner wurde.

Der Bootsmann zuckte die Achseln. »Sie könnten ihm auch ein paar interessante Geschichten über Euch erzählen.«

»Was der Grund ist, warum ich kein Interesse habe, den Hafenmeister aufzusuchen. Norrieav, da Ihr der Schatzmeister seid, wärt Ihr wohl so gut, mir meinen Anteil an dem Gold auszuzahlen? Das dürfte nicht allzu lange dauern.«

»Wie Ihr wünscht. Wollt Ihr die diomedanischen Huren beeindrucken und eine Orgie veranstalten?«

»Nein, ich brauche Geld, um mir ein Patent für einen Hochsee-Kauffahrer zu kaufen. Ich weiß jetzt genug über Hochsee-Navigation, um das Offizierspatent zu bekommen, und als ehemaliger Kapitän und Veteran dreier Fahrten über den Plazidischen Ozean dürften meine Dienste gefragt sein.«

Der Bootsmann rieb sich das Kinn. »Ah, so. Es tut mir Leid, Euch gehen zu sehen. Den anderen gewiss auch.«

Die Ebbe kam, und das Schiff strandete auf der Sandbank. Das Wasser wurde herausgepumpt, während angeworbene Zimmerleute die Masten und Takelage reparierten. Norrieav inspizierte den Rumpf, aber die Lecks waren nicht offensichtlich. Als die Flut einsetzte, packten die Zimmerleute zusammen, und ein Dockarbeiter watete zu ihnen herüber. Er begutachtete den Rumpf und nannte Norrieav einen Preis und ein Datum für die Entfernung von Muscheln, Krebsen und Tang. Auch er hatte jedoch keine Lecks finden können.

Bei Sonnenuntergang gingen die überlebenden Männer der Besatzung an Land, um sich eine wohlverdiente Erholungspause zu gönnen, und Norrieav überlegte, was sonst noch getan werden musste, um die *Shadowmoon* seetüchtig zu machen für die Weiterreise zum nächsten sargolanischen Hafen. Der Schaden an Takelage und Masten war leicht zu reparieren gewesen, nachdem einmal neue Spieren, Taue, Zimmerleute und das richtige Werkzeug verfügbar gewesen waren. Zwei Tage für das Kielholen und eine neue Schicht Teer, einen Tag für die Verproviantierung und das Verladen von Säcken, Fässern und Krügen mit Fracht, um die Tarnung als Handelsschiff aufrechtzuerhalten, und sie konnten wieder in See stechen, entschied Norrieav. Die *Shadowmoon* konnte nicht so viel transportieren wie ein Hochsee-Kauffahrer, aber sie konnte unter Brücken hindurchfahren und somit Binnenhäfen erreichen, die für größere Schiffe unzugänglich waren. Sobald Terikel und Roval nicht mehr da wären, könnten sich die Seeleute als echte Handelsschiffer ihren Lebensunterhalt auf ehrliche Weise verdienen. Offensichtlich war das mit Laron als Kapitän nicht möglich, aber vielleicht konnte Norrieav dem ehemaligen Vampyr irgendwann das Patent abkaufen.

Norrieav bediente die Pumpen, damit sich in der *Shadowmoon* nicht zu viel Wasser ansammeln konnte, nun da sie wieder schwamm. Es kam aber kein Wasser. Überrascht ging Norrieav nach unten. Die Lecks waren verschwunden. Vollkommen. Er zündete eine Lampe an und begann mit einer Inspektion des Schiffsrumpfs von innen. Er fand Dutzende von Stellen, wo anscheinend die Dichtungsmasse geschmolzen war.

Etwas später klopfte es an den Schiffsrumpf, und jemand rief, er möge an Deck kommen. Es war eine Frauenstimme. Norrieav kroch aus seiner kleinen Kabine und half Terikel und Roval, den Goldsack der Ältesten an Bord zu hieven.

»Die Hafenbehörde hat Feran das Patent erteilt«, kam die Priesterin gleich zur Sache.

»Ja, er hat gesagt, er wollte als Offizier auf einem größeren Schiff anheuern.«

»Es gibt noch eine weitere Eintragung im Register. Laron ist als Kapitän zurückgetreten und hat *Euch* als Nachfolger eingesetzt.«

Norrieav war für einen Moment sprachlos. »Einfach so? Ohne Gebühr?«

»Er sagt, er hat seinen Anteil am Gold und will nicht mehr.«

»Kapitän Norrieav«, flüsterte Norrieav versuchsweise. »Kapitän.«

»Und was werdet Ihr mit der *Shadowmoon* anfangen?«

»Ehrliche Arbeit, es sei denn, unehrliche wird zu ausreichend verführerischen Honoraren angeboten. Ich nehme an, Ihr wollt immer noch nach Sargol.«

»Bringt Ihr mich stattdessen auch nach Scalticar?«

Norrieav pfiff durch die Zähne. »Das ist eine lange Fahrt.«

»Ich habe meine Priesterinnen mit den Büchern und Archiven der Metrologen dorthin geschickt, also muss ich zu ihnen. Mit meinem Gold können wir den Metrologischen Orden in Scalticar und außerhalb der Reichweite Warsovrans neu begründen. Bringt Ihr uns hin? Ich zahle den Wert einer Fracht und noch einer halben.«

»Gut, einverstanden«, sagte Norrieav ohne Zögern, der von dem Angebot beeindruckt war.

»Wann sind die Reparaturen beendet?«

»Bis auf das Kielholen sind sie beendet.«

»Was ist mit dem Rumpf? Mit den Lecks?«

»Ich habe den Rumpf genauer inspiziert, als das auf See möglich war. Meine Theorie ist die, dass Laron diese Lecks mit kleinen, raffinierten Zaubern verursacht und sie dann wieder versiegelt hat, nachdem wir festgemacht hatten.«

Für einige Augenblicke war Terikel sprachlos vor Zorn. Dann entlud sich ihre Wut.

»Dieser kleine Wichser!«, rief sie. »Ich serviere ihm seine verschrumpelten kleinen Eier auf einem Silbertablett!«

»Mir wäre eingelegter Hammel mit Schiffszwieback lieber«, erwiderte Norrieav.

»Dieser niederträchtige kleine Wurm! Möge er sämtliche Ebenen der Hölle durchlaufen. Roval, holt die beiden Besatzungsmitglieder. Wir fahren *sofort*. Kapitän, was brauchen wir noch, um in See stechen zu können?«

»Wir brauchen nur Proviant.«

»Zur Hölle mit dem Proviant! Sargol liegt nur ein paar Tagesreisen weiter im Süden, und ich habe einen Korb mit Brot, Wein und geräucherter Wurst auf dem Markt gekauft. Damit kommen wir fünf über die Runden.«

»Aber …«

»Ich bestehe darauf! Ich bin eine metrologische Priesterin in einer Stadt, die von Warsovran beherrscht wird, und ich habe genug Gold in diesem Sack, um mir auf der Stelle einen Hochsee-Kauffahrer kaufen zu können. Folglich fühle ich mich *außerordentlich* verwundbar, Norrieav, und ich möchte rasch von hier verschwinden.«

»Niemand weiß von dem Gold.«

»Feran weiß davon.«

»Er würde es keiner Seele erzählen.«

»Lasst mir meinen Argwohn. Vergesst nicht, Ihr verdient die Hälfte mehr als mit einer ehrlichen Fracht nach Scalticar. Was sagt Ihr dazu?«

Norrieav zuckte die Achseln und breitete die Arme aus. »Was sollte ich anderes dazu sagen als ›Willkommen an Bord‹?«

Roval war seit einer Viertelstunde unterwegs, als entfernter Gesang zu ihnen über das Wasser hallte.

»Trinkt aufs Schiff, Landratten,
Trinkt auf die Mannschaft noch mehr,
Trinkt, trinkt, trinkt.
Trinkt den Himmel so weit,
Trinkt das blaue Meer,
Trinkt, trinkt, trinkt.«

»Das hört sich ganz nach meiner Mannschaft an«, sagte Norrieav. »Ach, solche Lieder werden heutzutage nicht mehr geschrieben.«

»Lasst mich raten – es geht ums Trinken«, sagte Terikel.

»Euer Verstand ist scharf wie ein Messer, ehrwürdige Älteste.«

»Wann werden sie wieder arbeitsfähig sein?«

»Wer weiß, aber wir brauchen sie jetzt noch nicht.«

»Ist das klug?«

»Es ist allgemein üblich. Es gibt kaum einen Kapitän auf dem

Plazidischen Ozean, der nicht Matrosen anheuert, indem er dafür sorgt, dass sie sturzbetrunken sind, und sie dann an Bord tragen lässt.«

»Also gut, aber Roval wird im Beiboot nach Diomeda zurückkehren wollen. Offenbar unerledigte Geschäfte – ach, und hier sind Euer Patent und die Besitzurkunde.«

Sie gab Norrieav zwei Schriftrollen. Eine Stunde später waren sie mit vollen Segeln auf See und unterwegs nach Süden. Hazlock und D'Atro waren unter Deck und schliefen tief und fest. Norrieav steuerte, und Terikel zählte noch einmal das Gold.

Lesen Sie weiter in:
Sean McMullen
DER FLUCH DER SHADOWMOON

Lust auf weitere phantastische Abenteuer?

Ein Kapitel aus:

Gerd Scherm

Der Nomadengott

Die Götter müssen verrückt sein – ein etwas anderer Auszug aus Ägypten …

Beben in Theben

Wir befinden uns im Jahr 1500 vor unserer Zeitrechnung im ägyptischen Theben im dritten Jahr der Regentschaft des Pharaos Ahmose, der allenfalls davon träumt, Begründer des Neuen Reiches und der 18. Dynastie zu werden.

Zum Leidwesen aller an dieser Geschichte Beteiligten ist Theben an diesem Tag noch nicht das große Theben, das es schon bald sein wird. Fast alle prachtvollen Tempel und Paläste existieren nicht einmal in der Fantasie noch nicht geborener Pharaonen. Schade, aber die Geschichte beginnt trotzdem jetzt im Zentrum des südlichen Oberägypten, wo in erster Linie der Gott Amun das Sagen hat, gefolgt von weiteren Göttern und dem Pharao Ahmose. Wobei der Letztere sagt, was die zu tun haben, die keine Götter sind.

Eine dunkle, untersetzte Gestalt huschte durch die engen Gassen der Altstadt.

Trotz der schwülen, drückenden Augustnacht war die Gestalt von den Haarspitzen bis zu den Sandalen in Decken gehüllt. Der keuchende Schemen erreichte eine Tür und klopfte in einem komplizierten Rhythmus an. Kurze Zeit darauf wurde von innen im gleichen Rhythmus mit Klopfzeichen geantwortet, und danach erschien eine lange Nase im sich öffnenden Türspalt: »Parole?«

»Der Kopf trennt Himmel und Erde«, zischelte der Deckenberg.

»Wie viele Finger hat der Horusfalke?«, fragte die Nase.

»Keine, du Trottel, weil ein Falke keine Hände hat!«, entgegnete schon etwas lauter die dickleibige Mumie.

»Ich meine, wie viele Flügel hat der Horusfalke?«, entschuldigte sich die Nase.

»Einen im Westen und einen im Osten«, antwortete leicht ungeduldig der Ankömmling.

»Zu welcher Stunde setzt sich der Falke nieder?«, fragte die Nase ungerührt weiter.

»Zur achten? Zur neunten?«, kam zögernd die fragende Antwort.

»Falsch! Ich lass dich nicht rein«, tönte es triumphierend aus dem Türspalt.

»Zur zehnten? Zur elften? Zur zwölften? Verdammt, ich habe es vergessen! Lass mich jetzt endlich rein, Almak, du weißt genau, dass ich es bin, Raffim«, bettelte der Deckenberg.

»Ich wurde zum obersten Hüter des nilwärtigen Tores ernannt, und mir wurde geheißen, nur denen Einlass zu gewähren, die sich den vorgeschriebenen Prüfungen erfolgreich unterzogen haben. Basta, du bleibst draußen, Raffim!«, tönte die Nase.

»*Aaalmak!* Ich werde dich meinen Krokodilen zum Fraß vorwerfen, wenn du mich nicht augenblicklich einlässt. Ich muss zur Versammlung, das weißt du ganz genau!«, kreischte der vor Zorn bebende Raffim.

In diesem Augenblick erschien im Haus gegenüber ein Kopf im Fenster und brüllte: »Ruhe, ich will schlafen!«

»Das hier geht dich überhaupt nichts an«, schrie Raffim zurück. »Wir sind eine Geheimgesellschaft!«

»Dann bleibt gefälligst geheim und haltet euer Maul!«, schnauzte der Fensterkopf zurück.

»Ich würde ja, aber Almak, der Trottel, lässt mich nicht zur Versammlung«, entgegnete der immer zorniger werdende Raffim.

»Almak, lass Raffim endlich zur Versammlung, damit ich schlafen kann. Wenn nicht, zeige ich eure ganze Geheimgesellschaft morgen bei der Verwaltung wegen nächtlicher Ruhestörung an!«, polterte der Kopf und zog sich ins Haus zurück.

»Siehst du, das hast du nun davon, Almak. Eines Tages wird er uns wirklich anzeigen. Jede Nacht das gleiche Theater«, brummte Raffim, während er sich durch den nun geöffneten Türspalt zwängte. Der Raum dahinter war nur spärlich beleuchtet. Sehr spärlich.

Drei schwindsüchtige Kerzen schienen in Form eines gleichseitigen Dreiecks zu schweben. Erst wenn sich die Augen an die schummrige Beleuchtung gewöhnt hatten, erkannte man, dass die Kerzen auf dünnen Spießen standen.

Rund um die Kerzenspieße kauerten einige Gestalten. Eine davon bewegte sich und sprach: »Na endlich, Raffim, musst du immer zu spät kommen?«

»Zuerst haben die Krokodile nicht weinen wollen, und dann hat mich auch noch der Idiot an der Tür aufgehalten«, erwiderte harsch der Neuangekommene.

»Ach so, die Krokodile haben mal wieder nicht so geweint wie du wolltest. Scheinen doch schlaue Viecher zu sein«, sagte die Gestalt.

»Geschäft ist Geschäft, Seshmosis, aber davon verstehst du Schreiberling ja nichts«, wehrte Raffim ab.

Hier muss unbedingt erwähnt werden, welches Geschäft Raffim betrieb: Er war Devotionalienhändler im Dienste des Krokodilgottes Suchos.

Besser gesagt, in eigenen Diensten, auf eigene Rechnung und auf eigenen Profit handelte Raffim mit allem, was im Entferntesten mit dem Kult um Suchos zu tun hat.

Und das war bei einem Mann mit dem Geschäftssinn von Raffim sehr viel. Angefangen von Amuletten über kleine Statuen und vergilbte Krokodilzähne bis zu Gürteln, Sandalen und Taschen. Dazu betrieb er einen Imbiss-Stand mit Krokodilwurst, Krokodilmilch, Krokodilschnaps, Krokodilhackbällchen und geraspelten, mit Honig versetzten Krokodillederresten als Süßigkeiten.

Absoluter Verkaufsschlager waren jedoch seit Jahren Krokodilstränen, die Raffim unter nicht näher bekannten Umständen den Reptilien höchstpersönlich abtrotzte, trocknete und dann in Silber oder Gold fassen ließ und zu horrenden Preisen im Vorhof des Tempels verkaufte.

Wenn man den stiernackigen, pockennarbigen, untersetzten Dreizentnermann Raffim mit seinen Geieraugen sah, mochte man nicht mit den Krokodilen tauschen.

Man ahnte zumindest, wie er an die Tränen kam.

»Schon gut, lasst uns endlich anfangen. Wir sind vollzählig«, konstatierte der mit Seshmosis Angesprochene und fuhr fort: »Ich habe eine Botschaft bekommen, die nichts Gutes verheißt. Hört mir zu: Ägypten den Ägyptern! Die Hyksos und ihre Abkömmlinge beherrschen unseren Handel.«

Eine Stimme aus dem Dunkel fragte: »Wer sind die Hyksos?«

»Wir!«, sagte Seshmosis und las weiter vor. »Sie essen nicht nur unser Brot, sie verkaufen es sogar an uns. Sie dienen fremden Göttern, und sie beten auch zu unseren Göttern, sodass diese keine Zeit mehr haben, unsere Gebete zu erhören. Sie treiben Handel mit den heiligen Gegenständen, hörst du, Raffim, das gilt dir!«, unterbrach Seshmosis.

»Die sollen erst mal versuchen, ein Krokodil zum Weinen zu bringen, bevor sie mitreden!«, empörte sich Raffim.

»Gut, weiter. Hier steht noch mehr: Die Hyksos haben schnellere Webstühle, sie umwerben unsere Frauen und bringen unseren Kindern Lesen und Schreiben bei. Schluss damit! Denn in Bälde werden sie sich nicht mehr scheuen, unsere Pyramiden und Gräber zu plündern, unsere Frauen zu schwängern und ihren eigenen Kindern Lesen und Schreiben beizubringen. Kauft nicht bei Hyksos! Leiht euch kein Geld von Hyksos. Und wenn, dann zahlt es nicht zurück.«

»Das ist heftig. Ich meine, dass sie das Geld nicht zurückzahlen wollen«, schnaufte Raffim. »Wer hat das verfasst? Steht ein Name darunter?«

Nun näherte sich auch Elimas, der Ziegenhirte, mit einer der Schwebekerzen, um besser sehen zu können.

»Ja, da steht eine Hieroglyphe drunter: Sonne – Korb – Löwenkopf – zweimal Brot – Auge – Wedel – Krakel-S.«

»*Zweimal* Brot nach Löwenkopf?«, fragte eine Stimme aus dem Dunkel.

»Ja, zweimal«, sprach Elimas in die Finsternis.

»Und am Schluss Krakel-S?«

»Ja, am Schluss Krakel-S!«

»Dann ist es Ahmose persönlich, der Pharao. Ich habe sein Siegel oft genug im Bäderamt gesehen.«

»Ich weiß, dass es vom Pharao ist, und deshalb ist es ernst, sehr ernst«, sagte Seshmosis mit leicht zitternder Stimme. »Wir müssen etwas unternehmen. Unter Ahmoses Vorgänger Kamose ging es uns schon fast an den Kragen, und ich befürchte, jetzt wird es schlimmer kommen.«

»Aber warum sollten uns die Ägypter denn an den Kragen? Sie brauchen uns doch. Wir mahlen das Getreide, wir weben Stoffe, wir sorgen für Erfrischungen in den Bädern, wir schaffen den Müll weg, wir verkaufen ihnen heilige Gegenstände«, wandte Almak ein.

»So wird es auch bleiben. Bis auf das Verkaufen. Alles andere werden wir auch weiterhin tun dürfen – als Sklaven«, erwiderte Seshmosis sarkastisch.

»Geglaubt wird immer! In solchen Zeiten mehr denn je,

ich habe keine Angst um mein Gewerbe!«, tönte Raffim in unerschütterlicher Überzeugung.

Seshmosis schüttelte nachdenklich den Kopf. »Geglaubt schon, Raffim, aber du wirst das Geschäft nicht mehr machen. Sie werden dich sicher nicht töten, weil sie dich brauchen. Keiner kann die heiligen Krokodile so gut zum Weinen bringen wie du, das wissen sie. Aber du wirst diesen Job als Sklave machen und für nichts, außer, dass sie dich am Leben lassen.«

»Ich könnte ihnen eine neue Statue des Suchos stiften, eine aus purem Gold! Sie werden mir dankbar sein.«

Doch Raffim schien nicht sehr überzeugt, als er diesen Vorschlag machte. Er wusste, dass sie, wenn sie wollten, auch anders an sein Gold kämen. »Was also sollen wir tun?«, fragte er.

»Wir werden abhauen. Und das möglichst unauffällig. Lasst uns morgen Abend um die gleiche Zeit darüber reden, ich muss noch nachdenken«, entschied Seshmosis.

Als sich fast alle durch die kleine Pforte in die nicht nur wegen der Schwüle so drückende Augustnacht davonmachten, hielt Seshmosis Raffim an einer der Decken zurück. »Sag mal, Raffim, wie schaffst du es eigentlich, heilige Krokodile zu Hack zu verarbeiten und andere Scheußlichkeiten an ihnen zu begehen, ohne dass dir die Priester an den Kragen wollen?«

»Alles eine Frage der Theologie«, antwortete Raffim, und seine Geieraugen blitzten in der Dunkelheit, »alles eine Frage der Theologie.«

»Und wie drehst du es wirklich?« behaarte Seshmosis.

»Nun ja, es ist eine Frage der Auslegung. Der Krokodilgott Suchos manifestiert sich in einem Krokodil, das haben die Priester bewiesen. Dieses auserwählte Krokodil befindet sich immer im Zentrum des Tempels unter der Obhut der Priester. Ich habe mir nun gesagt, wenn Suchos in *diesem* Krokodil ist, kann er nicht gleichzeitig in all den anderen sein, die ohne priesterlichen Beistand im Nil plätschern. Ich hatte darüber einen längeren Disput mit dem Grünschillernden Großkophta und dem Goldgezähnten Hierophanten. Es war ein sehr konstruktives Gespräch. Sie wollten mir zuerst über die Bilokalisation an den Kragen, über die Potenz Suchos', gleichzeitig an mehreren Orten sein zu können. Das gab ich unumwunden zu und führte aus, dass Suchos ja wirklich in der Gestalt eines Krokodils sowohl in Theben als auch in Karnak, in Memphis, in Qurna wie auch in jedem anderen Suchos-Tempel Ägyptens gleichzeitig präsent sei. All diese erhöhten Krokodile sind Suchos, zugegeben. Aber wie sieht es mit den anderen aus? Mit denen, die gerade ohne priesterliche Gegenwart in der Sonne dösen, sich vermehren oder einen Fischer fressen? Wenn in ihnen Suchos wäre, müsste dann nicht bei jedem Krokodil von den unermesslichen Quellen des Nils bis zur Mündung ein Priester stehen? Und wenn nicht, was ist dann die Besonderheit der Krokodile in den Tempeln? Wenn in allen Krokodilen Suchos ist, was macht dann die Tempelkrokodile zu etwas Besonderem? Wenn aber nur die Tempelkrokodile etwas Besonderes sind, was spricht dann dagegen, die anderen Krokodile gottgefällig zu Hack und anderem zu verarbeiten?«, schloss Raffim mit einem Augenaufschlag, den man bei anderen Menschen als unschuldig bezeichnet hätte. Bei ihm sah es allerdings so aus, als öffneten sich zwei Falltüren im oberen Drittel seines Gesichtes.

»Und dieser Argumentation sind der Grünschillernde Großkophta und der Goldgezähnte Hierophant gefolgt?«, staunte Seshmosis.

»Ja, und meinen anderen Argumenten auch«, nickte Raffim.

»Welche anderen Argumente?«

»Kleine rechteckige und runde. Goldfarben. Durch und durch goldfarben«, grinste Raffim.

»Ich verstehe. Du warst theologisch absolut überzeugend.«

»Absolut!«, bekräftigte der Devotionalienhändler.

»Lass uns nach Hause gehen. Wir haben eine schwere Zeit vor uns«, sagte Seshmosis mit leiser Stimme und trat durch die Pforte.

Wenn Sie wissen wollen, wie es weitergeht, dann lesen Sie Gerd Scherms Der Nomadengott.